KB046794

세상 저편으로 가는 문

ON THE OTHER SIDE
by Carrie Hope Fletcher

on the other side

세상 저편으로 가는 문

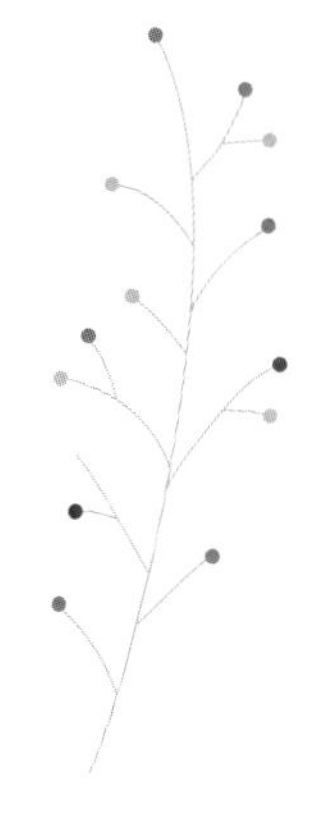

캐리 호프 플레처 장편소설

허형은 옮김

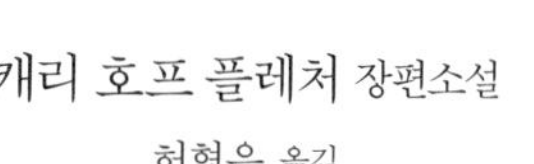

Carrie Hope Fletcher

문학동네

일러두기

1. 주석은 모두 옮긴이주이다.
2. 본문 중 고딕체는 원서에서 이탤릭체나 대문자로 강조한 부분이다.

무엇이 앞을 가로막든
늘 꿋꿋이 밀고 나가는 사람들에게
이 책을 바칩니다.

그리고 내게 어떻게든 밀고 나가라고 가르쳐준
엄마와 아빠에게 바칩니다.

1
새로운 도착

그녀의 감은 눈꺼풀 위로 불빛이 끊임없이 깜빡였고, 귓가에는 철로를 내달리는 기차의 규칙적인 웅웅거림과 철거덕 소리가 맴돌았다. 이비 스노는 젊었을 때 자주 그랬던 것처럼 자신이 20시 32분 열차에 몸을 실은 채 까무룩 잠이 들었던 거라고, 지금쯤 이 도시에서 처음 와보는 낯선 역으로 들어서고 있을 거라고 예상하면서 살며시 눈을 떴다. 그러나 흥분한 나비 두 마리처럼 눈꺼풀이 파르르 떨리며 떠졌을 때, 이비는 자신이 스물일곱 살 때 살던 아파트 건물의 엘리베이터 안에 서 있는 것을 알아챘다. 층 버튼 패널을 흘끔 보니 8층 버튼이 불이 들어온 채 환히 빛나고 있었다. 문이 스르르 열렸고, 낡디낡은 엘리베이터가 출렁거리며 그러잖아도 불안정하게 버티고 있던 이비의 다리를 흔들며 얼른 내려서 저만치 가라고 재촉했다. 잠들기 전에는 분명 이 엘리베이터에 타고 있지 않았는데. 이 건물에 오십 년 넘게 발을 안 들인 것도 확실하고.

이비의 시선이 엘리베이터의 반들반들한 금색 벽면을 훑었다. 벽에 다른 누군가의 상像이 비쳤다. 게다가 그 사람은 그녀에게 지나치게 바짝 붙어 서 있었다. 이비는 벽에 비친 여자가 누군지 확인하려고 홱 돌아섰지만 엘리베이터 안은 비어 있었다. 이비 혼자였다. 다시 금색 벽을 향해 눈길을 돌린 그녀는 벽에 비친 유일한 상을 찬찬히 살폈다. 정돈되지 않은 금발 곱슬머리를 어깨 너머로 아무렇게나 늘어뜨린 이십대 여자였다. 오랫동안 가느다랗고 희끗희끗한 상태만 봐온 곱슬머리였다. 생기와 활기가 넘치는 고동색 눈동자가 도무지 믿기지 않는다는 눈빛으로 이비를 마주봤다. 빛나는 법을 아직 잊지 않은 눈동자였다. 얼굴 피부는 이비의 얼굴보다 매끈했다. 아직 오랜 세월 울고 웃고 찡그리고 미소 짓느라 닳고 쭈글쭈글해지지 않은 피부였다. 이비는 한 손을 자기 얼굴로 가져갔고 손끝에 닿는 보드라운 피부를 느꼈다. 명치를 주먹으로 맞은 것처럼 날숨 섞인 짧은 웃음이 터져나왔고, 동시에 이 얼굴로 살아간 기억들이 앞다투어 쏟아져나왔다. 이비가 고개를 기울이자 벽에 비친 여자도 고개를 기울였고, 그 상이 정말로 자기 자신임을 깨닫고 그녀가 활짝 웃자 반들거리는 금색 벽에 비친 스물일곱 살의 이비도 마주 미소 지었다.

마침내 이비는 엘리베이터에서 내렸고 그녀가 가장 좋아하는 구두의 뒤축이 대리석 바닥에 부딪혀 또각거렸다. 메리 포핀스의 경이로운 보물들이 들어 있는 카펫 가방과 비슷해서 이비가 '카펫 가방 구두'라고 이름 붙인 신발이었다. 꽃무늬 원피스의 밑단이 무릎 근처에서 살랑거렸고, 한순간 그녀가 아끼는 밝은 진녹색 외투의 온기가 뼛속까지 스며들면서 이비는 아주 오랫동안 느끼지 못했던 아늑함에 폭 감싸였다. 그녀는 손가락을 꼼지락거려보다가 왼손에 아직 약혼반지가 끼워져 있지 않다는 걸 발견했다. 화려하고 지나치게 큰 에메랄드 때문에 손이 무거웠을 뿐 아니라, 그 안에 담긴 의미의 무게가 심장마저 무지근하게 만들었던 반지였다. 이비는 두 손을 눈앞에 들어올리고 허전한 손을 보며 씩 웃은 다음, 복도 저 끝까지 걸어가면서 양옆에 늘어뜨린 두 손을 씩씩하게 흔들었다.

자신이 살던 집으로 가려고 통로 모퉁이를 돌던 이비는 이웃 콜린 어텀 씨를 발견하고 걸음을 멈췄다. 다소 내성적이고 조용하긴 했어도 언제나 그녀를 친절하게 대해준 사람이었다. 이비의 기억에 그는 키가 크고 체격이 좋았다. 옥스퍼드대학 교수 타입이라고 할까. 팔꿈치 부분에 스웨이드 패치가 달린 트위드 재킷과 주황색이나 초록색의 조끼 스웨터를 즐겨 입었다. 물고 다니는 파이프에서 나는 냄새는 썩 유쾌하지 않았지만 아주 가끔씩 보여주는 미소는 참 다정했다. 이비도 간신히 몇 번 보았을 뿐이었지만. 어텀 씨는 이비가 그의 옆집에 살던 어느 날 심장마비로 돌연 세상을 떴다. 그런 그를 여기서 보는 건 충격이었다. 게다가 이런 상태의 그를 보는 건. 마치 생전의 어텀 씨에게서 허물만 벗겨 온 것 같았다. 그는 자기 집 문 옆에 웅크리고 앉아 무릎을 가슴까지 끌어당긴 채 앞뒤로 몸을 흔들고 있었다. 트위드 재킷과 조끼 스웨터는 온데간데없고 대신 너무 헐렁해서 가냘프고 퀭한 그의 몸을 통째로 삼킨 것처럼 보이는, 물 빠진 흰색과 파란색 줄무늬 파자마를 입고 있었다. 피부는 하얗다못해 거의 투명했다. 그는 와들와들 떨면서 들릴락 말락 하게 뭐라고 중얼거리고 있었는데, 맞은편 벽에 등을 딱 붙이고 조심스레 다가가는 이비의 귀에는 이렇게 말하는 것처럼 들렸다. "무거워. 난 너무 무거워!"

이비는 익숙한 열쇠의 감촉이 느껴지길 바라면서 오른쪽 주머니에 살며시 손을 넣어보았다. 있다, 여기 있어. 살짝 축축한 손에 닿은 열쇠가 차가웠다. 열쇠 뭉치를 꺼내든 이비는 히스테리에 빠진 어텀 씨는 잠시 잊고 신이 나서 그걸 짤그랑 흔들었다. 곧장 열쇠를 구멍에 꽂아보았으나 열쇠는 돌아가지 않았고 그녀의 심장은 카펫 가방 구두가 있는 데까지 쿵 떨어졌다.

다시 한번 돌려보았다.

소용없었다.

또 한번, 이번엔 힘을 더 줘서 돌렸다.

아무 반응이 없었다.

이제 이비는 손가락에 힘을 주고 절박하게 열쇠를 비틀어댔지만 열쇠는 좀처럼 돌아가지 않았다. 눈물이 찔끔 났다. 이비는 한 걸음 물러나 문을 쳐다봤다. 분명 그녀의 집이었다. 82호. 반들반들하게 윤을 낸 나무문에서 환하게 빛나는 금색 숫자가, 안으로 들어가지 못하는 그녀를 약올리는 것 같았다. 눈을 돌리자 어텀 씨가 몸을 앞뒤로 흔들다 멈추고 그녀를 빤히 쳐다보고 있었다.

"어텀 씨?"

"스노? 오랜만이네요." 오래된 전축처럼 갈라진 목소리였다.

"여기가 어디예요?" 이비는 그의 옆에 쪼그려앉았다. 그와 포옹하고 싶었지만 하도 연약하고 가냘파 보여서 팔을 두르면 부서질 것 같았다.

"여기가 어디냐고 물었나요. 여기서 한참 살았잖아요. 잘 아는 곳일 텐데요."

"그건 그렇지만…… 들어갈 수가 없어요."

"너무 무거워서 그래요…… 당신도 너무 무거운 거예요. 아 이런, 이비, 당신까지 그러면 안 되는데. 너무 무거워. 너무 무겁다고." 그러더니 어텀 씨는 다시 몸을 흔들며 중얼거리기 시작했다.

이비는 일어서서 비틀거리며 다시 그녀의 문 앞으로 갔다. 주먹을 쥐고 문을 탕탕 두드리는데 눈물이 넘쳐 발그레한 볼을 타고 흘러내렸다. 이비는 눈을 질끈 감으며 어찌된 일인지 누가 좀 알려줬으면 좋겠다고 진심으로 바랐다.

"왜 못 들어가는 거야?" 울음 섞인 말이 흘러나왔다.

그런데 감은 눈꺼풀 뒤로 노란 점들이 깜빡였다. 얼른 눈을 뜨자 문이 자그마한 불빛들로 무수히 반짝이는 게, 불빛들이 나무문 앞에서 춤을 추고 있는 게 보였다. 빛은 유려하게 움직여 대열을 이루더니 이내 문장을 만들어냈다.

> 당신의 영혼은 너무 무거워서 이 문을 통과할 수 없어요.
> 세상의 무게는 이전 세상에 남겨두세요.
> 무게를 덜어내야 열쇠가 돌아가고,
> 당신이 열망하는 것을 가질 수 있어요.

"내 영혼이 너무 무겁다고? 그게 무슨 소리지?" 이비는 갑자기 열이 나고 후끈해지는 것 같아서 외투를 벗었다.

"외투를 벗는다고 무게가 덜어지지는 않아, 이비."

복도 저쪽 끝에 키가 작은 남자가 서 있었다. 그새 어텀 씨는 조용해졌고, 흘끔 보니 그는 이제 엄지를 빨면서 눈을 질끈 감고 있었다. 어찌나 꽉 감았는지 눈이 두 개의 선처럼 보일 정도였다. 방금 말을 건 사람은 사십대 중반의 남자였는데 훨씬 더 나이가 들어 보였다. 입 한쪽 끝에서 담배 한 개비가 달랑거렸지만 그는 입에 아무것도 안 물고 있는 것처럼 말을 했다.

"리프 박사님." 그를 본 순간 이비는 안도의 한숨을 내쉬었다. 통통한 체형에 머리가 살짝 벗어졌고 세상에서 가장 귀여운 납작코를 가진 이 네덜란드인은 다름 아닌 이 아파트의 수위였다. 이비가 여기 살았을 때 늘 그랬던 것처럼 지금도 그는 끊임없이 온기를 발산하고 있었다. 리프 박사는 건물 주민들의 이름을 다 알았고 주민들의 사정도 전부 꿰고 있었다. 꼬치꼬치 캐물어서가 아니라 주민들이 저절로 그를 믿고 털어놓기 때문이었다. 박사는 주민들이 편지나 우편물을 못 받는 일이 없도록 신경썼고, 크리스마스에는 우편물에 동전 모양의 초콜릿이 든 봉지를 슬쩍 끼워넣기도 했다. 게다가 중매쟁이 역할도 자처해서, 언제나 싱글인 주민들을 엮어주려고 했다. 한번은, 이비가 이 아파트에 입주하기 한참 전의 일인데, 그 중매가 성공해 대니 손과 로즈 그린의 결혼식에서 리프 박사가 신랑 들러리가 되어 하객을 맞이하는 영광을 누리기도 했다. 그때부터 그는 자신을 리프 박사로 불러달라고 했다. 네덜란드어로 사랑을 뜻하는 단어 리프더에서 따온 것으로, 독특하고 개성적인 그는 이름 역시 독특하고 개성적인 걸 원해서 결국 리프가 되었다. 이 별명은 점차 주민들 사이에 퍼졌고 나중에는 아무도 그의 진짜 이름을 기억하지 못하게 되었다.

이비는 날이 쌀쌀하면 코코아를 타서 대령하고, 그의 책상에 구비된 소형 선풍기만으로는 견디기 힘든 한여름에는 차가운 핑크레모네이드를 갖다주곤 했기에 리프 박사가 가장 좋아하는 입주자 중 한 명이었다. 리프 박사는 이비가 82호에서 나간 지 얼마 안 돼 사망했는데, 한때 아파트에 살았거나 그 당시 살고 있던 주민들과 함께 이비도 장례식에 참석했다. 이 아파트는 리프 박사가 세상에서 가장 사랑한 장소였다.

"이렇게 뵙다니 얼마나 반가운지 몰라요!" 이비는 리프 박사에게 달려갔고 박사는 자기보다 족히 30센티미터는 큰 이비를 약간 어정쩡하게 안아주면서 목쉰 소리로 껄껄 웃었다.

"나도 마냥 반갑기만 하면 좋겠구먼. 너무 고통스럽진 않았기를 바라. 자면서 갔어?" 리프 박사의 영어는 흠잡을 데 없었다. 미미하게 묻어나는 악센트와 고국에 대한 자부심만 아니라면 이비는 그가 네덜란드인이라는 걸 전혀 눈치채지 못했을 것이다. 리프 박사는 입에 물고 있던 담배를 복도 벽에 달린 재떨이에 비벼 껐다. 그는 원래 아파트 건물 안에서 절대로 담배를 피우지 않는 사람이었다. 어쨌거나 지금 이비는 신기하게도 담배 냄새를 전혀 맡을 수 없었다.

이비는 미간을 찌푸렸다. "무슨 말씀인지 모르겠는데요."

"오, 이비." 리프 박사는 이비에게 서글픔이 묻은 다정한 미소를 지어 보였다. "이곳은 사후 세계야. 아니, 사후 세계의 대기실쯤 되겠네." 그는 이비에게 한쪽 팔을 내밀었고 이비가 팔짱을 끼자 그녀를 다시 엘리베이터로 이끌었다.

"사후 세계의 대기실이라." 이비는 어떻게든 이해해보려고 그가 한 말을 되뇌었다. 토끼굴에 빠진 기분이었다. 동물이 말을 하고 시간을 알려주는 환상의 세계가 펼쳐지지는 않았지만. 대신 그녀는 과거에 속한 세계, 오래전 죽은 이들이 다시 살아 있는 세계에 와 있었다.

“어떻게 된 거냐면, 만약 이승에서 선한 삶을 살았다면, 늘 최선을 다해 성실하게 살아왔다면, 죽고 나서 우리는 생전에 제일 좋아했던 장소로 가게 돼.” 리프 박사가 설명했다.

“천국이요?” 이비는 이해가 잘 안 돼서 미간을 찌푸리며 물었다.

“아 그것도 맞는데, 자신만의 천국이라고 할까. 이비는 세상을 떴어. 안타깝지만 죽었다는 말이야.” 이렇게 말하면서 리프 박사는 이비의 손을 꼭 쥐었다.

그렇군, 이비는 속으로 중얼거렸다.

“네, 저도…… 저도 기억나요. 들으니까 기억이 나네요.” 그녀는 온 신경을 집중해 기억을 끄집어냈다. “길고 충만한 삶이었어요. 결혼을 했고. 아이가 둘 있었고. 저는……” 이비는 잠시 말을 멈췄다. “행복했어요. 그리고 자식들하고 손주들이 침대 곁을 지키는 가운데 숨을 거뒀어요. 예, 이제 다 기억나네요.” 말하면서 입꼬리가 살며시 올라갔고, 기억에서 꺼내올려 마음의 눈에 비친 장성한 자녀들의 모습에 그녀는 잠시 아득해졌다. 그러다가 곧 고개를 살짝 흔들면서 다시 리프 박사에게로 돌아왔다. 바로 앞에 서 있던 리프 박사는 그녀를 엘리베이터에 태웠다.

광나는 황금색 벽에 비친 모습을 들여다본 이비는 자신이 여전히 스물일곱 살 때의 모습을 하고 있음을 알아차렸다. 그녀는 딱히 허영심이 강한 사람은 아니었지만 그녀가 자신의 외모에서 아주 마음에 들어했던 부분, 이를테면 캐러멜색 곱슬머리라든가 고동색 눈동자 같은 부분들이 한때 만끽했던 생기와 짜릿함과 더불어 서서히 회색으로 바래가는 걸 지켜보기란 참 힘겨운 일이었다.

"보아하니 여기, 이 아파트가 이비가 가장 행복했던 장소였나보네. 나도 그런데. 그래서 우리가 죽어서 여기로 온 거야." 리프 박사가 3층 버튼을 눌렀지만 버튼에 불이 들어오지 않았다. "망할 놈의 버튼." 조금 더 힘을 주어 누르자 버튼 위 작은 반투명 숫자가 노르스름한 빛을 받아 희미하게 빛났다. "그건 그렇고……" 박사는 말을 멈추고 뭔가 마음에 걸리는 표정으로 계속 버튼만 쳐다봤다.

"아, 역시 이런 일에는 조건이 붙기 마련이군요. 세 가지 소원을 들어줄게, 하지만 소원을 더 들어달라는 소원은 안 돼." 이비는 쿡쿡 웃었지만 리프 박사의 표정을 보고 그렇게 단순한 일이 아닐 거라는 예감이 들었다.

"그렇게 심각한 조건은 아니야, 이비. 아까 문이 안 열렸지?" 이비가 고개를 끄덕였다. "가져가는 게 허용되지 않는 소유물을 갖고 있어서 그런 거야."

"소유물이요? 하지만 아무것도 안 가져왔는데요. 옷도 여기 도착했을 때 입고 있던 거예요. 신발도 이걸 신고 있었고 열쇠도 외투 주머니에 들어 있었어요." 그러면서 이비는 다시 열쇠를 찾아 더듬거렸고, 손안에 열쇠가 들어오자 있는 힘껏 움켜쥐면서 열쇠는 여기 있어, 나도 여기 있고, 그러니 다 잘될 거야, 하고 애써 마음을 다잡았다.

"소유물이 꼭 물질을 뜻하지는 않아, 이비." 엘리베이터가 갑자기 덜컹하더니 출렁거리며 수직 통로를 하강하기 시작했다. 리프 박사는 손마디가 하얘지도록 꽉 쥔 주먹으로 벽을 쾅 쳤다—문득

이 상황에 대한 걷잡을 수 없는 분노에 사로잡힌 모양이었다. 이비가 그의 팔을 부드럽게 토닥였다. 한참 만에 엘리베이터 문이, 저편에 뭐가 있는지 보여주기 싫은 듯 천천히 열렸다.

"이비." 리프 박사가 떨리는 숨을 깊이 들이쉬었다. "여기는 3층이야."

"그렇죠……" 이비는 리프 박사가 말을 잇기를 기다렸지만 그는 아무 말도 하지 않았고 엘리베이터에서 내리려고 하지도 않았다. "뭐가 잘못됐나요?"

"미안하지만 여기 오는 게 워낙 오랜만이라 그래. 가능하면 안 오려고 하는데, 이 층에 뭐가 있는지 이비가 꼭 봐야 하니까." 그는 이비의 팔을 단단히 붙잡고 엘리베이터 문 쪽으로 한 발을 뗐다. "인간의 영혼은 참 연약해서 어떤 일들에는 무겁게 짓눌리기도 해. 우리가 가책을 느끼거나 감정을 너무 억누르거나 입을 다물어버리거나 비밀을 꾹꾹 담아두면, 그러면 연약한 영혼에 엄청난 부담을 지우는 거야. 이렇게 인간이 만들어낸 무게 추는 영혼에 들러붙어서 우리를 아래로 잡아끌기 시작하지." 리프 박사는 3층에 도착한 이래로 이비를 한 번도 쳐다보지 않고 있었다. 그의 시선은 고집스럽게 전방에, 점점 가까워오는 복도 모퉁이에 고정돼 있었고, 걸음도 점차 느려졌다. 머리 위에서 푸르스름한 불빛이 깜빡거렸고 전등에서 웅웅 소음이 났다.

"다음 세계로 건너가려면, 그러니까 아파트 문을 통과하려면, 그 무게를 떼어내야 해. 눌러둔 감정을 끄집어내고, 마음을 열고 사람들을 용서해야 한다는 말이야. 지금 지고 있는 짐이 무엇이건간에 그걸 놔줘야만 한다고. 안 그러면 문을 통과할 수 없고 그럼 여기 갇히고 말 거야."

복도를 따라 더 깊숙이 들어가자 신음소리가 분명하게 들려왔다. 한 사람이 아니라 여러 명이 내는 신음이 기이하고 마음을 후벼파는 불협화음을 만들어내고 있었다.

"리프 박사님…… 우리 왜 3층에 온 거예요?" 이제 이비는 축축하게 땀이 밴 그의 손을 꽉 잡고 있었다. 두 사람은 손깍지를 끼고서 마음을 어지럽히는 그 소리를 향해 슬금슬금 다가갔다.

리프 박사가 숨을 크게 들이쉬더니 말했다. "여기는 이 건물 주민들 중에서 약간…… 미련이 많은 사람들이 거주하는 층이야."

그들은 모퉁이를 돌았고, 이비는 헉하고 숨을 들이마셨다.

2
3층

"저 사람들 뭐하는 거예요?" 이비는 걸음을 멈추고 계속 앞으로 가려는 리프 박사를 잡아끌었다. "왜 자기 집에 안 들어가고 저기 있는 거죠?"

한때 이비가 알고 지냈던 사람들인지는 몰라도 지금은 전혀 알아볼 수 없었다. 그들의 흙빛 얼굴은 퀭했고 피부는 투명했다. 다들 집안에서 편하게 있을 때 걸칠 법한 옷을 입고 있었다. 잠옷이나 실내용 가운, 체육관에는 한 번도 안 가져갔을 듯한 운동복 차림이었다. 그 옷들은 전부 검은색, 흰색 아니면 회색이었다. 그들 주위에는 그들의 몸뚱이와 장신구에서 녹아 나온 온갖 색깔—파란색, 빨간색, 분홍색, 주황색, 초록색—이 바닥에 고여 카펫을 푹 적시고 벽지에까지 묻어 있었다.

"왜들 저런 거예요? 다들…… 색깔을 전부 잃었어요." 이비가 속삭였다.

"저들은 여기 갇힌 거야, 이비." 리프 박사가 설명해주었다. "자신을 여기 붙잡아두는 것을 놓으려 하지 않아서 그래. 여기 하도 오랫동안 있어서 과거의 자신에서 껍데기만 남은 거지. 저들에게는 이제 생기도 없고 색깔도 더이상 남아 있지 않아. 전부 그냥…… 녹아 없어진 거지."

한 남자는 자기 집 문에 기대어 애처롭게 나무문을 긁어대고 있었다. 문은 흠 없이 반들거리는 상태 그대로였지만, 그의 손은 그나마 남은 뭉툭한 손가락 끝에 멍이 들고 피가 흘렀으며 그 피는 새까만 색이었다. 한 여자는 종알거리면서 속사포처럼 말을 내뱉고 있었는데 어떤 단어는 다른 단어보다 더 크게 말했다. 그 여자는 자기 집 문에 안기듯이 웅크리고 앉아 문틀에 머리를 찧어댔다. 또다른 여자는 자기 주변에 떠다니는 보이지 않는 유령을 붙잡으려고 허우적거렸다. 그 여자가 팔을 휘젓는 것을 쳐다보고 있는데, 여자가 갑자기 자기 코를 탁 치더니 아파서 소리를 질렀다. 여자의 얼굴에 흐른 시커먼 물을 보니 이번이 처음은 아닌 것 같았다. 여자가 입은 하얀색 탱크톱에는 말라붙은 피가 커다랗게 얼룩져 있었고 두 손도 까맣게 물들어 있었다. 허공에 휘두르는 손을 보니 손톱 밑에도 액체가 끼어 굳어 있었다.

끊이지 않는 불협화음은 견디기 힘든 지경이었다. 소리는 파도처럼 밀어닥쳤고 이비는 속이 메스꺼워지기 시작했다.

"볼 만큼 봤어요." 이비가 속삭였다. "내 집으로 돌아갈래요." 그러면서 돌아서려는데 리프 박사가 이비의 팔을 붙잡고 놔주지 않았다.

"저들을 잘 봐둬, 이비. 충분히 머리에 새겨놓고 이비는 절대로 저렇게 되지 마." 그는 전에 없이 심각한 표정을 지으며—잠시 완전히 딴사람이 되어—엄중한 투로 말하더니 곧 다시 부드러운 표정으로 돌아와 이비의 팔을 놓아줬고, 두 사람은 걸음을 재촉해 엘리베이터로 돌아갔다. 이비는 문이 닫힐 때까지 8층 버튼을 빠르게 여러 번 눌렀고 이내 엘리베이터가 올라가기 시작했다. 그제야 이비는 벽에 몸을 기댄 채 참고 있는 줄도 몰랐던 숨을 내뱉었다.

"저 사람들처럼 될 수는 없어요." 이비는 키 작은 네덜란드인에게 그리고 자기 자신에게 강조하듯 세차게 고개를 저으며 말했다.

"여기서는 저치들을 '희망 없는 자들'이라고 불러. 아무튼 이비가 그렇게 말하니 다행이네." 리프 박사의 얼굴에 안도의 표정이 역력했다.

"네, 전 희망 없는 사람이 되지 않을 거예요. 제가 얼마나 희망으로 가득찬 사람인데요. 저는 희망찬 사람이라고요." 이비가 그 말의 진실성을 자신에게 확신시키려는 듯 빠르게 말을 쏟아냈다. "그렇지만 제 영혼을 짓누르는 게 뭔지 모르겠어요. 이 상황을 어떻게 타개해야 할지도 모르겠고요." 이렇게 말하는데 목이 메어왔다.

엘리베이터 문이 열리자 두 사람은 3층의 기억을 지우고 싶어서 즉시 내렸지만 곧장 82호로 가지는 않았다.

"이비, 이 건물로 돌아오는 모두가 정확히 그렇게 말하는 걸 나는 번번이 들었어. 그런데 그 말이 진실이었던 적은 한 번도 없었지." 이비가 멋쩍은 듯 자기의 카펫 가방 구두를 내려다봤다. "잊지 마, 내가 이 아파트 수위였고 아파트 주민들이 하나같이 내게 자기 일을 털어놓았다는 걸. 이비를 여기 붙잡아두는 게 뭔지 우리 둘 다 알잖아. 먼저 이비가 스스로 그걸 인정해야 돼." 그러더니 리프 박사는 이비의 아파트를 향해 걸음을 뗐다.

이비는 그의 말을 알아들었지만 한 가지 이해 안 되는 점이 있었다. "리프 박사님, 여기가 사후 세계의 대기실이고 사람들이 진짜 사후 세계로 넘어가지 못해서 여기 갇혀 있는 거라면, 그리고 무엇 때문에 사람들이 넘어가지 못하는지 알고 계신다면, 박사님은 대체 왜 여기 계신 거예요?"

복도 중간쯤 가서 리프 박사가 걸음을 멈췄다. 이비의 눈을 똑바로 바라보는 그의 눈에 눈물이 고였다. 이비는 무안해져서 그가 잠시 자신을 추스르도록 구두를 내려다봤다.

"글쎄," 영원히 계속될 것 같은 순간이 흐른 후 리프 박사가 입을 열었다. "지금까지 그런 걸 물어본 사람은 한 명도 없었는데." 이비가 흘끔 올려다보니 그는 볼에 흐른 눈물을 엄지로 훔치고 있었다. "이비, 이 건물, 이 복도들은 이비의 대기실이야. 각자의 천국이 다르듯 각자의 연옥도 다 달라. 나는 내 인생이 너무 비참해서 다른 사람들을 통해 행복을 찾았어. 남들의 인생사를 알아내고 때때로 끼어들면서 말이야. 죽은 뒤 여기 도착했는데 글쎄 아파트 건물 정문이 열리지를 않는 거야. 나한테 이혼하자고 한 전 아내를 용서할 때까지. 마음속 깊은 곳에서는 아내의 잘못이 아니라는 걸 알고 있었어. 나를 향한 사랑이 식었을 뿐이었지. 그런데도 나는 아내를 오랫동안 원망했어. 내 대기실은 이 건물의 현관 앞이었어. 그런데 내가 품고 있던 원망을 놓아 보내자 문이 열렸고 나는 나만의 천국에 오게 됐지." 그는 자신에게 가장 행복한 장소, 자신만의 소박한 파라다이스를 휘이 둘러 가리켰다. "아파트 주민들과 얘기를 나누고 내가 도울 수 있는 일에 도움을 주는 게 내 삶의 전부였어. 그러니 여기가 내 천국인 것도 일리가 있지. 이비 같은 사람들이 자기 집에 들어갈 수 있게 도와줄 수 있는 이곳이."

그 순간 이비는 리프 박사만큼 마음이 넓고 이타적인 사람이 세상에 또 있을까 싶었다. 그러자 곧바로 이비가 한때 알고 지냈던 다른 남자가 떠오르면서 그녀의 심장을 짓누르는 무게 추가 그녀를 아래로 끌어내렸다. 리프 박사는 이비의 얼굴에 스친 고통의 빛을 보고 이렇게 말했다.

"이비. 이비를 여기 묶어두는 게 뭔지 알고 있지?"

"네." 이비가 훌쩍거렸다. "알아요." 리프 박사가 다가와 아까 자신의 눈물을 훔쳤던 엄지로 그녀의 턱에 맺힌 눈물 한 방울을 조심스레 닦아준 다음에야 그녀는 자신이 울고 있다는 걸 알아차렸다. "제가…… 제가 간직한 비밀들 때문이에요."

"비밀들이라고, 이비? 확실해?"

"예. 확실해요. 가족들에게도 털어놓지 않은 일들이 있어요. 누구도 알 필요가 없는 일이니까 숨긴 것도 있지만, 한편으로는 그 기억을 되살리는 걸 제가 견딜 수 없어서이기도 했어요. 그 기억이 불쑥 떠올라 흠칫하지 않은 날이 하루도 없었어요. 집안에서 멍하니 계단을 오르다가 한 칸 더 있는 줄 알고 헛디뎌서 놀란 적도 있고요. 정원에서 꽃을 가꾸다가 갑자기 숨이 턱 막혀올 때도 있었어요. 제 심장을 허공에 던지면 그 비밀의 무게 때문에 두 배로 빨리 땅에 떨어질 거예요, 분명히."

아주 오랫동안 억지로 숨겨온 일들을 털어놓을 생각을 하니 뭔가 대단히 잘못하고 있다는 기분이 들었지만, 동시에 묘하게도 이렇게 하는 게 옳다는 기분이 들었다. 어쩌면 다시 마음이 가벼워질 수 있는 기회인지도 몰랐다. 두 발이 땅에 묶이지 않은 채로 춤출 수 있게 될 기회. 살아보지 못한 과거에 대한 미련을 잠재울 기회.

때로 우리는 갈림길을 만나 한쪽 길을 택한 다음, 시간이 지난 뒤 그때 다른 쪽 길로 갔더라면 어땠을까 궁금해하지, 이비는 생각했다. 게다가 자신이 밟은 길이 남이 정해준 길이고 다른 쪽 길은 이제 너무 멀어져버려 도저히 되돌아갈 수 없는 경우에는 더더욱. 이비도 오래전 인생의 갈림길을 만났고 잘못된 길을 택할 수밖에 없었다.

리프 박사는 무거운 한숨을 뱉더니 조금은 안도한 듯 미소를 지었다. "됐어, 그럼. 제일 어려운 단계는 지난 거야. 좋은 소식이 있다면, 다음 단계는 비교적 쉬워." 그는 이비를 데리고 자기 집 앞 바닥에 웅크리고 누운 채 아직도 엄지를 빨면서 새근새근 잠들어 있는 어텀 씨를 지나쳐 엘리베이터 쪽으로 갔다.

"그치만 이 상황을 해결하려면 도대체 어디서부터 시작해야 하는 건데요? 나는 죽었잖아요. 다시 그……" 이비는 뒤로하고 온 세계를 뭐라고 불러야 좋을지 고민하느라 잠시 말을 멈췄다. "산 자들의 세상으로 돌아가 아파트 문을 열 방법을 찾기 위해 사람들을 찾아다니며 대화를 나눌 수는 없는 노릇이잖아요."

리프가 이비의 손을 붙잡고 꼭 쥐었다. 스스로를 진정시키려는 건지 이비를 위로하려는 건지 그녀도 알 수 없었다. 그러더니 이비를 다시 엘리베이터에 태웠다. 벌써 이비는 그 엘리베이터가 꼴도 보기 싫었다. 이번에 그는 1이라고 쓰여 있는 버튼을 눌렀다.

"방법은 언제나 있어, 이비."

문이 닫혔다.

3
벽

엘리베이터는 1층으로 하강했다. 리프는 거기서 이비를 이끌고 아파트 현관을 지나 자기 책상—여기서 잠시 걸음을 멈추고 담배를 한 개비 집어 불을 붙였다—을 빙 돌아 뒤쪽의 간이 부엌을 통과한 다음 계단을 내려갔는데, 계단 끝에는 오직 시커먼 어둠만 존재하는 것 같았다. 리프가 스위치를 켜자 노란 불빛 속에 별 볼 일 없는 지하실이 모습을 드러냈다. 이비가 오래전 거기 살 때는 한 번도 내려가볼 일이 없었던 층이었다. 전에 살던 사람들이 두고 간 물건을 보관하는 공간이거나 분실물들이 거주하는 곳이라고 짐작했었다. 이비도 거기 사는 동안 물건을 잃어버린 적이 몇 번 있었다. 빨간색과 흰색이 섞인 물방울무늬 우산, 너무 크면 안 잃어버리겠지, 하는 희망에 점점 큰 사이즈로 사들인 선글라스 세 개, 어느 따스한 여름날 저녁 공원에서 열린 파티에서 놀고 술에 취해 살짝 알딸딸해진 상태로 아파트 로비에서 리프와 수다를 떨다가 무심결에 벗어던진 플립플롭 한 켤레. 이비가 뭔가 없어진 걸 알아챌 때마다 리프는 지하실로 사라졌다가 잠시 후 물건이 넘쳐나는 '분실물과 습득물' 상자를 들고 나타나곤 했다.

"그냥 분실물 상자라고 해야 돼요." 이비가 한번은 이런 말도 했었다. "누가 물건을 습득해서 그 상자에 넣는다 해도 주인을 찾기 전까지는 어쨌든 분실물이니까요. 그리고 일단 주인을 찾았으면 상자에 들어 있을 이유가 없잖아요!" 그러자 리프 박사는 사인펜을 꺼내더니 상자 측면의 '습득물' 부분에 쓱쓱 줄을 그어 지워버렸다.

이비의 눈이 어둠에 익숙해졌다. 분실물 상자가 콘크리트 바닥 한구석에 놓여 있었다. 이곳은 위층처럼 초록색 카펫이 깔려 있지 않았다. 리프가 스위치를 올리자 노란 조명이 약하게 들어왔다. 그가 겨우 방을 가로질러 제일 안쪽 벽까지 갈 수 있을 만큼의 밝기였다. 벽은 연한 크림색이었지만, 자세히 들여다본 후 이비는 원래 파란색과 분홍색 줄무늬 벽지로 덮여 있었다는 걸 알 수 있었다. 벽지가 거칠게 뜯겨나간 탓에 벽 가장자리에 남은 종이 쪼가리들이 삐죽삐죽한 테두리를 이루고 있었다. 한가운데의 커다란 크림색 부분이 어스름한 조명을 받아 은은하게 반들거렸고, 이비는 마치 멀리서 뇌우가 다가오는 것처럼 공기 중에 뭔가가 웅웅거리는 소리를 분명히 들은 것 같았다.

리프 박사는 벽 앞에서 이비를 마주보고 서더니 보일 듯 말 듯한 미소를 띤 채 둘을 소개하듯 벽을 향해 손짓했다. 이비는 멍한 표정으로 그를 마주봤다.

"벽이야, 이비!" 한껏 신이 난 리프는 이비가 영 못 알아듣는 것에 약간 답답해하며 나무라듯 말했다. "이비가 찾던, 과거로 돌아갈 방법이 바로 벽이라고."

이비는 벽에 가까이 다가갔다. 웅웅 소리가 조금 더 크게 들렸고, 사람들 목소리가 합쳐져 불협화음을 만들어냈던 3층의 소음처럼 이 소리 또한 사람들이 떠드는 소리라는 것을 알 수 있었다. 단, 훨씬 덜 공격적이고 훨씬 차분한 소리였다. 숨겨둔 연인을 향한 부드러운 속삭임, 샴페인 몇 잔에 쏟아놓는 속마음, 아니면 엄마가 아이를 재울 때의 낮고 부드러운 목소리 같았다.

"이건 뭐예요? 왜 온 세상 소리가 한꺼번에 들리는 거죠? 다들 아주……" 이비는 눈꺼풀이 무거워졌고, 이상하리만치 따뜻한 벽면에 이마를 살며시 갖다댔다. "만족해하고 있어요."

"이비한테는 그렇게 들려? 만족한 상태?" 어느새 리프는 방 한가운데에 책상용 의자 하나를 끌어다 놓고 거기 앉아 이비를 바라보고 있었다.

"박사님한테는 그렇게 들리지 않나요?" 무겁게 주저앉은 이비는 콘크리트 바닥에 자리를 잡고 앉아, 거기서 떨어질 생각이 없다는 듯 벽에 등을 바짝 붙였다. 그러고는 고개를 돌려 한쪽 귀를 벽에 댔다.

"다들 각각 다른 소리를 듣거든, 생전에 어떤 삶을 살았고 누구를 남겨두고 왔느냐에 따라서. 나한테는 웃음소리가 들려. 여러 사람의 웃음소리가." 이비는 반쯤 감긴 눈으로 리프가 미소 짓는 걸 볼 수 있었다.

"저한테는 따뜻하고 숨죽인 세상의 소리가 들려요." 이비가 말했다. "제가 십대였을 때 친구랑 저녁에 나가서 신나게 놀다가 집에 돌아와, 부모님이 깰까봐 웃음이 터져나오는 걸 참으면서 살금살금 위층으로 올라갔을 때의 기분이에요." 장면들이 마음속에서 춤추듯 되살아났고 이비는 벽의 따스함에 취해 흐뭇하게 웃었다.

"행복한 인생의 소리로군, 아무렴."

이제 리프는 이비에게서 아주 멀리 떨어져 있는 것처럼 보였다. 이비가 벽에 더 깊숙이 기대자 벽이 그녀를 감싸안으면서 잠들 때까지 살살 흔들어주는 것 같았다.

"여엉차!" 리프가 이비의 두 손을 잡고 끌어당겨 그녀를 일으켜 세웠다. 깜짝 놀라 중심을 잃은 이비는 휘청하며 리프 쪽으로 고꾸라질 뻔했지만, 몇 차례 심호흡을 한 뒤 겨우 몸을 바로 세웠다. "가만 보니 이비하고 이 벽은 앞으로 죽이 잘 맞을 것 같네."

"죽이 맞아요? 벽이 사람인 것처럼 말씀하시네요." 치마를 쓸어내린 이비는 약간 열이 나는데다 당황해서 외투 자락을 젖혔다.

"이 벽이 정확히 뭔지는 나도 모르지만, 이비, 벽보다는 사람에 가까운 건 확실해." 리프는 한 손으로 벽을 쓸어내리더니 미간을 찌푸렸다. "이 녀석이 약간…… 감성적이야. 우리가 어떤 존재인지 이해는 하는데 어린애 같은 면도 있어. 잘 대해주는 사람하고는 잘 놀아줘. 잘 대해주지 않는 사람하고는 안 놀아주고. 이비를 좋아하리란 건 진즉부터 의심하지 않았지만, 그래도 둘이 서로 좋은 영향을 주고받는 걸 눈으로 확인하니 기분좋네."

"서로요? 제가 벽 때문에 기분이 좋아진 건 맞지만, 설마 제가 어떤 영향을 줬으려고……" 몸을 돌려 자신이 기대 있던 자리를 본 이비는 조금 전 폭 안겨 있는 것 같던 기분이 실제로 안겨 있었기 때문이라는 걸 알았다. 벽이 안쪽으로 움푹 파이며 이비의 몸을 감싸도록 형태를 바꾼 것이었다. 이비의 몸 자국이 표면에 그대로 남아 있었다. 벽은 일렁이며 모양이 변하더니 다시 이전의 평평한 형태로 되돌아갔다.

"이리 와봐, 설명해줄게." 리프가 바퀴 달린 의자를 굴려 이비의 뒤로 가더니 그녀를 의자에 태우고 한쪽 구석에 있는 책상으로 데려갔다. 그는 펜을 집어들고 공책 한 권을 자기 쪽으로 끌어당긴 다음 공책의 색 바랜 파란 줄 위에다 뭔가를 그리기 시작했다. 우선 평행한 선 다섯 개를 긋는 것으로 시작했다. 제일 위의 두 줄 사이에 그는 천국이라고 썼다. 그다음 칸인 둘째 줄과 셋째 줄 사이에는 사후 세계의 대기실이라고 쓰고, 그다음 칸에는 생, 또 그다음 칸에는 지옥이라고 썼다. 그러더니 펜을 천국과 사후 세계의 대기실 사이의 줄에 가져가 눈에 띄게 진해지도록 덧칠했고 이어서 생과 지옥 사이의 줄에도 똑같이 했다. 가운데 줄, 즉 사후 세계의 대기실과 생 사이의 줄은 펜으로 휘갈기듯 덧그어 삐죽빼죽하고 들쑥날쑥하게 만들었다.

"천국과 지옥의 대문들은 아주 단단히 보호되고 있어. 천국의 문이 단단히 잠겨 있는 건 이비도 직접 확인했지." 리프 박사는 펜 끝을 포인터처럼 사용해 자신이 그린 그림을 짚어가며 이비에게 설명했다.

"그럼 지옥의 문은 어떤데요?" 이비는 그림을 더 잘 볼 수 있게 공책을 자기 쪽으로 돌렸다.

"사람들이 자기가 지옥으로 갈 걸 안다면, 사탄의 문을 두드려 보겠어? 아니지. 거기 들어갈 사람은 사탄이 알아서 소환해 가. 부디 이비는 그 광경을 목격할 일이 없었으면 좋겠군." 리프 박사의 눈빛이 아득해졌고 그는 자기가 끼적인 그림을 내려다보며 몸을 부르르 떨었다. 그의 펜이 생과 지옥 사이의 굵고 시커먼 선으로 움직여 가 선을 조금 더 굵게 만들었다. 이비는 그가 무엇 때문에 부르르 떨었는지 궁금했다. 리프 박사는 항상 행동으로 용기와 대담함을 보여주는 사람이었다. 그런 그가 입을 다문 건 그만큼 심각한 일이라는 뜻이었다.

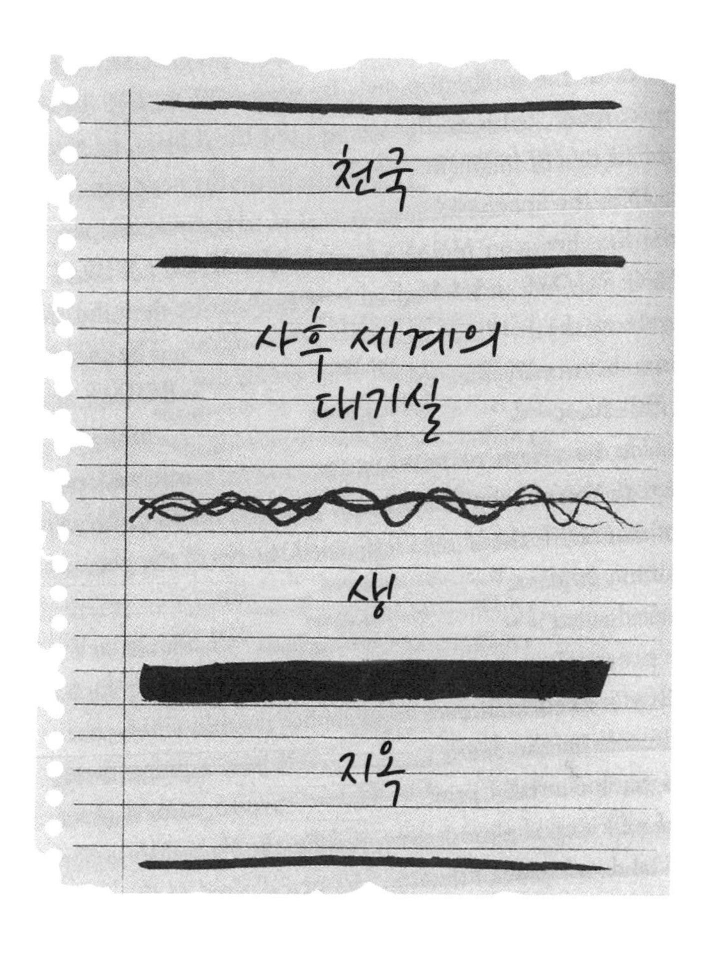

"여기 이 선은요?" 이비는 가운데의 들쑥날쑥한 선을 가리켰다. 지금 그녀가 있는 곳과 그녀가 가야 하는 곳 사이의 관문이었다. "다른 선들하고 다르네요."

리프는 책상 끄트머리에 기댄 채 벽을 바라봤다. 그러더니 물고 있던 담배를 바닥에 던지고 꺼져가는 담뱃불을 브로그 구두로 짓이겼다.

"맞아, 다른 선들하고 달라, 이비. 이곳은," 그는 두 손을 들어 방안을 가리켰다. "천국이나 지옥하고 다르거든. 그만큼 실체가 있지도 않고 분명하지도 않아." 이비가 무슨 소리인지 알아들으려고 애를 쓰며 한쪽 눈썹을 치켜세웠다. 그러자 리프 박사는 더 쉽게 이해시키려고 다른 방향에서 접근했다. "인생이 여러 색깔로 그린 그림, 한 편의 아름다운 애니메이션이라면 이곳 사후 세계의 대기실은 그 위에 덧댄 트레이싱지야. 원화에 가깝지만 원화와 똑같지는 않지. 마치 성에 낀 창으로 내다본 바깥세상처럼 색이 바래고 흐릿해. 이 세계에 와 있는 사람들은 다들 이도 저도 아닌 상태야. 분명 살아 있는 건 아닌데, 그렇다고 완전히 죽었다고 할 수도 없는 상태라는 말이야."

이비는 흐릿한 불빛 아래 일렁이는 벽을 바라보았다. 평평한 벽면이 출렁이는 것처럼 보였다. 마치 두 사람의 시선을 끌려는 듯 이쪽을 향해 손을 흔드는 것 같았다. 정말 어린애 같네, 이비는 생각했다.

"이 세계와 산 자들의 땅 사이에 있는 벽은 천국과 지옥 사이의 벽보다 늘 투과성이 더 좋았어. 지난 세월 동안 수백 명의 고통받는 영혼들이 자신의 죽음을 받아들이지 못하고, 저 벽을 억지로 통과해 집으로 돌아가려 했어. 그래서 벽의 특정 부위들이 더욱 약해졌지. 아직 살아 있는 자들한테는 슬픈 일이지만 이비한테는 오히려 꽤 유리할 거야."

"아직 살아 있는 자들한테는 슬픈 일이라고요?" 이비가 물었다. "그게 무슨 뜻이에요?"

리프가 이미 주름진 눈썹을 걱정으로 더 구기며 한숨을 내쉬었다. "원래 세상에는 귀신이 없는 게 맞아. 내 말은, 사람들 눈에 띄거나 사람들을 괴롭히는 귀신은 없어야 한다는 뜻이야. 이비가 그 세상으로 건너간다면 좋은 의도로 가는 것일 테지. 이를테면 이비의…… 못다 한 일을 마무리짓는 것만이 유일한 목적일 거야. 그럴 경우 이비는 살아 있는 사람들의 눈에 절대로 띌 수 없어. 거기서 그림자조차 드리울 수 없지. 그쪽에 머물 의도를 가지고 억지로 그 세계에 건너가는 사람들은 평화로운 영혼이 아니고, 그런 공격적인 영혼은 순리를 어지럽히기 마련이야. 그 영혼들이 가장 공격적이고 불만에 가득찬 순간에는 산 자들의 눈에 파편적으로 목격되기도 해. 또 그런 영혼들이 발산하는 에너지가 선반에서 물건을 떨어뜨리거나 문을 쾅 닫거나 유리를 산산조각내기도 하지…… 맞아, 일어나서는 안 되는 일이야. 귀신은 원래 존재해서는 안 돼. 그런데 그자들 소행으로 오히려 이비가 집으로 돌아가는 게 한결 쉬워졌어."

이비는 다시 벽으로 다가갔다. 조금 전 벽에서 받은 느낌이 좋아서이기도 했지만 벽을 살펴볼 필요도 있었다. 이비가 벽과…… 친해질 작정이라면, 거기를 통과해 다른 세상으로 건너가는 것을 허락받으려면 먼저 벽을 속속들이 알아야 했다.

"전에도 해보신 적 있는 거 맞죠?" 이비는 자신이 첫 실험 대상이 아니길 바라며 리프를 의심스럽게 쳐다봤다.

"내가 직접 해봤지." 리프 박사가 희미한 미소를 띠고 고개를 끄덕였다. "아내를 용서하러 집으로 돌아갔을 때."

"쉽게 되던가요?" 이비는 검지손가락 바깥쪽으로 벽을 살살 쓸었다. 순간 그녀는 벽이 배부른 새끼 고양이처럼 가르릉거리는 소리를 분명 들은 것 같았다.

"그게…… 별로 어렵진 않아. 몇 가지 준비할 게 있을 뿐이야." 리프는 방을 가로질러가서 분실물 상자를 가져다가 이비의 발치에 내려놓았다.

상자 안에는 분홍색 양말 한 짝과 유아용 우비 모자 하나가 들어 있었다. 이비가 쓰기엔 너무 작은 모자였지만 그녀는 그것을 머리 위에 슬쩍 얹었다. 리프가 우스꽝스러운 모자를 쓰고 심각한 표정을 짓는 이비를 보고 웃음을 터뜨렸다.

"이비는 조금도 안 변했군, 그렇지?" 그는 계속 킬킬거리면서 물었다. 모자를 벗은 이비는 그걸 내려다보면서 비닐로 된 가장자리를 양손 엄지로 쓰다듬었다.

"오, 저도 변했답니다, 리프 박사님. 그것도 많이요. 하지만 여기 돌아오니 좋네요." 그녀가 고개를 들자 리프가 온화한 표정을 짓고 있었다. "근데 이 상자를 왜 저한테 갖다주신 거예요?"

4
분실물 상자

"이비, 주인이 없는 것처럼 보이는 물건은 다 이 상자에 몰려들곤 했던 거 기억나?" 리프가 물었다. "몇 주고 몇 달이고 찾아가는 이 없이 담겨 있다가 어느 날 갑자기 누가 나타나서 자기 거라며 가져갔잖아. 그럴 때마다 색종이 테이프를 뿌리고 케이크를 나눠 먹을 만큼 큰 승리를 성취한 것 같았지."

이비는 웃음을 터뜨렸다. 둘이 만날 앉아서 분실물 각각의 주인이 누구이고 어쩌다 잃어버리게 됐는지 이야기를 지어내던 게 생각났다. 그러다 누군가가 분실물을 찾아가려고 나타나면 두 사람은 자기 추측이 옳았다는 것을(혹은 더 많은 경우, 틀렸다는 것을) 확인하려고 그 사람을 취조하곤 했다.

"네." 이비가 다시 의자에 앉으며 대답했다. "기억나요."

"음, 이 상자에는 마법 같은 게 어려 있어." 리프는 상자를 들어 이비의 무릎에 올려놓았다. 이비는 아주 밋밋하고 평범한—소포 포장지 같은 갈색의—마분지 상자 안쪽을 골똘히 들여다보았다.

"마법이요?" 이비는 한쪽 눈썹을 치켜세우며 물었다.

"이비, 이비는 여든두 살에 죽었는데 지금 스물일곱 살의 모습인데다, 오십 년 넘게 근처에도 안 갔던 건물에서 자기보다 한참 전에 죽은 남자와 함께 있어. 방금 벽한테 포옹도 받았고. 그러면 초자연적 현상에 의문을 가질 단계는 한참 지난 거 아니야?"

리프의 말에도 일리가 있었다. 이비는 어깨를 으쓱하고는 상자의 양옆을 손바닥으로 잡았다. 그러고는 밑바닥을 볼 수 있게 상자를 머리 위로 들었다.

"모자에서 토끼를 꺼내는 거랑 비슷해요?"

리프는 또 한바탕 잔소리를 퍼부을 것처럼 얼굴을 구겼다가 곧 표정을 풀었다. "듣고 보니 그런 것도 같네." 그는 상자를 이비의 손에서 빼앗아 도로 그녀의 무릎에 내려놓고, 마치 상자가 말 잘 듣는 강아지라도 되는 듯 거기 가만히 있으라고 검지로 신호했다. 이비는 의욕이 넘쳐서 좀처럼 가만있지 못하는 두 손을 허벅지 밑에 밀어넣었다. "이비가 가야 하는 장소로 이동하려면 벽에게 표지로 삼을 만한 뭔가를 던져줘야 돼. 이비를 정확히 어디로 데려갈지 알려줄 만한 것."

이비가 고개를 오른쪽으로 까딱 기울였다.

리프 박사는 속으로 미소를 지었다. 오래전 그가 자신도 아는 것이라고는 한줌밖에 없으면서 어린 딸의 수학 숙제를 도와준답시고 문제 풀이를 해줬을 때 딸의 표정이 떠올라서였다.

"마술 속임수 같은 것이라고 할까. 아, 아니다. 정확히 말하면 그건 아니야. 마술 속임수보다는 다정하지. 저 벽은 감성적인 존재야. 감정과 기억을 먹고 살지. 그래서 이비와 이비가 찾으려는 사람 사이의 강력한 연결 고리가 되는 뭔가를 줘야 돼. 단어라든가. 물건이라든가. 노래라든가. 아니면 둘만이 아는 악수법이라든가. 뭐든 괜찮아. 그럼 벽은 둘의 연결 고리에서 단서를 얻어서 이비가 찾는 사람이 누구든 그 사람이 있는 곳으로 이동할 통로가 되어줄 거야."

이비는 벽을 빤히 쳐다보았다. 그냥 벽인데. 벽이 어떻게 그녀가 죽어 사라진 세계, 이미 땅속 깊숙이 묻힌 세계로 데려가준단 말이지?

"그런 것들을 벽이 해줄 수 있는 게 확실해요? 이거 혹시 무슨 사기극이라거나 괴상한 꿈 같은 건 아니죠, 리프?" 이비가 방 한가운데에 대고 이런 의심을 내뱉자마자 벽이 내던 웅웅 소리가 한층 커졌다. 이내 듣기 편한 콧노래로 되돌아오긴 했지만, 마치 동거인이 그 주 들어 열번째로 계단에다 신발을 아무렇게나 벗어놔서 화가 난 사람, 혹은 플립플롭을 신고 외출했는데 귀갓길에 예상치 못하게 비를 만난 사람의 투덜거림을 흉내낸 듯 약간 불만에 찬 소리였다.

"미안." 이비가 입을 한쪽만 달싹거리면서 속삭였다. 그러고는 한숨을 쉬며 말을 이었다. "좋아요, 리프, 제가 어떻게 하면 되죠?" 허벅지 밑에서 손을 빼 상자를 만지작거리고픈 충동이 참을 수 없을 만큼 강하게 일었다.

"그 상자는 물건을 소환할 수 있어. 이비는 이곳에 소지품 없이 빈손으로 왔으니까, 이비가 벽을 통과하기 위해 필요한 물건을 가져오는 걸 상자가 허락해줄 거야. 만약 특정한 말이나 행동이 열쇠라면 상자가 필요 없을 테지만 대부분의 경우엔 저쪽에 두고 온 뭔가가 필요하더라고. 그 일에 분실물 상자가 자진해서 도움을 제공하고 있지." 리프는 그 상자와 자신이 발견해낸 상자의 기능이 무척 자랑스러운 듯했다.

이비는 곱슬머리 가닥 사이로 그를 내다봤다. "그런 걸 어떻게 다 아세요?" 두 손이 허벅지 밑에서 빠져나왔지만 이비는 여전히 상자를 만지려는 충동을 억누르고 손을 무릎에 얹었다. 리프는 당장이라도 어린애 같은 키득거림으로 변할 것 같은 미소를 띠고서 어깨를 으쓱했다.

"시행착오를 거치며 터득했지!" 리프가 대꾸했다. 왠지 뒷이야기가 더 있으리라는 직감이 들었지만, 이비는 더 캐묻고 싶지 않았고 게다가 더 시급한 문제들이 기다리고 있었다.

"그래서, 이걸 어떻게 작동시켜요? 스위치라도 있어요? 아니면 주문을 외워야 한다든가? 한쪽을 누르면 거인이 되고 다른 쪽을 누르면 조그맣게 줄어드는 건가요?" 이비는 자기가 얼마나 작아지는 거냐는 뜻으로 엄지와 검지를 거의 붙이고는 실눈을 뜬 채 두 손가락 사이로 리프를 바라봤다.

"아니." 그는 이비에게 다가가 장난스럽게 손을 툭 쳐내고는 상자를 내려다봤다. "일종의 피터팬 같은 거래야."

"그러니까, 행복한 생각을 하라고요?"

"바로 맞혔어. 이비가 찾아가려는 사람과의 연결 고리를 떠올려야 돼. 그리고 그 물건이 두 사람한테 어떤 의미를 갖는지도. 무엇 때문에 그것이 두 세계를 건너뛰어 둘을 엮어줄 정도로 중요한 걸까?"

아까부터 살살 꼬이던 이비의 뱃속이 이제는 심하게 조여왔다. 이비는 자신이 간직해온 비밀들, 그것들이 평생 그녀를 얼마나 무겁게 짓눌러왔는지 생각했다. 정확히 세 개의 비밀이 있다는 걸 그녀는 알고 있었다. 세 가지의 꽤 큰 비밀. 사랑하는 이들에게 단순히 그 이유—그들을 사랑한다는 이유—로 수십 년 동안 애써 감춰왔던 것이니 짐작하기 그리 어렵지 않았다. 그들에게 상처를 줄 가능성이 조금이라도 있다면 피하고 싶었기에 감춘 것이었다. 세 가지 비밀, 그리고 벽 너머에서 만나야 할 세 사람. 그들을 만날 열쇠를 찾는 건 어렵지 않았다. 첫번째 열쇠를 얻으려면 어떤 노래를 떠올려야 했다. 두번째는 어떤 행동을 해야 했다. 그리고 세번째는…… 흠, 세번째에는 분실물 상자가 필요했다.

"그게 다예요? 그냥 떠올리기만 하면 눈앞에 나타나는 거예요?"

"응, 다만 상자가 좀…… 흥분을 잘해. 벽하고 달리 이 녀석은 조금만 부추겨도 충분하니까 너무 힘껏 떠올리거나 너무 큰 소리로 생각하지 마. 그냥 양 손바닥을 상자 옆면에 대고 뭐가 필요한지, 왜 필요한지 생각하면 돼."

이비는 눈을 감고 리프가 하라는 대로 했다.

끝이 말려올라간 새카만 머리칼과 반짝거리는 옥색 눈동자를 떠올렸다. 부드러운 바이올린 소리와 요란하게 흔들리는 기차 소리가 들려왔다. 햄버거와 짭짤한 감자튀김 냄새가 났다. 혀에 하드캔디의 맛이 느껴지면서 침이 고였다.

"이비," 살갗이 찌릿찌릿해지기 시작한 걸 느낀 리프가 조심스레 말했다. "너무 큰 소리로 생각하고 있잖아."

상자의 옆면이 이비의 손바닥을 밀며 팽창했다가 다시 서로를 향해 오므라들었다. 리프의 눈에는 꼭 상자가 숨을 쉬는 것 같았다. 처음에는 가쁘게 쉬더니 이내 점점 깊게 숨을 쉬었다. 들숨마다 상자의 두 측면이 조금씩 더 팽창했고 날숨마다 옆면의 위쪽 가장자리가 상자 가운데에서 거의 맞닿았다. 이비는 자기만의 생각에 완전히 빠져 아무것도 알아채지 못했다. 가늠도 못할 만큼 긴 세월 동안 그 생각에 빠져 허우적대지 않으려고 억눌러오다가 마침내 수문을 열었으니, 아무 저항 없이 그 기억들에 빠져 헤어나지 못하는 게 당연했다.

상자는 최후의 커다란 들숨과 함께 빵 소리를 내며 터졌고, 의자와 거기에 앉아 있는 이비를 뒤로 넘어뜨렸다. 하나씩 포장되어 있는 오만 가지 색과 맛의 하드캔디 수백 개가 비처럼 쏟아져내렸다. 몸을 일으켜 앉은 이비는 여기저기 후두둑 떨어지는 마지막 몇 개를 본체만체하고 자기 머리에서 사탕 하나를 끄집어냈다. 그러고는 재빨리 껍질을 벗겨 입에 쏙 넣고 굴리며 한껏 음미했다. 희망의 맛이군, 이비는 생각했다.

그녀는 방안을 둘러보았다. 리프 씨가 어디 갔는지 보이지 않았다. 난리통에 나가버렸나보다, 하고 생각한 순간 방 한구석에서 그의 손목시계 화면이 어스름한 빛을 반사하는 게 보였다. 가만 보니 그는 책상 밑에 좀 불쌍한 모양새로 숨어 있었다.

"아 그만하세요," 이비가 놀리는 투로 말했다. "사탕 몇 개 맞아도 안 죽어요!"

"너무 힘껏 떠올리지 말라고 했잖아. 이비가 기억해낸 게 반려동물이었으면 어쩌려고? 그 불쌍한 녀석이 초고속으로 상자에서 발사돼 죽었을지도 몰라!"

“우리집 고양이 호러스를 소환할 때 그 점을 꼭 염두에 둘게요. 일단 지금 저한테 필요한 건 사탕뿐이에요. 정확히는 세번째이자 마지막 여행에 쓸 거지만.”

“지금 필요한 게 아니었어?” 리프가 물었다.

“네.” 의도했던 것보다 딱딱한 투로 이비가 대답했다. “이제부터 차차…… 어…… 사탕을 사용할 때를 위해 실마리를 풀어갈 예정이에요.”

“큰 한 방은 마지막을 위해 남겨두겠다 이거군?” 리프가 머뭇거리며 물었다.

“뭐 그런 거죠.” 이비의 눈에 서글픔이 묻어났고 곧이어 진심이 반쯤 담긴 미소가 떠올랐다. 그녀는 사탕을 줍기 시작했고 주운 걸 상자에 담으면서 간간이 몇 개씩 자기 주머니에 넣었다. 리프도 도왔다. 두 사람은 무거운 침묵 속에 쭈그리고 앉아, 1인치 두께의 카펫처럼 쌓인 바스락대는 포장지를 헤치며 온 방안을 돌아다녔다.

“이비?” 리프는 그녀의 이름이 너무 강하거나 크게 부르면 부서져버릴 얇은 유리로 만들어졌다는 듯, 조심스럽게 입에 담았다. 여기서 섣불리 행동하면 안 된다는 걸 그는 직감했다. 말없이 생각에 잠긴 이비를 보니 리프는 왠지 초조해졌다.

“왜요, 리프?” 이렇게 물으면서도 이비는 무슨 말이 나올지 알고 있었다.

“왜 하필 사탕이야?”

11월
바이올리니스트와 화가

형편없는 사무용 의자 때문에 등이 쿡쿡 쑤시고, 분주하고 정신없는 사무실 분위기에 시달리느라 머리까지 팽팽 돌았지만, 이비는 귀가하는 기차 안에서 무릎에 책을 얹어놓고 보일 듯 말 듯 입가에 미소를 머금은 채 만족스러운 표정으로 창밖을 바라보았다. 원래 첫날은 힘든 법이니까 뭐. 첫날이란 으레 기대와 불안, 스트레스로 가득한 것 아닌가. 이비는 최악을 상상했었고, 그랬기에 실제로 최악의 상황이 닥쳤을 때 전혀 실망하지 않았다. 오히려 두 팔 벌리고 열린 마음으로 환영했다.

이비의 원대한 야망은 애니메이션 제작자가 되는 것이었다. 하지만 적어도 지금은, 피시 앤드 칩스 포장지 신세가 될 지역신문에 만화를 싣는 일로 만족해야 했다. 그래도 괜찮았다. 위대한 아티스트들도 모두 처음에는 작은 일부터 시작한다는 걸 알고 있고 또 어쨌든 그녀는 옳은 방향으로 한 발 내디딘 거니까. 게다가 딸을 허구한 날

낙서만 끼적이는 수치스러운 존재라고 여기는 치가 떨리는 엄마의 입을 다물게 하는 효과도 있었다. 아니, 너 정도 되는 집안의 숙녀가 우스꽝스러운 그림을 그려서 화면에서 춤추고 꿈틀대게 만드는 일을 하겠다니 가당치도 않아. 이비는 결혼할 남자나 찾으라는 엄마의 그치지 않는 성화에 끊임없이 맞서 싸워야 했다.

이비의 모친 엘리너 스노는 평생 너무 오랜 시간 동안 입을 불만스럽게 오므리고 있었던 탓에 이제는 입술이 고양이 똥구멍처럼 보일 지경이었다. 그녀는 키가 크고 비쩍 말랐으며, 옷차림은 늘 우중충할 뿐 아니라 질리도록 격식을 차렸고, 차가운 눈동자에서는 어떤 생기도 활기도 찾아볼 수 없었다. 엘리너는 그냥 걸어다니는 법이 없었다. 꼭 지네처럼 황급히 이동하면서 온 세상의 재미와 행복을 모조리 빨아들였다. 엘리너는 결혼하고 아이를 낳지 않은 여자는 여성으로서 제 소임을 다하지 않은 거라고 믿는 심각하게 구시대적인 여자였고, 그래서 결혼도 출산도 하지 않은 스물일곱 살 먹은 딸은 그녀에게 치명적일 만큼 수치스러운 존재였다.

지금까지 이비는 직업을 가진 적이 없었고 줄곧 테니스코트와 실내 수영장 그리고 호화로운 욕실이 여섯 개나 딸린 엄청나게 넓은 스노가家 저택에 숨겨진 채 살아왔다. 무직이라는 건 이비가 엘리너의 숨겨진 수치임을 뜻했고 그러니 이비를 만나거나 그녀의 불쌍한 사정을 아는 사람이 적을수록 좋았다. 이비는 살면서 부족한 게 전혀 없었지만 인생은 점점 끔찍하리만치 지긋지긋해졌다. 뭐든 원하면 즉시 대령해줄 집사와 가정부와 요리사가 있었지만 이비는 그들을 부리지 않았다. 그녀는 그저 존재하는 게 아니라 진정 살아 있음을 느끼기 위해, 필요한 일은 직접 하고 싶었다. 집사인 제러미와 가정부 제인, 요리사 아일라가 아무리 좋은 친구여도 이비는 여전히 사무치게 외롭고 못 견디게 신물이 났다.

남편감 찾기는 이비의 우선순위에서 상위에 오른 적이 단 한 번도 없었다. 어머니 아버지는 사랑으로 결혼한 게 아니었기에—돈과 편의 때문에 결혼한 사이였다—형편없는 본보기였다. 이비 부모의 혼사는, 그들 부모의 주장에 따르면, 세기의 결합이었다. 이비의 아버지 에드워드 스노는 엄청난 거물급 법률사무소인 스노 앤드 서머 유한회사를 운영하는 에드워드 스노 시니어의 아들이고, 이 회사는 또 다른 에드워드 스노인 이비의 증조부의 재산으로 세운 회사였다. 증조부 스노는 아무도 이비에게 말해주지 않았고 이비도 눈치껏 캐묻지 않은 모종의 이유로 가족들 사이에서 따돌림을 당했다. 그러면서도 그를 추방한 스노 가문은 자기들끼리 회사를 차리는 데 그의 돈을 끌어다 쓰는 것에 아무런 가책도 느끼지 않았고, 그 얘기를 듣고 이비는 토할 것 같은 기분을 느꼈다.

엘리너는 스노가를 몇 대에 걸쳐 알고 지내온 또 한 쌍의 돈 많고 사랑 없는 부부인 일레인 화이트와 이완 화이트의 딸이었다. 화이트 부부는 젊은 에드워드 스노의 부모에게 그들의 자녀가 나이가 찼을 때 혼인시키면 상호 이득이 될 거라는, 반박할 틈 없는 주장을 펼쳐 보였다. 에드워드는 에드워드 시니어가 은퇴하면 법률회사를 물려받게 되어 있었고, 엘리너는 아이를 낳을 준비가 철저히 돼 있음은 물론 가사를 돌볼 훈련까지 받은 상태였다. 그렇게 혼사가 이루어졌다.

이러한 일련의 일들이 이비와 이비의 남동생 에디(물론 또 한 명의 '에드워드')에게 가르쳐준 건 결혼은 해선 안 된다는 것이었다. 부모님이 주고받는 차가운 시선과 뚝뚝 끊어지는 대화, 누가 봐도 명백

한 애정 결여를 보면서 자란 이비는 절대로 그런 관계에는 발을 들이지 않겠다고 결심했다. 나아가 사랑할 대상을 찾을 생각조차 포기하게 되었다.

엘리너는 딸이 결혼도 남자도 기피하는 걸 알면서도 딸을 스노 앤드 서머사의 파트너인 서머가의 젊은 제임스 서머와 엮어주려고 몇 번이나 시도했다. 제임스 서머는 이비보다 몇 개월 먼저 태어났고, 부유하고 위트 넘치는데다 잘생기기까지 해서 여자들이 바라는 이상적인 배우자의 조건을 모두 갖춘 후보였다. 두 사람의 부친끼리 사업 파트너이고 두 집안이 한 동네에 살았기에 이비와 제임스는 아기 때부터 친구였고, 그래서 제임스가 자기 가족에게는 절대 보여주지 않는 면을 이비는 알고 있었다. 그것은 바로 그가 '지어내서 상상하기'를 좋아한다는 사실이었다. 제임스가 이야기를 지어내면 이비가 그걸 그림으로 그렸고 그렇게 둘이서 상상의 세계를 만들어 놀고 있으면 이를 못마땅히 여기는 양가 엄마들이 영락없이 그 세계를 낚아채 가곤 했다. 하지만 결정적으로 둘의 우정이 돈독해진 건 이비가 죽어도 그를 제임스라고 부르지 않았기 때문이었다. 여덟 살이라는 어린 나이에도 이비는 말도 안 되는 전통, 특히 한 가문에 태어난 모든 남자를 다 똑같은 이름으로 부르는 전통을 따라줄 생각이 없었다. 한 사람을 불렀는데 여러 명이 대답해 대혼란이 일어나기 일쑤였다. 그래서 이비에게 제임스는 그냥 짐Jim이었고, 그는 이비가 짐이라고 부르며 말을 걸 때마다 두 뺨이 붉게 달아오르곤 했다.

엘리너 스노는 이비와 짐 사이에 싹트는 우정을 지켜보면서 더없이 흐뭇해했다. 이비는 엄마가 그 우정이 더 깊은 무언가로 발전하길 바란다는 걸 알았고 짐이 얼마나 훌륭한 남편이 될지도 알았지만 그를 억지로 사랑할 수는 없었다.

마침내 어느 날, 딸이 빈틈없이 계획하고 능숙하게 늘어놓는 주장을 몇 년이고 참아온 엘리너는 타협을 하기로 했다. 이비에게 그 주 안으로 그림과 관련된 일자리를 구하면 직장 근처에 아파트를 얻어 주겠다고 한 것이었다. 단, 일 년 치 집세만 대준다는 조건이었다. 만일 이듬해 11월까지 그 업계에서 진전이 없으면 그때는 직장을 그만두고 엄마가 정해주는 사람과 결혼해서, 여자라면 응당 해야 할 일, 즉 출산과 살림을 해야 했다.

엘리너는 이비가 설마 그 주 안에 일자리를 구할 거라고는 생각하지 않았지만, 이비는 태어나서 그때만큼 뭔가를 성취하려고 이를 악문 적이 없었다. 아버지의 서재에 숨어들어가 롤로덱스 명함철을 뒤져 지역신문사에서 일하는 사람의 연락처를 발견하고 쾌재를 불렀다. 이틀째에는 면접 약속을 잡았고, 일 년 동안 엄마에게 철저히 숨기면서 부지런히 그려온 드로잉으로 꽉 찬 포트폴리오 덕분에 닷새째에는 일자리를 구할 수 있었다. 이비는 하늘을 날듯 기뻤다. 일 년 동안의 진짜 일자리. 제대로 된 모험. 이제 사다리 맨 아래 칸에 발을 걸쳤으니 올라가기만 하면 되었고, 만약 일 년 안에 일러스트 책을 한 권만 낸다면 가장 친한 친구 짐과 강제로 결혼하지 않아도 될 것이었다.

기차가 철로 끝에 멈춰 섰고 기장이 지지직거리는 스피커로 "모두 환승해주십시오!" 하고 알렸다. 이비는 황급히 책을 가방에 쑤셔 넣었다. 기차에서 내리는데 새로 산 구두의 오른발 뒷굽이 그만 차체 가장자리에 걸리는 바람에 휘청했고, 가방이 어깨에서 흘러내리면서 책이 바닥으로 떨어졌다. 떨어진 책은 통로 저만치로 날아갔고 퇴근길 승객들 발 사이로 사라졌다. 이비가 정신을 차리고 몸을 일으키는데, 그녀의 책이 발길을 재촉하던 직장인 여성의 발에 우연히 맞고 튕겨나가 시야에서 사라지는 게 보였다.

"젠장." 이비가 중얼거렸다.

한쪽 발이 욱신거리는 걸 꾹 참고 군중을 뚫고 나아간 이비는 책이 하행 에스컬레이터의 맨 아래 칸에 떨어져 있는 걸 발견했다. 책은 에스컬레이터 계단이 아래로 말려들어가는 경계부에 부딪혀 밀리면서 계단이 한 칸씩 사라질 때마다 낱장이 구겨지고 으스러졌다. 책이 그 꼴이 된 걸 보자 이비는 심장이 내려앉았다. 그녀는 책을 구하려고 달려갔고, 실수로 에스컬레이터를 밟는 일이 없도록 조심했다. 그때였다. 미끄러져들어가는 철제 계단의 손아귀에서 책을 낚아채려고 허리를 숙인 순간, 그 소리가 들려왔다.

아주 희미하지만 분명히 들렸다. 그 소리에 이비는 가슴이 벅차왔다. 아주 재능이 뛰어난 바이올리니스트의 연주 소리였다. 이비는 아직 회사에서 새로 입주한 아파트까지 가는 최적의 루트를 찾아내지 못한데다 당장 뜨거운 물을 받은 욕조에 들어가 뭉친 근육을 풀고 포근한 이불 속으로 파고들고픈 마음이 간절했지만, 쑤시는 등허리와 아직도 띵한 머리, 아릿한 뒤꿈치 통증을 무시하고 열차 환승도 다 잊은 채 상행 에스컬레이터에 올라탔다.

에스컬레이터가 이비를 높이 데려갈수록 소리가 더 커지고 아름다워졌고, 이내 바이올리니스트가 천천히 시야에 들어왔다. 부스스한 새카만 머리칼과 똑같이 새카만 코트가 보였다. 코트는 어두운 보라색으로 가두리 장식이 되어 있었는데, 정말 자세히 보지 않으면 보라색인지 모를 정도로 짙은 보라였다—하지만 이비는 정말 자세히 보고 있었다. 지나가는 사람이 거의 없었고, 코앞에 재능 있는 사람을 두고도 알아보는 이는 한 명도 없었다. 심하게 정돈되지 않은 남자의 두 눈썹이 서로 너무 바짝 붙어 있어서 저대로 영영 안 떨어지는 게 아닌가 걱정이 될 정도였다. 그런데 다음 순간 곡조가 부드러워지면서 그의 얼굴도 부드러워졌다. 만족한 표정이 어리더니 두 눈썹이 언제 그랬냐는 듯 서로 떨어졌고 감은 눈 위에 편안히 자리잡았다.

재미있게 잘생긴 사람이었다. 콧등에 아마도 부러졌던 흔적으로 보이는 팬 자국이 있고 코끝은 크고 뭉툭했다. 이비가 귀여운 만화 캐릭터에게 그려줄 법한 코였다. 적당히 곱슬곱슬한 머리카락은 빗을 댄 지 최소한 일주일은 된 것 같았고 바이올린을 향해 웅크린 몸을 펴고 똑바로 서면 키가 이비보다 30센티미터는 더 클 것 같았다. 하지만 가장 이비를 사로잡은 건 그가 음악을 온몸으로 표현하는 방식이었다. 까만 목재 바이올린으로 단조의 가락을 연주할 땐 얼굴이 찡그려지거나 구겨지고 음울해졌다. 장조의 곡을 연주할 땐 입술을 비틀어 웃음을 지었고 얼굴 전체가 환해졌다. 음이 움직이면 그도 움직였다. 이 세상에 존재하는 게 아니라 오직 자신의 손가락과 활로 창조해낸 세계에만 존재하는 사람 같았다.

이비는 자신이 얼마나 오랫동안 그를 쳐다보고 있었는지 알지 못했고 신경도 안 썼다. 그녀는 그가 버스킹하는 곳 맞은편 벽에 등을 기댄 채 그 자리에 얼어붙은 듯 서 있었다. 그의 발치에 놓인 바이올린 케이스가 눈에 들어왔다. 행인들 중 알아봐주는 이가 별로 없는데도 오늘 번 돈이 꽤 됐다. 이비도 얹어줄 돈이 있었으면 했지만 마지막 남은 잔돈을 직장 근처의 가게에서 하드캔디 한 봉지를 사는 데

써버렸다. 그녀는 주머니에서 색색의 캔디를 한 움큼 꺼냈다. 각기 다른 색깔의 비닐로 하나씩 포장돼 있는 유리알 같은 캔디들은 모두 안쪽에 조그만 기포가 몇 개씩 들어 있었다. 이비는 자신이 입고 있는 외투와 색이 같은 초록색 캔디를 골랐다. 그러고는 가방을 어깨에 단단히 추켜 메고 바이올린 케이스로 다가가 동전 무더기 위에 캔디를 얹어놓았다.

눈을 지그시 감고 자신이 연주하는 음악에 온 정신을 빼앗긴 그는 누가 앞에 서 있는 것도 눈치채지 못했다. 이비는 그의 손가락이 빚어내는 가락에 몸을 흔들며 마지막으로 그에게 한번 더 눈길을 준 후 환승 승강장을 찾으러 자리를 떴다. 우연히도 승강장 입구가 바이올리니스트의 바로 오른편이었다. 마치 그가 음악으로 그녀를 인도해 준 것처럼.

*

한 달이 지나자 이비에게 일은 일상으로 자리잡았다. 이비는 그림을 그릴 때 몸을 수그리는 일이 절대 없도록 사무용 의자를 딱 맞는 높이로 조정했다. 아홉시 정각이 아니라 아홉시 십오 분 전에 사무실에 도착하면 불쾌한 상사와 엘리베이터에서 어색한 대화를 나누는 상황을 피할 수 있다는 것도 알게 되었다. 줄이 길지 않으면 오전에 주어지는 휴식시간 십 분 동안 근처 커피숍으로 달려가 커피를 사올 수 있다는 것도 배웠다. 그리고 제일 중요한 건 저녁 퇴근길에 그 바이올린 선율만 들으면 마음이 사르르 녹는다는 것이었다. 바이올린 선율은 머릿속 스위치를 꺼주어 하루 동안 쌓인 긴장을 모두 풀고 귀가할 수 있게 해주었다. 직장에서 유난히 힘들었던 날도 음 하나만 들으면 싹 잊혔다. 바이올리니스트의 뜻하지 않은 음악 치료에 대한 대가로 이비는 그를 지나칠 때마다 바이올린 케이스에 캔디 하나를 떨어뜨렸다.

그러다 어느 날 저녁, 이비는 손에 짙은 보라색 블랙베리맛 캔디를 쥐고 바이올리니스트 옆을 지나가고 있었다. 늘 그러듯 케이스에 캔디를 떨어뜨리려는데 작은 마분지 하나가 눈에 띄었다. 시선을 들자 바이올리니스트는 언제나처럼 눈을 감고 있었다. 이비는 허리를 굽히고 마분지 위에 휘갈겨 쓴 꼬불꼬불한 필체의 메모를 읽었다.

주황색이 제일 좋아요.

고마워요, 스위티.

xxx*

그녀는 고개를 들어 검은 바이올린을 턱밑에 끼운 그 남자를 다시 쳐다봤다. 그는 이비가 누군지 모르고 그녀가 거기 있는 줄도 모를 테지만 이비는 세상 누구보다 그와 가까워진 기분이었다. 직장 동료들은 이비가 원해서 부잣집에 태어난 게 아닌데도, 그녀가 부잣집 딸이라는 이유만으로, 스스로 공주인 줄 안다고 생각했다. 하지만 이비가 원하는 건 대화할 때 그녀의 눈 대신 가슴만 뚫어져라 쳐다보는 상사가 그녀를 진급시키지 않을 수 없게끔 연필을 쥔 손가락에 가시가 박힐 때까지 그리고 또 그리는 것이었다. 어머니에게 굴복해 사랑

---

* 키스를 뜻한다.

하지 않는 남자와 결혼하는 대신 직업을 갖고 독립적인 여성으로서 인생을 꾸려나가려면 그래야만 했다.

지금 이비는 바닥에 쭈그려앉아 자신이 매일 지나치는 남자이자 그녀의 퇴근길에 배경음악을 제공해주는 남자, 그녀에게 한마디 말도 걸지 않았고 그녀의 얼굴조차 모르는 남자를 올려다보고 있었다. 하지만 그는 이비가 두고 가는 캔디로 그녀가 다녀간 걸 알았고 이제 처음으로 그녀에게 손을 내밀고 있었다. 이비는 연결되어 있다고 느껴야 마땅한 이들보다 이 남자와 더 연결되어 있다고 느꼈다. 이비의 아버지는 딸의 양육에 거의 관여하지 않았기에 남이나 마찬가지였다. 최근 아주 가끔씩 이비와 마주칠 때면 자기 앞에 서 있는 다 큰 여자가 자신의 딸이라는 걸 반 박자 늦게 기억해내곤 했다. 남동생은 최근 몇 년 새 그답지 않게 부쩍 말수가 줄었다. 어렸을 때 아주 친하게 지냈고 늘 이비를 우러러봤던 에디였지만 요즘은 누나와 긴 대화를 나누는 걸 피하려 들었고 자기 껍질 속으로 숨었다. 이비는 독립해서 나가기 전, 에디가 그 집 요리사 아일라와, 그것도 전에 없이 자주 대화하는 걸 목격한 터라 동생이 왜 자기 안으로만 파고드는지 강하게 짚이는 데가 있었다. 그리고 어머니는…… 그렇다, 어머니는 이비를 괴롭히는 대다수 골칫거리의 원인 제공자였다.

이비의 마음속에서 불꽃이 이는 것처럼, 심장에서 뭔가 반짝하면서 불쑥 어떤 생각이 떠올랐다. **혹시 이게 새로운 모험의 시작인가?** 지금까지 심장을 남자와 관련된 문제에는 전혀 쓰지 않고 오로지 일러스트와 애니메이션에만 인색하게 써온 여자가 거의 모르는 사람을 보면서 심장이 조여드는 것을 느끼니 기분이 이상하지 않을 수 없었다. 중력의 법칙에 이상이 생겼는지 이비는 이제 땅을 향해 잡아당겨지는 게 아니라 그를 향해 잡아당겨졌다.

그녀는 가방에 손을 넣어 스케치북과 굴러다니는 연필들을 지나 곧장 바닥을 헤집었고 곧 빈 포장지와 몇 개 안 남은 캔디가 손가락에 닿았다. 신이 나서 캔디를 최대한 많이 끄집어낸 그녀는 마지막 남은 주황색 캔디 세 개를 골라냈다. 그런 다음 펜을 꺼내 비어 있는 마분지 뒷면에 자신의 곱슬머리와 통통한 볼, 시원스러운 미소를 강조한 작은 캐리커처 자화상을 재빨리 그렸다. 거기에 사랑을 담아, 이비가라고 사인한 뒤 바이올린 케이스에 도로 내려놓고 주황색 캔디 세 개를 그 위에 일렬로 늘어놓았다.

이비가 앞에 꼿꼿이 서 있는데도 남자는 여전히 눈을 꼭 감은 채 연주만 했다. 문득 용기를 내 그에게 이렇게 가까이 다가간 건 처음이라는 생각이 들었다. 그가 눈을 떠주기를 그 순간만큼 간절히 바란 적이 없었다. 눈이 무슨 색깔인지, 눈이 생기로 가득할지 아니면 차갑고 매서울지, 그녀를 쳐다볼 때 그녀가 정말로 어떤 사람인지 알아볼 수 있을지 알고 싶었다. 하지만 그 순간에도 그는 연주만 계속했고 이비는 그를 방해하고 싶지 않았다. 어쩐지 연주 도중에 연주자를 건드리는 건 몽유병 환자가 한창 꿈을 꾸는데 깨우는 것과 똑같은 짓 같았고, 만약 그에게 첫인상을 남길 일이 생긴다면 그것이 나쁘지 않기를 바랐다.

*

엘리베이터를 타고 아파트 8층으로 올라간 이비는 굽 낮은 갈색 앵클부츠를 신은 발을 질질 끌면서 82호로 갔다. 메리 포핀스가 들고 다니는 카펫 가방처럼 생긴 새 구두는 무척 마음에 들기는 했지만 3인치짜리 굽 때문에 기차에서 내리기가 너무 힘들어서 사무실 책상 밑에 고이 모셔두었다. 그녀는 열쇠를 자물쇠 구멍에 넣고 문을 밀어 연 다음 거실로 들어섰다. 페인트 냄새가 그녀를 반겼다. 최근 며칠 동안 저녁마다 진한 초록색으로 벽을 칠했고 이제 칠하기 까다로운 가장자리만 남았는데 오늘밤엔 다른 할일이 있었다. 이비는 외투를 벗어 문가의 안락의자에 던지고 부츠를 벗은 다음, 발끝으로 총총히 걸어 부엌으로 갔다.

이비는 단것을 아주 좋아한다는 정도의 표현으로는 부족한 사람이었다. 부엌에 필수 식재료라 할 만한 것(빵과 우유, 커피 따위—당연히 차는 예외였다)은 거의 없어도 하드캔디 한 깡통은 있었는데, 그녀는 당장 그것을 집어들고 거실로 갔다. 침대를 미처 조립하지 못해 매트리스가 거실 바닥에 놓여 있고 프레임은 그냥 벽에 기대놓은 채 방치돼 있었다. 매트리스는 발코니 쪽을 향해 난 높다란 두 개의 창문을 향하도록 배치해놓았다. 경치랄 것도 없이 길 건너편 다른 아파트만 시야에 들어왔지만, 그 아파트 주민들 대부분이 커튼을 치지 않고 불도 켜둔 채로 지냈기 때문에 구경하는 재미가 쏠쏠했다. 매트리스에 털썩 앉은 이비는 깡통을 열고 주황색 캔디만 전부 꺼내기 시작했다.

*

신입 여자 직원인 이비에게 직장에서의 하루하루는 꽤나 힘에 겨웠고 생각지도 못했던 방식으로 그녀를 시험에 들게 했다. 이비가 일하는 부서는 그녀와 그레이슨 페어라는 느끼한 남자, 이렇게 두 명으로 꾸려진 팀이었다. 그레이슨은 자기가 그린 그림을 하나같이 마음에 안 들어했고, 그러면서도 꾸역꾸역 에디터에게 그림을 제출했으며, 그의 그림이 매번 이비의 그림을 제치고 뽑혀 신문의 모든 호에 실렸다. 진심도 유머도 찾아볼 수 없고 그레이슨이 그날의 혐오 대상으로 정한 인종이나 성별 또는 성정체성을 비하하는 내용이 담기는 경우가 많았는데도 늘 그랬다. 설상가상으로 이비의 상사는 그녀의 엉덩이를 철썩 때려주는 것이 열심히 일한 데 대한 적절한 보상이라고 믿는 듯했다. 이런 상황임에도 이비는 그 바이올린 연주를 듣는 순간 직장에서 있었던 모든 일이 아주 사소하고 하찮게 느껴질 거란 걸 알았다. 퇴근길에 그가 있는 역에 열차가 도착할 때마다 이비는 멀리서 들려오는 소리를 소중히 음미하면서 환승 통로를 걸어갔고, 에스컬레이터를 타고 올라가 점점 더 부스스해지는 그의 머리와 보라색으로 가두리 장식이 된 외투, 검은 바이올린이 시야에 들어오는 순간에는 파도처럼 덮쳐오는 음악에 흠뻑 젖어들었다.

유난히 사건이 많았던 어느 저녁에 이어, 끔찍하다는 말로는 표현되지 않을 하루가 이어졌다. 에디터에게 그림을 보여주기 직전에 그레이슨이 그녀의 포트폴리오를 감춰버렸고, 그런데도 무슨 이유에선지 이비는 또 보상으로 엉덩이를 맞았으며, 회사를 나설 때쯤에는 바이올린 연주를 듣는 게 인생의 유일한 낙이라는 생각마저 들었다. 온 힘을 다해 붙들고 있을 단 한 가지였다. 그런데…… 그 소리가 들리지 않았다. 열차에서 내리면서 귀를 쫑긋 세웠지만 아무 소리도 들려오지 않았다. 이비는 혹시 퇴근 시간대의 소란이 연주를 덮어버렸는지도 모른다고 생각했고, 통로를 마구 달려 에스컬레이터 앞에 다

다른 뒤 그 자리에 멈춰 섰다. 그 바람에 뒤에서 그녀에게 부딪힌 누군가가 낮은 목소리로 욕설 비슷한 것을 웅얼거렸다. 아까보다 더 집중해서 귀를 기울였지만 정말로 아무것도, 아무 소리도 들리지 않았다. 심장이 가슴에서 신발까지 쿵 떨어졌다. 그 사람이 다른 역으로 가버렸으면 어떡하지? 다시는 그를 못 보면 어쩌지? 지금 주머니에 들어 있는 갈색 종이봉투로 곱게 싼 주황색 캔디를 끝내 전해주지 못하면 어떡하지?

에스컬레이터에 올라탄 이비는 그의 버스킹 자리가 비어 있거나, 더 심한 경우 실력이 훨씬 형편없고 구경하기에도 훨씬 지루한 사람이 대신 서 있을 경우에 대비해 마음을 단단히 먹었다. 그러나 에스컬레이터에 실려 천천히 올라간 그녀의 시야에 그의 모습이, 늘 있던 자리에서 무릎에 바이올린을 올려놓은 채 소중한 것을 지키려는 듯 그 위에 두 손을 얹고 앉아 있는 모습이 들어왔다. 이비의 심장이 둥실 떠올랐다가, 오늘이야말로 그와 이야기를 나누는 날이 될 것임을 깨닫자 다시 발끝까지 쿵 떨어졌다. 허를 찔린 것 같았고 전혀 마음의 준비가 안 된 기분이었다. 다른 통근자가 뒤에서 쿵 부딪혀왔을 때에야 자신이 에스컬레이터에서 내린 자리에 멈춰 서서 다른 사람들의 통행을 막고 있다는 걸 알아차렸다. 이비는 오른쪽으로 한 발짝 비켜나 잠시 머릿속을 정리하려 했지만 그녀의 뇌는 차라리 없는 게 나을 만큼 전혀 쓸모가 없었다.

그의 시선이 잠깐 그녀의 시선과 마주쳤다가 곧 비껴갔다. 그는 초조해 보였다. 누군가를 기다리는 것처럼. 이비는 지하철 통로가 왜 갑자기 이렇게 더워졌을까 생각하며 외투깃을 잡아당겼다. 하지만 버건디색 블라우스가 온통 잉크로 얼룩져 있어서, 만약 그와 말을 나눈다면(오늘은 반드시 그와 말을 나눌 작정이었다) 엉망인 모습을 보이기 싫었으므로, 외투를 벗지는 않았다. 목과 볼이 뜨겁게 달아올랐다. 그가 다시 그녀와 시선을 맞췄고 이번에는 자신이 없는 듯하면서도 아까보다 오래 시선을 붙들고 있었다.

이비는 더이상 참을 수 없었다. 숨을 크게 들이쉬었다가 떨리는 날숨을 뱉으며 그에게 성큼성큼 다가갔다. 점점 가까이 가면서 퍼뜩 이런 생각이 들었다. 드디어 저 사람의 눈동자가 무슨 색인지 알게 되겠네. 뱃속이 울렁거렸다. 이어서 이런 생각도 들었다. 뭐라고 말을 걸지? 하지만 너무 늦었다. 어느새 이비의 발끝이 바이올린 케이스에 닿았고 간이 스툴에 앉은 그가 그녀를 올려다보고 있었다.

그가 미소를 지었고 이비는 그의 무릎에 심장을 토할 것 같은 기분이었다.

"안녕, 스위티." 그는 웃고 있었지만 목소리가 약간 갈라지는 걸 보니 긴장한 모양이었다. 아주 어두운 보라색이 거의 알아차릴 수 없을 만큼 섞인 검은색 옷을 위아래로 차려입은 이 후줄근한 남자의 미소는 상대방이 마음속에 소중히 간직한 모든 비밀을 털어놓게 만드는 미소였다. 내 비밀을 안전하게 지켜줄 거라는 믿음이 드는 미소였다. 이비는 한쪽 눈썹을 치켜세웠지만 미소가 비죽 나오는 건 어쩔 수 없었다.

"저인 줄 어떻게 알았어요?" 이비, 너 지금 얼굴 빨개진 거야? 그녀는 속으로 자신에게 면박을 줬다. 당장 멈춰. 하지만 머릿속의 그 목소리는 엄마의 음성이었고 그래서 그냥 무시하기로 했다. 그는 이비가 그린 캐리커처 자화상을 들어 보였다.

"실력이 꽤 좋아서요. 볼은 당신이 그린 것만큼 빵빵하지 않은 것 같지만." 그림을 도로 주머니에 넣는 걸 보니 간직할 셈인 것 같았다.

"고마워요. 그건 그렇고, 이비라고 해요."

"예, 알아요." 그가 말했다. "그동안 캔디 고마웠어요. 특히 주황색 캔디요. 주황색은 내가……"

"제일 좋아하는 거라고요, 네, 알아요. 그래서 이것도 좋아할 거라고 생각했어요." 그러면서 이비는 집에 있는 주황색 캔디를 모조리 모아 갈색 종이 포장지로 곱게 포장한 꾸러미를 내밀었다. 그러자 남자는 단숨에 크리스마스 아침에 잠에서 깨어난 아이처럼 눈을 빛내며 소년의 모습으로 변했다.

"저한테 주는 거예요?" 손은 내밀었지만 꾸러미를 받아들지는 못하고 머뭇거리는 그의 얼굴에 불확신이 스쳤다.

"제 주변에 당신만큼 주황색 캔디를 좋아하는 사람은 없거든요. 개인적으로 저는 좋아하지 않는 맛이에요." 꾸러미를 그의 손에 넘기는데 그녀의 새끼손가락이 그의 엄지를 살짝 스쳤고 이비는 불에 덴 듯 손을 확 잡아뺐다. 속으로 그녀는 그런 자신에게 눈알을 굴렸다. **진정해, 바보야.**

"고마워요." 그는 꾸러미를 보지도 않고 받아들었다. 그의 시선은 그녀에게 고정되어 있었다. 그는 이비에게서 반짝임을 발견했다.

분명 그녀의 눈에 반짝임이 있었다. 빛의 장난이 아니었다. 실제로, 물리적으로 존재했다. 어쩌면 그에게 미소 지을 때 그녀의 눈가에 주름을 만드는 살짝 찡그린 코 때문에 생긴 건지도 모르고 두 눈을 부드럽게 감싼 눈썹 때문인지도 모르지만, 뭐가 됐든 그 반짝임을 봤을 때 그의 머릿속은 온통 심장이 웃는 소리로 가득했다. 문득 자신이 이 후덥지근한 지하 터널에서 외투를 목까지 여미고 땀을 흘리며, 앞에 서 있는 아주 예쁘고 예사롭지 않은 여자와 대화하고 있다는 사실이 몹시 의식됐고, 머리카락이 이마에 달라붙는 것도 느껴졌다. 그는 이비가 알아채지 못하도록 머리를 뒤로 쓸어넘기려 했다. 하지만 이비는 알아차렸고 덕분에 그녀 자신의 등에 방울방울 흘러내리는 땀이 덜 민망하게 느껴졌다.

"저야말로 그동안 음악을 제공해줘서 고마워요……" 이비는 말끝을 흐렸다. **진짜 바보같이 들리잖아**, 그녀는 생각했다. "내 말은, 연주해줘서 고맙다고요. 실력이 대단하던데요."

그는 솜씨 좋게 포장한 캔디 봉지를 들고 있는 자신의 굳은살 박인 손을 내려다보았다. "반경 50마일 안에 있는 모든 음악대학에 그렇게 좀 말해주세요."

"그 사람들은 모른단 말이에요?" 이비는 거기 서서 그를 내려다보는 게 어색하게 느껴졌고, 혹시 그에게 여분의 간이의자가 없을까 궁금했다.

"제가 연주하는 걸 즐기긴 하지만 그저 재미로 버스킹을 하는 건 아니에요." 그는 닫힌 바이올린 케이스를 발로 툭 찼고 케이스 안의 동전이 짤랑거렸다.

"그래도 꽤 성공적인 것 같은데요. 제가 지나갈 때마다 케이스가 차고 넘치더라고요."

"으슥한 동네에 있는 손바닥만한 아파트 월세를 낼 정도의 벌이는 되죠. 그런데 여기를 얼마나 자주 지나다니는 거예요? 제 바이올린 케이스에 캔디가 들어 있기 시작한 지도 꽤 됐는데." 남자가 무릎에 팔꿈치를 괴었고 그 모습을 보면서 이비는 그가 멀쑥한 체형이라는 것과 자기 팔다리를 도통 주체하지 못한다는 것을 알아챘다.

"한 달 전부터 〈텔러〉에서 일하기 시작했어요. 출근 첫날 집에 오다가 길을 잃었죠. 그때 당신 연주가 들려서 한번 보러 왔는데, 나중에 보니 환승 승강장이 바로 저기더라고요." 이비가 그의 뒤쪽 벽에 붙은 표지판을 가리켰다. "나를 여기로 안내해줘서 고마워요. 당신이 아니었으면 승강장 찾는 데 훨씬 오래 걸렸을 거예요." 이비는 뱃속이 따뜻해지는 걸 느끼며 미소를 지었고 그도 쿡쿡 웃었지만, 그녀는 그토록 피하고 싶던 정적이 덮쳐오는 것을 감지할 수 있었다. 대화에 공백이 없었으면 했다. 왜냐면 그건 곧……

"이제 집에 가봐야겠어요." 이비는 마지못해 이렇게 말했다. 어차피 그도 오래 이야기할 생각은 없었을 것 같았다. 그렇게 캔디를 갖다 바쳤으니 그냥 예의상 대화를 나눈 것이었으리라.

"아, 그래요?"

뱃속이 두근두근 요동쳤다. 혹시 저 사람 얼굴에 스친 게 실망의 표정이 맞나? 실망이기를 바라면 나는 나쁜 사람일까?

"아무래도 그래야 할 것 같아요." 이렇게 대꾸하면서 이비는 고개를 갸웃했다. 아, **밀당이라는 게 이런 거구나**, 그녀는 짓궂은 웃음이 비져나오는 걸 느끼며 속눈썹 사이로 그를 올려다봤다. 이상하리만치 자연스럽게 느껴졌다. 그게 좋은지 싫은지는 아직 판단이 서지 않았다.

"가시기 전에 물어보고 싶은 게 있어요." 그는 허리를 숙이더니 바이올린 케이스 뚜껑을 열었다. 뚜껑 안쪽에 이비가 그동안 준 주황색 캔디 포장지를 죄다 붙여 **저녁식사 할래요?**라는 문장을 만들어놓은 게 보였다. 포장지는 조명을 받아 반짝였고 근처 터널을 지나는 열차들이 만들어낸 바람에 바스락거렸다.

이비가 조금 전 자연스럽게 발휘했다고 느꼈던 밀당 스킬이 일순간 증발해버렸다. 그녀는 엉성하게 만든 메시지에서 시선을 들었다. 그는 초조한 기색이 역력했지만(꿈틀거리는 눈썹이 말해주었다) 미소 띤 얼굴을 보니 놀라서 할말을 잃은 그녀의 반응을 즐기고 있음을 알 수 있었다.

"어떻게 대답해야 좋을지 모르겠네요."

그러자 그의 표정이 일시에 당혹감으로 일그러졌다. 이미 터널의 열기로 살짝 홍조를 띤 그의 두 볼이 이제 시뻘겋게 달아올랐고 그 붉은 기가 귓불까지 퍼졌다.

"아 이런, 정말 죄송해요. 너무 주제넘었죠? 당신에 대해 아는 게 하나도 없는데 말이에요. 우리가 무슨 로미오와 줄리엣이라고." 자신을 나무라면서 케이스 뚜껑을 닫은 그는 고개를 들지도 못했다. "그냥 당신이 너무 다정한 사람이라고 생각했어요. 더 깊이 알고 싶은 사람이라고, 또……"

"아뇨, 아니에요! 제 말뜻은 그게 아니라……"

"괜찮아요, 해명 안 하셔도 돼요." 그는 바닥을 향해 말했다.

이비는 그와 눈을 맞추려고 어정쩡하게 몸을 굽혔다. "아뇨, 정말로요, 제 말은……"

"진짜로, 거절해도 전혀 아무렇지 않아요."

"아니라니까요! 거절 아니라고요!"

얼굴을 가리기 위해 전략적으로 늘어뜨린 머리카락 사이로 그가 이비를 올려다봤고 그의 초록색 눈이 반짝였다.

"제가 하려던 말은 이렇게 거창하게 물어봐주셨는데, 똑같이 거창하게 승낙하려면 어떻게 해야 할지 모르겠다는 거였어요." 이비는 그가 다시 입을 열기 전에 단숨에 말을 쏟아냈다. “하지만 확실해요. 내 말은 그러니까, 예스라고요.”

“와. 음. 좋아요.” 그는 아직도 약간 발갛게 달아오른 얼굴에서 머리카락을 걷어냈다. “좋아요. 네. 좋아요. 저녁식사. 저하고 당신하고요. 이비……”

“스노예요.”

“이비 스노요?” 그가 한쪽 눈썹을 치켰다.

“이비 스노.” 그녀는 한번 더 확인해주면서 한 손을 내밀었다.

“저는 빈센트예요.”

“빈센트……” 이비는 그의 성까지 알고 싶어서 은근한 투로 대답을 유도했다. (사실은 그에 관한 모든 것을 알고 싶었다.) “빈센트 윈터스.” 그의 입이 아니라 눈만 보고 미소를 읽으며 이비는 지금 이 순간이 그녀 인생에서 가장 원대한 모험의 시발점이 되리라는 걸 직감했다.

5
벽 건너기

이비와 리프는 이비가 저녁식사 할래요?라는 문장으로 배열해놓은 사탕 포장지를 앞에 두고 바닥에 앉아 있었다. 이비는 볼에 사탕을 하나 물고서 리프를 향해 환히 웃었다.

"그때는 껍질이 전부 주황색이었어요." 이비가 당시 상황을 설명했다. "그리고 그 사람은 너무 어리바리했고 엄청 긴장해 있었어요!" 분실물 상자에게 소환해달라고 부탁한 사탕의 뒷이야기를 이렇게 마치며 이비는 키득거렸다.

"하지만 그래도 승낙했잖아." 리프가 미소 지으며 대꾸했다.

"그래도 승낙했죠." 이비도 따라서 미소 지었다. "그 사람이 잘생겼고 그게 마음에 들어서 그런 것만은 아니었어요. 그 사람이 아주 오랜만에, 어쩌면 제 평생 처음으로 저를 그냥 보는 게 아니라 정말로 들여다본 사람이라서 승낙한 거였죠."

"뭐가 다른데?" 리프가 물으면서 마지막 포장지 한 장으로 물음

표의 점을 찍었다.

“그냥 본다는 건 겉으로 드러난 것만 본다는 거고, 그럼 수많은 소소한 부분들을 놓치기 쉬워요. 상대방을 들여다본다는 건 그 사람이 어떤 사람인지, 무슨 생각을 하면서 사는지 배우는 거고요. 눈앞에 보이는 것 이상을 보는 것. 적어도 그 이상을 알려고 하는 의지라도 있는 거죠.” 이비는 둘이 캔디 포장지를 배열해 만든 글자를 마지막으로 한번 더 바라본 뒤 손으로 휙 쓸어 한쪽으로 치워버렸다.

“빈센트를 먼저 찾아갈 거야?” 리프는 포장지를 한 손으로 그러쥐어 구석에 있는 책상 밑 쓰레기통에 버렸다.

“아뇨.” 이비는 자신의 결정에 한 치의 의심도 없이 대답했다. “그렇게 하면 준비운동도 없이 깊은 물에 뛰어드는 꼴이 될 거예요.” 그러더니 분실물 상자에 흘깃 눈길을 줬다. “그 여행은 마지막 순서로 남겨둘래요.”

“좋아 그럼. 제일 먼저 어디로 갈까?” 리프가 책상에 기대면서 팔짱을 끼었고, 공기 중에 찌릿찌릿한 흥분이 감돌았다. 이비가 가족끼리 비행기를 타고 이국적인 곳에 놀러갈 때마다 느꼈던 그런 기분이었다. 곧 모험이 시작될 것 같은 예감. 가족끼리 간 여행에서 이비가 경험했던 최대의 모험이란 모로코에서 혼자 떨어져 돌아다니다가 굉장히 끈질긴 노점상의 손에 의해 현지 남자에게 팔려갈 뻔한 일이었지만. 이비의 아버지는 자기 딸을 되사야 한다는 것을 심히 못마땅해했다. 에드워드 스노에게 단독 결정권이 있었다면 그는 이비를 거기에 버려두고 왔을 것이다. 하지만 엘리너가 이렇게 소리질러 남편의 마음을 돌렸다. “서머 집안 아들의 예비

신붓감 없이 귀국하면 그 집 사람들이 우리를 뭘로 보겠어?" 그날 이후로 이비는 부모님의 시야 밖으로 벗어날 수 없게 되었고 더이상 어떠한 모험도 없었다.

벽이 앞으로 벌어질 일에 대비해 더 큰 소리로 웅웅거렸다. 이비는 크게 한 번 심호흡을 했다. 외투를 벗어 분실물 상자에 수북이 쌓여 있는 캔디 더미 위에 놓았다. 그런 다음 벽에 손바닥을 갖다 댔다. 벽은 흉곽 안에서 쿵쿵대는 심장처럼 여전히 온기를 발하며 고동치고 있었다.

"아들을 만나봐야 할 것 같아요."

그러자 벽이 웅웅대는 허밍과 고동을 딱 멈추고 일순 잠잠해졌다. 숨을 참고 있는 것이었다.

"확실해?" 리프가 물었다. "그래야 할 것 같다든가 그렇게 생각한다거나 그래야 할지 모르겠다 정도로는 안 돼. 확실히 알아야 돼."

이비는 벽을 건너는 이 여행을 피할 핑계를 얼마든지 댈 수 있었지만 어떻게 해서든, 그리고 이유가 무엇이든 반드시 아들과 대화해야 한다는 걸 머리와 마음으로, 그리고 온 영혼으로 알았다.

"네." 이비는 고개를 끄덕였다. "백 퍼센트 확실해요."

"그렇다면, 이제 벽이 아들을 찾아내서 이비를 거기로 데려다주게 하려면 벽에게 뭘 줘야 할지 알아내야 돼."

이비는 벽에서 한 걸음 떨어져 눈을 가늘게 뜨고 벽을 쳐다봤다. "그보다 먼저, 제가 저쪽으로 건너가면 어떤 일이 벌어질지 알아야겠어요. 아들하고 어떻게 대화를 하죠? 그애가 제 말을 들을 수 있나요? 저를 볼 수 있나요? 죽은 엄마가 어떻게 무덤에서 나왔는지 설명해줘야 하나요?"

리프는 씩 웃었다. "미안해, 이비. 내 설명이 좀 부족했지? 지금까지 이비가 놀랍도록 적응을 잘해서 이 모든 게 이비한테 생소하다는 걸 간과했어." 그는 다시 의자를 굴려 이비 앞으로 다가와 그녀에게 앉으라고 손짓했다. 그러고는 학생들과 칠판 사이에 선 교수처럼 이비와 벽 사이에 자리잡고 섰다.

"일단 벽을 건너가면 산 자는 누구도 이비를 볼 수 없고 이비도 그쪽 세상에 아무 영향을 끼치지 못해. 이비의 영혼은 다음 세계로 건너가기엔 너무 무거울지 몰라도 비교적 냉정하고 차분한 상태야, 그렇지?" 이비가 고개를 끄덕였다. "좋아. 자, 아까 말한 대로 이비는 사랑하는 사람들 눈에 보이지 않을 거고 웬만해서는 그들은 이비가 내는 소리를 듣지 못할 거야."

"웬만해서는요?" 이비가 물었다.

리프는 벽을 따라 이쪽 끝에서부터 저쪽 끝까지 왔다갔다하기 시작했다. 이비는 리프가 어텀 씨처럼 손에 파이프 담배를 들고 트위드 재킷을 걸친 모습을 상상했다. 수업 내용을 받아 적어야겠는걸, 그녀는 생각했다.

"산 자들이 우리 세계를 더 예민하게 감지하는 때가 있어. 마음을 열고 불가능한 일을 믿으려고 할 때지. 혹시 꿈에 세상을 뜬 사람들이 나온 적 있어? 그 사람들이 생전에 한 번도 안 했던 말을 꿈속에서 한 적 있어?"

"아마도요……" 자신의 일생을 차근차근 돌아보던 이비는 사십대에 갑자기 심장마비로 죽은 친구가 꿈에 나왔던 일을 어렴풋이 떠올렸다. 꿈에서 친구는 자기가 이비의 지갑에서 돈을 훔친 적이 있는데, 그것 때문에 평생 죄책감에 시달렸다고 고백했다. 그게 진실인지 아닌지 알 길이 없었던 이비는 치즈를 얹은 토스트를 먹고 바로 잠자리에 들어서 요상한 꿈을 꿨나보다며 그냥 넘겼지만 한동안 설명할 수 없는 기분을 떨치지 못했다.

"산 자들이 잠들어 있는 동안 우리는 그들 꿈속에 스며들어 비밀을 털어놓을 수 있어. 잠든 동안 무의식이 장난을 치는 일반적인 꿈이 아니기 때문에 그들은 깨어난 뒤에도 꿈을 기억하게 돼. 엄밀히 말하면 그건 꿈이 아니야. 우리가 나타난 거지." 리프는 길 잃은 영혼이 가득한 이 기묘한 세계의 일부인 것이 자랑스러운지 가슴을 쫙 펴고 손으로 주위를 가리켰다. 살아생전 그토록 사랑했던 이곳에 대한 애정과 따스함이 표정에서 그대로 읽혔다. "마음이 열린 사람일수록 꿈에 들어가기도 쉬워. 여기 있는 불쌍한 영혼들 몇몇은 저쪽 사람들이 그들의 말을 듣게 만드느라 꽤나 고생했지만, 결국엔, 필요한 때가 되면, 우리 모두 산 자들의 마음을 열고 불가능한 일을 받아들이게 할 수 있어."

"그럼 저도 아들이 자고 있을 때 비밀을 속삭이기만 하면 되는 거예요?"

리프가 고개를 끄덕였다. "아들이 이비가 하는 말에 귀기울일 만큼 마음이 열려 있는 것 같아?" 그가 물었다.

이비는 저도 모르게 미소를 지었다. "오, 남편과 제가 그애를 그 정도로는 키운 것 같은데요." 산 자들의 세계에 남겨진 남편 생각이 났다. 남편도 머지않아 따라올 것 같은 느낌이 들었다. 그는 이비가 옆방에만 가 있어도 혼자 오래 못 버텼고, 어떻게든 핑계를 대고 이비 곁에 있으려고 했다. 이번에도 별다를 건 없으리라고 그녀는 생각했다.

이비는 발을 이용해 잠잠해진 벽 가까이로 의자를 끌고 갔고 리프는 벽에서 물러났다. "지금은 왜 이렇게 조용하죠?" 그녀는 벽의 크림색 표면을 검지 마디로 톡톡 두드려보았다.

"잘 들으려고 그러는 거야. 어디로 가야 할지 이비가 말해주길 기다리고 있어."

"그냥 선명한 기억 하나만 있으면 돼요? 연결되려면?"

"하나면 돼."

이비는 눈을 감고 코끝을 벽에 갖다댄 채로 천천히 숨을 내뱉었다. 내쉰 숨결이 볼에 뜨끈하게 닿았다. 한쪽 눈을 뜨자 리프가 왼쪽에서 그녀를 유심히 바라보고 있었다.

"미안. 혼자 있게 해줄까?"

"아뇨, 괜찮아요. 제가 괜히 유난을 떠는 거죠. 죽은 마당에 민망해해서 뭐한담, 그렇죠? 그래도 제가 노래하는 건 참아주셔야겠어요. 그 정도는 괜찮죠?"

"그것보다 즐거운 일이 어디 있다고. 내 기억이 맞는다면 이비의 노래하는 목소리가 꽤 고왔던 것 같은데."

"어디 가서 자랑할 만한 목소리는 아니었지만 궁극의 목적은 완수했으니 완벽했던 셈이죠."

이비는 다시 한번 눈을 감았다. 첫째 아이인 아들의 여러 모습이 홍수처럼 밀려왔다. 낳자마자 품에 안고 흔들며 얼러준 기억, 그녀가 어렸을 때 오르골에서 흘러나왔던 가락에 직접 지어낸 가사를 붙여 자장가를 불러준 기억. 아이가 조금 자라 뒷마당의 타이어 그네에서 떨어졌을 때에도 따끔거리는 무릎에서 주의를 돌려 울음을 그치게 하려고 그 노래를 불러줬었다. 그리고 이비가 여기로 오기 몇 주 전 병원에 입원해 있을 땐 아들이 이비의 손을 꼭 붙잡고 함께 불렀다. 자기가 그렇게 좋아하는 노래를 다시는 엄마의 목소리로 듣지 못할지도 모르니까. 지금 이비가 부르는 게 바로 그 노래였다. 아들이 어디에 있건 이 노래가 그애를 찾아줄 거라고 그녀는 굳게 믿었다.

당신을 따라간다면
나를 잘못된 길로 인도할 건가요?
온 마음으로 당신을 믿어요
나를 올바른 곳으로 데려가줄 거라고.
그러니 내 손을 잡고 나를 이끌어줘요
가장 어두운 나날을 헤쳐나갈 수 있게.
나를 따라오면
당신도 괜찮을 거니까.

벽이 웅웅거리고 쿵쿵대고 일렁이기 시작하더니 거기서 뿜어나오는 에너지가 이비의 의자를 방 한가운데까지 밀어 보냈다. 이비는 벽의 페인트 갈라진 부분이 저절로 이어 붙으며 탁한 남색으로 변하는 걸 지켜봤다. 작은 파동이 일기 시작했다. 처음에는 물결 몇 개만 보이더니 곧 수백 개로 늘어 벽 표면을 출렁이고 또 출렁이게 했다. 마치 비 오는 날의 웅덩이 같은 모습이었다. 웅웅거리는 소리는 낮은 그르릉 소리로 변했고 이비는 아버지의 헛기침소리가 떠올랐다. 심기가 불편할 때마다 나오는 아버지의 버릇이었다.

"아들이 어디 있는지 몰라도, 이비, 거기 날씨가 나쁜 것 같네."

리프가 킬킬거렸다.

그때 한줄기 빛이 번개처럼 벽을 훑고 지나갔다. 이비는 본능적으로 숫자를 세기 시작했고—하나, 둘, 셋, 넷—곧 내리친 천둥에 방 전체가 진동했다. 벽이 흔들거렸고 의자가 벽 쪽으로 조금 굴러갔다.

"날씨가 굉장히 나쁜가본데." 넘어지지 않으려고 책상을 꽉 붙잡은 리프는 웃음을 거두고 초조하게 떨리는 목소리로 이렇게 말했다.

번개가 다시 벽에 꽂혔다. 하나. 둘. 셋…… 이번엔 천둥이 더 요란하게 쳤고, 이비가 앉은 의자가 물결치는 벽으로 더 가까이 굴러간 순간, 그녀는 천둥이 그저 방을 뒤흔들고 의자를 이리저리 무작위로 굴러가게만 하는 것이 아님을 알았다. 그녀를 벽 쪽으로 점점 잡아당기고 있었다. 번쩍하면서 번개가 또 한번 쳤고, 이번에는 방안을 더욱 환히 밝혔다. 이비는 허공에서 전기가 지지직거리는 소리를 들은 것 같았다. 하나. 둘…… 다음번 번개가 내리쳤을 때 의자가 얼마나 심하게 흔들렸던지 이비는 의자에서 내동댕이쳐졌고 벽에서 겨우 몇 인치 거리에 쿵 떨어졌다. 그녀는 저 뒤에서 바퀴가 뱅글뱅글 도는 의자를 똑바로 세우고 있는 리프를 흘깃 보았다.

"천둥이 카운트다운을 하고 있는 것 같아요!" 이비는 머리카락과 치맛자락을 마구 휘날리게 만드는 비와 바람의 소리를 뚫고 소리쳤다.

"이렇게 돼서 유감이야, 이비." 리프가 외쳤다. "어떤 영혼들은 운이 좋아서 사랑하는 사람이 바하마에서 휴가를 보내고 있을 때나 집에서 아늑한 이불 속에 들어가 있을 때 만나는데 말이야. 저

세계로 돌아가는 여행의 시작이 썩 이상적이지는 않네." 리프는 애써 웃어 보이려다가 또 한번 내리친 번개에 움찔했다.

하나…… 천둥. 이비는 분실물 상자로 뛰어가 외투를 도로 집어왔다. 외투가 필요할 것 같았다. 그걸 입을 시간은 없는 것 같아서 그냥 어깨 뒤로 둘러 머리에 뒤집어썼다. 외투의 천이 머리카락에 닿는 순간 날카로운 전류 몇 가닥이 벽을 관통하더니 이비의 허리를 잡고 들어올려 물 저편으로 데려갔다.

첫번째 비밀

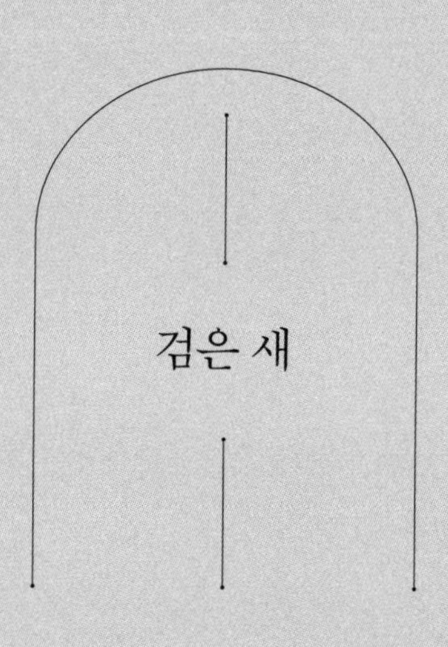

검은 새

12월
저녁식사

이비는 온종일 안절부절못했다. 책상 밑에서 다리를 꼬았다 폈다 했고 스케치북에 대고 연필을 톡톡 두드렸다. 그래 봤자 시간은 조금도 서둘러주지 않았고, 그레이슨이 미심쩍어하는 눈길만 던질 뿐이었다.

"무슨 문제 있어, 공주님?" 그레이슨이 쉴새없는 톡톡 소리를 그치게 하려고 그녀의 연필에 손을 지그시 얹으며 물었다. "나 때문에…… 긴장돼?" 그러면서 그는 씨익 웃었다.

환한 미소에 속지 마요, 그는 당신이 자기 가족에 얼마나 꼭 맞을지 상상하고 있으니까*, 이비는 속으로 흥얼거렸다. 그레이슨이 잘생겼다는 사실이 너무 싫었다. 저렇게 오만한 사람은 못생겨야 마땅한데.

---

* 디즈니 애니메이션 〈피터팬〉에 나오는 노래 〈악어에게 절대로 미소 짓지 마세요〉의 가사.

그녀는 수많은 여자들이 퇴근 후 그와 저녁식사 데이트를 하러 가는 것을, 그리고 이튿날 아침에 그가 어제 누구랑 잤느니 하며 〈텔러〉의 사진기자들에게 상대 여자의 퍼포먼스를 낱낱이 분석해 떠벌리는 꼴을 수없이 봐왔다. 책상 위 핸드폰이 진동하면서 그가 연락처에 저장해놓은 상대 여자의 저질스러운 별명이 화면에 뜨면 그는 아무렇지 않게 수신 거부 버튼을 누르곤 했다. 자신이 또 한 여자의 애정을—그가 절대 되돌려줄 생각이 없는 애정을—손에 넣었다는 걸 아는 남자의 얼굴에 떠오른 악의어린 쾌감을 마주할 때마다 이비는 피가 거꾸로 솟았다.

"아니요, 페어 씨." 이비는 그레이슨을 쳐다보지도 않고 대답했다. "당신이 역겨워서 그래요."

금요일 저녁이었고 밤에 빈센트와 저녁식사를 하기로 되어 있었다. 그날 아침 옷을 더 신중하게 골랐어야 했다. 저녁 약속을 위한 화려한 옷 대신에 직장에서 편하게 활동할 옷을 입었는데 후자를 택한 게 이제 와서 후회가 됐다. 답답한 사무실 안에 있었더니 약간 땀에 절고 더러워진 기분이었고, 그레이슨의 추잡스러운 눈길을 받는 것만으로도 한바탕 샤워를 하고 싶어졌다…… 아니, 두 번은 해야 할 것 같았다. 가방 속에 향수가 있으니 그걸로 어떻게든 되겠지 싶었다. 하루종일 초조한 마음을 달래며 시계만 쳐다봤고 스케치도 그리는 족족 실패해서 서투른 낙서처럼, 아무렇게나 선을 긁어놓은 것처럼 보였다.

"정신 차려, 이비." 이비는 혼자 중얼거렸다.

시계가 다섯시를 가리키자마자 이비는 책상 위 물건을 전부 입을 벌린 가방에 쓸어 담았다. 그러고는 그레이슨에게 손도 흔들지 않고 외투를 대충 걸치면서 사무실 문밖으로 뛰쳐나갔다.

그녀는 둘이 어딜 가면 좋을지, 뭘 먹을지 아직 생각해보지 못했다. 너무 긴장해서 뭔가 먹을 수는 있을지 의문이었다. 그저 빈센트를 더 알고 싶다는 생각만 들었다. 이비는 온실 속 화초로 자랐지만 부모가 그렇게 애썼는데도 불구하고 자신의 의지로 여러 가지 모험을 했다. 어느 저녁엔, 열여섯 살 때의 일인데, 스노가의 요리사 아일라와 함께 집을 몰래 빠져나가 시내 중심가에 있는 술집에 갔다. 당시만 해도 딸의 순종을 믿어 의심치 않았던 엘리너는 이불 속에 이비의 형상으로 놓여 있는 덩어리가 사실은 이비가 아니라 소파에서 집어온 쿠션들을 그럴듯하게 만져 만들어놓은 거라고는 꿈에도 생각지 못했다. 두 사람은 동이 터올 무렵 신발을 벗어 들고 킬킬대다가 서로에게 조용히 하라고 쉬쉬거리고 그 소리에 또 킬킬대며 집으로 돌아왔다. 두 시간 후 옷도 안 벗고 샴페인과 담배 냄새를 풍기며 볼에는 마스카라가 번진 채로 침대 안에서 깨어난 이비는 어떻게 부모님한테 안 들키고 넘어갔는지 스스로도 믿지 못할 지경이었다. 전혀 모르는 사람이라고 할 수 있는 남자를 보러 가는 지금, 그날과 똑같은 장난기가 차오르는 기분이었다. 그것이 모험이 시작될 분명한 신호임을 이비는 알았다.

그들은 빈센트가 버스킹하는 장소에서 만날 예정이었다. 그곳으로 가는 내내 이비는 줄곧 차분함을 유지했다. 그러다 열차가 승강장 선로에 진입할 즈음에야 온몸이 화끈거리기 시작했다. 에스컬레이터에 올라타는데 빈센트의 연주가 들려왔다. 그날의 버스킹을 마무리할 마지막 곡을 연주하는 거라고 생각했지만, 그의 모습이 시야에 들어온 순간 붉은 깅엄체크 천을 덮은 작고 동그란 테이블과 그 양쪽에 놓인 간이 스툴 두 개도 보였다. 테이블과 스툴이 그의 버스킹 구역을 꽉 채웠다. 테이블 위에는 종이 접시 두 개가 있고 그중 하나에는 노란 장미 한 송이가 가로로 놓여 있었으며 중앙에는 불을 켠 초가 있었다. 이번에도 이비는 에스컬레이터에서 내리자마자 걸음을 멈췄고 교복 입은 학생이 떠미는 바람에 옆으로 밀려났다. 그녀는 그 학생 등에다 대고 미안하다고 외쳤지만, 시선은 빈센트에게 꽂혀 있었다. 늘 그렇듯 빈센트는 눈을 감고 연주했다. 이비는 최대한 소리를 안 내려고 조심하면서 외투를 벗고 스툴에 앉았다. 빈센트가 아름다운 마지막 음을 연주할 때까지 기다리면서 그를 지켜봤고, 곡이 끝난 게 확실해지고 나서야 예의바르게 박수를 쳤다. 빈센트가 눈을 떴다.

"스노 씨." 그가 고개를 끄덕였다.

"안녕하세요, 빈센트." 이비는 웃음을 터뜨렸다.

"눈에 반짝임이 묻었네요." 그가 말했다.

"그래요?" 무심코 왼쪽 눈가로 그녀의 손가락이 올라갔다.

"네, 그래요." 빈센트는 미소를 지으면서 케이스 안에 쌓인 그날 받은 동전더미 위에 악기를 잘 올려놓고는 이비 맞은편의 캔버스천으로 된 진한 초록색 캠핑용 스툴에 앉았다.

손에 잉크가 얼룩덜룩하고 머리는 늘 부스스한, 하룻밤 푹 자야 할 것처럼 피곤해 보이는 여자였지만, 빈센트가 생각하기에 이비는 그 특유의 반짝임 때문에 여태 만나본 어떤 여자보다 더 흥미롭고 더 아름다웠다.

"노란 장미라." 이비는 꽃을 들어 코에 대고 은은한 향을 들이마셨다.

"으흠." 빈센트는 한 손에 턱을 괴고 까칠한 수염을 문질렀다. 턱수염을 기르는 중이라 면도를 하지 않았다. 한편 이비는 턱수염 있는 남자는 절대 믿지 말라는 엄마의 경고를 떠올리지 않을 수 없었고, 그가 면도를 하고 나왔으면 좋았을 거라고 생각했다. 어쩌면 너무 앞서나가는 것일 수도 있지만, 엄마가 빈센트를 만나게 되면 뭐라고 할지 궁금해졌다. 하지만 엘리너 스노의 마뜩잖은 얼굴이 뇌리를 스치는 순간에도 빈센트의 까칠한 턱을 손가락으로 쓸어보면 어떤 느낌일까 하는 상상이 더 강하게 이비의 머릿속을 가득 채웠다. 그러자 갑자기 역 안이 다시금 후텁지근해졌다.

"우리의 우정을 위해서인가요?"* 장미를 종이 접시 사이에 내려놓으면서 이비는 약간 바보가 된 기분이 들었다.

"으흠." 그가 이번에도 동의의 뜻으로 중얼거렸지만 이번에 이비는 그의 손가락 사이로 보이는 희미한 웃음을 놓치지 않았다.

"그렇군요." 등을 꼿꼿이 편 이비는 정색을 하고 두 손은 무릎에 올려놓고서, 잠시 엘리너 스노에 빙의해 차갑고 단호하며 남의 장단에 놀아나줄 생각이 추호도 없다는 표정을 지었다. 그러자 빈센트가 눈을 가린 머리카락을 쓸어올리더니 진심어린 표정으로 이비를 바라봤다.

"당신과 친구가 되고 싶어요. 당신을 더 알고 싶어요. 오늘 이전에 제대로 만난 건 딱 한 번뿐인데다, 전에도 말했듯이 우리는 로미오와 줄리엣이 아니잖아요." 그는 웃음을 터뜨렸다. 풍성하고 낭랑한 소리였다. "얼마든지 시간을 두고 서로가 정확히 어떤 사람인지 충

* 노란 장미의 꽃말은 '우정'이다.

분히 알아갈 수 있어요. 어쩌면 당신은 이 대화가 끝나기도 전에 내가 상종하기 싫은 건달이라고 결론을 내릴지도 모르고, 그런다고 해도 저는 할말이 없어요! 어쨌든 이 모든 건"—그는 테이블을 가리켰다—"그것을 위해 준비한 거예요. 당신하고 나하고, 잠시 대화를 나누는 거. 그런 다음 어쩌면, 당신이 괜찮다면, 우린 친구가 될 수 있지 않을까요, 스노 씨?" 빈센트는 장미를 집어들어, 이번에는 이비가 더 관대하게 받아주길 바라며 그녀에게 내밀었다.

이비 스노는 잠시 그를 찬찬히 뜯어보았다. 그녀가 심장이 멋대로 휩쓸려가지 않게 단속한 건 사실이었다. 그녀의 심장은 멋대로 휩쓸리는 법을 알지 못했다. 하지만 빈센트의 의도를 전혀 다른 것으로 오해했는지도 몰랐다. 사귀자는 의도로. 그렇게 받아들이고 기분이 어땠는지 꼭 집어 말할 순 없었지만 그 때문에 들뜬 건 분명했다. 믿을 수 없을 만큼 재능이 뛰어난 이 남자가 자신에게 관심을 주다니. 그런데 완전히 잘못 짚었다는 걸 안 지금 이비는 약간…… 아니다. 어떠한 감정도 들지 않는다고 그녀는 결론지었다. 마치 수도꼭지를 잠근 것처럼, 실망감도 좌절감도 혹은 바보가 된 기분도 들지 않았다. 대신 그녀는 이 흥분을 새로이 발견한 우정에 쏟기로 하고 웃으며 장미를 받았다.

*

저녁 메뉴는 빈센트가 "이 동네 최고의 햄버거집"이라고 주장하는 곳에서 포장해온 버거와 감자튀김이었다. 갈색 종이봉투를 기울여 접시에 막 쏟아놓았을 때는 못 먹을 음식처럼 보였다. 이비는 내용물을 흘리지 않고 버거를 집어들기 위해 기를 썼다. 하지만 한입 베어 문 순간, 맛과 향을 음미하기 위해 빈센트의 말을 끊어야 했다. 이 동네 최고의 버거라는 말은 사실이었다.

"그럼 당신은 화가인가요?" 빈센트가 감자튀김 하나를 입에 넣으며 물었다.

"음, 애니메이션 제작자가 되고 싶어요. 꿈은 그래요." 이비의 머릿속에서는 이미 자신이 그린 그림이 실버스크린 위에서 움직이고 있었다. "그렇지만 일단 지금은 지역신문사에서 만화가로 일하고 있고, 제 드로잉은 늘 상사의 쓰레기통에 처박히고, 그 인간은 그저 가슴이 안 달렸다는 이유만으로 제 역겨운 남자 동료의 작품만 찬양해요." 이비는 한숨을 쉬었다. "당신은 바이올리니스트죠."

"맞아요. 영원히 음악에 관심이 없는 통근자들을 관객 삼아 연주할 운명에 처한 바이올리니스트죠." 그도 한숨을 쉬었지만 입가에는 즐거운 미소가 어려 있었다. 빈센트는 인생에서 자신에게 주어진 운명을 받아들였다. 그렇다고 포기한 건 아니고, 대신 자신이 가진 것에 만족하는 법을 터득한 것이었다.

"이것 봐요," 이비가 놀리는 투로 대꾸했다. "관심 있는 사람도 있다고요."

"제가 실례했군요. 그럼 별로 중요하지 않은 사람들만 관심이 없다고 해두죠. 하지만 제 월세를 대주는 건 결국 그 사람들이니, 조금 다르고 짜증나는 맥락에서, 결국 중요한 사람들이기도 해요."

"네, 그러네요."

"형제자매는 없어요?" 빈센트가 감자튀김 네 개를 한꺼번에 입에 넣으며 물었다. 그는 처음 함께하는 저녁식사치고 어이없을 정도로 허물없이 굴었는데, 하지만 덕분에 이비도 마음이 편해졌다. 스노가에서는 매 끼니가 격식 차린 식사였고, 식사중에 대화는 금물이었기에 이런 극적인 변화가 반가웠다. 이비는 버거를 열어 오이피클을 빼냈고, 던져버릴 거라는 빈센트의 예상을 깨고 입에 쏙 집어넣었다.

"남동생 하나요. 이름은 에디예요. 당신은요?"

"누나 버네사요. 심장외과 전문의예요." 그는 눈알을 살짝 굴리면서 대답했다. "반려동물은요?" 그는 재빨리 화제를 전환했다.

"없어요." 이비가 대답했다.

"한 번도 안 키워봤어요?"

"엄마가 알레르기가 있어서요."

"물고기도요?" 빈센트가 웃으며 물었다.

"아. 정원에 비단잉어 연못이 있긴 한데, 저는 안아줄 수 없는 건 반려동물로 안 쳐요." 이비는 뭐 어쩌겠냐는 표정으로 어깨를 으쓱하고는 플라스틱 컵에 담긴 콜라를 한 모금 마셨다.

"비단잉어요? 물고기 얘기를 꺼냈을 때 제가 떠올린 건…… 금붕어 정도였는데." 빈센트가 웃음을 터뜨렸다.

"아…… 그게…… 저희 가족이……"

"부자라고요?" 그가 다정한 미소를 띠고 거들었다.

"취향이 고급이라고 말하려던 건데, 부자인 것도 맞아요." 이비가 겸연쩍게 대답했다.

"왜 애석한 투로 들리죠? 그런 집에서 부족함 없이 살 수 있다면 팔 한쪽이라도 내어줄 사람이 한둘이 아닐 텐데."

"알아요. 아마 그래서 애석한가봐요. 저도 제가 누려온 모든 것에 감사해요. 하지만 제 부모님은 어떻게 해서든 집안의 부를…… 새어나가지 않게 하려고 애써왔어요. 도움이 필요한 사람들과 나누는 일을 탐탁지 않게 생각하시죠. 부모님은 돈이 있어서 행복하다고 믿지만 실제로는 그저…… 안정된 것일 뿐이에요. 행복은 돈과 아무 상관 없어요. 오히려 부모님은 제가 아는 사람들 중 가장 행복하지 않은 분들이에요."

"혹시 지역신문사에 들어가 사서 고생하는 게 그것 때문인가요?" 빈센트는 이비가 이 대화 때문에 불편해하지 않기를 빌면서, 감자튀김 한 개를 들고 만지작거렸다.

"네, 맞아요. 제가 스물일곱 살인데 이곳이 첫 직장이에요. 일 안 해도 먹고살 수 있다고 하면 팔자 좋게 들리지만 자기 집에 포로로 잡혀 사는 사람한테는 다른 얘기예요. 돈이 있어도 그걸 올바르게 쓸 줄 모르면 말짱 헛것이죠."

"올바르게 쓰는 게 어떤 건데요?" 빈센트는 흥미가 동한 표정이었다.

이비는 어깨를 으쓱했다. "다른 사람을 돕는 것? 동물을 도와주는 것? 아니면 지구를? 모험을 하는 데 쓸 수도 있겠죠? 우리 집안 재산을 지금보다 유용하게 쓸 방법은 백 가지도 넘게 얘기할 수 있어요. 지금은 아무데도 안 쓰고 있으니까." 이비의 표정이 심란해졌다. 동요한 것 같았다. 그녀가 얘기하면서 조금씩 뜯어낸 버거 포일 포장지로 테이블보가 온통 은색 꽃가루 천지가 되어 있었다. 빈센트는 그녀의 가족 문제를 파고들 때가 아니라고 판단하고 화제를 돌렸다.

"그래서 햄스터 한 마리도 못 키워봤다는 거예요?"

그가 못 믿겠다는 듯 고개를 젓자 이비가 미소를 지었고, 그는 가슴이 벅차올랐다.

"네, 햄스터 한 마리도요!" 이비는 다시 한번 미소를 지었다.

"잘 알겠어요." 빈센트는 고개를 끄덕이면서 그럴 수도 있지, 하고 말하듯 아랫입술을 말아 비죽 내밀었다. 이비는 그의 입으로 시선이 가는 걸 어쩌지 못했지만, 상상의 나래가 펼쳐지기 전에 얼른 정신을 붙잡았다.

"당신은요? 숨겨둔 금붕어라도 있어요?" 놀리려고 한 말이었지만 빈센트는 못 알아챈 것 같았고 이비는 그것이 좋았다.

"가족들이 키우던 맥스라는 잡종 개가 있었는데 몇 년 전에 죽었어요. 그 녀석이 죽던 날, 태어나서 처음으로 그렇게 많이 울어봤어요. 어머니도요. 그때 이후로 어머니는 다른 개를 못 들이세요. 그런 상실감을 차마 또 감당할 수가 없는 거죠." 빈센트는 갑자기 비탄에 휩쓸리는 기분이 들어 슬픈 얼굴로 고개를 저었다.

"솔직하게 말해도 돼요?" 이비는 방금 떠오른 다소 뻔뻔한 생각에 웃음을 지었고, 그걸 본 빈센트는 그녀가 이 대화를 어디로 끌고 갈지 궁금해졌다.

"물론이죠." 그는 자기 햄버거를 열고 오이피클을 꺼내 그녀에게 주었다.

"전부 다 시답잖은 질문이었어요." 이비가 속마음을 말했다.

"오, 그렇게 생각해요? 왜 그렇게 생각하죠?" 빈센트는 웃으면서 다시 턱을 손에 괴었다.

"그런 질문으로는 어떤…… 의미있는 것도 알아낼 수 없어요. 형제자매가 있느냐, 반려동물을 키워봤느냐를 알아내봤자 결국…… 저에 대해서는 아무것도 알 수 없다고요."

"알 수 있고말고요! 당신에게 남동생이 있다는 걸 알게 됐다고요.

그리고 물고기한테, 또 아마도 양서류한테 매정하다는 것도요."

이비는 눈알을 굴렸다. "무슨 말인지 알잖아요. 그런 건 제 성격을 별로 궁금해하지 않는 사람이 면접에서나 쏟아놓을 질문들이에요. 저를…… 안팎으로 속속들이 알 필요가 없는 사람이요." 그렇게 도발적으로 이야기할 의도는 아니었지만, 그와 상관없이 빈센트가 고개를 약간 기울이면서 왼쪽 눈썹을 치켜세우자 내심 기뻤다. "제가 고민해서 대답할 만한 질문을 해보세요. 대답을 해도 되는지 안 되는지 고민하게 만들 질문이요." 이비는 그가 어떤 질문을 생각해낼지 자못 궁금해서 테이블에 팔꿈치를 대고 몸을 앞으로 기울였다.

빈센트는 그녀의 눈을 똑바로 응시하며 열심히 머리를 굴렸다. 이비는 그의 시선을 피하지 않았다. 그가 자신을 바라볼 때 뭐가 보이는지 알고 싶었다.

반면 빈센트는 그녀의 시선이 갑자기 버겁게 느껴졌다. 그저 행복감만 가득한 눈빛이었고, 행복감은 빈센트가 살면서 거의 느껴보지 못한 감정이었다. 빈센트는 이비의 두 눈이 태양과 비슷한 것일까봐 두려웠다. 아름답고 필요하지만 똑바로 쳐다보면 다칠 수 있는 것. 그는 자신의 굳은살 박인 커다란 손에 시선을 떨어뜨리고 자기가 지금 뭘 하고 있나 생각했다. 아니, 사실은 **이 여자가** 여기서 뭘 하고 있나 생각했다. 부족한 것 하나 없는 멋진 여자, 마법 같은 손으로 순식간에 종이 위에 놀라운 세계를 창조해내는 여자가 바이올린을 들고 지하를 헤매면서 햄버거 두 개와 감자튀김, 콜라 두 개 살 돈도 간신히 버는 얼빠진 남자랑 마주앉아 대체 뭘 하고 있는 걸까. 그는 나비를 잡은 거인이 된 기분이었다. 자신이 잡고 있으면 나비가 죽을 걸 알면서도, 나비의 아름다움이 없다면 결코 느끼지 못할 어떤 것—행복—때문에 차마 놓아주지 못하는 거인.

"좋아요." 마침내 그가 대꾸했다. "질문이 있어요."

"물어보세요."

"아주 굉장한 질문이에요."

"해봐요……"

"진짜예요. 각오하는 게 좋을 거예요. 엄청나거든요."

"얼른 하라니까요!" 이비가 키득거렸다.

빈센트는 숨을 크게 한 번 들이쉬었다. "좋아요." 그는 극적인 효과를 위해 딱 이비가 조금 더 애가 탈 만큼만 뜸을 들였다. 이비는 지루하다는 표정으로 있지도 않은 손목시계를 흘끔 확인하는 척했다. 그는 마이크를 쥔 것처럼 한 손을 입에 가져갔다. "과거에 일어난 일 중 딱 하나를 되돌릴 수 있다면 뭘 고르시겠습니까?" 그러고는 이비가 대답할 수 있게 재빨리 마이크를 그녀에게 가져다 댔고 이비는 마이크가 켜졌나 확인하려는 듯 윗부분을 톡톡 두드리는 시늉을 했다.

"생각해낸 질문이 **그거**예요?" 이비는 농담조로 짜증을 냈다.

"왜요?" 빈센트는 웃음이 터져나오는 걸 참을 수 없었다. "아주 흥미로운 질문인데요. 당신의…… 안팎을 속속들이 드러낼 수 있는 질문이잖아요." 그러면서 그는 짓궂은 미소를 지었다. 이비는 두 뺨이 화끈 달아오르는 걸 느꼈고 부디 아주 새빨개지지는 않았기를 바랐다.

"흠. 제 대답은…… 그렇게 안 할 거예요." 다시 뒤로 물러나 앉으면서 이비는 엄마에게 또 한번 빙의한 기분으로, 시시한 농담은 싫다는 듯 두 손을 깍지 껴 무릎에 얹었다. 사실 이비는 시시한 농담을 누구보다 좋아했기에, 자신이 생각해도 이것은 우스운 태도였다.

"뭘 그렇게 안 해요?" 빈센트는 반쯤 남은 햄버거를 집어들고 크게 반을 베어 물었다.

"되돌리지 않을 거라고요. 제가 한 모든 행동과 제 인생에서 일어난 모든 일은 다 이유가 있어서 일어난 거라고 믿어요. 뭐든 하나라도 바꾸면 저는 지금과 같은 사람이 아닐 거예요."

"혹시 이 질문, 전에도 받아본 적 있어요?" 빈센트는 눈을 가늘게 뜨고 그녀를 봤다. "외운 것 같은 대답이라서요."

"평소에도 그런 생각을 많이 해요. 당신은 안 그래요?"

빈센트는 마지막 남은 버거 조각을 입에 쑤셔넣으면서 고개를 저었다.

"저는 늘 그런 생각을 해요." 이비가 말을 이었다. "다들 어떻게 해서 지금과 같은 사람이 됐을까, 우리가 과거로 돌아가 뭔가를 바꾼다면 달라지는 게 있을까. 우리는 더 나아져 있을까 더 나빠져 있을까, 아니면 인생의 여정에서 무슨 일이 일어나건 우리는 결국 이렇게 될 운명이라서 지금과 똑같은 사람으로 남아 있을까?" 이비는 더이상 빈센트를 보고 있지 않았다. 이제 버거가 몇 배 더 흥미로운 대상이 된 것 같았다. 긴장이 풀려서 그런지 그녀는 아득히 자기만의 세계에 빠져들었다. 음료를 한 모금 마신 빈센트는, 참으려고 했지만 결국 참지 못하고, 이비가 보고 있지 않는데도 그녀를 향해 활짝 웃었다.

"그래서 어떤 결론을 내렸어요?" 빈센트가 조용히 물었다.

"아아, 모르겠어요." 이비는 숨을 깊게 들이쉬고 다시 현실로 돌아와, 빈센트를 흘끔 올려다봤다가 자신이 포일을 갈기갈기 찢어 난장판이 된 테이블을 내려다봤다. 그 조각들을 휙 쓸어 한 손에 담은 그녀는 그것을 지하철역 바닥에 뿌리는 대신 외투 주머니에 넣었다. "그 답을 알았다면 지금보다 훨씬 성공한 사람이 되어 있었겠죠."

빈센트를 슬쩍 올려다본 그녀는 그가 자신을 물끄러미 보고 있는 걸 발견했다. 영화 속 주인공들이 서로를 바라보는 눈빛이었다. 그 순간을 함께하는 두 사람 말고는 아무것도 중요하지 않다는 눈빛. 이비는 로맨스영화를 숱하게 봤고 보는 걸 즐기기도 했지만 주인공 커플이 마침내 키스하는 장면에서 행복에 겨워 운 적은 없었고, 시선 하나가 그렇게 큰 힘을 갖는 것을 이해하지도 못했다. 지금까지 그런 눈길을 받은 적이 없어서 이해하지 못했었다는 걸 그녀는 이제야 알았다.

"당신은요?" 분위기가 더 진지해지는 걸 막으려고 이비가 물었다. "과거에 일어난 일 중 딱 하나 바꾸고 싶은 게 있다면?"

빈센트는 그녀가 똑같은 질문만은 하지 않기를 바랐다는 듯 얼굴을 찡그렸다. "윽, 딱 하나 골라야 하나요?" 그는 자신 없게 웃었다.

"당신이 정한 규칙이잖아요, 윈터스, 내가 아니라!" 이비는 마지막 감자튀김 한 개를 집어먹고서 먹을 만큼 먹었다는 신호로 두 손을 비볐다. 이제는 밥보다 대화가 더 고팠다.

"바이올린을 처음 배웠을 때로 돌아가서 눈을 감지 않고 연주하는 법을 배우고 싶어요. 그랬다면 당신을 더 빨리 만날 수 있었을 테니까요." 그는 확신에 찬 미소를 보이려 했지만, 말을 뱉자마자 방금 한 말에 자신이 없어졌고 그게 티가 났다.

"난 우리가 이런 식으로 만난 게 꽤 마음에 드는데요." 이비가 털어놓았다. "당신이 나한테 말 걸기까지 백만 년이 걸리긴 했지만."

"그렇군요." 빈센트가 대꾸했다. 그의 눈에 형편없는 지하철역 조명이 비쳤다. "질문이 하나 더 있어요."

"해봐요." 이비가 고개를 갸웃하며 말했다.

"좀 단도직입적이어도 양해해주세요." 갑자기 겸연쩍어진 그는 다시 앞머리로 눈을 가렸고 뺨도 발갛게 달아올랐다.

"해보라니까요." 이비는 뱃속이 찌릿하는 걸 느끼며, 그를 채근했다.

"아니, 진짜로요, 당신을 불편하게 만들고 싶진 않은데……"

"빈센트." 이비가 의도했던 것보다 조금 더 심각한 투로 말했다. 그녀는 고개를 숙여 그와 눈을 맞췄다. "그냥 물어봐요."

빈센트는 입을 꾹 다물고 있었지만 그 와중에도 미소를 보였다. "혹시…… 스노 부인인가요?"

이비는 웃음을 터뜨렸다. "제가 결혼했다 해도 제 남편 성은 스노가 아닐 거예요. 그리고 저는…… 흠, **그 사람** 성이 뭐든 그걸로 불렸겠죠."

"오. 그렇죠. 거기까진 생각을 못했네요." 빈센트는 눈을 가린 머리카락을 쓸어올렸고 이제 홍조는 얼굴 전체로, 귀 끝까지 퍼져 있었다.

"아뇨." 이비가 왼손을 들어 약손가락을 보여줬다. "미혼이에요. 사귀는 사람도 없고요. 원래 연애에 크게 관심이 없었어요. 엄마가 그것 때문에 속을 끓이시죠. 솔직히 말하면 엄마를 괴롭히려고 연애를 피한 것도 있어요." 이비는 깔깔 웃었지만 이내 못된 애가 된 기분이 들었다. "물론 엄마를 사랑해요, 어쨌든 제 엄마니까요. 하지만 제 인생을 어떻게 살아야 할지에 대해 우리는 정반대 의견을 갖고 있어요."

"왜지 〈텔러〉에서 일하는 것도 어머니 제안은 아니었을 것 같은데요?" 빈센트는 자기가 먹던 버거의 포장지를 종이 접시와 함께 구겨서 처음에 담아왔던 봉지에 도로 넣었다. 이비도 똑같이 했다.

이비의 버거는 남아 있었지만 입맛이 달아나버렸다.

"절대 아니었죠." 실제 상황에 비해 너무 축소된 표현이라 웃음이 터져나왔다. 엘리너 스노는 딸의 이번 반항에 그냥 반대한 정도가 아니었다. 이비 역시 자신이 이만큼 온 것이 믿기지 않아 아직도 자기 팔을 꼬집는 중이었다. "게다가 내년 안에 〈텔러〉의 카툰 화가에서 벗어나 전문 아티스트로서 한 발 더 나아가야만 제 인생을 계속해서 제가 원하는 대로 살 수 있어요."

"그렇게 못하면요?" 빈센트는 이비의 이야기를 별로 심각하게 받아들이지 않는 것 같았다. 그에게 엄마의 경고가 공허한 으름장으로—사악한 여왕이 딸을 탑에 가둬둔다는 동화 속 설정처럼—들렸겠구나 싶었지만 이비는 엄마의 협박이 진심임을 너무나도 잘 알았다.

"그렇게 못하면, 누구든 엄마가 짝지어주는 사람하고 결혼해서 남은 평생 아내이자 엄마로 살아야 돼요. 그 이상도 이하도 없는 거예요."

"우와. 그럼 우리 빨리 당신 작품을 여기저기 홍보하기 시작해야겠네요. 애니메이션 작화가가 되고 싶다면 그 분야에서 일하는 사람들한테 작품을 보여줘야 하잖아요." 빈센트는 이비의 쓰레기를 가져가며 자리에서 일어났다.

"**우리**라뇨?" 이비가 놀라서 물으며 그를 올려다봤다.

"넘겨짚기는 싫지만요, 이비," 빈센트가 쓰레기통 쪽으로 가며 말했다. "우리 이제 친구가 된 것 같은데요. 친구끼리는 서로 돕는 거잖아요." 그러더니 그는 세상에서 가장 사랑스러운 미소를 지어 보였다.

“친구 맞는 것 같네요, 윈터스 씨.” 이비도 씩 웃으며 고개를 끄덕였다. 혼자 지낸 지 한 달이 조금 넘었는데 친구를 사귄 건 오늘이 처음이었다. 이런저런 선입관이 회사에서 피어날 수 있었던 모든 우정의 싹을 잘라버렸고(그레이슨이 한 번만 더 ‘공주님’이라고 부르면 아예 티아라를 사서 매일 쓰고 출근해 찍소리도 못하게 해주리라고 다짐했다), 안내 데스크 직원하고만 어느 정도 친해졌는데, 그것도 어쩌면 이비와 정말로 통하는 게 있어서가 아니라 그녀도 여자이고 여성혐오적 근무 환경에 신물이 나서 그런 걸지 몰랐다. 그런가 하면 이비 자신도 신문 카툰 작가에서 한 계단 올라갈 길을 모색하느라 늘 스케치북에 머리를 처박고 지내서, 친해지려는 시도에 그리 적극적으로 반응하지 못했다.

“이비?” 빈센트가 조심스럽게 불렀다.

“질문이 또 있나요?” 이비는 일어서서 깔고 앉았던 외투를 도로 걸치며 물었다. 저녁시간도 슬슬 끝나가고 있었고 날씨도 쌀쌀해졌다. “이번에는 괜찮은 질문을 좀 해봐요. 여태까지는 다 약간 기대 이하였으니까!”

빈센트는 이비 쪽으로 걸어갔지만 가까이 다가가지는 않았다. 갑자기 두 손이 무엇에 쓰면 좋을지 모를 쓸모없는 두 개의 덩어리처럼 느껴졌고, 그래서 외투 주머니에 손을 깊숙이 찔러넣었다.

“그냥 든 생각인데요…… 아직 시간이,” 그는 손목시계를 확인했다. “여덟시밖에 안 됐으니까 좀 걷는 거 어때요? 저랑 같이. 어디든요.”

이비는 내일 아침 일찍 일어나 출근할 생각에 멈칫했다가 곧 내일이 토요일이라는 걸 깨닫고 희열을 느꼈다.

"이번 질문은 아주 훌륭하네요, 빈센트." 이비는 웃음 지으며 대꾸했다.

*

재능 넘치는 바이올리니스트인 빈센트는 아버지를 만난 적이 없었다. 어머니 바이얼릿 윈터스가 혼자서 힘들게 일하며 두 아이를 키워냈다. 빈센트보다 여덟 살 많은 누나가 대학에 갈 시기가 됐을 때, 바이얼릿은 두 아이 중 하나를 고등교육까지 시키려면 나머지 한 아이의 기회를 박탈할 수밖에 없다는 걸 깨달았다. 빈센트를 칼리지* 다음 단계까지 진학시킬 돈은 없었고, 동시에 세 가지 일을 한다 해도 빈센트가 열여덟 살이 될 때까지 충분히 돈을 모으지 못할 게 뻔했다. 그래서 그녀는 대신 일 년 동안 악착같이 아끼고 모은 돈으로 빈센트의 열 살 생일에 바이올린을 사주었다. 아들이 등굣길에 악기점을 지나면서 바이올린을 쳐다보는 눈빛을, 한번 만져보고 싶어서 손가락이 움찔거리는 것을 보았기 때문이었다.

"네가 정말로 잘 켜게 되면," 바이얼릿은 아들에게 이렇게 말했다. "바이올린 연주로 네가 원하는 건 뭐든 할 수 있을 만큼 돈을 벌 수 있을 거야."

열 살의 빈센트는 그 말이 진실이라고 믿었지만, 십팔 년이 지난

* 영국에서 16세까지 의무교육을 마친 후 대학 입시 준비나 전문 직업 훈련을 받기 위해 가는 2년제 교육기관.

지금은 그렇게 간단한 문제가 아님을 알았다. 그는 손가락이 얼얼해지도록 연습했고, 그가 근방 최고의 실력자라는 건 지하철역 통근자들에게 물어보면 확인해줄 것이었다. 문제는 그가 교재를 보고 독학하거나 지인 중에 바이올린을 좀 켜는 사람을 졸라 근근이 레슨을 받았다는 점이었다. 그 과정에서 이런저런 나쁜 버릇이 들어버렸고 연주 기법이 워낙 독특한데다 음악 이론 지식은 전무해서 이 지역의 어떤 음악대학도 그를 받아주지 않았다. 장학금을 노리는 입장에서는 특히 더 부적격이었다. 빈센트는 입학지원서를 닥치는 대로 쓰면서 자격과 관련한 칸은 늘 비워뒀는데, 그런 지원서는 내봤자 소용없다는 걸 잘 알고 있었다. 빈센트는 날고 긴다는 연주자들보다 훨씬 뛰어났지만 최고의 대학들은 최고의 뮤지션을 원했고, 최고 중의 최고로 인정받으려면 정규교육을 받은 이력이 있어야 했다.

그는 버스킹을 해서 번 돈과 어머니가 그에게 선물했고 그가 지금도 사용하는 그 바이올린을 판매했던 악기상에서 아르바이트를 하고 받는 돈으로 누추한 동네의 조그만 아파트 월세를 절반은 댈 수 있었지만 그게 다였다. 그는 칼리지에 같이 다녔던 친구 녀석과 함께 살았는데, 자칭 뮤지션이면서 실력은 빈센트의 반도 못 따라가는 그 친구는 빈센트보다 훨씬 망상에 빠진 놈이었다. 무대용 예명까지 지어놨는데, 연주를 망치려고 난입했던 때를 제외하고 실제로 무대에 몇 번이나 서봤는지는 극구 밝히지 않았다. 빈센트는 록 스타가 되기를 열망하는 룸메이트 서니 샤인을 형제처럼 사랑하면서도 참 한심한 녀석이라고 생각했다. 서니는 늘 자기 몫의 월세를 늦게 내놓았지만 빈센트는 혼자서 월세를 감당할 수 없고 그곳에서 자신과 같이 살 만큼 얼빠진 사람은 또 없다는 걸 알기에 그를 내쫓을 수 없었다. 그런 연유로 서니와 빈센트는 최대한 사이좋게, 빈센트는 바이올린을 서니는 일렉트릭 기타를 연주하면서 지냈다.

지하철역에 마련한 테이블에 햄버거와 감자튀김으로 둘만의 로맨틱한 저녁식사를 어찌어찌 성공시켰지만, 이비를 또 만나려면 새로운 아이디어를 짜내야 했다. 그는 여자를 만나본 경험이 많지 않았다. 양성애자인 그는 딱 여자하고 사귀어본 횟수만큼 남자하고도 사귀어봤는데, 그 연애 경험이라는 게 나이 스물여덟에 도합 두 번이었다. 그래도 최소한 진지한 연애 두 번이었다. 열아홉 살 때 육 개월간 사귀었던 첫번째 연애 상대는 털룰라 홀리라는 불같은 성격의 빨간머리 여자였다. 석호에 사는 인어공주처럼 눈길을 사로잡는 빼어난 미모의 털룰라는 아주 가끔 한 방울씩 다정함을 보여줬지만 둘만 있을 때는 표독스럽게 굴었고 며칠이 지나도 가시지 않는 불쾌한 기분을 안겨주곤 했다. 그녀는 배우로 성공할 날을 꿈꾸면서 카페에서 건설노동자들에게 커피와 기름진 아침 메뉴를 팔았다. 빈센트는 그녀가 아마추어 극단에서 〈베니스의 상인〉의 포샤를 연기하는 걸 보고 홀딱 반해, 연극이 끝난 후 배우들이 드나드는 문으로 찾아가 그녀에게 말을 붙이지 않고는 도저히 배길 수가 없었다.

털룰라는 처음 만난 순간부터 자신이 대단한 존재인 양 굴면서 빈센트가 부탁하지도 않았는데 그가 들고 있던 프로그램북에 사인을 해주었지만, 그녀가 무슨 짓을 해도 빈센트의 눈에는 그저 예뻐 보였다. 빈센트의 생활이 털룰라를 중심으로 돌아가고, 털룰라는 최선을 다해 그의 삶을 힘들게 만든 육 개월이 지난 뒤 빈센트는 그녀를 어머니에게 소개하기로 결심했다. 두 사람은 예고 없이 바이얼릿의 집에 찾아갔다(미리 말하면 털룰라가 무슨 핑계를 대서라도 빠져나갈

게 뻔했기 때문이었다). 바이얼릿은 털룰라가 허영이 심하다는 걸 꿰뚫어보았고 살짝 퀴퀴한 냄새가 나는 비좁은 집과 급히 준비한 식사를 비웃는 것도 다 알아챘지만, 아들이 그 여자 때문에 마냥 행복해하는 걸 보고 자신이 만들어 대접한 파이만큼 따뜻하게 털룰라를 대해주었다. 두 사람이 털룰라의 아파트로 돌아갔을 때(그녀는 서니가 얼간이라며 빈센트의 집에 가는 걸 싫어했는데, 모두들 그 집에 가기 싫어했고 서니는 정말로 얼간이였기에 일리 있는 의견이었다) 털룰라가 "자기 어머니가 좋은 분이긴 한데 아버지가 왜 집을 나갔는지 알 만해. 외모도 별 볼 일 없으면서 요리 솜씨 좀 봐! 맙소사!"라고 말했고, 그제야 빈센트는 눈에 씌었던 콩깍지가 떨어져나가고 비로소 남들처럼 냉정한 눈으로 그녀를 보게 되었다. 그녀는 인생이 원하는 대로 풀리지 않자 남들 인생도 똑같이 시궁창이 되기를 바라는 비통함에 찌든 여자였다. 빈센트는 그날 그 자리에서 이별을 통보했고, 물론 최대한 부드럽게 했지만, 털룰라는 배우 기질을 못 버리고 기어이 한바탕 소동을 벌였다. 그날 밤 털룰라는 자기 집에 있는 그릇을 거의 다 박살냈다.

빈센트의 두번째 연애 상대는 윌 존슨이라는 남자였다. 이번에도 육 개월밖에 못 갔지만 시작만큼 끝도 원만했다. 윌은 빈센트의 칼리지 동기들이 자주 드나드는 클럽에서 바텐더로 일했다. 친구들은 땀에 절고 술에 잔뜩 취해 밤새 춤을 추곤 했지만 그렇게 노는 건 빈센트의 취향이 아니어서, 그는 늘 일행의 운전사를 자처했다. 어린애들 생일 파티에 동석한 학부모처럼 그는 친구들이 댄스 플로어로 우르르 나가 밤이 끝날 때까지 열이면 열 추태를 보이는 동안 바에 앉아 기다리곤 했다. 손바닥만하고 터무니없이 비싼 콜라를 시켜놓고 클럽에서 쫓겨나지 않기 위해 천천히 홀짝이면서. 윌은 이 주 동안 빈센트에게 음료를 서빙하고서야 용기를 내어 자기가 사는 거라며 음료 한 잔을 공짜로 대접했다. 그리고 또 한 주를 머뭇거린 뒤에야 빈센트에게 이름과 전화번호를 물었다. 윌이 시끄러운 클럽에서 일하는 이유는 사람들과 말을 섞는 데 서툴렀기 때문인데, 말을 붙일 마음이 든 사람은 빈센트가 처음이었기에 빈센트가 특별한 사람인가보다 싶었다고 했다. (윌이 조명이 강한 클럽에서 일하는 또다른 이유는, 번쩍이는 섬광 조명과 레이저 조명 때문에 사람들이 자신의 빨간 머리를 못 알아채길 바라서였다.) 알고 보니 윌은 빈센트와 같은 칼리지를 다니면서 영문학 수업과 미술 수업을 들었는데 미술 재료를 살 가욋돈을 벌기 위해 클럽에서 일하는 거라고 했다. 둘은 만나면 주로 이런저런 책에 대해 토론하거나 빈센트의 아파트 소파에서 레코드음악이 흘러나오는 가운데 사랑을 나누며 시간을 보냈다. 그러다 결국 두 사람의 연애는 불꽃이 사그라졌다. 윌의 표현을 옮기자면 사느라 바빠서 그랬고 또 둘 다 진지한 관계를 필요로 하지도, 정말 솔직히 말하면, 원하지도 않았기 때문이었다. 하지만 서로에 대한 커다란 애정은 남았다.

빈센트는 가벼운 만남과 즉흥적인 키스를 몇 번 즐겼고 낯선 상대와 한 번 하룻밤을 즐기기도 했지만 카사노바와는 거리가 멀었다. 게다가 그는 이비에게서 묘한 분위기를 감지했다. 이비는 무척 다정하고 스스럼없이 굴었는데도 빈센트는 그녀 때문에 주눅이 들었고 그 이유를 콕 집어 이야기할 수는 없었다.

두 사람은 착착 접은 테이블과 캠핑용 스툴을 빈센트의 버스킹 구역에 그대로 두었다. **내일 치워야지**, 빈센트는 속으로 중얼거리면서 다음날 연주하러 나온 그를 기다리고 있을 역사 공무원의 화난 얼굴을 상상했다. 지금은 어쨌든 이비만 신경쓸 때였다. 지하철역에서 나왔을 때는 비가 부슬부슬 내리고 있었는데 쫄딱 젖어서 불쾌할 정도는 아니었다. 비 때문에 시내를 가로지르는 강이 찰랑거리고 반짝였다. 이비는 달려서 길을 건너더니 까만색 페인트를 칠한 철제 난간 너머로 몸을 구부리고 강물을 내려다봤다. 그녀는 물에 비친 자기 모습을 보려고 발끝을 땅에 붙인 채로 몸을 최대한 깊이 숙였다. 하지만 빗방울이 수면에 비친 상을 자꾸 흔들어댔다. 빈센트의 상이 물에 비친 그녀의 곁에 나타났는데 그는 난간에 등을 기대고 반대 방향을 바라보고 있었다.

"뭐하는 거예요?" 빈센트가 물었다.

"뭐하는 걸로 보여요?" 이비가 대꾸했다. 빈센트는 이비가 보는 게 무엇인지 확인하려고 돌아서서 강물을 내려다봤다.

"혹시…… 네스호의 괴물을 찾는 거예요?"

"아뇨. 네시가 이렇게 더러운 물에 살 리 없어요."

빈센트는 고개를 끄덕여 동조했다. "좋아요. 그렇다면…… 미래를 보고 싶어서 수정구 대신 강물을 들여다보는 거예요?" 그러면서 그는 뭔가 신비로운 것을 표현하려는 듯 두 손을 휘둘렀다.

"아니에요." 이비가 웃으며 대답했다. "시도해본 적은 있었죠. 성공한 적은 없었지만!"

"그럼…… 그게 아니면…… 더는 힘들어서 못하겠네요. 포기할래요. 그래서 뭐하는 거예요?"

"아무것도 안 해요." 이비가 놀리듯 대꾸했다. "그냥 보고 있었어요."

"그럼 처음부터 그렇게 말하지 그랬어요?" 빈센트는 장난스럽게 이비의 팔을 쿡 찔렀다.

"그럴듯한 대답을 원하는 것 같은데 해줄 말이 없어서요. 당신이 나름대로 가설을 세우면서 재미있어할 줄 알았죠."

"대답이 떠오르지 않을 때마다 쓰는 수법인가요? 지어내는 거?" 빈센트는 이비가 따라오길 바라면서 아스팔트 길로 발을 내디뎠지만 이비는 따라가지 않았다.

"그럼 어때서요? 이유 없이 물을 쳐다보고 있었다는 대답보다 강물에서 미래를 찾고 있었다고 생각하는 편이 더 재밌잖아요, 안 그래요?"

"그런 것도 같네요." 이제 이비에게서 10피트쯤 멀어진 빈센트는 그녀한테 들리도록 목청을 높여 대꾸해야 했다. 그러자 근처 주택집에 불이 켜졌고, 그는 이제 이비가 그걸 보고 둘 사이의 거리를 좁히려나 했지만 여전히 그녀는 움직일 기미가 없었다.

"그것 봐요! 굳이 내 지루한 현실을 까발려서 당신의 멋진 환상 세계를 박살낼 필요는 없잖아요?"

멋있는 말이네, 빈센트는 생각했다. 그러고는 조금 더 생각해보다가……

"멋있는 말이네요." 이렇게 말했다.

"사실이 그렇잖아요, 안 그래요?" 이비는 다시 강물을 들여다보고 있었다.

빈센트는 둘 사이의 거리를 더는 견딜 수 없었다. 이비와 더 가까이 있고 싶었고 그래서 무심한 척하며 그녀 쪽으로 돌아갔다. 하지만 전혀 무심해 보이지 않는다는 걸 그도 알았다. 그녀에게 전화하고 싶어도 오늘밤 이후 사흘은 뜸을 들여야 한다든가, 그녀의 관심을 끌려면 무심한 척해야 한다는 등의 규칙은 잘 알았지만, 빈센트는 사람의 감정을 교묘히 조종하는 게임은 좋아하지 않았다. 감정이란 건 남이 자기 욕구에 맞추려고 이리저리 밀고 당기지 않아도 이미 충분히 골칫덩이였다. 그가 밀고 당기기의 신봉자였다 해도, 왠지 이비는 그런 게임에 쉽게 걸려들 것 같지 않았다. 그런 얄팍한 놀음과는 몇 차원 떨어진 사고를 하는 사람 같았다.

"저기 봐요." 이비가 강을 가로지르는 교각을 건너오는 한 여자를 가리켰다. 그 여자는 모자 달린 카키색 외투를 입었는데 얼굴이 거의 보이지 않게 모자로 머리를 완전히 덮고 있었다. 그리고 혼자서 비닐 쇼핑백 두 개를 들고 낑낑대고 있었다. "어떤 사정이 있는 걸까요? 어떤 사정이 있었으면 좋겠어요?"

빈센트는 잠시 고민했다. 여자는 약간 후줄근하고 우울한 분위기를 풍겼지만 그냥 평범해 보였다. 일주일 치 장을 봐서 집으로 돌아가는 길인 것 같았다.

"도주중이에요." 빈센트는 심각하게 말했다.

"그럴까요?" 이비가 속삭이며 대꾸했다.

"네. 쇼핑백에 자기 물건을 몽땅 쓸어담아서 막 집을 빠져나온 참이에요. 그런 직후에 집에 경찰이 들이닥쳐 죽은 오빠의 시체를 발견했겠죠."

"오빠를 왜 죽였는데요?"

"자기 남편을 살해한 게 바로 그 오빠였기 때문이죠."

"이제 저 여자에겐 아무도 안 남았겠네요." 이비가 비극적인 투로 말했다.

"게다가 숨어다니는 신세고요."

"등잔불 밑에." 이비는 장단 맞춰 대꾸하며 고개를 저었다.

빈센트가 장난기어린 눈빛으로 말했다. "우리가 저 여자를 잡아서 경찰에 넘겨야겠어요." 그러더니 냅다 달리기 시작했다.

"뭐라고요? 빈센트!" 이비는 실없는 장난에 웃어야 할지, 그가 진심일지 모르니 겁을 먹어야 할지 갈피를 못 잡은 채 일단 따라서 달렸다. 그를 따라잡은 이비는 두 손으로 그의 한쪽 팔을 붙잡고 반대 방향으로 끌기 시작했다. "그만둬요!" 그가 웃음을 참고 있는 걸 알아챈 이비는 덩달아 키득거렸다.

"안 돼요, 이비! 저 살인 주동자를 막아야 해요!" 이미 그는 너무 심하게 웃고 있어서 말을 뱉기조차 힘든 상태였다. 여자는 두 사람을 향해 똑바로 걸어오고 있었다. "잠깐만요!" 빈센트가 외쳤다. 그 여자가 못 알아들을 만큼 작은 소리였지만 이비가 손으로 그의 입을 틀어막을 정도로는 큰 소리였다.

"쉿!" 키득거리느라 이비의 손에 힘이 들어가지 않았고 빈센트는 고개를 반대쪽으로 휙 돌려 입에서 그녀의 손을 떨쳐냈다. 이제 여자는 두 사람이 하는 얘기가 전혀 안 들릴 정도로 저만치 멀어졌다. 아마도 길 한가운데에서 엎치락뒤치락하는 이비와 빈센트를 보고 걸음을 재촉한 것 같았지만, 두 사람은 눈치채지 못했고 그렇다 해도 사실 상관없었다.

"잠깐만요, 부인, 지금 도주중이신 것 같은데……"

이비는 또 한번 손으로 그의 입을 틀어막으려 했지만 빈센트가 손을 뻗어 이비의 손목을 잡았다.

"……경찰한테 쫓기고 계시죠!"

"빈센트!" 이비가 다른 손으로 그의 입을 막으려 했지만 빈센트는 그 손도 막아냈고, 이제 그녀의 양 손목을 자기 얼굴에서 양쪽으로 멀찍이 떨어뜨려 붙들고 있었다. 손목을 살살 잡았는데도 이비는 키득거리느라 힘껏 뿌리치지 못했다. 배가 찢어질 것처럼 깔깔 웃으면서 자그마한 손을 휘적거릴 뿐이었다.

"……오빠를 살해한 혐의로요!" 빈센트가 소리질렀다.

이비는 빈센트를 자기 쪽으로 끌어당기려고 손목을 등뒤로 홱 가져갔고, 그 바람에 그는 손가락으로 이비의 손목을 말아쥔 채 그녀의 허리에 두 팔을 두르게 되었다. 빈센트는 이비의 표정을 읽으려고 그녀의 얼굴을 바라보았다. 그들을 둘러싼 세상에 눈이 한 겹 두텁게 내려앉은 듯 두 사람 다 갑자기 조용하고 진지해졌다. 그는 상대적으로 자신이 덩치가 큰 얼간이처럼 느껴졌다. 이비는 아담하지 않았다. 평균 키에 어깨가 넓은 건장한 골격이었고 허리에 치마 끈을 질끈 묶었지만 워낙 빵과 치즈를 좋아하는 식성이라 골반과 허벅지가 굵은 편이었다. 그저 빈센트의 키와 덩치가 너무 큰 거였다. 그냥 팔을 둘렀을 뿐이지만 그는 자신이 이비를 집어삼킨 기분이었다. 하지만 이비는 자신이 빈센트의 품에 꼭 맞는다고 생각했다. 늘 또래 여자애들보다 몸집이 컸던 이비는 한 번도 움직임이 유려하거나 우아한 적이 없었는데, 빈센트 때문에 태어나서 처음으로 연약하고 가냘픈 여자가 된 기분이었다. 빈센트가 그 순간 세상 무엇보다 원했던 건 둘 사이의 공간을 좁히는 것이었지만 이비의 마음을 확신할 수 없었기에 선뜻 행동에 옮기지 못했다.

"이비." 빈센트가 말했다. 입안이 바싹 마르고 목쉰 소리가 났다.

"네." 이비가 따라서 속삭였다. 숨결에서 오이피클 냄새가 조금 났다.

"질문이 하나 더 있어요." 빈센트는 이비의 눈에서 시선을 떼지 못했다. 이비는 화장이 조금 지워져 까만 아이라인이 번져서 눈매가 부드러워졌지만 그 안의 고동색 눈동자는 여전히 웃느라 배어나온 눈물 속에 헤엄치고 있었다.

"그럴듯한 질문이어야 해요." 이비가 더 바짝 다가오면서 으름장을 놓았다. 빈센트는 미동도 없이 서 있었다.

"얼마든지 거절해도 돼요……"

"알겠어요……"

이비의 뒤꿈치가 땅에서 들렸다. 빈센트는 대리석상으로 변한 것 같았다. 입술 사이의 가느다란 틈으로 겨우 말이 새어나왔고 이비에게 두른 팔은 딱딱하게 굳었다. 그가 손의 힘을 풀자 이비의 손목이 그의 손아귀에서 쉽게 빠져나왔다. 다음 순간 세상에서 가장 자연스러운 일인 양 이비가 두 손을 들어 그의 가슴팍에 얹었다. 그날 밤 두 번째로 빈센트는 자기 손을 어찌해야 할지 몰랐고, 깍지를 껴서 이비의 등허리에 얹었다. 이비는 그의 눈에서 불확신을 읽었고 그의 눈썹이 또다시 불안하게 들썩이는 걸 보았다. 그가 자기 때문에 그렇게 불안해하지 않기를 바라면서도 동시에 그래서 조금 기쁘기도 했다. 이비 자신도 아까처럼 가슴이 울렁거리고 있었기 때문이다. 두 사람의 코끝이 맞닿았고 빈센트가 숨을 내쉬며 말했다. "키스해도 돼요?"

그가 알아채기도 전에 이비가 두 사람 사이의 거리를 좁혔다. 이비의 머릿속이 팽팽 돌았고 반대로 빈센트의 머릿속은 스펀지가 되어버렸다. 빈센트의 키스에는 너무나 큰 불확신이 묻어났지만 이비가 퍼붓는 키스는 더이상 단호할 수 없었다. 이비는 인생이 흘러가는 속도가 0에서 곧장 시속 60마일이 된 것처럼 그의 외투깃을 꼭 붙들었다. 세상이 전부 사라지고 이비와 빈센트만 무의 공간에서 영영 돌아오지 못할 것처럼 떠다니고 있는 듯했으나, 두 사람에게는 서로가 있으니 괜찮았다.

그들은 서로에게서 아주 조금만 떨어졌다.

"이러지 않으려고 나 자신과 약속했는데." 빈센트가 속삭였다.

"그런 약속을 왜 해요?" 이비가 그의 표정에서 답을 찾으려고 고개를 뒤로 뺐다.

"내가 만날 이러고 다니고 이런 일에 자신감 넘치는 사람이라고 생각할까봐서요. 진짜, 진짜 아니거든요." 빈센트가 고백했다.

"그런 사람 아닌 거 알아요. 당신 눈썹이 계속 움찔거리거든요." 이비는 그를 올려다보며 미소를 지었고, 그러자 그의 눈썹이 더 움찔거렸다.

"서두르고 싶지도 않고요…… 이거를요. 이게 뭐든."

"저도요. 그치만 서두르는 게 아닐지도 몰라요. 서두르는 기분이에요?"

"아뇨." 빈센트는 이비의 입술에 가볍게 입을 맞췄다.

"마음이 불편하거나 하지 말았어야 할 짓을 한 기분이에요?"

"아뇨." 그는 또 한번 이비의 입술에 가볍게 키스했다.

"그럼 서두르는 거 아니에요. 잘하고 있는 거예요." 그러고 나서 두 사람은 다시 세상으로부터 멀어졌다. 아니, 세상이 그들에게서 멀어졌다.

*

빈센트가 버스킹하는 곳에서 이비가 사는 곳까지는 지하철로 두 정거장 거리밖에 안 돼서 두 사람은 그녀의 아파트가 있는 블록까지 이십 분 거리를 사십 분 동안 천천히 걸어갔다. 이미 키스를 했는데도 빈센트는 이비의 손을 잡지 않고 있다가 중간쯤 와서 둘의 손가락이 우연히 스치자 충동적으로 그녀의 손을 잡았다. 손가락이 얽혀 있는 걸 알아챈 순간 둘 다 걸음을 멈췄고, 멈춰 선 김에 이비가 까치발로 서서 가볍게 입을 맞추자 빈센트가 다른 쪽 손으로 그녀의 얼굴을 감싸고 조금 더 길게 입을 맞췄다. 이비는 키스할 때마다 쑥스러워하는 빈센트의 모습을 자신이 얼마나 즐기고 있는지 깨달았다.

어느덧 아파트 건물 앞에 도착한 그들은 내키지 않지만 걸음을 멈췄다.

"여기예요." 이비가 위쪽을 가리키며 말했다. "바로 저기, 저 집이 내가 사는 곳이에요." 그녀가 가리킨 곳은 발코니에 아무 장식도 없고 안에 불이 켜져 있으며 작은 창문이 활짝 열려 있는 집이었다.

"그렇군요." 빈센트는 비어 있는 손을 주머니에 찔러넣으며 어깨를 으쓱했다.

"나랑 같이……" 이비는 커피 한 잔 이상의 뭔가를 하자는 의미로 들리지 않게 초대하려면 어떻게 말해야 할지 몰라서 대충 손짓으로 얼버무렸다.

"어……" 조명이라고는 가로등밖에 없어서 사위가 어두운데도 이비는 그의 얼굴에 홍조가 번지는 걸 볼 수 있었다.

"커피만 마시자고요. 다른 건 말고요." 오 이비, 그녀는 속으로 중얼거렸다.

"그럼요. 물론이죠." 빈센트는 이비와 눈을 맞출 수가 없었다. **빈센트, 너 스물여덟 살이야, 얼굴 좀 그만 붉혀.** 그는 속으로 다그쳤다.

"아직 첫 데이트잖아요. 저 그렇게 호락호락 정복되는 여자 아니에요." 이비는 오드리 헵번이나 메릴린 먼로를 떠올리며 최대한 무심한 척하려고 했지만, 오드리나 메릴린이 대사를 하면서 미친듯이 뛰는 심장과 핑핑 도는 머리를 진정시키려고 애썼을 것 같지는 않았다.

"무슨 땅따먹기 얘기하듯 말하네요."

"그 누구도 첫 데이트에서 밟아보지 못한 땅이죠!" **좋았어, 대사 잘 쳤어.**

"그럼 이거 데이트 맞아요?" 빈센트의 입가에 미소가 천천히 번졌다.

"흠…… 저녁을 먹었고, 서로 조금 더 알게 됐고, 마지막에 키스도 했으니. 이게 데이트가 아니라면 저는 연애를 아예 처음부터 다시 배워야겠죠."

"그렇게 말하니 데이트 맞는 것 같아요." 빈센트의 눈에 온기가 차올랐다.

"아직 **첫** 데이트라는 걸 잊지 마세요." 그가 찰떡같이 알아듣기를 바라면서 이비가 조금 머뭇거리며 덧붙였다.

"앞으로 있을 수많은 데이트 중 첫번째죠." 빈센트가 이비의 오른손을 살며시 잡고 손에 키스했다. "그럼 이제 남은 밤을 편히 보내도록 보내드려야겠군요, 이비. 다음에 또 언제 볼 수 있을까요?"

"내일?" 이비가 너무 대뜸 말해버렸지만, 빈센트도 그 못지않게 즉시 대꾸했다. "좋아요, 내일. 정오 어때요?"

"정오요." 이비가 확인차 되풀이했다. 두 사람은 마지막으로 여운이 긴 입맞춤을 나눈 뒤, 벌써부터 다시 보고 싶다고 생각하며 헤어졌다.

*

이비가 돌계단을 올라가 아파트 정문으로 들어선 다음 고개를 돌려 유리문 바깥을 내다봤을 때, 빈센트는 계단 맨 아래 칸에서 아직은 이 밤을 끝내기가 아쉽다는 얼굴로 그녀를 올려다보고 있었다. 이비는 작게 손을 흔들어 보였고, 빈센트가 마침내 돌아선 순간, 가슴 속 무언가가 자신을 그가 있는 쪽으로 끌어당기는 걸 느꼈다. 빈센트는 몹시 내키지 않는 마음으로, 위험한 동네에 위치한 자기 집을 향해 걸음을 뗐다.

"저 사람 누군지 물어도 될까?" 리프가 소리 없이 등뒤로 다가온 걸 알아채지 못했던 이비는 빈센트가 리프를 보고 발길을 돌렸다는 걸 깨달았다.

"리프, 간 떨어질 뻔했잖아요!" 이비가 리프의 팔을 찰싹 때렸고, 그러자 리프는 웃음을 터뜨렸다.

"이비가 장난치기 좋아하는 사람이 아니었으면 내가 안 그랬지! 말해봐. 저 물건 누구야?"

"물건이라뇨!" 이비는 쯧쯧 혀를 찼다. "이름은 빈센트 윈터스이고 아주 점잖은 사람이에요. 클래식음악 연주자라고요." 그녀는 코를 쳐들며 짐짓 힘주어 말했다.

"훌륭하군! 집에 초대하는 데 너무 뜸들이지 마. 나도 만나보고 싶으니까."

"초대는 했는데, 오늘은 아직 첫 데이트라서요. 제가 말했듯이, 점잖은 사람이라고요."

"그럼 첫 데이트에 자기 아파트에 초대한 이비는 뭐가 되는데?"

이비가 대답할 말을 못 찾아 쩔쩔매는 동안 리프는 장난스럽게 눈썹을 치켜세웠다. 결국 그녀는 웃으면서 리프를 한 대 더 때렸고, 아파트로 들어가 그날 저녁에 있었던 일을 밤새 꿈으로 되새김했다.

12월

두번째 데이트

이튿날 아침 잠에서 깬 빈센트는 자신의 얼굴에 서니의 발이 얹혀 있는 것을 발견했다. 소파에서 잠이 들었는데, 새벽 세시에 고주망태가 된 서니가 집에 돌아와 그의 옆에 꼭 달라붙어 누운 것이었다. 전날 밤에 있었던 일이 정말로 꿈에 불과했다는 증거 목록에 하나 더 얹어야 할 사건이었다. 하지만 꿈이 아니었다.

정오에 이비는 적갈색 원피스에 갈색 부츠, 초록색 외투 차림으로 아파트에서 나왔다. 아직 비닐 포장을 벗기지 않은 빵 한 덩이가 이비의 손에 들려 달랑거리고 있었다. 그에 비하면 블랙 스키니진에 보라색이지만 보라색으로 보이지 않는 티셔츠, 그리고 보라색이지만 보라색으로 보이지 않는 가두리 장식이 달린 검은색 코트 차림의 빈센트는 대충 입고 나온 것처럼 보였다.

"정말 멋지네요." 말하면서도 빈센트는 바보가 된 기분이었다.

"당신은 어제랑 똑같고요!" 이비가 웃었다. "멋있다는 애기예요."

그러면서 인사의 뜻으로 그의 볼에 입맞췄다.

"어디로 가려고요?" 빈센트가 빵을 가리키며 물었다.

"공원에 갈까 했는데, 어때요?" 이비가 어깨를 으쓱하며 대답했다.

"오리들 먹이려고요?" 빈센트는 한쪽 눈썹을 치켜세웠다.

"바로 그거예요."

"좋아요." 빈센트는 이비에게서 빵을 받아들며 팔을 내밀었고, 그 팔에 이비가 신나게 팔짱을 낀 뒤 둘은 출발했다.

*

"빈센트, **진짜** 미안해요!" 이비는 아파트 문을 벌컥 열고 곧장 욕실로 달려가 깔개에 물을 뚝뚝 흘리고 선 빈센트에게 수건을 가져다주었다.

"괜찮다니까요!" 빈센트는 웃으면서 노란 수건을 받아들고 얼굴과 쫄딱 젖은 머리에서 최대한 물기를 닦아냈다.

"들어와요, 어서! 집안 젖는 건 신경쓰지 말고!"

빈센트는 찌걱거리는 신발을 벗어 문밖에 두었다. 그리고 젖은 양말도 벗어 신발에 쑤셔넣은 다음 등뒤로 문을 닫았다.

두 사람은 새떼와 노인들로 가득찬 근처 공원의 연못가에서 한창 좋은 시간을 보내고 있었는데 어느 순간 이비가 자신이 오리를 얼마나 좋아하는지 이야기하기 시작했다.

"제일 좋아하는 동물이라고요? 정말로?"

"맞아요." 동그랗게 오므려 내민 그녀의 손에서 오리 한 마리가 빵 부스러기를 받아먹는 걸 보며 이비가 대답했다.

"위엄 있고 무시무시한 동물이 아니고요? 사자라든가 아니면……"

"용?" 이비가 짐짓 진지한 표정으로 이렇게 말하자 빈센트는 씩 웃었다. "오리는 어수룩하잖아요. 저는 어수룩한 동물이 좋아요." 이비는 이렇게 주장했다.

"당신처럼요?" 빈센트가 놀리는 투로 받아쳤다. 그러면서 그는 평소처럼 주머니에 손을 꽂은 채로 연못 가장자리로 다가섰다. 이비는 봉투에서 빵 한 덩이를 꺼내 빈센트의 얼굴을 향해 프리스비처럼 던졌다. 빈센트는 손으로 쉽게 받아쳤고 빵덩어리는 연못에 떨어졌지만, 그는 날아오는 빵을 피해 뒷걸음질치다가 바로 뒤에 있던 거위 한 마리를 보지 못했다. 그가 무릎 뒤쪽으로 거위를 쳤고, 거위는 꽥꽥거리며 그의 왼다리를 콱 물었고, 중심을 잃은 빈센트는 그대로 뒤의 연못 물에 빠지고 말았다. 수심이 별로 깊지 않은 게 다행이었다. 이비는 아주 신나게 웃어댔다. 빈센트가 민망해서 얼굴이 시뻘게진 걸 보고 찔려서 이내 웃음을 멈추긴 했지만.

그렇게 해서 빈센트는, 비록 흠뻑 젖었지만, 이비가 사는 곳을 구경할 핑계를 얻게 되었고, 이런 기회가 생긴 것이 내심 고마웠다.

"욕실은 저쪽이에요. 저는 그럼…… 어…… 원한다면 젖은 옷 벗어놓고 샤워해도 돼요." 이비는 손을 뻗어 그의 머리카락에서 연못에서 묻은 끈적끈적한 녹색 오물덩어리를 떼어냈다. "안에 목욕가운 있어요. 어…… 너무 짧거나 하지 않으니까. 다 가려질 거예요…… 저는 어…… 찻주전자나 불에 올릴게요." 당황한 이비는 빈센트와 눈도 못 맞추고 노란 수건을 한 장 더 건네면서 욕실을 가리켰다.

십오 분 뒤 빈센트는 정말로 가릴 건 다 가려주는 길이의 목욕가운을 입고 욕실에서 나왔다. 이비가 그의 옷을 받아 세탁기에 넣었다.

"다 빨고 건조시키려면 한두 시간은 걸릴 거예요." 이비는 미안한 표정으로 입술을 깨물었지만 빈센트는 표정이 밝아졌다.

"잘됐네요."

이비는 환하게 웃으면서 그에게 차 한 잔을 건넸다. "미안하지만 소파가 없어요. 의자 하나랑 매트리스뿐이에요."

"그러네요. 그럼 침실은 비어 있어요?" 그는 벽에 기대어 있던 침대 프레임 부품 하나를 집어들고 어리둥절한 표정으로 내려다봤다.

"아직 조립할 시간이 없어서요. 솔직히 매트리스를 그냥 거실에 두는 게 더 마음에 들기도 하고요. 이쪽 창이 훨씬 좋거든요." 이비가 빈센트가 앉을 수 있도록 안락의자에 걸쳐둔 초록색 외투를 치우려는데 빈센트가 그녀의 팔을 잡았다.

"그건 그냥 둬요. 더 좋은 생각이 있어요."

*

두 사람은 담요 한 장을 발코니로 가져가 같이 둘러쓰고 앉아서 아래쪽 도로에서 차를 타고 오가는 사람들을 구경했다. 차창을 내리고 음악을 크게 틀어놓은 이들이 지나가면 이비와 빈센트는 형편없는 실력으로 노래를 따라 불렀다.

"바이올린은 켤 줄 알아도 노래는 정말, **정말** 못 불러요." 빈센트가 고백했다.

"난 노래도 못하고 바이올린도 못 켜는데요! 나보다 낫네요." 이비가 깔깔 웃으며 대꾸했다.

두 사람은 건조기가 삐 소리를 내며 빈센트의 옷이 다 말랐다고 알려주고도 한참을 더, 몇 시간을 그렇게 이야기했다. 어릴 적에 저지른 사건 사고를 늘어놓고, 괴짜 친척에 얽힌 이야기로 서로를 웃게 만들고, 살면서 힘들었던 일들을 털어놓았다. 오후는 금세 저녁이 되었고 빈센트는 슬슬 집에 가봐야겠다는 생각이 들었다.

"몇시죠?" 그가 물었다.

"모르겠어요." 이비는 그가 조금 더 머물기를 바라며 어깨를 으쓱했다.

빈센트가 빈 머그잔을 들여다보며 말했다. "저는 이제……" 그는 말끝을 흐렸다.

"좀더 있어야겠다고요?" 이비가 농담을 가장했지만 오로지 진담만이 담긴 한마디로 그의 말을 대신 끝맺었다.

"이미 너무 오래 폐를 끼친 것 같은데요. 집안을 전보다 축축하게 만든 건 물론이고요!"

"애초에 수영하게 만든 건 내 잘못이잖아요." 이비는 미소를 짓다가 이내 빈센트가 연못에 주저앉아 있던 모습이 떠올라 또 웃음을 터뜨렸다. "미안해요." 그녀는 코웃음을 섞어가며 웃는 와중에 간신히 말했다. "너무 어리벙벙해 보였어요!"

이번에 빈센트는 민망해서 얼굴이 빨개지지 않았다. 대신 이비에게 또다시 그 눈빛을 보냈다. 로맨스영화 속에서 오직 상대방만 눈에 들어오는 주인공들이 그 갈망의 대상에게 보내는 눈빛이었다.

"저번에도 나를 그렇게 봤었죠." 이비가 조용히 말했다.

"어떻게요?"

"뭔지 알면서." 그녀는 손가락으로 그의 어깨를 쿡 찔렀다. "무슨 생각을 하기에 그런 표정을 짓는 거예요? 그 표정이 무슨 의미예요?" 듣기 좋은 말을 유도하거나 절절한 사랑 고백을 받아내려는 의도는 아니었지만, 이비는 그도 자신과 같은 감정이기를 바랐다.

"왜 갑자기 질문 공세예요?" 빈센트도 따라서 목소리를 낮게 깔며 물었다.

"내숭 떨 필요 없잖아요. 우리 벌써 키스도 한 사인데." 이비는 분위기를 가볍게 만들려고 장난스럽게 윙크했지만 떨리는 마음은 가라앉지 않았다. "그리고 나는 가식 떠는 거 안 좋아해요. 있는 그대로 말하는 편이 골치도 덜 아프고 좋아요."

"동감이에요." 빈센트가 고개를 끄덕이며 맞장구쳤다.

"그래서, 그 표정 무슨 뜻이에요?" 이비가 되물었다.

빈센트는 자신이 자진해서 막다른 길에 몰렸으며 이비는 대답을 들을 때까지 물러설 생각이 없다는 걸 알아챘다. 그도 솔직하게 대답하지 못할 이유가 없었다.

"지금 거울이 없어서 내 표정이 어떤지 확신할 수는 없지만…… 아마 '진심으로 또 키스하고 싶다'는 표정일 거예요. '내가 이렇게 운이 좋다니' 하는 표정일 수도 있고요. 아니면 '저 여자 제정신이 아닌 것 같은데, 하지만 그래서 더 마음에 들어'라는 표정일 수도 있고. 골라봐요."

그 말을 하면서 그는 한 번도 그녀를 쳐다보지 않았다. 대신 담요 귀퉁이의 바늘땀을 만지작거리는 자기 손만 내려다봤다. 이비는 머그잔을 바로 옆 바닥에 내려놓고, 꼼지락대는 그의 두 손을 잡았다. 묵직하고 거친 그의 손은 이비의 손보다 두 배는 컸지만, 그녀는 그의 손을 쫙 펴서 제대로 잡았다. 그러고는 최대한 볼썽사납지 않게 움직여 그에게 가까이 붙어 앉았다. 그의 입술이 움찔거리는 것으로 보아 이비는 생각만큼 품위 있게 움직이지 못한 것 같았지만, 코가 맞닿도록 얼굴을 바짝 갖다대자 그의 표정은 금세 진지해졌다. 이비는 코끝으로 그의 콧등을 지그시 누르면서 코끝까지 쓸어내렸고, 고개를 기울여 그의 입술에 입을 맞췄다.

이비의 두 손이 그의 손에서 스르륵 빠져나갔다. 이비는 손을 뻗어 그의 목뒤에 갖다대고 그의 아무렇게나 자른 머리칼에 손가락을 찔러넣었고, 인생이 다시 한번 가속으로 흘러가는 기분을 느끼며 그의 머리카락을 움켜쥐었다. 빈센트는 그녀의 스킨십이 자신이 감히 바랐던 것보다 더 나아간 것임을 어렴풋이 느끼면서 그녀의 허리에 팔을 둘렀고 자기 쪽으로 조금 더 끌어당겼다. 이비는 계속 키스하면서 그의 무릎 위로 기어올라갔고, 그러자 빈센트의 팔이 그녀의 몸을 완전히 감싸안았다. 입맞춤은 갈망으로 가득차 점점 더 깊어졌고, 어느 순간 두 사람은 끌어안는 것만으로는 성이 차지 않게 되었다.

그들의 손길에 점점 더 힘이 들어갔다. 빈센트는 조금이나마 자제력을 놓지 않으려고 애쓴 반면, 이비의 자제력은 저녁의 산들바람에 날아가 행복하게 잊힌 지 오래였다. 갑자기 이비가 몸을 빼더니 벌떡 일어나 양손으로 그의 손을 붙잡고 그를 방안으로 잡아끌었다. 매트리스 옆에 멈춰 선 그녀는 이것이 그도 원하는 것이 맞는지 눈빛으로 물었다. 빈센트는 그녀를 번쩍 안아올리는 것으로 답을 대신했다. 이비는 그의 허리에 다리를 감았다. 그대로 임시 침대 위로 쓰러지는데 한 가지 생각만이 이비의 머릿속에 맴돌았다. **이제 첫 데이트는 아니니까, 뭐.**

*

바깥세상에 노출되지 않으려고 애를 쓰며 담요를 매트리스로 끌어당기는 이비의 손이 부들부들 떨렸다. 그녀는 곧장 담요를 뒤집어썼다. 빈센트에게 알몸을 보이는 게 부끄러워서가 아니라—그러기엔 너무 늦었다—발코니 문이 아직도 활짝 열려 있었고, 겨울 공기가 한결 매서워졌기 때문이었다. 이비는 눈을 감은 빈센트의 옆에 바짝 붙어 웅크렸고, 몰아쉬는 숨에 맞춰 오르락내리락하는 그의 가슴팍에 머리를 얹었다. 그녀의 뺨이 닿자마자 빈센트는 본능적으로 그녀에게 팔을 둘렀고, 그러는 게 너무 당연하게 느껴져서 이비는 그의 팔에 안겨 있지 않은 순간은 상상도 할 수 없었다.

"이비?" 빈센트가 웅얼거렸다.

"음." 이비가 속삭였다.

"떠나지 마요."

이비는 고개를 들어 그를 쳐다봤다. 그는 여전히 눈을 감고 있었지만 눈썹은 서로 맞닿을 정도로 일그러져 있었다.

"무슨 말이에요?" 이비는 너무 노곤해서 눈이 감기는 걸 막을 수 없었다.

빈센트의 팔이 그녀를 더 가까이 끌어당겼고, 이비는 몸을 쭉 펴 그의 옆구리에 더 밀착했다. "당신은 눈부시게 멋진 사람이에요." 그는 이비가 고개를 살짝 저으며 못 믿겠다는 듯 숨을 훅 내쉬는 것을 느꼈다. "진심이에요." 그는 눈을 뜨고 이비의 턱을 손가락으로 밀어올려 고개를 들게 했다. "당신은 뭐랄까…… 여태껏 실망스러웠던 불꽃놀이 쇼에서 구경꾼들 모두를 감탄하게 만드는 한 방의 폭죽 같아요." 이비는 빈센트의 실없는 즉흥 찬양을 기분좋게 듣고 넘겼지만, 빈센트는 몇 시간 전에 떠올랐는데 감히 입 밖에 내지 못했던 생각을 마침내 털어놓은 것이 속시원했다. 그는 숨을 크게 들이쉬면서 이비의 머리가 그 들숨에 따라 올라갔다 내려가는 걸 바라봤다. "그냥 좀…… 뭐라고 할까. 우리가 만난 지 겨우 이틀밖에 안 됐지만 벌써 당신이랑 여기서, 바로 이렇게, 수백만 번은 함께 있었던 기분이 들어요." 그가 손가락에 이비의 머리카락 한 가닥을 감고 빙빙 돌렸고, 이비의 감겨 있던 눈이 조금 떠졌다.

"알아요." 이비가 대꾸했다. "당신도 나처럼 이게 순식간에 왔다가 순식간에 사라질까봐 걱정돼요?" 빈센트는 고개를 끄덕이고 그녀의 이마에 입을 맞췄다. 입술에 닿은 피부가 따뜻했다. "우리 둘 다 어른이잖아요, 빈센트. 나는 내가 인생에서 원하는 게 뭔지 알고 내 감정이 어떤지도 잘 알아요." 이비는 몸을 돌려 배를 깔고 엎드린 뒤 팔꿈치에 체중을 싣고 그를 바라봤다.

"당연히 그렇겠죠." 엄지로 그녀의 뺨을 쓰다듬는 그의 얼굴에 근심이 어려 있었다. "하지만 시간이 지나면 무엇이든 변하기 마련이잖아요."

"그럼 그건 그때 가서 걱정하기로 해요. 일단 지금 나는 행복하고 그 기분이 당장 변할 것 같진 않으니까."

"나도요."

빈센트가 말은 그렇게 했어도 걱정을 떨쳐내지 못했다는 것을 이비는 알 수 있었다. 이비가 할 수 있는 일은 두 사람 사이에 생겨난 이것의 정체가 무엇이든, 결코 변덕스럽고 유치한 하룻밤 장난이 아님을 보여주는 것뿐이었다. 비록 서로 전혀 다른 방식의 삶이지만,

두 사람의 삶에 지금까지 존재했던 그 어떤 것과도 다른, 정직하고 복잡하지 않은 것으로 느껴졌다. 이비는 더 바짝 다가가 그의 가슴에 체중을 싣고 나른하고 길게 키스했다. 둘이 입을 맞추는 동안 빈센트의 눈에서 그가 느끼는 모든 두려움을 응축한 눈물 한 방울이 흘러내렸으나 그는 이비가 보기 전에 얼른 눈물을 훔쳤다. 이윽고 이비는 눈에 행복이 가득한 채로 입술을 뗐고, 그들은 이불 속에 들어가 졸음 가득한 목소리로 아무 얘기나 주고받다가 결국 언제 그랬는지 모르게 스르르 잠이 들었다.

그것이 폭풍 전의 고요함이라는 걸 두 사람 다 알 길이 없었다.

*

올 12월은 이비가 이제껏 살아온 다른 12월들과 크게 다를 바 없었다. 다른 게 있다면 멀드와인*이 더 달콤하게 느껴지고, 어디를 가든 계피 냄새가 나는 것 같고, 크리스마스캐럴 악단들의 악기 케이스나 모자마다 하드캔디가 듬뿍 담겨 있다는 정도였다.

"이비! 이비!"

아파트 정문으로 후다닥 달려가 왼쪽으로 고개를 돌린 리프는 이비의 집 창문 아래 보도에 두꺼운 원예용 장갑을 끼고 서 있는 한 남자를 발견했다. 남자의 발치에는 커다랗고 딱 보기에도 진짜 나무처럼 보이는 크리스마스트리가 모로 누워 있었다.

"자네가 빈센트로군." 리프가 말했다. "그거 옮기는 거 도와줄까?"

* 레드와인에 설탕, 레몬 껍질, 향신료 등을 넣어 끓인 것.

빈센트는 머쓱한 표정을 지었다. 오늘이 12월의 마지막날인데 이비가 크리스마스를 트리 없이 보냈다고 해서 벌인 일이었다. 처음 떠올렸을 땐 굉장히 로맨틱한 아이디어로 느껴졌는데 막상 실행에 옮기니 상당히 무모한 일이었다. 실어나를 차 없이 나무를 반대편 동네까지 직접 끌고 오느라 기운이 다 빠진 건 물론이고, 칼바람이 부는 데다 좀 있으면 눈까지 내릴 기세였는데도, 빈센트가 입은 티셔츠는, 그리고 아마 외투까지도 땀으로 흠뻑 젖었다. 얼굴은 루돌프 코보다 더 빨갰다.

"빈센트? 이게 무슨 일이야?" 최소한 남한테 보여도 괜찮을 만한 옷을 허둥지둥 입고 발코니로 뛰쳐나온 이비가 말했다. 빈센트는 아파트 정문으로 트리를 끌고 들어오느라 시야에서 사라졌지만 이비의 목소리를 듣고 이렇게 외쳤다. "금방 올라갈게!"

리프가 빈센트를 도와 트리를 엘리베이터 안에 들이고 세웠는데, 트리를 넣고 나니 빈센트가 탈 자리밖에 없었다. "잘해봐!" 리프가 닫히는 문틈으로 빈센트에게 검지와 중지를 눈썹에 갖다붙여 경례를 했다.

8층에서 엘리베이터 문이 열렸을 때 문 앞에서 기다리고 있던 이비는 크리스마스트리로 꽉 찬 내부와 벽에 아주 딱 붙어 있는 빈센트를 보고 웃음을 터뜨렸다. 두 사람은 지나가는 자리마다 솔잎을 흩뿌리며 복도를 따라 트리를 끌고 갔고 82호 안으로 트리를 간신히 들였다. 빈센트가 거실 한 귀퉁이에 트리를 세운 뒤 두 사람은 한 발 물러서서 감상했다. 한쪽으로 기우뚱한 트리였지만 두 사람 다 마음에 들었다.

"특색 있어 보이잖아." 이비가 웃으며 말했다.

빈센트가 주머니에서 트리에 첫번째로 매달 장식을 꺼냈다. 주황색 유리로 된 하드캔디 모양의 구슬로, 이비가 가지에 매달 수 있도록 가운데에 초록색 리본이 달려 있었다.

"이런 건 대체 어디서 구했어?" 이비는 구슬을 두 손가락 사이에 끼워 불빛에 비춰보며 감탄했다.

"어느 날 내 주머니에 들어 있더라고." 그러면서 빈센트가 두 손을 들어 보이자 이비는 그가 트리를 정돈하는 동안 부엌에서 쓰고 있었던 마른행주로 그를 툭 쳤다. "보는 순간 당신한테 주면 딱일 것 같았지."

이비는 아프다는 핑계로 크리스마스를 가족과 함께 보낼 의무에서 빠져나왔다. 엘리너 스노는 누가 아프다고 하면 어떤 병이든 질색을 했고, 더구나 손님을 치러야 하는 상황에서는 더 그랬기 때문에 딸이 코감기에 걸렸다는 소리를 듣고는 크리스마스 만찬과 스노가와 서머가가 매년 공동으로 주최하는 연말 파티에도 참석하지 말라고 신신당부했다. 심지어 이비의 '병'이 수화기를 통해 옮을까봐 통화마저 서둘러 끝내고 평소보다 일찍 수화기를 내려놓았다.

어쨌든 엘리너는 그렇게 낙담하지 않은 것 같았고 이비 역시 그보다 더 행복할 수 없었다. 대신 이비와 빈센트는 바이얼릿의 집으로 가 크리스마스 만찬을 함께했는데, 크리스마스이브에 이비가 미리 만들어둔 민스파이*도 한 상자 가져갔다. 파이 몇 개는 크리스마스 아침이 오기도 전에 빈센트의 뱃속으로 들어갔지만, 저녁식사를 하

* 건포도와 설탕, 향료 등에 다진 고기를 섞어 뭉친 것을 작고 동그란 모양으로 구운 파이.

면서 빈센트는 이비와 바이얼릿이 서로를 진심으로 마음에 들어하는 걸 보고 기뻐했다. 식사가 끝나자 이비는 극구 식탁을 치우겠다고 나섰고, 이비가 부엌으로 사라지자 바이얼릿은 아들의 팔에 손을 얹고 말했다.

"정말 좋은 애구나." 이렇게 말하는 바이얼릿의 눈이 촉촉하게 빛났다.

"알아요." 빈센트가 활짝 웃으며 말했다.

빈센트는 며칠째 자기 집에 들어가지 않았지만, 서니에게서 아직 연락이 없는 걸 보니 녀석이 과연 룸메이트의 부재를 눈치나 챘는지 의심이 들었다. 이비의 집에서 점점 더 자주 시간을 보내게 되면서 빈센트는 옷가지와 물건들도 하나둘 그녀의 아파트로 옮겨왔고, 두 사람은 그들만의 일상에 안착했다. 방안에 깃발 장식과 꼬마전구를 걸었고, 이비가 새로 산 책상에서 줄줄이 그려낸 스케치를 빈센트가 벽에 붙였다. 둘이서 이비의 침대를 조립했고 실제로 그 침대에서 잠도 잤지만 밤에 담요를 가지고 발코니에 나가 차를 마시며 그날 있었던 일을 이야기하다가 잠자리에 드는 날이 많았다. 새해가 다가오면서 이비와 빈센트는 함께할 새로운 나날을 잔뜩 기대하고 있었다. 서로 알아간 한 달 동안 둘이서 일군 삶이 더할 나위 없이 좋긴 했지만, 그걸 유지하려면 지금보다 몇 배 노력해야 한다는 걸 그들은 알고 있었다.

두 사람의 1월 계획은, 빈센트는 음대에 지원하는 한편 피로에 찌든 통근자들을 상대로 지하철역에서 연주하는 것 외에 더 큰 규모의 연주 무대를 찾는 것이었고, 이비는 출판사와 애니메이션 제작 스튜디오에 포트폴리오를 보내는 것이었다. 그중에 딱 한 사람만 그녀에게 기회를 주어도 어머니가 마음대로 짜놓은 그녀의 미래를 바꿀 수 있었다. 딱 한 명만 이비를 받아주면 빈센트와 함께 인생을 꾸려갈 수 있게 되는 거였고, 반드시 그렇게 되도록 하겠다고 이비는 굳게 다짐했다.

12월 31일 자정이 다가올 무렵 이비와 빈센트는 그녀의 아파트 거실에서 서로의 입에 초콜릿칩을 번갈아 던져 넣어주며 놀고 있었다. 둘 중 누구든 골인에 성공하면 대단한 일이라도 해낸 양 두 손을 번쩍 들고 요란하게 환호했다. 그러다 이웃집 파티에서 카운트다운 소리가 들려오자 두 사람은 발코니로 달려나갔다.

"……사 ……삼 ……이 ……일!"

불꽃이 터지면서 하늘을 환히 밝혔다. 빈센트는 이비를 번쩍 들어 품에 안았고, 그가 키스를 하는 중에도 이비는 그가 미소 짓고 있다는 걸 알 수 있었다. 빈센트가 그녀를 다시 내려놓자 이비는 발코니 난간 너머로 몸을 내밀고 아래 길바닥에 나와 있는 사람들에게 "새해 복 많이 받아요!" 하고 외쳤다. 똑같이 외치며 답례해주는 사람도 많았다. 그때 왼쪽 옆집의 발코니에서 차분한 목소리가 들려왔다. "두 사람 모두에게 멋진 한 해가 되길 바라요." 팔꿈치에 스웨이드 패치를 덧댄 트위드 재킷을 입은 남자가 위스키 잔을 들어 건배했다.

"그럼요, 그렇게 될 거예요." 이비가 이웃에게 미소로 답하며 말했다. "멋진 한 해 보내세요."

7월
서니

엄마에게서 몇 달째 연락이 없었다. 이비는 혹시 엄마가 남은 평생을 아예 딸이 없는 셈 치고 사는 게 낫겠다고 여긴 건 아닐까 생각했다. 정말 그렇기를 바라는 자신이 좀 야박한 것도 같았지만, 빈센트와 함께 보낸 시간이 거의 완벽에 가까워서 무엇도 그걸 망치지 않기를 바랐던 것이다. 엘리너 스노는 망치고도 남을 사람이었다. 지금으로선 빈센트와의 관계에서 유일한 문제는 이비가 그를 너무나도 한없이 사랑한다는 것뿐이었다.

"빈센트. 내가 신문사 일에서 못 벗어나면 우린 어떻게 하지?" 막 저녁 식탁을 치운 이비가 행주를 들고 부엌 문간에 서서 물었다. 최근 들어 너무 자주 덮치는 순간이 또 찾아온 듯했다. 이 아파트에 살면서 신문사에서 일하도록 내버려두는 조건으로 엄마가 내건 요구사항이 생각나 당장이라도 토할 것 같아지는 순간이었다.

"어머니가 정말 당신을 원하지도 않는 사람하고 강제로 결혼시키실 분이야?" 빈센트가 조용히 물었다.

이비는 엘리너가 피도 눈물도 없는 냉혈한이라는 것을 잘 알면서도 빈센트의 질문을 듣고 잠시나마 엄마가 설마 그렇게 매정할까, 특히나 빈센트를 직접 만난다면, 하고 자문해보게 되었다.

"이비는 스물일곱 살이잖아." 빈센트가 말을 이었다. "스스로 결정을 내릴 수 있어…… 아니야?" 그는 초록색 안락의자에 앉아 책을 읽던 중이었다. 이비의 매트리스가 침대 위로 제자리를 찾아간 후에, 두 사람이 거실 안쪽으로 옮겨놓은 의자였다. 이비는 행주에 손을 닦고 양말 신은 발로 미끄러지듯 거실로 들어와 안락의자 앞에 멈춰 서더니 빈센트의 무릎에 비극의 주인공처럼 무너지듯 앉았다.

"당연히 스스로 결정을 내릴 수 있지. 그런데 그 결정으로 나만 행복해지고 나머지 가족들은 화나고 수치스럽고 부끄러워져서 나랑 완전히 인연을 끊겠다고 하면 어떡해?"

"내가 **그 정도로** 형편없어?" 빈센트가 부루퉁한 표정을 짓자 이비는 그에게 키스하고 이렇게 대꾸했다. "전혀 그렇지 않아. 당신은 멋있는 사람이고, 바로 그래서 문제야. 우리 부모님은 재미없고 특색없는 사람을 좋아하거든."

"나도 재미없을 수 있어! 봐봐." 그러더니 빈센트는 아무 감정도 드러나지 않는 표정을 지었고 머리카락을 쓸어 단정히 빗어 넘긴 모양을 만들어냈다.

그때 전화가 울렸다. 이비가 받으러 달려가자 빈센트도 따라와 재미없고 심각한 얼굴을 바짝 들이대며 수화기를 드는 이비가 웃음을 참기 힘들게 만들었다.

"여보세요? **아무도 이 번호로 안 거는데.**" 머리를 매만져 또다른 스타일을 만들고 있는 빈센트에게 이비가 입 모양으로 이렇게 말했다.

"여보세요, 에벌린 스노 씨 댁인가요?" 수화기 저편의 목소리가 교양 있고 매력 넘치는 말투로 물었다. 이비가 자다가도 알아들을 수 있는 사람의 목소리였다.

"네, 에벌린 스노의 집이 맞습니다. 스노 앤드 서머 유한회사의 제임스 서머 씨 되십니까? 가는 곳마다 세계의 갑부 딸들이 무릎을 꿇는다는, 영국에서 제일 멋진 남자요?" 이비는 엄마를 흉내내 상류층 특유의 딱딱 끊어지는 발음으로 말했다. 남동생을 즐겁게 해주려고 어렸을 때 마스터한 말투였다.

짐이 웃음을 터뜨렸다. "네 목소리 들으니까 좋다. 오늘 너희 부모님 댁에 갔었는데, 마치 네가 그 집에 살았던 적도 없는 것 같더라고! 직장이랑 아파트는 어때?"

빈센트는 다시 안락의자에 앉아 책을 펴들었지만 이비의 전화통화를 엿듣지 않으려고 애쓰는 데 너무 정신이 팔려서 같은 문장만 벌써 네번째 읽고 있었다.

"놀랍지도 않네." 이비가 대꾸했다. "지금 내가 좀 집안의 수치 같은 존재거든. 직장은 괜찮아…… 그럭저럭. 근데 뭐, 일단 그림을 그리고 있고 그걸로 월급을 받는다는 사실만으로도 너무 짜릿한 거 있지." 이비는 잠시 자부심으로 한껏 부풀어올랐다.

"너희 어머니가 그러도록 내버려둔단 말이야? 완전히 제정신이 되신 거야?" 짐이 충격을 감추지 못하고 놀란 말투로 물었다.

"아니, 엄마는 여전히 천하의 못된 엄마야. 당연히 내가 여기서 이러고 지내는 데에는 조건이 있고." 이비의 자부심에서 급격히 바람이 빠지더니 축 가라앉았다.

"흠, 그냥 네가 없어서 아쉬웠다고 말하려고 전화했어. 최소한 크리스마스에는 집에 올 줄 알았지. 유명한 스노가의 파티를 놓치다니. 그리고 우리 원래 파티 때마다 춤 한두 곡은 같이 추잖아."

"짐, 너는 그냥 넬리 웨더스비랑 같이 추기 싫어서 나랑 추는 거잖아." 넬리는 스노 앤드 서머 법률회사에서 일하는 변호사의 딸인데 짐에게 아주 홀딱 빠져 있었다. 꽤 매력적인 여자였지만 문제는 짐을 바라볼 때마다 눈에 약간 광기를 띤다는 것이었다. 게다가 한번은 그녀가 짐과 자신의 아이는 어떻게 생겼을지 너무 기대된다고 말하는 걸 짐이 우연히 듣고 말았다. "그리고 한두 곡 정도가 아닌 거 알면서 시침떼기는!"

몇 초간 짐은 말이 없었다. 매년 열리는 스노가 크리스마스 파티에서 이비와 함께 춤췄던 기억을 떠올리는 중이었다. 넬리 웨더스비 때문이라는 건 핑계이고 실은 한 번도 자신이 사랑하는 만큼 사랑을 되돌려준 적이 없는 여자애와 유일하게 가까이 있을 수 있는 시간이었기에 춤을 췄다는 사실도.

"그게," 잠깐의 침묵 끝에 짐이 운을 뗐고 이비는 매력적인 그의 말투에 은근히 배어난 애석함을 눈치챘다. "그냥 조만간 볼 수 있을까 했어, 그게 전부야. 그래도 잘 지내고 있다니 다행이다."

"나는 잘 지내." 이비가 아직도 책을 읽는 척하는 빈센트를 흘끔 보며 대꾸했다.

"잘됐네. 연락 좀 자주 하고 살자, 이비. 너 없이 혼자 여기서 버티려니 좀 힘들다."

"연락 자주 할게. 조만간 집에도 들를 거야. 아, 짐, 부탁 하나만 들어줄래? 나 대신 에디 좀 자주 들여다봐주라."

"안 그래도 그러고 있어. 또 연락하자."

이비는 수화기를 내려놓으면서 온몸의 털이 쭈뼛해지는, 말로 설명할 수 없는 초조함을 느꼈다. 어쩌면 평생 포로처럼 갇혀 산 집에서 나와 몇 달 살다보니 뒤틀린 향수에 젖은 건지도 몰랐고, 가족이 지운 의무를 다하기 위해 방금 통화한 남자를 언젠가 남편으로 맞을지도 모른다는 사실을 인지해서 그런 건지도 몰랐다. 이비는 빈센트를 향해 돌아섰다.

"나 빨리 더 좋은 직장을 구해야겠어. 우리 둘 다 그래야 돼."

"할 수 있는 건 다 해봤잖아."

그 말은 사실이었다. 새해가 밝자마자 그들은 편지지와 편지봉투를 사왔고, 이비는 신문사 사무실에서 몰래 자신의 그림을 스캔해 그중 제일 잘 그린 작품들만 골라 프린터로 뽑았다. 그런 다음 둘이 같이 여러 출판사와 애니메이션 스튜디오에 지원서를 써 보냈다. 빈센트도 자신이 아는 음대에 모조리 지원서를 넣었고 이비는 빈센트가 과거에 공란으로 두었던 칸을 채우는 걸 도와주었다. 최소한 한 군데에서는 어떤 식으로든 응답을 해줄 법도 했다.

"벌써 몇 달 됐잖아." 이비가 말했다. "난 이제 모르겠어."

"음대는 9월이나 돼야 학생을 새로 뽑아."

"하지만 벌써 7월이고 9월이 되면 엄마가 최후통첩 한 날까지 두 달밖에 안 남는단 말이야." 마지막 몇 마디를 빠르게 쏟아낸 이비는 울컥 목이 메었다.

"진정해." 빈센트는 책을 내려놓고 두 팔을 벌렸고, 이비는 그가 자기를 끌어당겨 무릎에 앉히도록 몸을 맡겼다. "당신 얘기만 들으면 어머니가 당장 먹잇감을 죽이려고 달려드는 익룡쯤 되는 것 같은

데, 나는 그래도 겁 안 나. 당신이 사랑하는 사람하고 결혼하고 싶으면, 어머니한테는 그렇게 정략결혼을 원하면 빅토리아시대에 태어나시라고 당당히 말하면 돼!"

듣기 좋은 소리였지만 그렇게 쉬운 문제가 아니라는 걸 이비는 잘 알았다. 하지만 반박할 의욕도 기운도 없었다. 대신 그녀는 고개를 끄덕이며 그의 말이 다 맞는다는 듯 그의 어깨에 얼굴을 묻었다. "차 한잔할까?" 굉장히 심각할 수도 있는 상황이지만 일단은 긍정적으로 생각하기로 하고, 이비는 크게 숨을 들이쉰 다음 이렇게 물었다.

"한잔 부탁합니다." 빈센트가 그녀의 정수리에 입을 맞췄고 이비는 그의 무릎에서 훌쩍 뛰어내려 부엌으로 어슬렁어슬렁 걸어갔다.

*

"저 소리 들려?" 열린 발코니 창으로 흘러들어오는 소리에 빈센트의 귀가 쫑긋했다. 왠지 친숙한 소리인데 어디서 들어봤는지 딱 꼬집어 말할 수는 없었다.

"또 귀신들이 말을 걸어?" 이비가 부엌에서 놀리듯 말했다.

"귀신들 목소리는 늘 들리는 거고." 빈센트가 소리쳐 대꾸했다. "이건 다른 소리야." 발코니로 나간 그는 도로 한가운데를 휘청휘청 걸어오는 남자를 발견했다. 군데군데 찢어진 회색 진에 한쪽 어깨가 훤히 드러나는 길고 헐렁한 티셔츠를 입은 남자였다. 등에 배낭처럼 끈으로 걸쳐 멘 건 기타였고, 양손에는 맥주를 들고 있었다. 뒤에 바짝 다가온 차 한 대가 빵빵거렸지만 그는 오히려 더 큰 소리로 노래를 불렀다. 그 순간 빈센트는 음정이 살짝 빗나간 그 노랫소리가 왜

귀에 익숙한지 않았다.

"서니!" 빈센트가 외쳤다. 텁수룩한 금발의 그 남자는 노래를 멈추고 자기 이름을 부르는 게 누군지 보려고 두리번거렸다. "위를 봐, 서니!" 지금까지 만취한 서니의 뒤치다꺼리를 해야만 했던 적이 한 번도 없었다면 그를 보고 웃었겠지만, 그 뒤치다꺼리가 얼마나 불쾌한 일인지 빈센트는 너무 잘 알았고, 오늘밤은 정말로 그런 일을 떠맡고 싶지 않았다. 이비를 옆에 두고 그러긴 싫었다.

"여어어어어!" 마침내 빈센트를 발견한 서니가 소리쳤다.

"대체 여기서 뭐하는 거야?" 빈센트가 소리를 낮춰 외쳤다. "여기는 잘사는 동넨데 네가 지나가는 것만으로도 집값이 뚝뚝 떨어지고 있다고!"

"잔인한 자식! 넌 너무 잔인해!" 서니는 빈센트를 가리키려고 한쪽 팔을 휙 뻗다가 쥐고 있던 맥주병 하나를 놓쳤고 손에서 미끄러진 병은 콘크리트 바닥에 부딪혀 깨졌다. "아아아아, 안 돼!" 서니는 깨진 병 앞에 무릎을 꿇고 주저앉았고, 한순간 빈센트는 서니가 고양이처럼 바닥의 맥주를 핥아먹으려는 줄 알았다.

"집에 가, 서니."

"나…… 어…… 공연 있어."

"웃기고 있네. 네가 무슨 공연이 있어."

"아냐. 나 정말…… 정말로…… 진지해." 서니는 자기 얼굴 앞에다 대고 손을 위에서 아래로 쓸어내리더니 일순간 굉장히 진지한 표정을 지었다. 일 초 정도 표정을 유지하던 그는 곧 웃음을 터뜨렸다.

"그럼 왜 여기 있는 건데?" 빈센트는 집 안쪽을 슬쩍 돌아봤다. 부엌과 거실 사이 문간에서 이비가 한쪽 눈썹을 치켜세우고 약간 어리둥절한 미소를 띤 채 서 있었다.

"음, 그게 말이지, 내가 항상 제대로 된 콘서트에서 공연하고 싶어했잖아. 근데 막상 그렇게 되니까, 너무…… 긴장이 되는 거야. 맥주를 여덟 병쯤 마셔야 할 정도로. 우리끼리니까…… 그러니까…… 솔직히 털어놓자면," 서니는 남은 맥주 한 병을 벌컥벌컥 들이켰다. "이것까지 치면 아홉 병이지. 근데 열 병은 못 마시겠네……" 그러면서 서니는 자기 앞에 고인 맥주 웅덩이와 깨진 유릿조각을 가리켰다.

"그래. 그럼 빨리 가야겠네!" 빈센트는 꼭 학교까지 쫓아온 강아지에게 집으로 돌아가라고 이르듯 손가락으로 길 저편을 가리켰다.

"그래. 알았어. 간다!" 하지만 길바닥에서 발을 뗀 서니는 곧 도로 넘어졌다. "잘 있어, 비니!"

"잘 가, 서니." 빈센트는 집 안쪽으로 돌아섰다. 이비는 아직도 어리둥절한 표정이었지만, 대체로는 이 상황을 재미있어하는 것 같았다. 빈센트가 화난 상태 근처에라도 간 건 처음 있는 일이었다.

"빈센트!" 서니가 불러댔다.

"또 뭐?" 빈센트가 이번에는 참지 않고 소리질렀다. 그 소리에 이비가 펄쩍 뛰자 빈센트는 즉시 그녀에게 입 모양으로 미안해라고 말했다. 하지만 이비는 눈썹을 구기고 입술은 일자로 꾹 다물고 있었다.

"비니, 나 어디로 가야 하는지 몰라." 서니가 난처하다는 투로 말했다.

빈센트는 관자놀이를 문질렀다. "공연장이 어딘지 어떻게 모를 수가 있어?" 그는 다시 발코니 쪽으로 몸을 돌리면서 지친 말투로 물었다.

"어디인지는 알지!" 서니는 발코니를 너무 오래 올려다보고 있어서 이제는 뒤로 자빠질 듯 휘청거렸다. "내가 모르는 건 거기까지 어떻게……" 그러더니 그는 맥주병을 들지 않은 쪽 손가락 두 개로 허공을 걷는 다리 모양을 만들어 보이더니 어깨를 으쓱했다.

"거기에 어떻게 가는지 모른다고?" 빈센트가 묻자 서니는 입술을 삐죽 내밀고 고개를 끄덕이다 이내 낄낄거렸다. "그건 코가 비뚤어지게 취한 네 잘못이지."

"나도 알아." 서니가 덤덤하게 대꾸했다.

"오늘 공연은 그냥 넘기고 집에 가는 게 좋겠어."

빈센트가 다시 집안으로 들어가려는데 서니가 말했다. "하지만 돈 받고 하는 공연인데!"

"돈 받는 공연이라고, 서니? 그걸 네가 어떻게 따냈어?"

"학교 공연이야. 댄스파티. 원래 계약했던 밴드가 더 잘하는 팀이었어."

"원래 밴드는 어떻게 됐는데?"

"발을 삤어. 그래서 내가 들어갔지! 예에에에!" 환호성을 지르던 서니는 갑자기 컥컥거리더니 다음 순간 다 깨진 맥주병 위에 토했다.

이비가 발코니로 나와 밖을 내려다봤다. 서니는 자기 머리카락을 잡고 있으려 애썼지만 대신에 그의 긴 티셔츠가 입에서 쏟아지는 토사물을 받으며 얼굴 앞에 덜렁거렸다.

"우리가 도와줘야겠어." 이비가 빈센트를 보며 말했다. "돈 받는 공연이라면 월세 낼 돈이 생긴다는 뜻이고 그럼 둘 다 집에서 쫓겨나지 않을 수 있다는 얘기잖아. 가는 길에 술 깨게 하고, 학교에 도착하면 우리가 수행원이나 뭐 그런 사람인 척하면서 지켜봐주자. 공연 후에는 집에 안전히 데려다주고." 이비는 집안으로 뛰어들어가 빈센트가 뭐라고 대꾸하기도 전에 벌써 부츠를 당겨 신었다. "뭐해?" 그녀는 외투를 걸치며 물었다.

빈센트는 이비가 이 일을 일종의 미션이나 모험으로 여기고 있다는 걸 알아챘다. 게다가 이비는 도움이 필요한 친구—혹은 친구의 친구—를 그냥 버려두지 않는 사람이었고, 더군다나 그 친구가 길 한복판에서 자기 토사물 위에 서 있다면 말할 것도 없었다. 빈센트는 서니를 한번 더 쳐다보고 헛웃음을 뱉었다.

"알았어." 그리고 이렇게 말했다. "그래도 저 녀석은 미워."

*

공연장을 찾아 헤매던 서니는 알고 보니 공연 장소에서 크게 벗어나지 않은 곳을 맴돌고 있었고, 그래서 이비와 빈센트는 서니를 생각보다 멀리 끌고 갈 필요가 없었다. 공연할 학교는 부유한 동네에 있었고, 이비의 집에서 도보로 겨우 십오 분 거리였다. 서니는 가는 길에 쓰레기통에 대고 한번 더 토했지만 그들이 도중에 커피를 한 잔 사 먹인 덕분에 학교 정문에 다다랐을 때쯤에는 아까보다 훨씬 정신을 차린 상태였다. 유일한 문제는 서니에게서 술냄새와 토사물냄새가 심하게 난다는 것이었다. 빈센트는 더럽혀진 옷을 갈아입으라고 집에서 자기 티셔츠를 챙겨왔지만, 서니가 그 티셔츠마저 망가트리지 않을 만큼 충분히 회복될 때까지 절대 입지 못하게 했다. 공연을 하기에 완벽한 상태는 아니었지만 최소한 제일 앞줄 학생들이 냄새에 기절할 일은 없을 듯했다.

"이 정도로 어떻게 해봐야지 어쩌겠어. 자기 탓인데." 빈센트가 악취에 오만상을 찌푸리며 조금 물러섰다. 이비가 휘청대는 서니의 매무시를 정돈해준 다음 머리카락을 귀 뒤로 넘겨주었다.

"그만 좀 못되게 굴어. 긴장돼서 그렇다잖아."

"너 분에 넘치는 여자를 만났구나, 비니. 너무 완벽하잖아!" 서니가 이비에게 윙크를 했고 이비는 서니가 아무리 다정하게 굴어도 악취는 맡고 싶지 않았기에 입을 꾹 다문 채 미소로만 답했다.

학교 정문을 통과한 일행은 당황한 표정의 접수원의 안내를 받아 교장실로 갔다. 늘 초조한 성격의 교장 글라스 씨는 쉬지 않고 자기 손을 쥐어짜는가 하면 희끗희끗하고 몇 가닥 안 남은 머리카락을 자꾸 손으로 쓸어댔다. 그러다가 서니를 보고 나서는 거의 졸도하다시피 했다.

"당신들 둘은 누굽니까?" 그는 짧은 수염이 듬성듬성한 인중에서 땀을 훔치며 버럭 소리쳤다.

"친구예요." 이비가 흔들림 없이 대꾸했다. "응원해주려고 온 건데, 혹시 필요하시면 학생들 보호자 역할도 할 수 있어요."

빈센트는 이비의 임기응변에 감탄하며 그녀를 쳐다봤다.

"마침 교사 몇 명이 부족하긴 한데." 글라스 씨가 중얼거렸다. "그리고 저 사람이라도 없으면 유행 지난 팝송 레코드판을 틀어야 하는 상황이니……" 교장은 한번 더 서니를 아래위로 훑어봤고 서니는 미안한 듯 어정쩡하게 미소를 지었다. 그쯤 되자 서니는 누가 강제로 연주를 취소해주길 바랄 지경이었다. 너무 취한데다 너무 속이 울렁거리고 긴장이 돼서 제대로 기타줄을 퉁기지도, 떨지 않고 노래하지도 못할 것 같았다. 그래도 자존심이라는 게 있어서 먼저 나서서 취소하지는 않을 작정이었다.

글라스 씨는 장탄식을 내뱉었다. "좋습니다. 십 분 후 무대에 서세요. 뭐든 당신이 연주할 수 있는 레퍼토리로 삼십 분만 채우면 돼요. 아, 그리고 언론사에서 취재 와 있어요. '드림 캐처' 밴드가 발을 뺐단 얘기는 그쪽에 아직 안 했어요. 드림 캐처는 팬덤이 꽤 커서 〈텔러〉가 1면에 싣겠다고 했거든. 그래도 기사 몇 줄은 실어주겠지. 이 시궁창 같은 학교에 대해 좋은 기사가 한 줄이라도 나야 하니까!" 그는 교장실에서 성큼성큼 나가더니 등뒤로 문을 쾅 닫았다.

교장이 나가자마자 서니는 의자에 주저앉아 헛구역질을 하기 시작했다. "나…… 이거…… 못하겠어." 그는 구역질을 하는 사이사이에 이렇게 내뱉었다.

"정말 못할 것 같은데." 빈센트가 고개를 저으며 거들었다.

"할 수 있어! 충분히 할 수 있어요, 서니." 이비는 의자 옆에 무릎을 꿇고 앉아 입으로만 호흡하면서 서니의 머리카락을 쓸어넘겨주었다. "우리가 바로 앞에 관중 속에 있을 거예요. 우리만 쳐다보면서 우리한테 연주해요. 몇 곡만 하면 돼요. 그리고 내가 〈텔러〉 사람들이랑 아는 사이니까 잘 찍힌 사진만 싣고 좋은 말만 써달라고 해둘게요."

서니는 회색 눈을 휘둥그레 뜨고 이비를 빤히 쳐다봤다. "아니 진짜로, 비니." 그는 고개를 절레절레 저었다. "이분 어디서 만났어? 나도 거기 데려가주면 안 돼?"

*

댄스파티의 '토끼굴 속으로'라는 테마는 학생들에게서 반응이 꽤 좋은 모양이었다. 학교 강당을 빨간 장미와 하얀 토끼 장식으로 꾸며 놓았는데, 몇몇 커플은 벌써 댄스 플로어에서 (정말로 유행이 한참 지난 노래에 맞춰) 정신없이 애정 표현을 하고 있었고 시무룩한 솔로들은 무대 양옆에 앉아 '나를 먹어봐' 딱지가 붙은 쿠키를 입안에 쑤셔넣고 있었다. 이비와 빈센트는 무대 측면에 서니를 세워두고 〈텔러〉의 사진사와 기자가 서 있는 강당 뒤편으로 이동했다.

"이야, 이게 누구야, 공주님. 여기는 뭐하러 납셨어?" 테리 라크는 실제 나이인 서른넷보다 늙어 보이는 작달막한 남자였다.

"오늘은 티아라 안 썼네?" 비니를 벗은 모습을 한 번도 보인 적이 없는, 멀대 같은 해리슨 페더가 물었다. 그는 비니를 쓰면 사진 찍을 때 집중이 더 잘된다고 우겼지만, 그 말로 비니를 **절대** 벗지 않는 이유가 설명되지는 않았다. 이비는 그녀의 손을 잡은 빈센트의 손에 힘이 들어가는 것을 느꼈다.

"오늘은 상대해줄 시간 없어요. 서니 샤인을 보러 왔거든요." 그러자 어리둥절한 표정만 되돌아왔고, 무심한 척하려고 벽에 기댔던 이비는 그만 의도했던 것보다 더 미끄러져서 해리슨보다 머리 하나는 아래로, 거의 테리와 시선을 맞출 만큼 엉거주춤하게 내려오고 말았다. "한 번은 들어봤을 텐데요? 요새 인기 많아요. 그래서 취재 온 줄 알았는데. 신문 1면감이에요." 이비는 빈센트와 눈을 맞추며 찡긋 윙크했다. 하지만 빈센트는 도로 한복판에서 자동차 조명을 받고 얼어붙은 토끼처럼 놀란 표정으로 그녀를 바라봤다.

"우린 드림 캐처가 뜨기 전에 걔네 리드 보컬이 이 학교에 다녔고, 오늘 여기서 공연을 한다고 해서 취재 온 거야." 해리슨이 설명했다. "근데 여기 없는 것 같으니 그냥 짐 싸서 돌아가도 될 것 같네. 가자,

테리."

"그쪽 손해죠, 뭐." 이비가 어깨를 으쓱하며 말했다. "서니는 끝내주는 뮤지션이라고요."

"이비……" 빈센트가 속삭였다.

"게다가 짓궂은 구석도 있고요." 이비는 아랑곳하지 않고 계속했다. "오늘밤 공연을 위해 어떤 깜짝 무대를 준비했을지 누가 알아요?"

"이비." 빈센트가 그녀의 옆구리를 쿡 찌르면서 무대를 가리켰다. 이비가 눈치채지 못한 사이에 유행 지난 노래가 뚝 끊기고 스포트라이트가 서니를 곧장 비추고 있었다. 좀전의 빈센트가 자동차 헤드라이트 빛을 받은 토끼 같았다면, 어디 얼마나 잘하는지 보자, 하는 태도로 바라보는 십대 청소년들을 마주한 서니의 공포에 질린 표정은 뭐라 비유할 말이 없었다.

"저게 대단한 뮤지션이라고?" 테리가 콧방귀를 뀌었고, 해리슨은 부지런히 카메라를 찰칵거리면서 서니를 가장 흉하게 담을 법한 각도로 사진을 찍어댔다.

서니는 빈센트가 이비를 데리고 무대 곁을 떠나기 전 그에게 떠안긴 옷으로 갈아입고 있었다. 빈센트가 집에서 급히 나오느라 하고많은 자신의 보라색 티셔츠 대신 이비의 보라색 원피스를 집어오고 말았던 것이다. 그냥 바지 위에 원피스를 덧입었으면 어찌어찌 넘어갔을지 모르는데, 취한 상태에서 너무 곧이곧대로 생각한 모양이었다. 치마면 치마답게 입어야 한다고. 서니는 토사물이 묻은 티셔츠와 함께 바지도 벗어버렸고, 그래서 지금 허벅지 중간까지 내려오는 원피스 차림으로 무대에 서 있었는데, 치맛단 밑으로 비죽 튀어나온 주황색 사각팬티와 투박한 가죽 부츠, 그리고 털이 부숭부숭한 맨다리가 보였다. 이비와 빈센트는 서니가 원래 여자 옷을 더 편하게 여기는 친구였대도 기꺼이 받아들일 만큼 마음이 열린 사람들이었지만, 이 사달이 의도치 않게(서니의 혈관에 홍수처럼 흐르는 알코올 때문에) 일어났음을 알기에 둘 다 민망해서 볼이 후끈 달아올랐다.

"저거 내 원피스잖아……" 이비가 입술을 조금만 달싹여 속삭였다.

"내 티셔츠인 줄 알았어. 진짜 미안해."

"나한테 사과할 때가 아닌 것 같은데."

서니는 마이크 스탠드 앞에 눈을 감고 서 있었고 그의 숨소리가 스피커를 통해 강당에 울려퍼졌다.

"한 곡 뽑아봐!" 빌려 입은 턱시도가 터질 것처럼 몸집이 건장한 학생이 외쳤다.

서니가 눈을 번쩍 뜨고 방금 소리친 게 누구인지 찾으려고 관중을 둘러봤다. 서니는 음 하나를 아주 세게 치고는 "이제 만족해?" 하고 받아쳤다.

"아, 안 돼." 빈센트는 갈라지는 목소리로 신음하듯 내뱉었다.

관중석 여기저기서 십대 학생들이 어색하게 웃음을 터뜨렸고 서니는 시비를 건 학생을 더 똑바로 보려고 조명을 받은 눈을 한 손으로 가렸다.

"이게 쉬운 줄 알아?" 그는 마이크를 더 바짝 갖다댔고 그러자 소리가 더 크고 사납게 들렸다. "여기 올라와 있는 게. 자신을 내보이는 게."

"우리가 보고 싶은 것보다 훨씬 많이 내보이고 있잖아!" 그 학생이 되받아쳤다. "그 원피스는 어디서 구한 거야? 헤픈 년 전문 의상실?"

"야 인마!" 이비가 말했다. 의도했던 것보다 목소리가 좀 크게 나왔고, 관중 뒤쪽에 있던 학생들 몇이 뒤돌아 그녀를 쳐다봤다. 여학생 몇은 손가락질하면서 자기들끼리 쑥덕거리고 웃기까지 했다. 이비는 자신이 한참 전에 고등학교를 졸업했다는 게 천만다행이라고 생각했다.

"좀 많이 파이긴 했지……" 빈센트가 이렇게 중얼거렸고 이비가 그의 팔을 쳤다.

"저 원피스 입을 때마다 왜 그렇게 좋아했는지 이제 알겠네!"

"내가 원피스를 입고 싶으면 입는 거지!" 서니는 휘청대며 마이크에서 떨어지더니 조용히 트림을 했다. "내가 이 무대에 오를 용기를 쥐어짜려고 맥주를 몇 병이나 마셨는지 알아?"

"맥주를 마셨다고?" 글라스 씨가 어느새 이비와 빈센트 옆에 나타났다. 그의 눈썹에서 땀이 뚝뚝 떨어지고 있었다. "저기서 끌어내야 해!" 무대 측면으로 달려가는 교장을 뜯어말리려고 빈센트가 쫓아갔지만 이비가 빈센트의 팔을 붙잡고 그를 도로 끌어당겼다.

"우리는 빠져 있는 게 좋겠어. 교장이 서니를 데리고 내려오면 얼른 집에 가자."

"그래, 얼른 성으로 돌아가셔야지, 공주님." 해리슨이 계속 사진을 찍으면서 빈정댔다.

"가서 여기 이 잘생긴 왕자님이나 기어오르라고." 테리가 고개를 뒤로 쭉 빼며 음흉하게 웃었다. 하지만 웃음이 제대로 터져나오기도 전에 빈센트의 주먹이 그의 코를 가격했고 그 순간 테리의 입에서 나온 소리는 웃음과 거리가 멀었다.

"빈센트!" 이비가 새된 소리로 외쳤다. 빈센트가 거둔 손에는 부러진 게 틀림없는 테리의 코에서 흘러나온 피가 얼룩져 있었고 해리슨은 재빨리 신문 일면감 사진을 찍었다. 빈센트는 자신이 왜 그랬나 싶어 잠시 어리둥절해하다가 피범벅이 된 테리의 코를 보았고, 그럴 만했든 아니든, 방금 한 짓이 전혀 후회되지 않았다. 강당에 모인 아이들이 테리의 비명을 듣자마자 뒤쪽으로 몰려들어 "싸워라! 싸워라! 싸워라!" 하고 부추기고 있었다.

당연하게도 테리는 잔뜩 부아가 치민 듯했다. 빈센트에게 당장 한 방 날릴 태세였지만 코에서 뿜어나오는 피와 눈에 가득 고인 눈물 때문에 마음처럼 주먹을 날리기 힘든 상황이었다. 이비는 기회를 놓치지 않았다.

"가, 가, 빨리 가!" 이비는 빈센트의 손을 덥석 잡고 돌아서서 소리쳤다. "서니!"

서니는 두 번 말해주지 않아도 상황을 파악했다. 무대에서 훌쩍 뛰어내린 그는 시비를 걸었던 학생에게 달려가 그애를 꼭 껴안더니, 이내 이비와 빈센트를 따라 달렸다.

*

"이비……" 빈센트가 입을 열었다.

"말 걸지 마." 이비가 차갑게 대꾸했다.

세 사람은 이비의 아파트로 걸어가는 중이었다. 이비는 빈센트가 서니를 곧장 집으로 데려가고 두 사람 다 거기 있기를 바랐지만. 학교에서 나온 뒤로 이비는 둘 중 누구에게도 눈길을 주지 않았다.

서니는 아직도 이비의 원피스를 입고 있었다. 입고 온 바지와 토사물 묻은 티셔츠는 그냥 버리고 왔다.

"난 사과할 생각 없어." 빈센트가 말했다.

"그럼 오랫동안 서로 대화할 일 없겠네."

"그 자식이 한 말 들었잖아, 이비! 그딴 말은 참아줄 필요 없어!" 빈센트는 아직도 테리가 이비에게 그런 식으로 말한 것 때문에 피가 부글부글 끓었다. 신문사 동료들이 얼마나 역겹게 구는지에 대해 이비가 여태껏 한마디도 안 했다는 것이 믿어지지 않았다. 매일 출근해서 어떤 대우를 참아왔는지 짐작도 못했었다.

"맞아, 참아줄 필요 없어. 그런데 왜 참는지 알아?"

빈센트는 두 손을 허공에 던지며 대꾸했다. "솔직히 모르겠어."

"직장에서 잘리지 않으려고!" 이비가 너무 빨리 홱 돌아서는 바람에 빈센트는 이비에게 부딪혔다. 따라오던 서니는 빈센트의 등에 부딪혔고 그대로 미끄러져 길바닥에 넘어졌다. "저 인간들이 아무리 역겹게 지분거려도, 상사가 아무리 이상하고 소름 끼치게 굴어도 나는 이를 악물고 말을 삼키면서 그냥 내 할일만 해. 왜 그런지 알아, 빈센트? 당신을 사랑하고 당신하고 계속 같이 있고 싶은데 이 일자리를 잃으면 더 나은 데로 갈 기회가 사라질 테니까. 이게 우리가 같이 있을 수 있는 유일한 길이야. 그런데 당신이 그걸 망쳐버렸어. 완전히 엉망으로 만들어버렸다고."

그제야 빈센트는 자신이 얼마나 중대한 잘못을 저질렀는지 깨달았다. 테리와 해리슨이 기사를 내면, 더군다나 빈센트가 훌리건처럼 나온 사진까지 곁들인다면 이비가 〈텔러〉에서 잘리는 건 당연했다. 그 기사에 테리가 얼마나 역겹게 굴었는지에 대해서는 한마디도 실리지 않을 테니까.

"아 빌어먹을." 중얼거리는 빈센트의 얼굴에서 핏기가 싹 가셨다.

"말조심해!" 서니가 잔소리했다.

"닥쳐요, 서니." 이비가 대꾸했다.

"어, 당신은 착한 사람인 줄 알았는데." 서니가 중얼거리면서, 주저앉은 자리 옆에 있는 남의 집 화단에서 꽃을 꺾었다.

"이비, 내가 생각이 짧았어." 빈센트가 서니를 모른 척하고 이렇게 말했다.

"그래, 생각이 짧았지."

"어떻게든 해결할 수 있을 거야." 방법은 몰랐지만 이비가 기회만 준다면 할 수 있는 건 다 해볼 작정이었다.

"난 방법을 모르겠는데, 빈센트. 나는 〈텔러〉에 친구가 없어. 아무도 내 편을 들어주지 않을 거라고." 이비는 무력하고 기운이 쭉 빠진 기분이었다. 한동안 빈센트가 인생의 속도를 높여줬는데 이제 롤러코스터가 고장난 이상, 이비는 피해 상황을 제대로 파악하기 위해 단 하룻밤만이라도 달리는 걸 멈춰야 했다. 나도 어쩌면 이렇게 부주의할 수가 있지? 이비는 생각했다. 행복에 겨운 나머지 정말 중요한 게 무엇인지 잊고 있었다. 빈센트를 가만히 바라보던 이비는 한순간 엄마의 눈으로 그를 봤고, 그러자 그가 골칫덩이로만 보였다. "당신은 서니를 데리고 집에 돌아가는 게 좋겠어."

"나도 이제 집에 돌아가고 싶어." 서니가 빈센트의 오른쪽 다리를 껴안으며 말했지만 빈센트는 이비의 냉정하고 눈물이 글썽이는 눈에 신경이 쏠려 다른 생각을 할 겨를이 없었다. 이비의 눈에 담겨 있던 반짝임이 한층 꺼진 게 보였고, 자기 때문이라는 생각에 빈센트는 마음이 무너지는 것 같았다.

"이비…… 정말 미안해."

"이렇게 돼서 나도 유감이야." 이비의 목소리가 떨렸다.

"어떻게든 방법을 찾을 거야." 빈센트가 단호하게 말했다.

이비의 손을 잡고 그녀를 끌어안고 싶었지만 이비는 다가오지 말라는 신호를 보내고 있었다. 이비는 목이 너무 메어 한마디도 할 수 없었다. 그래서 그냥 고개를 끄덕이고 눈물이 흘러넘치도록 내버려 두었다. 그러나 빈센트는 이비의 뺨이 눈물로 반짝이는 걸 본 순간 어쩔 수 없었다. 그는 한 손을 뻗으며 앞으로 한 발 다가갔고 이비는 뒷걸음질쳐 그에게서 멀어졌다. 그 순간 빈센트의 심장은 두 조각으로 완전히 쪼개졌다.

7월
방문객

살다보면 서로 대화가 간절한 두 사람이 단지 상대방이 나와 이야기하고 싶어하지 않으면 어쩌나 하는 두려움 때문에 대화하지 않는 경우가 있다. 이비와 빈센트는 학교 댄스파티 사건이 있고 나서 팔 일 동안 그런 상황을 겪었다. 이비는 하룻밤 동안 혼자 지내면서 직장에서 잘릴 경우 구체적으로 어떻게 하면 좋을지 고민했고, 월요일 아침이 되자 여지없이, 그리고 형식적 절차도 없이 해고되었다. 그녀가 도달한 유일한 결론은 이 사실을 엄마가 모르게 해야 한다는 것이었다. 그리고 〈텔러〉에서 맡았던 일보다 나은 다른 일을 구해야 했다.

이비가 일러스트레이터를 고용할 의향이 있는 신문사들과 작화가를 구할 법한 애니메이션 스튜디오에 구직 원서를 쓰느라 정신없이 지내는 동안 빈센트는 전화기 옆에 달라붙어 전화가 울리기만을—정확히는 이비가 전화를 걸기만을—기다렸다. 그렇게 하염없이 기다리다가 그는(서니도 함께) 돌아버릴 지경에 이르렀고, 마침내 직접 문제를 해결하기로 결심했다.

*

이비는 또다른 신문사에 찾아가 자신의 운을 시험해보고 집에 돌아온 길이었다. 포트폴리오를 직접 보여주고 싶으니 편집자를 만나게 해달라고 사정했지만 거절당했고, 누군가, 누구라도 그림을 봐주기 전엔 집에 돌아가지 않겠다고 버티다가 건물에서 쫓겨나다시피 했다. 위층 사무실에서 한 여자가 쫓아나와 테리 라크가 지역신문사에 모조리 전화를 돌려 학교 댄스파티에서 있었던 일을 퍼뜨렸다고 알려준 건 바로 그때였다. 테리에게 이비를 블랙리스트에 올릴 영향력은 없었지만, 만취한 뮤지션 친구가 학생들 앞에서 연주하도록 부추기고 그것도 모자라 난폭한 남자친구가 동료의 코를 부러뜨리게 내버려두는 사람과 누가 같이 일하고 싶겠는가?

이비는 외투와 신발도 벗지 않고 초록색 안락의자에 털썩 앉아 두 손으로 머리를 감쌌다. 울컥 솟아난 눈물에 눈이 익숙하게 따끔거렸다. 그렇게 몇 분을 앉아 있었을까, 어디선가 파드닥 날갯짓소리가 들려왔다. 이비는 고개를 들었다. 창문을 통해 발코니 난간에 비둘기 한 마리가 앉아 있는 게 보였다. 오른쪽 날개에 길게 검은색 줄무늬가 하나 있는 것 빼고는 티 없이 새하얀 비둘기였다. 이비는 고민거리는 안락의자에 놔두고 새에게 가까이 다가가 구경하며 시간을 보내고 싶어서, 새가 놀라지 않도록 천천히 발코니 문을 열었다. 이비가 창문을 달칵 여는데도 비둘기는 파드닥거리거나 야단을 떨지 않았다. 오히려 이비를 향해 고개를 주억거리면서 난간을 따라 총총거리며 다가왔다.

"안녕, 꼬마야." 이비가 코를 훌쩍이며 말을 걸었다.

비둘기가 구우우 울면서 이비를 향해 목을 쭉 내밀었다. 이비가 손을 뻗자 비둘기는 기분이 좋은 듯 그녀가 손가락으로 자기를 쓰다듬게 해주었다. 녀석은 고양이가 귀 뒤를 긁어주면 그러듯이 눈을 지그시 감고 또 구구거렸다. "너, 재밌는 애구나?" 이비의 볼이 일주일 넘게 안 썼던 근육을 쓰느라 욱신거렸다. 미소 짓는 게 이런 느낌이었지, 하는 생각이 들었다. 비둘기는 철제 난간 위에서 발을 짤그락거리며 능숙하게 균형을 잡고 몸을 돌리더니 오른쪽 날개를 펼쳤다. 처음 잠깐 동안 이비는 그게 새들이 원래 보이는 행동일 거라고 생각했다. 공원이나 길에서 본 새들은 항상 날개를 푸드덕거리거나 활짝 펴고 있었으니까. 비둘기가 날개를 내리고 고개를 돌려 이비를 쳐다보면서 한 번 꽥 울고 다시 날개를 폈을 때에야 이비는 그 녀석이 뭔가 보여주려 한다는 걸 알아챘다. 그녀는 무릎을 꿇고 앉았고 그제야 녀석이 보여주려는 게 뭔지 알았다. 그냥 검은 줄이라고, 자연적인 새의 무늬라고 생각했던 것이 사실은 잉크였다. 빈센트의 필체로 쓴 잉크.

팔 일간의 당신의 침묵으로 알았어, 내 평생 들어볼 소리 중에
당신 목소리가 가장 아름다운 소리라는 걸.

이비는 문장을 한 번 읽은 다음 날개를 한참 들고 있던 비둘기가 지쳐서 살짝 날개를 내릴 때까지 열두 번은 더 읽었다.

"고마워, 꼬마야."

비둘기는 날개를 접고 다시 그녀를 바라봤고, 이비는 자랑스러운 듯 가슴을 부풀리는 녀석의 부리에 미소가 어리는 것을 틀림없이 본 것 같았다.

"부탁 하나만 해도 될까?" 이비는 이미 머릿속에서 답장을 쓰고 있었다. 비둘기가 그녀의 메시지를 전달하도록 반대쪽 날개와 비행 능력을 빌려줄지 궁금했다. 새하얀 비둘기 녀석은 다시 한번 몸을 돌려 흔쾌히 왼쪽 날개를, 빈 캔버스를 펼쳐 그녀에게 내주었다. 이비는 황급히 집안으로 뛰어들어가 필통에서 펜 하나를 꺼내왔다. 그리고 신이 나서 들썩거리며 이렇게 썼다.

팔 일간의 내 침묵은 팔 일간 서니의 노래만 들어야 했다는 뜻이잖아. 내가 보고 싶은 것도 무리는 아니지.

너무 심각해지지 않는 게 당장은 최선일 것 같았다.

둘이 마지막으로 대화한 순간이, 그녀가 길에서 빈센트에게 고래고래 소리지르다시피 한 일이 떠올랐다. 약간 창피해서 얼굴이 달아올랐지만, 곧 빈센트 때문에 그날 직장을 잃은 게 떠올랐고, 화낼 만했다는 당위감이 되살아났다. 하지만 그렇다고 빈센트를 향한 사랑이 식은 건 아니었고, 그가 보고 싶지 않은 것도 아니었다. 매일 아침 그가 곁에 있기를 기대하며 잠에서 깨어났고 그가 왜 곁에 없는지 기억해낼 때마다 칼로 심장을 찌르는 것 같았다. 당장 수화기를 들고 집에 돌아오라고 말하고 싶은 생각뿐이었지만 그날 그렇게 소리지른 것 때문에, 비록 소리질러 마땅한 일이었음에도, 빈센트가 화가나 있을까봐 두려웠다.

"고마워." 이비는 답장을 다 쓰고 비둘기에게 인사했다.

녀석은 마치 고개를 끄덕이는 것처럼 한 번 머리를 주억거리고 푸드득 날아갔다. 부디 빈센트에게 가는 것이기를 바랐지만, 이비는 비둘기를 통한 개인 메시지 전달 시스템의 신뢰성에 관한 한 전문가가 아니었다. 손가락 끝에 잉크를 얼룩덜룩 묻히고 펜을 쥔 채 발코니에 그대로 무릎을 꿇고 앉아 있는데 누군가가 다급하게 문을 두드려대는 바람에 공상이 깨졌다.

"이비, 안에 있으면 문 좀 열어봐. 빨리 열어. 시간 없으니까."

이비가 아는 목소리였다. 하지만…… 설마? 소리가 문에 가로막혀서 잘못 들은 것일지도 몰랐다.

"이비, 부탁이야."

이번엔 의심의 여지가 없었다.

"짐?"

이비가 달려가 문을 열자 짐 서머가 문 앞의 발깔개에 서 있었다. 평소에 늘 그를 남자 형제처럼 여겨왔는데도 그의 잘생긴 얼굴을 보자 무릎에 살짝 힘이 빠지는 걸 막을 수 없었다. 실제로 존재하기엔 너무 완벽한 남자의 조각상 같았고, 그러다 그가 움직이고 말을 하면 왜 사람들이 남녀 불문하고 허구한 날 그를 보며 침을 흘리는지 이해가 되곤 했다.

짐은 예고도 없이 급하게 들이닥친 상황인데도 이비를 보자 자기도 모르게 미소가 떠올랐고, 그 자리에서 이비를 힘껏 껴안았다.

"들어가도 돼?" 그는 몹시 초조해하면서 재빨리 물었다.

"왜 그렇게 불안해하는 거야?" 이비는 웃으며 말했지만 조금 걱정되기는 했다. 짐이 이렇게 당황한 모습을 보는 건 처음이었다.

"너희 어머니가 이리로 오고 계셔. 조금 전에 이걸 읽으셨거든." 그러면서 짐은 주머니에서 신문 한 부를 꺼냈다. 그냥 신문이 아니었다. 〈텔러〉였다. 그가 신문 5면을 펼쳤고 거기 그 기사가 실려 있었다.

이비는 학교 댄스파티 이후 일부러 신문을 읽지 않고 있었다. 설마 테리가 그 기사를 데스크에 올릴 정도로 잔인하지는 않을 거라고, 그 기사를 실제로 내보낼 일은 더더욱 없을 거라고 생각했지만, 혹시 기사가 났다면 차마 신문에 실린 그것을 볼 자신이 없었다. 그런데 이제 기사를 봤고, 상상했던 것보다 훨씬 심각했다. 빈센트의 성난 얼굴과 꽉 쥔 주먹, 테리의 피투성이 코. 그리고 그 뒤에서 눈이 휘둥그레진 채 빈센트를 향해 팔을 뻗고 있는 이비까지. 무릎 뒤에 안락의자가 닿자 이비는 그대로 털썩 주저앉았다.

"너희 어머니가 화가 많이 나셨어, 이비. 너를 집으로 데려가려고 오시는 중이야."

"여기가 내 집인데." 이비는 호소하듯 짐을 올려다봤다.

짐이 이비 옆에 무릎을 꿇고 앉아 그녀의 팔에 손을 올렸다. "어머니는 그렇게 생각하지 않을걸. 그건 너도 알잖아. 너한테는 이게 새로운 인생의 출발점이었겠지. 하지만 어머니한테는…… 만료일이 있는 애들 장난 같은 모험이었을 뿐이야, 그것도 기간이 만료되기 전에 비극으로 끝나버리기 십상인."

이비는 상처를 받았다. 그러자 어느새 한없이 쪼그라들기 시작했고, 가족이 보는 눈으로 자신을 보았다. 하찮은 꿈을 꾸는 하찮은 계집애. 꿈을 이루겠다고 별 희망도 없는데 기를 쓰는 그녀를 가족들은 비웃고 있었다. 제일 높은 선반에 놓인 쿠키통을 집으려고 손을 뻗는 아기를 보듯이.

"나는 그렇게 생각하지 않는 거 알잖아, 이비." 짐이 아까보다 부드러운 말투로 말했다. "나까지 그런 눈으로 보지 마. 그치만 엘리너 같은 어머니를 두고서 이게 얼마나 오래갈 거라고 생각했어?"

갑자기 현실의 무게가 이비의 마음을 짓눌러 무너뜨렸다. 지금까지 그녀는 낙관적인 태도를 유지하려고, 이 아파트에서 빈센트와 함께하는 삶을 긍정적으로 바라보려고 최선을 다해왔다. 이제 그녀는 그것이 공상에 불과했음을 깨달았고, 방금 전까지 느꼈던 희망도 날아가버렸다. 지난 몇 달간 이비와 빈센트는 그들이 사랑하게 된 삶의 방식이 지속될 수 있을 거라 여기며 살아왔지만 그게 그렇게 쉬운 게 아니라는 사실이 지난 며칠간 분명해졌다. 짐의 말이 맞았다. 엘리너 스노는 애초에 그러도록 허락해줄 생각이 없었다.

"엄마가 여기 도착하려면 얼마나 걸릴 것 같아?" 이비는 심장이 더 쿵쿵거리고 숨이 가빠졌다.

"한 삼십 분 정도? 너희 어머니가 우리 어머니랑 얘기하는 걸 들었어. 듣자마자 어머니가 오실 거라고 말해주러 곧장 달려온 거야."

"너희 어머니랑? 우리 엄마가 왜 너희 어머니랑 얘기를 해?" 공포와 분노가 이비의 뱃속을 단단히 조여왔다.

"너희 어머니는 자꾸 내가…… 우리가……" 짐이 말끝을 흐렸다.

끝내 분노에 찬 눈물이 이비의 볼을 타고 흘러내렸다.

"너희 어머니는 내가 프러포즈하기를 원하셔. 너한테." 짐이 망설인 끝에 말했다. "그리고 네가 승낙하길 원하시고. 우리…… 감정이 어떻든 간에." 짐은 이비를 똑바로 쳐다볼 수가 없었다.

이비와 결혼하는 건 그가 평생 꿈꿔온 일이었다. 하지만 이런 식으로는 아니었다. 짐은 자신의 아내는커녕 여자친구조차 되고 싶어하지 않는 아마도 유일한 여자와 사랑에 빠지고 말았다. 하지만 가만 생각해보면 그가 이비에게 빠진 이유가 바로 그것인지도 몰랐다. 이비는 짐을 잘 알았다. 어릴 적 처음 만난 순간부터 이비는 둘 사이에 가식이 없어야 한다고 못박았다. 시답잖은 가문의 전통을 핑계삼아 본모습을 숨기는 짓은 하지 말자고 했고 서로 비밀을 갖지도 말자고 했다. 그녀는 늘 비밀을 싫어했다. 짐이 뭔가 숨기는 게 있는 것 같으면 이비는 어떻게 해서든 그를 구슬려 털어놓게 만들었고, 그런 뒤에는 자기한테 뭔가를 숨기고 자기를 내쳤다는 이유로 며칠이고 말을 걸지 않았다. 짐이 솔직해지도록 훈련을 시킨 셈이었다. 하지만 짐 또한 이비를 잘 알았다. 이비가 연애 상대에게, 너무 멋있어서 볼 때마다 황홀해하는 것 이상의 뭔가를 원한다는 것을 짐은 알고 있었다. 이비는 진솔한 대화를 원했다. 모험을 원했다. 사랑을 원했다. 짐은 그것을 잘 알았고 바로 그래서 자신이 이미 마음을 송두리째 내준 여자와 결혼하지 않으려는 것이었다.

"나는 도저히……" 이비가 속삭이듯 내뱉었다.

"알아." 짐이 말했다. "그래서 온 거야. 네가 혼자 어머니를 상대하지 않도록." 그러면서 그는 이비의 손을 잡고 살며시 쥐었다.

"고마워." 이비도 잡은 손에 힘을 주었다.

짐은 잠시 망설이다가 말을 이었다. "그건 그렇고……"

아무렴 언제 물어보나 했다, 이비는 속으로 중얼거렸다.

"이름은 빈센트야." 짐이 피할 수 없는 질문을 입 밖에 내기도 전에 이비가 대답했다. 짐은 어리벙벙한 얼굴로 그녀를 쳐다봤다. "직업은 바이올리니스트고. 노래를 진짜 못하는 록 스타 지망생하고 동거하는데 그 집 월세를 마련하느라 지하철에서 버스킹을 해."

"흠." 짐이 작고 슬픈 미소를 띠며 대꾸했다. "너희 어머니를 화나게 할 속셈이라면 이보다 더 좋은 후보가 없겠는데."

이비는 눈물범벅인 얼굴로 웃음을 터뜨렸고 짐도 이런 상황에서 그녀를 웃게 만든 것이 뿌듯해 더 크게 미소 지었다. 빈센트를 진심으로 사랑하느냐고 물어볼 필요도 없었다. 보기만 해도 알 수 있었다. 게다가 이비가 이렇게 오랜 세월 동안 짐이 간직하도록 허락한 유일한 비밀은 이비도 줄곧 알고 있었던 것, 바로 짐이 그녀를 사랑한다는 사실이었다. 두 사람은 그것을 절대 입에 올리지 않았다. 짐이 해줄 수 있는 최소한의 배려는 똑같이 입을 다물어주는 것이었다.

"너는 그 빈센트라는 남자와 함께해야 해." 짐이 덤덤하게 말했다. "그렇게 되도록 나도 할 수 있는 건 다 할게."

이비는 고개를 저었다. 짐은 그녀가 평생 만나본 사람들 중 가장 마음이 따뜻한 사람이었다. 마음 한구석에서는 짐이 그녀를 사랑하는 만큼 그녀도 짐을 사랑하고 싶었지만, 짐은 빈센트가 아니라는 게 문제였다. 단점투성이에 결혼 상대로는 영 부족한 빈센트.

빈센트를 떠올리고 그가 지금 얼마나 멀리 있는지 생각만 해도 몸이 아파왔다.

"다른 문제도 있어. 나, 이 지역 모든 신문사의 구인 블랙리스트에 올랐어. 남의 얼굴에 주먹을 날리는 폭력적인 친구들이랑 어울리는 정신 나간 여자를 누가 고용하고 싶겠어?" 이비는 말하면서도 너무 어이가 없어서 웃음을 터뜨렸지만 짐이 보내는 연민의 표정을 보자 흐느낌이 터져나왔다.

그때 밖의 복도에서 하이힐이 또각거리는 소리가 들렸다. 이비는 자기도 모르게 짐의 손가락을 세게 쥐었다. 주먹 쥔 손마디로 문을 정확히 세 번, 똑같은 간격으로 두드리는 소리에 이비는 소리가 날 때마다 흠칫거렸다.

"내가 문 열게." 짐이 말했다.

"아냐. 내가 할게." 이비는 일어서서 얼굴에서 눈물 자국을 훔치고 원피스 매무시를 정리했다. 문까지의 몇 발이 몇 마일처럼 느껴졌다. 문을 열고 마주한 엄마가 차가운 눈빛으로 마치 이비가 거기 없는 듯 뚫어져라 매섭게 쏘아보자, 그냥 짐이 문을 열게 내버려둘걸 하는 후회가 들었다.

"당장 짐 싸. 집에 갈 거야." 엘리너에게는 그렇게 간단한 일이었지만 이비에게는 평생을 소망해온 모든 것이 끝났음을 뜻했다.

"여기가 내 집이에요." 이비는 발을 구르며 떼쓰는 아이가 된 기분이 들었다. 다른 스물일곱 살들 중에 이렇게 힘겹게 엄마와 싸워 자유를 쟁취해야 하는 사람이 몇이나 될까 싶었다.

"바보 같은 소리 마. 나는 딱 일 년만 준다고 했어, 네가……" 엘리너는 코를 쳐들고 말을 이었다. "전문 분야에서 더 높이 올라갈 시간을. 그런데 넌 더 나은 일자리를 얻지 못했을 뿐 아니라 있던 일자리도 잃었잖아!"

"엄마, 제발요……"

"이딴 건달하고 어울리더니 참 잘됐다." 엘리너는 가져온 〈텔러〉 신문을 들어 보였다. 심지어 빨간색 펜으로 이비의 얼굴에 동그라미를 치고 빈센트의 얼굴은 굵은 선으로 박박 지워버리기까지 했다.

"스노 부인, 말씀중에 죄송하지만……" 짐이 문 쪽으로 오면서 끼어들었지만 엘리너가 차가운 눈길로 쏘아보자 짐도 말을 하다 말고 입을 다물 수밖에 없었다.

"넌 여기서 뭘 하고 있는 거냐?" 엘리너가 물었다.

"이비와 저는 오랜 친구예요, 스노 부인. 아시잖아요. 그냥…… 어떻게 지내나 보러 왔어요."

"내가 도착하기 딱 몇 분 전에 여기 나타나다니, 참 기막힌 우연이구나." 그러면서 엘리너는 이비와 마찬가지로 외투와 신발도 다 그대로인 짐의 옷차림을 아래위로 훑었다. 짐은 등을 꼿꼿하게 폈다. 그 순간 그의 마음속에서 이비는 친구가 아니라 의뢰인이 됐고, 이제 그는 법정에서 쓰는 어조로 말하기 시작했다.

"스노 부인, 실례를 무릅쓰고 말씀드리는데 작년 11월에 부인께서는 이비가 일군 이 생활을 일 년 동안 지속하도록 허락해주겠다고 하셨습니다. 그런데 아직 8월도 안 됐습니다."

"내 말이 그거야. 아직 연말이 되려면 멀었는데 그새 이 사달을 내놓은 걸 봐!" 엘리너가 보란듯이 말했다.

이비는 그들이 바로 옆에 있는 그녀를 없는 사람 취급하며 얘기하는 게 싫었지만 한마디도 할 수 없었다. 자신이 화가 나면 눈물부터 나는 사람이 아니었으면 했다. 화를 내면서 울면 일단 히스테릭한 사람처럼 보였고 논쟁 상대에게 논리적으로 반박하는 것도 더 어려웠으니까. 게다가 그 상대가 엄마일 경우에는 제대로 반박할 확률이 애당초 제로에 가까웠다.

"설마 이비가 해낼 수 있다는 걸 제대로 증명할 기회도 갖기 전에 말씀을 번복하시려는 건 아니죠?"

"내가 생각했던 것보다 더 수치스러운 애라는 걸 이미 증명했잖니."

짐은 충격으로 할말을 잃었다. 세상 어느 엄마가 자기가 낳은 딸에게 이렇게 잔인할 수 있단 말인가?

"진심은 아니겠죠." 이비가 중얼거렸다.

이비는 엄마와 다정한 사이였던 적이 없었다. 이비와 남동생은 유모들 손에 컸고 유년기에 부모님 얼굴을 많이 못 보고 자랐지만, 그래도 이비는 진심을 들여다보면 엄마가 자신을 사랑하고 자신이 잘되기를 바랄 거라고 항상 믿어왔다. 더는 아니었다. 어떻게 그렇게 믿겠는가? 이비가 유일하게 요구한, 그리고 진정으로 원한 단 한 가지를 뺏으려고 하는데.

엘리너는 흔들림 없는 차가운 시선으로, 입술이 거의 안 보일 정도로 입을 꾹 다물고 이비를 노려봤지만 잠깐 다른 표정이 스쳤다. 일말의 불확신. 순간의 의구심. 엘리너 자신이 틀렸을 수도 있다는 희미한 당혹감. 그걸 포착한 이비는 숨을 크게 한 번 들이쉬고 기회를 잡았다.

"같이 안 돌아갈 거예요, 엄마. 나는 사랑하지도 않는 사람하고 결혼할 수 없고, 엄마도 짐한테 그러면 안 돼요. 가문의 전통이 어쩌고 하는 것엔 관심 없고 제가 함께 있고 싶은 남자가 엄마 눈에 안 찬다 해도 신경 안 써요."

"너 설마 이런…… 이런……" 엘리너는 그렇게 하면 적당한 단어가 떠오르기라도 할 것처럼 들고 있던 신문을 휘둘러댔다.

"뭐요? 이런 뭐요?" 이비는 눈물보다 빠르게 분노를 쏟아냈다. "엄연히 **사람**이에요. 좋은 사람이고 나를 행복하게 해줘요. 엄마로서 딸한테 그거 이상 바랄 게 없어야 마땅하죠!"

"뭘 바라고 뭘 바라지 말지 **감히** 나한테 설교하지 마. 너랑 에디한테 뭐가 가장 좋을지는 내가 제일 잘 알아. 그리고……"

"이번에는 아니에요, 엄마." 이비가 끼어들었다. "이번엔 엄마가 틀렸어요. 끝까지 해보기 전에는 집에 돌아가지 않을 거예요."

만약 이비가 엘리너라는 사람을 알지 못했다면, 그녀는 아마도 엘리너의 얼굴에 떠오른 표정을 보고 겁을 먹었을 것이다. 하지만 이비는 엘리너를 잘 알았고 그 표정이 뭘 의미하는지 아는 이상 그냥 겁을 먹은 정도가 아니었다. 겉으로는 반항했지만 속으로는 덜덜 떨고 있었다. 엄마의 표정을 보고 이비는 중간에서 타협하지 않으면 엄마가 머리채를 잡고 자신을 아파트에서 끌어내리라는 것을 알았다. 그게 잘못돼도 한참 잘못된 그림이라는 걸 알았지만 문제는 이비가 아직 엄마에게 인정받기를 바라는 딸, 더 중요한 건 엄마의 사랑에 목마른 딸이라는 것이었다.

"최소한 11월까지는 버텨볼 기회를 달라는 것뿐이에요. 약속한 대로요. 새 일자리를, 〈텔러〉에서보다 더 좋은 자리를 구하면, 이 아파트와 제가 원하는 삶을 유지할 만큼 돈이 되는 일자리를 구하면 엄마도 더이상 제 인생에 간섭하지 마세요. 전 제가 선택한 남자하고 결혼할 거고 엄마는 결혼식에 올 걱정 안 해도 돼요."

엘리너는 이비가 한 말을 곱씹느라 잠시 말이 없었다. 그러다 마침내 동의의 뜻으로 코를 한 번 실룩거렸다. 이비는 심장이 발끝까지 쿵 떨어지는 기분이었다. 나를 위한다면서 더 싸울 생각도 안 하네요, 슬프게도 이런 생각이 들었다.

"이 바보놀음을 계속하겠다면 어디 한번 해봐." 엘리너가 단호한 표정으로 말했다. "하지만 분명히 말해두는데 11월 이후에도 이 짓을 계속하겠다면 나랑 네 아빠와 인연 끊을 각오를 하는 게 좋을 거야. 유산도 한푼 물려받지 못할 거고."

"스노 부인……" 짐이 나섰지만 이비가 막았다.

"알았어요." 이렇게 대답하는데 눈물이 흘러내렸다.

"그리고 에디도 다시는 못 볼 줄 알아."

"안 돼요." 이비가 중얼거렸다. "그럴 수는……"

"설마 네가 걔한테 접근해서 허황된 망상을 주입하도록 내버려둘 줄 알았니?" 엘리너가 가당찮다는 표정으로 말했다. "안 될 말이지. 네가 이런 꼴로 계속 살겠다면 에디한테 누나는 없는 줄 알아라."

이비는 말문이 막혔다. 엘리너는 딸의 침묵을 동의로 받아들였다.

"그래, 실패한 후에는 어쩔 셈이야?"

"실패한 후라고요? 스노 부인, 너무하시는 거 아닙……" 짐이 반발했지만 이비가 한 손을 들어 제지했다.

"만약 잘 안 되면 그때는…… 순순히 집으로 돌아갈게요." 이비가 조용히 말했다. "집안에 더이상 수치가 안 되도록 갇혀서 조용히 지낼게요. 그리고……그리고 엄마가 원하는 상대랑 결혼도 할게요. 딱 한 가지 요구 사항은 짐한테 강요하지 마시라는 거예요. 엄마는 내 엄마잖아요. 짐도 선택할 권리가 있어요. 아니…… 짐의 어머니한테도요."

"이비……" 짐이 속삭였다.

"그렇게 하지." 엘리너는 다시 한번 동의의 표시로 코를 훌쩍하더니 홱 돌아서 나가버렸다.

아파트 문이 닫히자마자 이비는 짐의 품에 안겨 흐느껴 울기 시작했다. 그렇게 짐에게 안겨 있는데 문득 새의 날갯짓소리가 다시 들려왔고, 그러자 바닥에 떨어졌던 심장이 아주 조금 떠올랐다. 이비가 발코니로 달려가보니 꼬마 비둘기가 오른쪽 날개에 적힌 새 메시지를 보란듯이 펼쳐 보이고 있었다.

만나달라고 하면 내가 너무 염치없는 놈일까? 당신이 보고 싶어. 당신 아파트도. 거기는 서니 냄새가 안 나잖아.

"이비? 저거 비둘기야?" 이비를 따라 발코니로 나온 짐이 말했다. 이비는 바닥에 무릎을 꿇고 앉아 비둘기 날개를 손가락으로 조심스럽게 펼쳐 들고 있었다.

"메신저 비둘기야." 이비는 바로 앞에 보이는 메시지와 곧 보낼 답장에만 신경이 쏠려 무심히 대꾸했다.

"이비, 잠깐 나 좀 봐."

마지못해 이비는 눈물로 얼룩진 얼굴을 짐에게 돌렸다. 그의 얼굴은 걱정으로 구겨져 있었다. 그전엔 눈치채지 못했는데, 짐은 여전히 잘생겼지만 나이가 들고 있었다. 거의 이십 년 전 처음 만났을 때의 여덟 살 소년으로 항상 생각해왔건만 이제는 그의 눈가와 입가에 생기기 시작한 주름이 눈에 들어왔다. 짐도 나이들어가고 있었다. 이비처럼.

"새 일자리를 어떻게 구할 셈이야?" 그는 성큼 다가와 그녀를 안고 싶은 걸 참는 듯 어정쩡하게 서 있었다. 얼굴에 잔뜩 잡힌 걱정 주름으로 보건대 아마 이비보다는 자기 자신을 위해 그러고 싶은 것 같았다.

"전혀 모르겠어. 새로 취직하지 못할 것 같아." 이비의 시선이 초점을 잃었고 그녀는 다시금 모든 게 아득하게 느껴졌다.

"그럼 왜 세 달을 더 얻어내겠다고 어머니와 그렇게 힘들게 싸운 거야?"

"빈센트랑 세 달 더 같이 있을 수 있으니까. 도저히 오늘 당장 작별인사를 할 수는 없었어."

눈물이 다 말라버린 이비는 비둘기 쪽으로 다시 몸을 돌리고 이렇게 썼다.

당장 나한테로 와.

짐은 작별인사 삼아 이비를 오래도록 안아주고 돌아갔다. 밖으로 나간 그는 차에 탄 뒤 백미러를 이비의 아파트 발코니가 보이도록 조정했지만 이비는 발코니에 나와 있지 않았다. 얼마 안 있어 빈센트가 도착했다. 이비가 본 어느 때보다 세련되게 차려입은 모습이었다. 검은색 진을 다림질까지 해서 입었고 어떻게든 '미친 과학자'처럼 보이지 않으려고 머리를 손으로 빗어 넘긴 티가 났다. 이비는 울긋불긋한 얼굴을 조금이라도 가라앉히려고 차갑게 적신 수건을 얼굴에 얹고 있었는데, 어차피 빈센트는 눈치채지 못했을 것 같았다. 이비가 문을 열어주자마자, 그는 상단을 찢어 열어본 게 분명한 빳빳한 크림색 종이봉투를 들어 보였다. 구석에 적힌 발신자 주소를 보고 이비는 그것이 음악대학에서 온 것임을 알았다. 그것도 유수의 대학이었다.

"답변을 받은 거야?" 이비가 빈센트에게서 봉투를 낚아채 편지를 꺼내려고 했다.

"두 달 전에," 빈센트가 흥분해서 말했다. 이비는 어리둥절한 표정을 지었다. "오디션 보러 오라고 연락이 왔었어. 떨어지면 당신이 실망할까봐 말하고 싶지 않았어. 말하면 나도 더 초조했을 테고. 근데 어제 이게 왔어. 읽어봐!"

이비는 활짝 웃으며 재빨리 편지를 꺼내 오직 한 단어, **장학금**이라는 말만 찾아 훑었다. 그 단어를 발견한 순간 이비는 울음을 터뜨리며 빈센트를 와락 껴안았다.

"축하해." 이비가 속삭였다.

"보고 싶었어." 빈센트는 손가락 바깥쪽으로 이비의 뺨을 훔치고는 두 사람이 다시 만났으니 이제 모든 게 다 괜찮다는 듯 미소 지었다. 이비는 마음이 뒤틀리듯 아팠다. 조금 전 있었던 일을 도저히 말할 수가 없었다. 그래서 그러는 대신, 그렇게 하면 그들의 미래가 바뀔지도 모른다는 듯, 그에게 키스했다.

*

삶은 다시 흘러가기 시작했다. 빈센트에게 지난 팔 일은 둘이 함께할 무기한의 나날에서 잠깐의 정지에 불과했다. 이비는 이미 모든 게 끝났으며 남은 세 달은 연장된 작별 기간에 불과하다는 걸 빈센트에게 말하지 않기로 결심했다. 그걸 아는 자신은 몹시 괴로웠지만, 빈센트까지 괴롭게 해서 좋을 게 뭐가 있겠나? 하지만 이비는 피할 수 없는 작별에 대비하느라 자기도 모르는 사이에 빈센트와 점점 거리를 두었고 그러자 빈센트는 극도로 혼란스러워했으며 그것 때문에 둘 사이에 싸움이 잦아졌다. 이비는 예전 같으면 빈센트와 시시콜콜 나눴을 일에서 그를 밀어냈고 예전 같으면 쏟아냈을 것들을 마음에 담아두었다. 빈센트는 며칠에 한 번꼴로 이비와 싸우고 자기 집으로 돌아갔고 이튿날 아침 어김없이 이비의 발코니에 꼬마 비둘기가 찾아왔다. 적당한 거리를 유지한 채 이비의 기분이 어떤지 또 이비가 자기를 보고 싶어하는지 살피기 위해서였다. 답은 항상 물론이지였다.

비둘기의 양쪽 날개는 거의 새카맣게 변했고 그래서 녀석은 등 아니면 가슴팍에 메시지를 나르기 시작했다. 하지만 새는 두 날개를 활짝 벌려 그 임무를 반겼다. 꼬마 비둘기는 세상 그 누구보다 두 사람의 사랑이 살아남길 간절히 바랐다. 사랑과 따뜻한 마음으로 가득한 그들의 메시지는 그에게 힘과 삶의 목적을 주었다. 새가 휙 날아가면 그 밑을 지나는 사람들은 뭔지 모를 행복감을 느꼈다. 꼬마는 희망의 횃불이 되었고 이비와 빈센트의 메시지는 그 불꽃이었다. 하지만 꼬마가 그들의 메시지를 아무리 꼼꼼히 읽는다 한들 결코 이비의 생각은 알 수 없었고 그녀가 눈을 감을 때마다 떠오르는 엘리너의 심각한 표정도 볼 수 없었다. 이비는 빈센트와 보낼 수 있는 시간이 한정돼 있음을 알았지만 꼬마는, 가엾은 꼬마는 빈센트만큼이나 사정을 몰랐고, 그래서 이 날개 달린 메신저는 자신이 응원하는 사랑이 시작부터 끝이 정해진 사랑임을 알지 못했다.

6
오거스트

이비는 어느새 아들이 다녔던 대학 캠퍼스의 음대 건물을 올려다보고 있었다. 오래되고 위풍당당한 건물이었고 높다란 시계탑이 잿빛 하늘을 배경으로 위압적으로 솟아 있었다. 얼음처럼 차갑고 매서운 빗줄기가 고개를 들고 하늘을 정면으로 마주한 이비의 얼굴을 사정없이 때렸고, 그래서 이비는 외투의 깃을 목둘레에 바짝 세우고 음대 건물 계단을 후다닥 뛰어올라갔다.

이쪽 세상에서는 어떻게 행동해야 하는지 도무지 감이 안 잡혔다. 이미 벽 하나를 건너온 이상 문이나 벽을 통과하는 건 당연히 허락된 일일 거라 짐작했지만, 이비는 살아 숨쉬던 시절 방에 들어가기 전에 반드시 노크를 하는 사람이었고, 죽었다고 해서 그 원칙을 변경할 이유는 없었다. 리프는 그녀가 이쪽 세계에 영향을 줄 수 없으니 직접 문을 여는 건 불가능할 거라고 했고, 그래서 이비는 잠시 소낙비를 맞으며 기다렸다. 마침내 트릴비*를 쓰고 멋진 회색 스웨이드 조끼를 입고 서류가방을 든 남자가 건물에서 나왔다. 그가 우산을 펴느라 주춤한 사이 이비는 열린 문틈으로 쏙 들어갔고, 남자는 방금 느낀 한기가 지독한 날씨 탓일 거라 여겼다. 하지만 등뒤로 문이 닫히는 순간 끼쳐온 당밀냄새의 출처는 설명할 수 없었다.

안에는 접수데스크가 있고, 눈에 확 띄는 빨간 머리 여자가 데스크 뒤에 앉아 낮은 목소리로 통화하며 전화기 코드를 만지작거리고 있었다. 이비는 이 학교에 아들의 연주회를 보러 딱 한 번 와보았다. 그때 너무 큰 소리로 흐느껴 울어서 앞자리에 앉은 다른 학생 엄마가 뒤돌아서 휴지를 건네줬었다. 울음이 터져나오는 걸 어쩔 수 없었다. 오거스트의 연주가 그 정도로 아름다웠으니까. 오거스트는 거의 이 세상에 나오자마자 음악에 재능을 보였고 이비는 그 재능을 적극적으로 키워주었다. 그녀가 갖지 못했던 기회를 자식들은 반드시 갖게 하겠노라고, 자신들이 원하는 바로 그 일을 할 기회를 누리게 해주겠다고 맹세했다. 성공하건 못하건 자식들이 한 걸음씩 내디딜 때마다 이비는 곁에 있어주었다.

오거스트가 음악을 하고 싶다고 했을 때 이비는 역량이 되는 한 힘껏 밀어주었다. 아이에게 첫 바이올린을 사줬고, 피아노 레슨비를 대줬으며, 거의 매일 저녁 연주를 들려달라고 했다. 오거스트는 학창 시절 내내 밤낮없이 공부한 끝에 마침내 그 지역에서 둘째가는 대학에 장학금을 받고 들어갔다(첫째가는 대학에는 농구팀이 없었는데, 대입 당시 오거스트가 농구에 쏟은 열정은 누구도 못 말

* 챙이 좁은 펠트 중절모.

릴 정도였다). 이어서 오거스트는 클래식 장르의 피아노곡들을 출품해 몇 개의 작곡 경진대회에서 우승했고, 그중 한 대회를 계기로 그의 자작곡 하나가 어느 독립영화의 엔딩 크레디트 장면에 삽입되면서 영화음악 작곡의 길로 들어섰다. 쉰두 살이 된 지금, 학업에 정진하던 시절이 한참 지났는데도 대학측은 오거스트에게 언제든 원하면 옛날에 쓰던 연습실에서 피아노를 연주해도 좋다고 했다. 하지만 오거스트는 조용히 생각할 공간이 필요할 때에만 그곳에 갔다.

이비는 모든 층의 모든 복도를 빼놓지 않고 누비면서 아들의 희끗해지기 시작한 적갈색 머리와 피아노 건반을 날듯이 오르내리는 손가락이 보일까 해서 창문마다 들여다봤다. 마침내 아들을 발견했을 때 그의 손은 가만히 있었고 머리는 흰 건반을 베고 있었다. 오거스트는 조용히 코를 골고 있었다. 눈 밑이 시커먼 걸 보니 요 며칠 사이 그나마 제대로 자는 게 이런 쪽잠인 듯했다.

둘째 딸이 출가한 후 집안의 공허와 적막함 속에서 오거스트와 그의 아내 대프니는 둘 사이에 있던 무언가를 잃어버렸다. 한때 천 개의 태양이 발하는 열기만큼 뜨겁게 타올랐던 열정은 이제 꺼져가는 불씨 정도로 사그라졌고 한때 서로에게 느꼈던 정열의 기억은 마치 두 사람을 약올리는 것 같았다. 오거스트는 아직도 대프니를 세상 그 무엇보다 사랑했다. 그녀만큼 오거스트의 애정을 차지했던 여자는 두 딸 그웬과 위니프리드, 그리고 살아생전의 어머니, 이비뿐이었다. 오거스트는 대프니와의 사랑이 예전 같지 않음을, 뭔가가 사라졌음을 알고 있었다. 하지만 그걸 어떻게 되찾을지는 감조차 잡을 수 없었다. 뭔가가 그의 심장을 가로막고 있는 느낌이었다. 마치 기계의 한 부분이 망가지는 바람에 그전까지 그가 완벽한 의사소통을 위해 사용해왔던 조각들이 모조리 조립라인에서 튕겨져나가 사라진 것 같았다. 오거스트의 내면 어딘가에서 차곡차곡 쌓여가는 줄로만 알았던 멋진 것들이 그 아름다움에 갇힌 채 전부 썩어가고 있었다. 오거스트와 대프니는 싸우는 법이 없었다. 서로 말도 거의 주고받지 않았다. 오거스트가 대화하는 법을 잊은 탓이었다. 그 미칠 것 같은 침묵에 떠밀려 그는 종종 옛 대학 연습실로 달려갔고, 몇 시간 동안 앉아 있다가 건반에 머리를 얹고 잠들곤 했다.

이비는 아들과 소통하려면 바로 이 문, 이 하나의 문만큼은 통과해야 하는지도 모른다고 생각했다. 그녀가 따라 들어갈 수 있게 누군가 이리 와서 문을 열기까지 몇 시간이 걸릴 수도 있었다. 이비는 몇 발짝 물러서서 문을 찬찬히 살펴보았다. 한 지점을 정해놓고 그리로 걸어들어가면 될 것 같았다. 그녀는 숨을 크게 들이쉰 다음 앞으로 성큼성큼 나아갔고, 비록 짧은 거리였지만 머리가 문에 부딪힐 듯싶은 순간 질끈 눈을 감았다. 그러나 부딪히는 대신 마치 온몸이 한순간 문으로 변한 것처럼 차갑고 딱딱해졌고, 다음 순간 다시 말랑말랑한 몸뚱이로 돌아오면서 문 반대쪽에 서 있었다. 연습실 안의 온도가 살짝 떨어지면서 오거스트가 어깨를 뒤척였고 팔뚝 피부에 소름이 돋았다. 이비는 모성애가 동해 그 옆에 쭈그려 앉아 아들을 달랬다. 머리를 쓰다듬어주고 품에 안아주고 싶었지만 그녀가 방에 들어온 것만으로 자다가 뒤척였을 정도인데 만지기까지 하면 어떤 영향을 줄지 알고 싶지 않았다.

"오거스트?"

아들이 어떤 소리를 들을 수 있는지, 반응은 보일는지 이비는 알 수 없었다. 그냥 리프가 해준 말을 믿는 수밖에 없었다. 이 방법이 통할 거라고 믿어야 했다.

“오거스트. 사랑하는 내 아들. 우리가 그렇게 오랜 시간을 함께 했는데, 그토록 오래 너를 기르고 네가 믿음직한 어른으로 성장하는 걸 지켜보면서도 엄마는 너한테 백 퍼센트 솔직하지는 못했던 것 같구나.”

이비의 실체 없는 심장이 미친듯이 뛰었다. 살아 있을 때 이 말을 했더라면 죽을 만큼 힘들었을 텐데, 저세상으로 건너간 지금 그녀는 영혼의 안식을 위해 그동안 기를 쓰고 숨겨왔던 비밀들을 털어놓아야만 했다. 혹시 오거스트가 듣고 있다는 신호를 보이지 않을까 해서 열심히 살폈지만, 그냥 계속 얘기하는 것 말고는 할 수 있는 게 없었다.

“젊었을 때, 너를 낳기 전에 이 엄마는…… 어떤 사람한테 연애쪽지를 보내곤 했단다. 그게 누군지는 별로 중요하지 않은 것 같아. 우리는 내가 꼬마라고 부른 어떤 새의 날개에 메시지를 적어서 주고받았어. 내가 그 새를 처음 봤을 때 녀석은 눈처럼 새하얗고 너무나 아름다웠는데, 실어나를 우리 사랑이 너무 많아서 녀석의 깃털은 얼마 안 가 먹물처럼 새카매졌단다. 그 꼬마가 아직도 이 세상 어딘가를 떠돌고 있다는 소문을 들었어. 아직까지도 내가 옛날에 살던 아파트 발코니에 앉아서 우리 이야기가 마무리되기만을 기다리고 있다고. 그 소문이 사실이라면 꼬마는 수십 년 동안 쉬지 못했다는 얘기가 돼. 항상 준비 태세로 기다리고 있었다는 거잖니.”

이비의 눈이 자책의 눈물로 반짝였다. 빈센트에게 그들의 사이가 끝난 걸 어떻게 말할지, 그가 어떤 반응을 보일지 걱정하는 데 온 마음을 빼겨서 꼬마에게 알리는 것을 까맣게 잊고 말았다. 꼬마는 두 사람의 사랑을 절대적으로 믿었기에 이비와 빈센트가 돌아오기를 하염없이 기다렸고, 기다리는 동안 자기 날개에 실어나르던 사랑을 스쳐가는 모든 사람에게 전파했다. 그러다 지치고 때로는 포기하고 싶었지만, 희망을 버리지 않고 계속해나갔다. 이비는 늘 꼬마를 찾아보고 싶었지만 겁이 나서 차마 과거를 돌아볼 수 없었다. 오거스트에게 그 일을 대신 해달라고 부탁하는 건 평생 숨겨온 비밀들을 드러낸다는 뜻이라는 걸 알았지만, 이제는 놓아보낼 때라는 것 또한 이비는 알았다. 꼬마를 자유롭게 놓아줄 때였다.

"오거스트, 네가 그 꼬마를 찾아야 돼. 마음으로 불러봐. 그리고 그 꼬마가 너를 찾아오면 날개를 씻겨줘. 내가 살아 있을 때 그렇게 부지런히 수행했던 임무에서 해방시켜줘. 그리고 나 대신 말해줘……" 이비가 속삭였다. "고마웠다고."

눈물 한 방울이 흘러 오거스트의 오른 손등에 툭 떨어졌다. 눈물은 한순간 진주처럼 반짝이더니 그의 피부로 스며들었고, 그러자 오거스트가 뒤척였다. 이비는 숨을 죽이고 오거스트가 살며시 눈을 뜨는 걸 지켜봤다. 잠시 오거스트가 그녀를 알아본 것 같은 순간이 있었지만 곧 이비는 누가 심장을 뒤로 확 잡아당기는 느낌이 들었고 도저히 그 힘에 맞서 버틸 기운이 없었다. 눈을 감고 팔다리를 축 늘어뜨리자 그 힘이 그녀를 살며시 들어올려 방에서 데리고 나갔다. 훅 하고 빨아들이는 소리가 나면서 공기가 당밀처럼 끈끈해지는가 싶더니 어느새 이비는 단단한 바닥에 쿵 엉덩방아를 찧었다.

*

이비가 초점 잃은 눈을 뜨자 리프의 걱정어린 얼굴로 보이는 뿌연 형체가 그녀를 내려다보고 있었다.

"어떻게 됐어?"

이비는 성에 낀 유리창으로 내다보는 것 같은 느낌이 사라질 때까지 몇 번 눈을 깜빡였다. "잘된 것 같아요. 확실히는 모르겠어요."

"그럼 찾긴 찾은 거야?" 리프가 이비의 한쪽 팔을 잡고 의자로 데려가 앉혔다.

"네, 찾았어요. 잠들어 있어서 그냥 제가 해야 할 말을 했죠. 그 애가 막 잠에서 깨는데 제 몸이 여기로 끌어당겨지는 걸 느꼈어요. 그런데 그전에 한순간…… 그애가 눈을 떴는데 꼭 저를 본 것 같았어요." 이비는 감정이 격해지는 게 싫어서 괜히 코를 훌쩍였다.

"오 이비. 그 정도면 잘했어. 좀 쉬겠어? 나머지는 내일 찾아가기로 하고? 어차피 우리한테 시간은 충분하니까." 리프는 벌써 문 쪽으로 걸어가고 있었다. 이비가 벽 저편에 가 있는 내내 걱정으로 손을 비틀며 기다린 터라 지칠 대로 지쳐 보였다.

"아뇨, 하는 김에 계속 하고 싶어요. 그런데……"

"뭔데?" 이비를 향해 돌아선 리프의 눈에 염려의 빛이 역력했다. 이 일에 의구심이 들기 시작한 걸까? 이 모든 게 이비가 감당하기에는 너무 힘든 일일까? 옛 기억을 되살리는 게 너무 괴로운가?

"먼저 차 한잔할 생각은 없으세요?"

*

오거스트는 잠에서 깼을 때 누군가 옆에 있는 듯한 느낌이 들었다. 낯익은 얼굴이 자신을 지켜보는 것 같았는데, 눈가를 문질러 잠을 쫓아보내고 다시 보니 주위엔 아무도 없었다. 조금 전에 꾼 이상한 꿈 때문인가보다 생각하면서 관자놀이를 문지르는데 머릿속에 새 한 마리가 날아가는 장면이 떠올랐다. 검은 새였는데 날아가는 순간 깃털에서 잉크로 쓴 글자들이 후두둑 떨어져 바닥에 고이면서 웅덩이를 만들었고 새 본래의 흰색이 드러났다. 나지막하게 귓전을 스치는 목소리가 아직도 들리는 듯했다. 마음으로 불러봐…… 날개를 씻겨줘…… 나 대신 말해줘…… 고마웠다고.

오거스트는 생각을 떨어버리려고 머리를 흔들었지만 그날 밤늦게 집으로 터덜터덜 돌아가는 길에도 그 이미지들은 머릿속을 떠나지 않았다. 아내 대프니에게 굿나이트 키스를—하기 싫어서가 아니라 하는 법을 잊어서—생략하자 그녀의 얼굴에 어렸던 갈망의 표정이 실망으로 바뀌는 것을 목격하는 순간에도 환영은 여전히 그의 의식을 간질였다. 그리고 침대에 누운 대프니 옆에 기어들어갈 때도 그 생각은 톱니바퀴처럼 뇌 속에서 윙윙대고 딸깍거렸다. 오거스트는 몇 분 지나지 않아 다시 침대 밖으로 나왔다. 대프니가 일어나 앉았다.

"어디 가려고, 오거스트?"

"그냥 아래층에. 머리 스위치가 안 꺼져서."

"그 머릿속에서 무슨 일이 일어나는지 나한테 영영 말 안 해줄 참이야?" 창으로 달빛이 훤히 들어오는데도 대프니의 목소리에 담긴 슬픔이 방의 빛을 모조리 빨아들여서 그녀의 얼굴을 볼 수 없었다.

"새 곡을 쓰는 중인데 멜로디 한 소절이 안 풀려서 그래." 오거스트는 새의 날갯짓이 보이는 것 같은 기분을 느끼며 거짓으로 둘러댔다. "좀 자. 금방 돌아올게." 그러고는 대프니의 슬픔이 그에게 닿기 전에 얼른 방에서 나갔다.

은빛 별이 새카만 하늘을 점점이 수놓고 있지는 않았지만 비구름 또한 없었고 그것만으로도 오거스트는 감사했다. 그는 비를 좋아하지 않았지만 정원의 제일 끄트머리에 있는 기묘한 나무는 비만 왔다 하면 기갈난 사람처럼 그 물을 들이켜댔고 철따라 열매를 맺는 대신 폭풍이 한차례 몰아닥치고 나면 으레 열매를 내었다. 오거스트와 여동생은 그 열매 맛이 얼마나 지독한지 어릴 때 일찌감치 알았기에 절대 줍지 않고 땅에 떨어진 그대로 나무뿌리 근처에서 풀과 함께 썩게 내버려두었다.

오거스트는 디카페인 커피가 든 머그잔을 들고 스노가 저택 뒷문에 서서 정원의 그 나무를 내다보았다. 오거스트 가족은 이비가 세상을 뜬 직후, 이제 칠십대 후반이 되어 각별한 보살핌이 필요한 에디 삼촌과 그의 파트너를 돌보기 위해 스노가 저택으로 들어왔다. 이비가 어린 시절을 보낸 집이었고, 오거스트는 이 집이 대프니와의 관계에서 새로운 출발점이 되어주리라 기대했다. 그러나 둘 사이는 더 악화되지는 않았지만 딱히 더 좋아지지도 않았다. 오거스트는 두 사람이 잃은 것을 이 집에서 찾을 수 있지 않을까 했는데, 그들이 찾은 것이라고는 오거스트의 어색한 침묵과 대프니의 갈망어린 슬픔뿐이었다. 그는 자신이 이렇게나 아내를 사랑하는데 도대체 어쩌다 표현하는 법을 잊어버렸는지 자문했다. 순조롭게 달리던 그 열차를 대체 어쩌다 탈선시켰고, 어떻게 해야 도로 궤도에 돌려놓을 수 있는 걸까?

테라스로 나가 정원용 철제 의자에 앉은 그는 플란넬 잠옷바지가 푹 젖기 시작하자 그제야 아까 비가 얼마나 심하게 퍼부었는지 떠올렸다. 그래서 벌떡 일어나다가 그만 머그잔 손잡이가 테이블 가장자리에 걸리고 말았다. 손잡이에서 떨어져나간 머그잔이 바닥에 떨어졌고 오거스트의 맨발 위로 뜨거운 커피가 튀었다. 그는 꽥 소리를 지르면서 발에 쏟은 커피가 식을 때까지 펄쩍펄쩍 뛰었고, 커피가 식자 고인 물은 더는 신경도 쓰지 않고 의자에 주저앉아 울기 시작했다. 고개를 푹 떨어뜨리고 눈물이 테이블 위에 고인 빗물과 섞일 때까지 마음속 응어리를 울음과 함께 쏟아냈다. 심장이 두 개로 깨끗이 쪼개졌고, 그 소리가 공기를 진동시켜 정원 끝에 서 있는 기묘한 나무의 이파리를 흔들었다고, 그는 맹세라도 할 수 있을 것 같았다.

"오거스트?"

대프니의 조심스럽고 쭈뼛거리는 목소리가 들려왔다. 대학 시절 처음 만났을 때 들었던 목소리와는 사뭇 달랐다. 그녀가 바로 옆 연습실에서 하도 쩌렁쩌렁 노래를 해서 오거스트가 조용히 해달라고 말하러 갔었다. 그런데 문을 열어젖히자 생쥐처럼 조그마한 여자가 오거스트가 들어본 대부분의 유명한 가수들보다 노래를 훨씬 크게, 훨씬 더 잘 부르고 있었다. 오거스트는 그 순간 그녀에게 반해버렸다. 결국 그는 피아노 반주를 자처하며 대프니에게 노래를 청했고, 이후 오 주 동안 두 사람은 점심에 틈이 날 때마다 협연을 했다. 그러다 마침내 오거스트는 대프니를 저녁식사 데이트에 초대했다. 그가 아는 대프니는 항상 너무 작고 너무나 우렁찼다.

"당신은 나의 수수께끼 상자야." 오거스트는 이렇게 말하곤 했다.

"당신은 나의 바보 상자야." 대프니는 장난스럽게 대꾸하고 까치발로 서서 그의 뺨에 뽀뽀했다.

그런데 세월이 흐르면서 대프니의 목소리는 잦아들었다. 그녀는 더이상 노래를 부르지 않았고 말을 할 때면 기운 없고 주눅든 목소리만 나왔다. 시끌벅적한 활기도 사그라졌다.

"오 오거스트." 대프니가 달려와 두 팔을 최대한 크게 벌리고 그를 힘껏 안아주었지만 그의 어깨에 두른 양손은 서로 닿지 않았다. "무슨 일이 있었던 거야?" 대프니는 바닥의 포석 위에 박살나 있는 도자기 조각들을 흘깃 보며 물었고, 오거스트는 그저 고개만 저었다.

"우리한테 무슨 일이 일어난 걸까?" 그는 울어서 푹 꺼진 눈으로 그녀를 바라보며 물었다.

대프니는 완전히 어안이 벙벙한 얼굴로 그를 바라봤다. "당신이 그 질문은 영영 안 할 줄 알았는데. 그 얘긴 아예 하고 싶지 않은 줄 알았어. 나는 당신이……" 대프니는 말끝을 흐렸다.

"내가 뭐?" 오거스트는 그녀가 할 거라고 예상되는 그 말을 제발 하지 않길 빌면서 머뭇거렸다.

대프니는 떨리는 숨을 크게 들이쉬었다. "상관도 안 하는 줄 알았어."

오거스트는 다시 한번 그녀의 팔에 안겨 울음을 터뜨렸고, 대프니는 사라지는 그를 애써 붙잡으려는 것처럼 힘껏 껴안았다. 잠시 뒤, 그녀가 그를 부드럽게 흔들었다.

"오거스트." 대프니가 속삭였다. "오거스트, 봐봐."

두 사람 다 자기 귀에 들리는 심장박동 소리가 너무 커서 날갯짓 소리와 테이블을 긁는 발소리를 미처 듣지 못했는데, 눈을 뜬 대프니가 먼저 그것을 발견하고 남편에게 알렸다. 정원 테이블에 까만 새 한 마리가 대담할 정도로 오거스트 가까이 앉아 있었다. 오거스트는 허둥지둥 일어나 집 쪽으로 몇 발짝 물러났고 그러다가 화분 하나를 넘어뜨릴 뻔했지만 새는 그런 그를 달래듯 부드럽게 꾸르르 울었다.

"쉬잇! 삼촌 깨시겠어!" 대프니가 주의를 줬다.

"이럴 수가……" 오거스트가 아직도 눈물이 뚝뚝 흐르는 얼굴로 중얼거렸다. 대프니가 충동적으로 손가락을 새에게 뻗는데 오거스트가 그 손을 낚아채 그녀를 자기 쪽으로 끌어당겼다.

"뭔데? 왜 그래?" 대프니가 물었다.

"저 새 말이야. 오늘 연습실에서 잠들었는데 꿈에 저 새가 나왔어."

오거스트는 뒤늦게 실수를 깨닫고 멋쩍은 표정을 지었지만 대프니는 이미 알고 있었다. 남편이 스트레스가 심할 때마다 모교 연습실을 찾는다는 것을. 접수데스크에 있는 빨간 머리 직원이 종종 파일에 기입된 전화번호, 그러니까 지금 그들이 살고 있는 이비의 집 전화번호로 연락해 남편분이 또 연습실에서 잠들었으니 귀가가 늦을 거라고 알려줬기 때문이었다. 오거스트가 생각한 만큼 큰 비밀이 아니었다.

"이 새가?" 대프니가 미심쩍은 투로 물었다.

"응."

"바로 이 새가?"

오거스트는 고개를 끄덕였고 대프니는 그의 표정을 보고 진심임을 알았다. "그럼 굉장히 특별한 검은 새인가보네."

"검은 새가 아닌 것 같아." 오거스트는 꿈을 다시 떠올려봤다. 꿈속 장면들이 자연스럽게 되살아나게 두자 그 이미지들은 더이상 억눌리지 않는 게 반가운 듯 머릿속으로 쏟아져, 혈관을 타고 세차게 흘렀다.

오거스트가 조심스럽게 새에게 한 발 다가가자 꼬마도 한 발 다가왔다. 둘이 그렇게 한 발짝씩 다가가다보니 결국 꼬마가 테이블 가장자리, 오거스트의 배꼽 높이에서 그를 똑바로 올려다보게 되었다. 오거스트는 시선을 맞추려고 무릎을 꿇고 앉아 새의 정수리를 검지로 살살 쓰다듬었다. 그리고 검지를 내려다봤다. 손가락 끝에 검은색 잉크로 쓴 집이라는 글자가 묻어 있었다. 다시 새를 봤다. 이제 녀석의 정수리에 하얀 부분이 드러나 있었다.

"하, 이것 좀 봐." 오거스트는 뒤꿈치에 체중을 싣고 앉아 대프니에게 이리 와서 좀 보라고 손짓했다. 대프니는 문득 남편에게 유대감을 느끼는 게 참 오랜만이라는 생각이 들었다.

"그거 잉크야?" 완벽하게 식별 가능한 글자를 보고 있는 것이 놀라워서 대프니는 숨을 들이쉬었다. "좀 봐도 될까?" 그녀가 새에게 직접 묻자 녀석은 고개를 끄덕이고는 한쪽 날개의 깃을 쫙 펴 보였다. 대프니가 새끼손가락으로 깃털 하나를 쓸어봤지만 날개는 칠흑처럼 까만 채로 남아 있었다. 그녀가 팔을 뻗어 오거스트의 손을 잡고 그의 검지를 꼬마의 날개에 살며시 댔다. 그들은 누구도 사랑한 적 없어라는 글자를 보았다. 대프니는 미간을 살짝 찌푸리더니 그 슬픈 문장이 거기서 끝나는지 확인하려고 이번에는 오거스트의 새끼손가락을 갖다댔다. 다시 그의 손을 보니 이비 당신을 사랑하는 것만큼이라는 구절이 보였다. 대프니는 웃음을 터뜨리면서 도저히 믿을 수 없다는 듯 고개를 저었다. 오거스트의 눈에 눈물이 더 고였고 그 눈물은 기어이 넘쳐 아까 생긴 눈물 자국을 타고 흘러내렸다.

"당신 어머니? 그 이비를 말하는 거야?" 대프니가 흐느낌을 간신히 억누르고 말했다.

"오늘 꿈에 어머니도 나왔어. 그러니 분명 맞을 거야." 오거스트는 흐느낌을 참으려고 하지도 않았다. "당신 손가락으로는 왜 안 되는 거야?"

"모르겠어? 이 새는 연애편지가 빼곡히 적힌 날아다니는 노트야. 당신 어머니의 비밀 연애편지. 아무나 다 읽을 수 있다면 비밀 편지가 무슨 소용이겠어? 그런데 당신한테는 어머니의 피가 흐르고 그걸 저 꼬맹이가"—새는 자기 얘기라는 것을 아는 듯 고개를 까딱했다—"아는 모양이지."

대프니는 오거스트의 손을 꼭 쥐고 그 구절을 읽고 또 읽었다. 사실은 그의 온기를 조금 더 오래 느끼고 싶은 마음이 컸다.

"우리가 이 녀석 날개를 씻겨줘야 해. 편지를 몇십 년이나 가지고 다녔을 테니까. 이제 얘도 쉴 때가 됐어." 오거스트가 두 손을 오므려 내밀자 꼬마는 행복과 신뢰가 담긴 몸짓으로 그의 손바닥에 폴짝 올라앉았다.

대프니와 오거스트는 함께 그 '검은 새'를 씻겨주었다. 대프니가 따뜻한 물과 수건을 가져왔고 집에 있는 빈 공책 한 권도 찾아꺼내왔다. 오거스트가 잉크를 단어 한 개씩 아주 조심스럽게 떼어냈고 두 사람은 함께 그것을 순서대로 공책에 옮겨 붙였다. 중간에 몇 개를 떨어뜨리기도 했는데, 그 단어들은 부엌 타일 바닥에 흩어져 영영 사라져버렸다. 두 사람은 자정 넘어 새벽까지 부지런히 작업했고, 마침내 꼬마는 깨끗해졌다. 날개가 눈부신 크림화이트색을 되찾았고 깃털도 반들반들 윤이 났다. 다시 비둘기가 된 것이었다. 공책은 편지 형식으로 펼쳐지는 이비와 빈센트의 이야기로 터질 듯 꽉 찼다.

"이걸 이제 어쩔 셈이야?" 대프니가 꼬마를 풀어줄 생각으로 집 밖에 내놓은 뒤 오거스트에게 물었지만 꼬마는 정원 끄트머리에 있는 나무 너머로는 갈 생각이 없는 것 같았다.

오거스트는 테이블에 펼쳐놓은 공책을 뚫어져라 쳐다봤다. 내용을 읽고 싶은 충동과 어머니가 고이 간직해온 비밀을 지켜드려야 한다는 생각이 서로 충돌했다.

"당신 생각은 어떤데?" 한참 만에 그는 불쑥 물었고, 또 한번 대프니는 남편과 대화를 나누는 것이, 더군다나 이렇게 그가 그녀의 의견을 묻는 것은 정말 오랜만이라고 생각했다. 그녀는 펼쳐진 공책을 집어들어 첫 페이지를 펼쳤다. 그러고는 그걸 오거스트의 손에 살며시 올려놓았다.

"오거스트, 내 생각엔 이 공책이 당신 손에 들어온 건 다 이유가 있어. 제발, 우리가 그렇게 힘들여서 발굴해낸 이야기를 읽어보지도 못할 거라고는 말하지 말아줘."

그날 밤 두 사람은 침대로 들어가 이야기를 읽기 시작했다. 그들은 결혼한 지 한참 된 부부였지만 마치 첫 데이트에 나선 십대들처럼 굴었다. 둘의 손이 우연히 스치자 대프니는 얼굴을 붉혔고 오거스트는 그녀를 똑바로 쳐다보지도 못했다. 그들은 처음에는 속으로 읽었지만 이야기에 점점 빠져들면서 서로에게 소리 내어 읽어주었고, 그러자 둘 사이를 차갑게 얼렸던 얼음이 마법처럼 녹는 것 같았다. 마침내 오거스트는 아내에게 팔을 두르고 자기 품으로 바짝 끌어당겼고, 대프니의 슬픔은 비가 증발해 구름이 되듯 날아가 버렸다.

*

이비는 설명할 수 없는 느낌이 가슴을 옥죄자 찻잔을 바닥에 내려놓았다. 가슴속에서 뭔가가 파르르 날개를 떠는 벌새처럼 달그락거리기 시작했고, 이비는 꼭 몸이 떠오를 것 같은 느낌이 들어 책상 의자의 팔걸이를 꽉 붙들었다. 그러다 언제 그랬느냐는 듯 갑자기 멈췄다. 리프가 이비는 모르는 뭔가를 아는 눈빛으로 그녀를 쳐다봤다.

"기분이 어때?" 리프가 물었다.

이비는 숨을 멈추고 마음을 가라앉힌 다음 미소 지었다. "한결 가벼워진 기분이에요."

드디어 첫번째 여정이 끝났다. 그녀의 아들은 언제나 분석적이고 학구적인 딸보다 공감 능력이 뛰어났고, 이비가 비밀을 털어놓을 대상으로 아들이 적합하다고 판단한 것도 그 때문이었다. 오거스트는 또한 초자연적 현상에도 이상하게 관심이 많았다. 물론 어렸을 때 자다가 깨서 웬 그림자를 보고 귀신이랑 괴물이라며 벌벌 떨었을 때는, 꼭 안고 다시 재워주면서 세상에 그런 건 없다고 단단히 일러주었다. 만약 오거스트가 아닌 다른 사람이 자기 정원에서 지저분한 검은 새를 발견했다면 아무리 방금 전에 기묘한 꿈을 꿨다고 해도 당장 새를 쫓아버렸을 것이다. 하지만 오거스트는 아니었다. 그는 세상 모든 일이 이유가 있어서 일어나며 어떤 일들은 필연적으로 그렇게 될 수밖에 없다고 믿었다. 신의 뜻이나 운명 따위를 믿었고, 이비는 그런 아들이 어떻게든 퍼즐 조각을 맞추리라는 걸 알았다.

이제 이비는 오거스트의 상상력 풍부한 성향이 어른이 되어서도 그대로인 걸 다행으로 여겼다. 왜냐하면, 아무리 불가능한 일처럼 보여도 초자연적인 세계는 실제로 존재하며 이비가 바로 그 증인이었기 때문이다.

7
호러스

차를 마시면서 이비는 리프에게 꼬마에 얽힌 이야기를 해주었다. 그렇게 자세히 얘기하자니 이상한 기분이 들었지만, 털어놓는 게 예전만큼 힘들지 않았다. 오거스트도 진실을 알게 되었으니, 이제 그녀는 비밀의 문을 계속 열어둘 작정이었다. 자 이제 다른 문도 열어야지, 이비는 생각했다.

"꼬마가 드디어 쉴 수 있게 됐네. 이제 이비도 쉬도록 해봐야지. 그래, 다음은 누구야?" 리프가 물었다.

이비는 열이 나도록 두 손을 비볐다. 폭풍우가 불어닥친 뒤라 방안이 약간 서늘하고 습했다.

"제 딸이요." 고집스럽게 팔짱을 끼고 뿌루퉁해하는 딸아이의 네 살 때 모습을 떠올리면서 이비는 입을 꾹 다문 채 미소를 지으며 고개를 끄덕였다.

"좋아." 리프가 대꾸했다. "하지만 벽을 또 한번 건너기 전에 먼저 이곳에서는 시간이 저쪽과 다르게 흐른다는 걸 말해둬야겠어. 우리가 여기서 느긋하게 산책하듯 걷고 있다면 반대편에서는 전력 질주의 속도로 달리는 거라고 보면 돼. 그게 바로 인생은 너무나 짧게 느껴지고 죽음은…… 영겁처럼 느껴지는 이유지." 리프가 한숨을 쉬었다.

"여기 얼마나 오래 계셨어요, 리프?" 이비가 물었다.

"오, 몇 년 있었는지 이제 생각도 안 나. 차를 몇 잔 마셨는지는 더더욱." 리프가 넉살 좋게 말했다. "한잔 더 할래?"

이비는 고개를 저었다. "연필 좀 써도 돼요?" 그녀는 신발 뒤축으로 바닥을 굴러 의자를 구석에 있는 책상으로 굴리며 물었다. 책상 서랍을 열어보니 이상한 물건 몇 개가 안에서 굴러다니고 있었다. 단추 세 개, 종이 클립 한 통, 안전핀 한 개—그리고 연필 한 자루. 심이 뾰족하지는 않았지만 심하게 뭉툭하지도 않아서 그럭저럭 쓸 만했다.

"물론이지, 그런데 왜?" 리프가 그의 사무실 뒤쪽 간이 부엌의 싱크대에 머그잔을 갖다놓느라 계단을 오르며 아래를 향해 소리쳤다.

"다음 여행의 열쇠거든요!" 이비가 벽 쪽으로 도로 의자를 굴려오며 외쳤다.

리프가 돌아와보니 이비는 집중하느라 한쪽 입꼬리 밖으로 혀를 빼꼼 내밀고서 회반죽 벽에다 연필로 무언가를 끼적이고 있었다. 손으로 가리고 있어서 뭘 그리는지는 보이지 않았다. 이비의 뒤에 멀찍이 떨어져 선 리프는 호기심에 고개를 쭉 뺐다. 그러다 마침내 이비가 뒤로 물러나자 그녀의 손바닥만한 크기의 만화가 벽에 모습을 드러냈다. 조끼를 입고 외알 안경을 쓴 고양이 그림이었다.

"짜잔!" 이비는 양손을 펼쳐 자신의 대작을 가리켜 보이며 외쳤다.

리프가 껄껄 웃었다. "이분은 저쪽 세계에서 누구실까?" 그는 미간을 구기면서 눈을 가늘게 뜨고 그림을 뜯어봐도 여전히 알아볼 수 없자 더 자세히 보려고 코가 벽에 닿도록 바짝 다가갔다.

"호러스예요. 진짜 고양이였는데, 제 딸이 일곱 살 때 죽었어요. 아이가 너무 힘들어했죠. 펑펑 울다가 호러스가 늘 자던 데서 잠이 들고 좀처럼 거기서 움직이지 않으려고 했어요. 그래서 제가 아이를 달래기 위해 고양이를 그리기 시작했고, 남편이 그림에 어울리는 이야기를 지어냈죠. 어렸을 때 아이는 호러스 이야기를 아주 좋아했고, 우리가 그 이야기를 하도 많이 해서 나중엔 딸아이도 자기 아들에게 호러스 그림을 그려주기 시작했어요. 그러니까 어떤 면에서 호러스는 영영 죽지 않은 셈이죠. 보통 고양이들보다 훨씬 장수했다고요!"

"그럼 이게 딸을 찾는 데 도움이 될 그림이야?"

"그럼요. 호러스는 제가 죽기 전 딸아이와 마지막으로 나눈 이야기 중 하나거든요."

"어쨌거나 정말로 키우던 고양이를 소환해야 했던 거로군!" 리프가 신발 끝으로 분실물 상자를 툭툭 치며 말했다.

"맞아요, 그런데 그렇게 우악스러운 방법으로는 말고요. 이렇게 하는 편이 훨씬 인간적이에요." 이비가 웃으면서 말한 뒤 다시 벽을 돌아봤는데, 어찌된 일인지 그림이 온데간데없었다. 조금 전 그림이 있던 자리를 만지자 벽이 그녀의 손에 반응해 털이 자라나기 시작했다.

진짜 털이었다.

이비의 손가락이 닿은 자리에서부터 바깥쪽으로 벽 전체가 꿈틀거리면서 황갈색 털이 솟아나더니 급기야 벽 가장자리까지 털로 꽉 찼다. 이비는 터져나오는 웃음을 주체하지 못했고, 손에 닿은 그 부드러운 털을 살살 쓰다듬었다. 그러다 에라 모르겠다, 하고 아예 뺨을 갖다대고는 황갈색 벽 안쪽에서 나오는 온기와 갸르릉거리는 부드러운 진동을 실컷 음미했다.

"이비. 나라면 거기서 좀 떨어지겠어."

이비는 뒤를 돌아봤다. 리프는 조금 걱정스러운 얼굴이었지만, 눈이 반짝이는 것으로 보아 실은 재미있어하고 있는 거였다. 이비는 벽을 제대로 살펴보려고 몇 걸음 물러났다. 이제 벽 가운데가 점점 튀어나오더니 까맣고 물렁물렁해졌다. 이어서 돌출된 곳 바로 위에 구멍 두 개가 생기고 곧 커다란 노란색 눈이 그 구멍을 메웠다. 털이 접히고 뭉치면서 형태를 잡아가더니 이내 벽은 거대한 고양이 얼굴로 변했다.

"호러스!" 숨을 헉 들이쉰 이비는 곧 웃음을 터뜨렸다. 호러스는 눈이 휘둥그레지더니 그녀를 알아본 듯 방안의 냄새를 맡았다. 그리고 자기 입술을 핥았는데 혀가 의자에 거의 닿을 뻔했다. "어떻게 이럴 수가!"

"나도 못 믿겠는걸. 장담하는데 이 벽이 이런 걸 뱉은 적은 한 번도 없었어. 이건 정말…… 초유의 사태야." 리프가 수염 난 턱을 쓰다듬으며 거대한 고양이를 훑어봤지만 호러스는 커다란 이빨을 드러내며 씩 웃기만 했다.

"그런데……" 이비가 호러스의 콧잔등을 쓰다듬으며 말했다. "이 거대 고양이가 떡하니 버티고 있는데 어떻게 벽을 통과하죠?"

호러스는 코를 씰룩거려 이비의 손을 내쳤다. 이비가 물러서자 이빨과 까슬까슬한 혀가 다 드러나도록 입을 최대한 크게 벌렸다. 그러자 리프는 아주 크게 웃어젖혔다.

"뭐? 싫어! 절대, 절대 안 해! 거기로 들어가진 않을 거야!" 이비가 거부하자 리프는 더 크게 웃어댔다.

"내 보기엔 달리 선택권이 없는 것 같은데. 벽은 이비가 이런 방식으로 건너가기를 원하고, 거부하면 화낼지도 몰라." 리프는 눈물 한 방울을 훔치고 기운 내라는 듯 이비의 어깨를 한 번 꽉 잡았다 놓았다. 호러스가 못마땅한 표정으로 이비를 내려다봤다.

"알았어, 알았다고." 이비가 씩씩거리며 말했다. 그녀는 내키지 않는 듯 발을 끌며 호러스의 아랫니 쪽으로 다가갔다. "이 방법뿐이라면 뭐…… 별수없겠죠?" 이비는 혹시 이것이 리프의 장난이고 실은 이렇게까지 안 해도 되는 것이기를 바라며 그를 쳐다봤다.

"벽을 통과해서 가든 못 가든 둘 중 하나야!" 리프는 아직도 웃음을 멈추지 못하면서, 어디 쇼를 구경해볼까, 하는 태도로 의자에 앉았다. 이렇게 웃어본 것도 까마득히 오랜만이었다.

이비는 쩍 벌린 입안으로 머리를 들이밀고 소리쳤다. "계세요!" 이비의 목소리가 호러스의 목구멍 안 깊숙이 메아리쳤다. 호러스가 혀를 똘똘 말더니, 지하실 바닥에 레드카펫처럼 펼쳐지도록 아랫니 위로 확 내밀었다.

"이비를 꽤 극진히 여기는 모양이네. 이건 거의 VIP 대접이잖아!" 리프는 웃느라 떨리는 목소리와 일그러지는 얼굴을 주체하지 못했다.

"이제 그만 놀리세요." 이비가 짐짓 엄한 얼굴로 말했다. 그러고는 호러스가 다치지 않게 조심하면서 녀석의 혀 위에 한 발을 디뎠다. 호러스는 이비를 바닥에서 몇 인치 들어올리더니 쩍 벌린 자기 입안으로 천천히 데려갔다. 이비가 중심을 잡고 서서 리프를 향해 고개를 돌렸다. "만약 제가 이 길로 들어가 호러스의…… 반대편 구멍으로 나온다면, 이따 돌아와서 가만두지 않겠어요." 그러더니 이비는 호러스의 이빨 사이를 통과하느라 몸을 숙였고, 곧 호러스가 이비를 태운 채로 천천히 입을 다물자 그녀는 숨을 크게 들이쉰 다음 그대로 숨을 멈췄다.

호러스는 홀린 듯 바라보는 리프에게 윙크한 뒤 눈을 지그시 감았고, 이내 그 커다란 얼굴은 벽에 도로 녹아들었다. 벽은 황갈색에서 크림색으로 돌아왔다. 콘크리트 바닥에 떨어진 털 몇 가닥이 아니라면 아무도 고양이가 왔다 간 줄 모를 정도로 감쪽같았다.

두번째 비밀

구두 상자

10월
짐

제임스 '짐' 서머는 연줄이 든든한 집안에서 태어난 꽤 괜찮은 청년이었다. 부친이 은퇴하면 가업을 이어받을 예정이었고, 양친이 다 돌아가시면 서머가의 재산과 부동산을 전부 물려받게 돼 있었다. 하지만 그날이 오기 전까지는 아버지 제임스 서머와 어머니 제인 서머가 짐의 일거수일투족을 관리했다. 제인은 심지어 매일 아침 아들이 입을 옷을 가지런히 꺼내놓기까지 했다.

짐은 다른 집은 사정이 어떤지 몰라도 스노가와 서머가의 행태가 단단히 잘못됐다는 건 알았다. 결혼 상대를 고르는 기준부터 자식들의 이름을 정하는 방식까지 모든 게 너무 계획적이고 냉혹하리만치 철저했다. 두 집안 다 온기라고는 아주 미미한 불씨조차 찾아볼 수 없었고, 늘 못되게 굴어서 다른 사람들의 기피 대상이 되었다. 두 집안이 입이 쩍 벌어질 정도로 부자가 아니었다면 아마 사회에서 완벽히 고립됐을 거라고 짐은 생각했다. 그가 이 사실을 인지할 수 있었던 유일한 이유는 그가 여덟 살이었을 때 누군가가, 그것도 스노가 사람이, 그런 광기에 눈을 뜨게 해준 덕분이었다. 그 누군가는 바로 이비였다.

이비는 말 그대로 옆집 여자애였지만, 전형적인 부잣집 소녀의 모습과 거리가 있었다. 어렸을 때 이비는 통통하고 뭘 해도 어색해 보이는 아이였다. 안경을 쓰거나 치아교정기를 낀 적도 없고 얼굴도 줄곧 예쁘장했지만 도무지 몸을 제대로 가누지 못했다. 어떤 옷을 입어도 불편해 보였고 어떤 자리에 있어도 안 어울려 보였으며, 뛰기라도 하면, 어쩐지 뛰는 일이 많았는데, 갓 태어난 새끼 기린이 제 다리로 걸으려고 안간힘을 쓰는 모양새 같아 보였다. 이비의 어머니는 딸에게 숙녀답게 구는 법을 가르치려고 갖은 애를 썼지만, 숙녀가 되려면 또래 남자애들은 오히려 격려를 받는 행동을 할 수 없다는 사실에 이비는 분개했다. 동생 에디와 짐은 나가서 뛰어놀고 야단법석을 떨라고 거의 강요받다시피 하는 반면, 이비는 진흙탕을 보이는 대로 다 철벅거리며 힘껏 뛰어다니고 싶어서 몸이 근질거리는데도 얌전히 앉아 지루하게 우아한 척이나 해야 했다. 우아한 게 좋다면야 상관없겠지만 그것은 이비가 원하는 게 아니었다.

자라면서 어색함은 거의 벗어버렸지만 이비의 통통한 몸매는 그대로였고, 이비는 약간 묘하지만 아름다운 여자로 성장했다. 그런데도 스노 가족에게 그녀는 여전히 미운 오리 새끼였다. 그러나 케이크를 좋아하고 차에 설탕을 세 조각 넣어 마시는 여자들 대부분과 달리 이비는 자신의 체형을 있는 그대로 받아들였다. 딸이 표준체중보다 몇 킬로그램 더 나간다는 사실이 엄마에게 괴로움을 준다는 걸 알았기 때문이기도 했지만, 그보다는 이대로도 건강한 건 물론이고 가끔 아파트 엘리베이터가 고장났을 때 계단 여덟 층을 올라가는 것 이상의 운동은 견딜 수 없기 때문이었다. 다행히 리프가 시설을 하도 철저히 관리해서 그런 일은 자주 일어나지 않았지만.

어렸을 때 짐과 이비는 양가에서 두 사람이 성인이 되면 결혼시키기로 이미 정해놓았다는 이유로 등 떠밀려 같이 놀아야 했다. 그런데 두 사람이 **실제로** 성인이 되자 둘의 우정은 갑자기 '부적절한 것'이 되었다. 양가 부모에 따르면 두 사람은 **지나치게** 친했고, 그래서 둘이 함께 보내는 시간은 강제로 줄어들어 주말로 제한되었다. 짐은 영문을 몰라했지만 이비는 눈치를 챘다. 짐이 이비를 사랑하게 됐기 때문이었다. 누가 봐도 분명했다. 양가 부모 중 누구도 사랑이 뭔지, 사랑해서 결혼하는 게 어떤 건지 몰랐다. 두 부부 모두 배우자에게 애정이 눈곱만치도 없었다. 그들은 그렇게 하는 게 현명하고 전략적이며 가장 합리적인 선택이어서 결혼한 것이었다. 짐과 이비도 같은 이유로 짝을 지어주었기에 짐이 결혼 상대로 붙여준 여자와 사랑에 빠지는, 그들로서는 이해가 안 되는 모습을 보이자 양가 부모는 겁을 먹었고 그래서 저지하려고 했다. 하지만 그것이 오히려 짐이 이비를 더 사랑하게 만들었다. 이비도 짐을 사랑하게 됐더라면 다 괜찮았을 것이다. 하지만 이비의 심장은 짐의 심장이 그녀를 목놓아 부르듯이 그를 갈망하지는 않았다. 그랬더라면 좋았겠다고 이비는 때때로 생각했지만 짐은 그녀에게 맞는 상대가 아니었고 둘 다 그걸 잘 알았다.

이비는 짐에게 오해를 사거나 헛된 희망을 심어주지 않기 위해 그와 거리를 두어야 하나 자주 고민했다. 그러나 이비가 짐을 사랑하지는 않아도 두 사람은 마음이 너무 잘 맞았고, 어찌됐건 격식을 차리는 딱딱한 모임에서, 아니면 가족 모임마다, 심지어 별일 없는 주말에도 결국 둘은 붙어 있게 되었다. 짐은 이비의 가장 가까운 친구였다. 어쩌면 유일한 친구였다. 그래서 이비는 짐을 멀리할 수 없었고, 짐도 이비가 그러는 걸 원치 않았다. 그는 감정 표현이 서툴렀지만 그렇다고 상황에 전혀 깜깜한 건 아니었다. 그는 이비가 자신을 사랑할 날이 영원히 안 올지도 모른다는 걸 잘 알았고, 그럼에도 이비와 가까이 있고 어떤 식으로든 그녀의 애정을 얻는 것으로 만족했다. 결코 그가 원하는 애정은 얻을 수 없을지라도.

그런데 지금 짐은 서머가의 저택 응접실에서 불 밝힌 벽난로 옆에 놓인 아버지의 안락의자에 앉아, 손바닥에 조그만 초록색 벨벳 상자를 올려놓고 있었다. 그는 상자를 열고 약혼반지를 꺼내 벽난로 불빛에 비춰 들여다보았다. 화이트골드 밴드 정중앙에 번쩍이는 커다란 에메랄드가 박혀 있고 똑같이 번쩍번쩍 빛나는 더 작은 다이아몬드들이 에메랄드를 둘러싼 채 박혀 있었다. 짐은 한숨을 쉬었다. 완벽한 반지였고 이비가 마음에 들어하리란 것도 알았지만 반지를 건네는 것만으로도 둘 사이의 애정은 증발해버릴 수 있었다. 이비가 청혼을 받아들인다면 그건 선택이 아닌 의무감에서일 테고, 거절한다면 그녀의 부모가 딸과 절연할 것이었다. 짐의 부모 역시 당신들 체면을 깎아내렸다며 그와 연을 끊으려 들 가능성이 높았다. 청혼을 하든 하지 않든, 이비가 승낙하든 하지 않든, 짐과 이비는 행복해질 수 없는 운명이었다. 그랬다. 이 시점에서는 두 사람이 상처를 가장 적게 받는 방법이 무엇이냐를 결정하는 게 관건이었다.

현관문이 닫히는 소리, 그리고 사람들이 재잘거리는 소리가 들려왔다. 짐은 반지 상자를 닫아 바지 주머니에 넣었다. 아까부터 현기증이 나서 난롯불을 끄고 산책을 나갈 요량으로 재킷을 가지러 가는

데, 문 가까이 가자 문밖 현관에서 나누는 대화 소리가 또렷해졌다. 문을 살짝 여니 그의 어머니 제인과 엘리너 스노가 개들을 데리고 산책을 다녀와서 외투와 모자를 벗는 게 보였다. 짐은 남의 대화를 엿듣는 버릇은 없었지만—그건 점잖지 못한 짓이었다—지금 엿듣는 대화는 이비에게 도움이 될지 모른다고 판단했다. 어떻게든 이비를 도와주고 싶었다.

"제인, 자기도 알잖아, 우리 딸이 11월 1일에는 집에 돌아오는 거." 엘리너가 외투 단추를 풀고 코트걸이에 스카프를 걸면서 말했다.

"근데 걔가 **정말로** 새 직장을 잡으면 어떻게 해, 엘리너? 그럼 어쩔 건데? 그러면 짐을 그 천박한 넬리 웨더스비랑 결혼시켜야 된단 말이야!"

그 생각에 짐은 오한이 들었지만 이내 어깨를 펴고 조용히 심호흡을 했다. 이비가 원하는 삶을 살게 해주기 위해 넬리 웨더스비와 결혼해야 한다면, 그렇게 하는 수밖에.

"답답한 소리 하네, 제인. 착각에 빠져 살아보라고 삼 개월 시간을 줬을 뿐, 새 직장을 구하건 못 구하건 약속한 날짜가 되면 집에 돌아오게 할 거야. 멋대로 돌아다니면서 지 인생 망치게 내버려두지는 않을 거라고. 특히 그애가 들인 그 **부랑자**하고는. 하고많은 남자 중에 뮤지션이라니! 멍청한 줄은 알았지만 이 정도일 줄이야! 게다가 요새 에디마저 이상하게 구니, 원. 제 누나한테 옮은 게 아니기를 빌어야지……"

두 여자가 집안 깊숙이 들어가면서 그들의 대화 소리도 희미해졌지만, 짐은 들을 만큼 들었다. 그는 심장이 튀어나올 것 같은 상태로 외투를 집어들 생각도 못한 채 현관문 밖으로 뛰쳐나갔다.

*

아파트 내부는 이비의 작품으로 거의 도배가 되었다. 이비의 스케치북에서 뜯어낸 그림으로 덮이지 않은 부분이 1인치도 없었다. 이비는 앞날에 대한 온갖 걱정을 잠시 잊으려고 펜촉에 혼을 쏟아부어 스케치를 뽑아내고 아티스트를 모집할지 모르는 회사에 그림을 보내고 있었다. 전에 그림을 보냈던 회사에도 혹시나 앞서 보낸 걸 못 받았을 수 있으니 또 보냈다. 빈센트는 소파에 늘어지게 앉아 악보를 폴더에 가지런히 끼워넣고 연습장의 오선지에 음표를 그려넣고 있었다. 이제 꽤 괜찮은 음대의 늦깎이 학생이 된 빈센트는 아주 행복한 시간을 보내고 있었다. 배움의 기회는 그가 어렸을 때, 특히 가장 사랑한 과목에서 누리지 못한 것이었고 그래서 그 기회가 온 지금 빈센트는 그것을 단단히 붙잡고 놓치지 않을 작정이었다. 반면에 이비는 제 깃털을 잡아 뽑는 앵무새처럼 점점 더 초조해했고, 그렇다고 빈센트가 그녀의 마음을 달래기 위해 해줄 수 있는 일도 거의 없었다. 오늘은 그나마 분위기가 좋은 편이었다. 이비는 그림 작업에 빠져들었고 빈센트도 조용히 자기 할일을 하면서 간간이 바이올린을 연주했다. 그러면 이비도 잠시 음악에 심취했다. 하지만 언제나 폭풍이 닥치기 직전이 제일 고요한 법이었다.

짐의 요란한 노크에 아파트 문이 덜컹덜컹 흔들렸다. 빈센트는 이비의 뒤통수를 바라보았다. 그녀가 책상에 앉아 작업을 할 때 머리카락이 얼굴로 흘러내려 그림을 그리는 데 방해가 되지 않도록 착용하는 헤어밴드가 그녀의 곱슬머리를 가까스로 붙잡고 있었다. 그녀가 노크 소리를 못 들은 것 같아서 빈센트가 연습장을 덮고 문을 열었다. 문 앞에 의류 광고 모델처럼 생긴 남자가 서 있었다. 그것도, 이상하게 모델이 옷을 안 걸치고 있는 숏이 많은 광고에 주로 등장하는 타입의 외모였다. 그런 생각을 하자 빈센트는 목덜미가 후끈해졌고, 그래서 얼른 정신을 차리고 혼이 나가도록 잘생긴 이 인간이 자신의 여자친구 아파트 현관 앞에서 무얼 하고 있는 건지 알아보기로 했다.

"어, 안녕하세요. 혹시……?" 찾아온 남자가 약간 당황하며 물었다. 짐은 이비가 아직 빈센트와 사귀는 건 알았지만 자신이 빈센트를 만나면 어떤 기분일지 한 번도 상상해본 적이 없었다. 그리고 빈센트가 이렇게 키가 큰 줄도 몰랐다. 이비가 짐의 목소리를 듣고 달려나왔다.

"뭐 도와드릴 일이라도 있나요?" 빈센트가 호쾌하게 물었다.

"짐? 무슨 일이야?" 위급한 일이 아니라면 짐이 집까지 찾아오지 않았으리란 걸 이비는 잘 알았다. 짐은 이비가 원치는 않으나 아직 선택지에서 제외되지 않은 삶의 일부였다. 그러니 이비가 일자리를 구하고 사랑하는 남자와 같이 살 능력이 있음을 증명해 보이기 전까지 짐은 그 삶에 끼어들지 않을 작정이었다. 하지만 그건 이비가 증명을 해내건 말건 엘리너는 애초에 딸이 이렇게 살도록 내버려둘 마음이 없었다는 걸 알아내기 전의 일이었다.

"들어가도 돼?" 짐은 꼭 엘리너가 횃불과 쇠스랑을 들고 쫓아와 복도 저 끝에 다다랐을 것만 같아서 그쪽을 바라보며 물었다.

"물론이지. 짐, 이쪽은……"

"빈센트 맞죠? 만나서 정말 반가워요." 두 남자는 악수했다.

빈센트가 이비의 어깨보다 약간 앞쪽에 자기 어깨를 겹치고 그녀를 보호하듯 바짝 붙어 섰다. 짐은 빈센트의 눈썹에 담긴 근심과 따뜻한 눈빛을 보고 그가 진심으로 이비를 사랑한다는 걸 알았고, 그녀가 보살핌이 필요한 사람이 아닌 건 알지만 적어도 든든한 사람이 그녀 곁에 있다는 걸 아는 것만으로 안심이 됐다.

"빈센트, 이쪽은 짐이야." 이비는 짐이 자신에게 어떤 존재인지 정확히 설명할 말을 찾느라 잠시 머뭇거렸다. 지난 세월 동안 자신에게 해준 역할을 다 아우르고 앞으로 빈센트 대신 할지도 모르는 역할까지 포괄할 말을. 너무 긴 침묵 끝에 이비는 "나랑 제일 친한 친구야"라는 표현으로 타협을 보았고, 짐은 그 소개가 썩 마음에 들었다.

빈센트는 긴장이 조금 풀렸지만 왜 여태껏 이비가 짐이라는 친구에 대해 제대로 얘기한 적이 없었을까 궁금해서 그녀를 흘끔거렸다.

"이비, 할 얘기가 있어. 우리 어머니랑 너희 어머니가 얘기하시는 걸 들었어."

"엿듣는 버릇 아직도 못 버렸구나, 짐." 농담처럼 한마디 던진다는 게, 뱃속이 공포로 뒤틀리는 바람에 질책하는 투로 말이 나와버렸다.

"내 과민성 귀가 아니었으면 이렇게 와서 경고해주지도 못했을 거야."

"경고라고?"

짐이 불편한 기색을 비쳤다. 그는 은근하게 빈센트를 눈짓으로 가리켰다.

"빈센트, 우리 차 좀 줄래?" 이비가 눈치를 채고 이렇게 말했다. "우리는 발코니에 나가 있을게."

빈센트는 기분이 나쁘지 않았다. 이비가 숨기는 게 있다는 건 한참 전부터 알았고, 그리스 조각상처럼 생겼다는 걸 이비가 깜빡하고 말해주지 않은 이 어릴 적 친구가 갑자기 등장해 조금 긴장했을 뿐이었다. 그래도 이비가 자신에게 다 털어놨으면 싶었다. 숨기는 게 무엇이건 함께 해결해나가면 될 것 아닌가.

빈센트가 시야에서 사라지자 이비는 짐의 팔을 잡고 그를 발코니로 이끌었다.

"무슨 일인데?"

"이비…… 나도 이런 소식 전하고 싶지 않은데," 짐의 손이 떨렸다. "너희 어머니가 우리 어머니한테 말씀하시는 걸 들었어. 네가 〈텔러〉보다 더 나은 직장을 구해도 어쨌든 너를 집으로 데려가서 더는 이렇게 살지 못하게 할 작정이셨대." 이렇게 말하면서 짐은 몸짓으로 집안을, 그리고 부엌에 있는 빈센트를 가리켰다. 이비는 발코니 바닥에 토할 것 같은 기분이 되었다.

"그럴 리가. 아냐, 엄마가 약속했어……"

"네 어머니가 얼마나 냉혹해질 수 있는지 우리 둘 다 예상 못했던 것 같다."

"그렇게까지 하시진 않을 거야." 이비는 숨도 제대로 못 쉴 지경이었다.

"어머니에게 맞서면 너는 모든 걸 잃을 거야. 부모님도 다시는 못 보게 될 거고. 물론 따져보면 그건 그렇게 큰 손실이 아니지만…… 에디 역시 잃게 될 거야. 네가 새 직장을 구하든 못 구하든. 만약 구한다 해도 똑같이 모든 걸 잃을 거야. 그리고, 이건 나머지만큼 중요한 사항은 아니지만, 네 어머니는 나까지 너를 쉽게 못 만나게 하실 거야."

이비는 눈을 크게 뜨고 숨을 몰아쉬며 짐을 쳐다봤다. 앞으로 짐을 못 보게 된다는 건 구명줄을 빼앗기는 것이나 다름없었다. 살면서 어떤 일이 벌어지건 짐은 변함없이 곁에 있었고, 이비는 상황이 나쁠 때뿐 아니라 잘 풀릴 때도 늘 그를 찾았다.

"나 좀 봐, 이비." 짐은 시선을 맞추려고 몸을 약간 낮췄다. "집에 돌아가지 않기로 결심하면 물론 그 모든 걸 잃게 되겠지. 하지만 그럼에도 불구하고 이 상황을 해결할 수 있는 유일한 사람이 있다면 그건 바로 너야."

이비는 고개를 저었지만 눈물은 나지 않았다. 빈센트가 안 보고 있는 것 같을 때 울 만큼 다 울었기 때문이었다. 하지만 빈센트는 늘 알았다. 이비의 눈이 워낙 커서 빈센트가 사랑에 빠졌던 그 눈망울 속 행복이, 바라건대 일시적으로, 사라지고 슬픔이 그 자리를 차지했다는 걸 그가 못 알아챌 리 없었다. 빈센트는 아무도 마실 생각이 없는 차 우려내기를 포기하고 발코니 문간으로 갔다.

"이비?" 발코니에서 몸을 떨고 있는 이비를 본 빈센트는 뭔가 단단히 잘못되었다는 것을 알았지만, 그런 상황에서도 그녀는 여전히 강인해 보였다. 아직도 싸울 힘이 남아 있었다. "무슨 일인지 말해줘."

짐은 내키지 않지만 자리를 피해줄 때가 됐음을 알았다. 그는 몸을 일으켰다. "그럼 나머지는 너에게 맡기고 가볼게. 만나서 정말로 반가웠어요, 빈센트." 빈센트는 그 말이 진심이라는 걸 알 수 있었지만, 거의 딴사람처럼 기운이 빠진 이비를 돌아보고 과연 자신이 정말 그녀를 행복하게 해줬는지 의구심이 들었다.

짐이 이비를 돌아봤다. "내가 한 말 생각해볼 거지?" 그는 그렇게 묻고는 아파트를 떠났다.

짐이 간 뒤 이비는 빈센트에게 가 그의 품에 안겼다. 그를 절망 속으로 밀어넣기 전에 아주 잠깐이라도 사랑하는 사람에게 안겨 있고 싶었다.

*

이비는 마실 차를 만든 다음 빈센트를 앉혀놓고 전부 털어놓았다. 엄마가 이 집에 찾아왔던 것, 엄마가 11월까지는 더 나은 직장을 찾을 시간을 주겠다고 약속했던 것까지 다 이야기했다. 여태 아무도 그녀의 지원서와 포트폴리오를 보고 연락하지 않은 것도 다시 언급하면서, 남은 시간 동안에도 연락이 오지 않을 것 같다고 말했다. 그리고 이어서, 그런 건 차치하고 어차피 엄마는 처음부터 이비가 일자리를 구하건 못 구하건 약속을 지킬 생각이 없었다고 말했다. 엘리너는 카드로 만든 두 사람의 집을 와르르 무너뜨릴 치명적인 강풍이 될 거라고.

"설마 그렇게 하실 거라고 정말 믿는 건 아니지?" 빈센트가 약간 격앙된 어조로 말했다.

"그러고도 남을 사람이야. 당신도 만나보면 알 거야. 이 얘기는 전에도 조금 했었잖아."

"그건 알지만 난 한 번도…… 이건 말도 안 돼!" 빈센트의 언성이 높아졌다. "당신은 스물일곱 살이나 먹은 성인이잖아!"

"나도 알아, 빈센트. 하지만 우리집은 전통을 중시하는 집안이야. 정략결혼을 하고, 인생의 즐거움보다는 실리를 우선시하지. 우리 가문에서 개인의 선택은 항상 제한적인 권리였고, 나도 그 전통을 따르지 않으면 모든 걸 잃을 거야." 이비는 망망대해에 떠 있는 한 조각의 나무토막을 붙들듯 찻잔을 꽉 잡았다.

"그게 얼마나 괴상한 일인지 모르겠어?" 빈센트는 벌떡 일어나 양탄자 위에 앉은 이비의 주위를 서성대고 있었다. 그는 두 손으로 자신의 새카만 머리칼을 몇 번이고 쓸어넘겼다.

"당연히 알지. 나보다 더 잘 아는 사람은 없을 거야. 하지만 안다고 달라지는 건 없어."

빈센트는 서성대기를 멈추고 망연자실한 표정으로 이비를 바라봤다. 다음 순간 빈센트는 마치 뇌 안에서 폭죽이 터지듯 눈꺼풀 뒤에서 섬광이 번쩍하는 느낌이 들었다.

"우리 도망가자." 빈센트가 말했다.

"오 빈센트. 농담할 때가 아니야." 이비는 그의 제안을 쫓아버리려는 듯 손을 휘둘렀지만 심장은 그의 말을 똑똑히 들었고 그것을 꽉 붙들었다.

"진지하게 하는 소리야. 왜 안 되는데? 못할 거 뭐 있어?" 빈센트는 이비의 옆에 무릎을 꿇고 앉아 그녀의 어깨를 움켜쥐었다.

"우선 당신 학교부터 문제지. 장학금 주면서 오라는 데 찾기까지 얼마나 오래 걸렸는데. 그렇게 어렵게 얻은 걸 내팽개치게 할 순 없어."

"난 얼마든지 그럴 수 있어, 이비. 더 중요한 건 우리야. 같이 다른 데로 가자. 어딘가 새로운 곳, 당신 어머니가 못 찾아낼 곳으로. 학교는 거기 가서 다시 알아보면 돼. 아니면…… 아니면 편입이 가능한지 알아보든가!" 빈센트는 둘이 함께할 수만 있다면 뭐라도 붙잡으려는 심정이었다.

"정말 그렇게까지 할 거야?" 이비가 그의 뺨을 쓰다듬으며 물었다.

"이비, 당신을 위해서라면," 빈센트도 따라서 이비의 뺨을 엄지로 쓰다듬었고, 이비는 피로가 엄습하는 기분이 들었다. "뭐든 할 거야."

10월 30일
에디

9월 중순이 되자 핼러윈이 세상을 점령했다. 창문에 해골 모양 장식을 달아놓은 집이 자주 눈에 띄었고 다들 주황색 아니면 검은색으로 꾸미고 다니는 듯했으며 어디를 가든 호박냄새가 났다. 이비는 두 가지 이유로 핼러윈을 좋아했다. 어렸을 때 한 번도 핼러윈 분장하는 걸 허락받지 못한데다 아빠가 짐과 동생 에디는 '사탕 안 주면 장난 칠 거예요'* 놀이에 데려가면서 이비는 데려가지 않았던 터라, 핼러윈은 이를테면 금단의 열매 같은 것이 되어버렸다. 함께 즐길 수 없다는 이유만으로 이비에게는 모든 것이 실제보다 훨씬 탐나고 재미나 보였다. 이제 어른이 된 그녀는 놀이에 참여하기엔 너무 나이가 많다고 느꼈지만, 사람들이 한껏 즐기는 모습을 구경하는 것만으로도 무척 즐거웠다. 핼러윈을 그렇게 좋아하는 다른 이유는 엘리너 스

---

* 핼러윈에 어린아이들이 집집마다 돌아다니면서 하는 말.

노가 연중 가장 으스스한 날에 딸을 낳았기 때문이었다. 그런데 스노가에서는 생일을 잘 챙기지 않았고, 핼러윈이 된 걸 보고 날짜를 떠올리지 않았다면 이비는 자기 생일이 지나는 줄도 몰랐을 것이다. 올해는 하도 일찌감치 축제 분위기가 시작돼서, 이비는 막상 자기 생일날이 되면 사람들이 핼러윈을 실컷 즐기고 시들해졌을까봐 걱정했지만, 그날이 코앞에 다가오자 흥분감은 오히려 더욱 고조되었다. 신중하게 조준해 던진 달걀 몇 개가 이비네 발코니에 날아와 부딪혔고, 그녀가 요령껏 피한 두루마리 화장지 폭탄들은 이제 2층에서 5층까지 발코니를 장식하고 있었다. 핼러윈 전야에는 언제나 세상이 한결 더 공격적으로 변하는 듯했으나 특히 이비에게는 모든 게 상상 이상으로 으스스해질 운명이 기다리고 있었다.

30일 새벽 세시, 전화벨이 울렸다. 고요한 집안에 그 소리가 너무 요란하게 울리는 바람에 이비는 대번에 잠이 깨 침대에서 벌떡 일어나 앉았다. 빈센트는 전날 밤 또 한차례 그녀와 싸운 후 집에 돌아가 있었다. 이비가 마침내 둘이서 도망가자는 데 동의했다가—아무리 봐도 그게 유일한 희망 같았다—에디와 짐, 바이얼릿 그리고 빈센트의 장학금 생각에 죄책감이 밀려와 다시 마음을 바꾼 탓이었다. 처음 있는 일은 아니었고, 매번 빈센트가 그녀의 마음을 되돌리려고 애쓰다가 싸움이 시작되곤 했다.

허둥지둥 침대에서 나오던 이비는 그 요란한 소리가 경보음이 아니라 그냥 전화벨이라는 걸 깨달았지만, 수화기를 들면서도 심장이 계속해서 벌렁거렸다.

"여보세요?" 잠에 취해 꽉 잠긴 목소리가 나왔다.

"이비? 이비 맞지?" 떨리는 목소리가 물었다.

"어, 그런데요. 이비 스노입니다만. 누구시죠? 전화하기엔 너무너무 이른 시간이잖아요." 이비는 눈을 제대로 못 뜨게 만드는 깔끄러운 잠을 손으로 문질러 닦았다.

"이비, 나 에디야."

그 말에 숨이 턱 걸렸다. "에디? 무슨 일이야? 왜 지금……" 이비는 부엌 벽시계를 확인하려고 몇 발짝 뒷걸음질쳤다. "새벽 세시에 전화를 건 거야?"

"누나 아파트가 82호 맞아?" 에디가 물었다.

"맞는데…… 왜?"

갑자기 현관에서 노크 소리가 났다. 이비는 망설임 없이 수화기를 내려 전화를 끊고 현관문을 열었다. 거기에 남동생 에디가 쫄딱 젖은 남색 레인코트의 후드를 푹 내려쓰고 핸드폰을 볼에 딱 붙인 채 서 있었다. 에디는 이제 스무 살이었지만, 항상 누나의 마음일 수밖에 없는 이비의 눈에는 그저 보호해주고 돌봐줘야 할 어린아이처럼 보였다. 에디는 축 늘어져 얼굴을 가린 회색빛 금발 머리칼 사이로 이비를 올려다봤다.

"아 정말 다행이다." 에디는 자기가 흠뻑 젖었다는 걸 깜빡한 채 코끼리가 달려드는 기세로, 이비가 뱃속의 숨을 훅 뱉어낼 만큼 그녀를 힘껏 안았다. 동생이 눈물겹도록 반갑지 않았다면 그애를 나무랐겠지만, 대신 그녀는 부랴부랴 수건을 갖다주고 젖은 신발과 외투는 욕조에 걸쳐놓은 뒤 동생을 소파에 앉히고 차를 끓여주었다.

"너무 늦은 시간에 들이닥쳐서 미안해. 아무도 모르게 빠져나올 수 있는 시간이 지금뿐이라 어쩔 수 없었어. 엄마가 절대 누나를 만나지 말라고 엄명을 내렸거든." 에디는 뾰족한 코를 훌쩍거렸다. 키가 크고 마르고 여기저기 뼈마디가 불거진 에디는 생김새가 엄마와 닮은 데가 많았다. 둥글둥글한 이비는 아버지를 더 닮은 편이었다.

"그래야 우리 엄마지." 이비는 고개를 저었다. "무슨 일 생겼어?" 에디는 머그잔 속 차를 음울한 얼굴로 내려다봤다. "아무 일도 없는데 네가 엘리너 스노의 분노를 무릅쓰고 이럴 리 없잖아." 이비가 동생의 팔을 쓰다듬으며 말했다. 비를 맞고 온 에디는 안 그래도 아직 몸이 차가웠는데 이비의 손길에 흠칫 긴장하기까지 했다. 스노가 사람들은 애정 표현을 거의 하지 않았기에 가족끼리 포옹을 하거나 뺨에 입을 맞추는 건 생소한 일이었다. 그런 말도 안 되는 태도를 진즉에 버린 이비는 이제 살을 맞대는 애정 표현이 익숙했지만 에디에게는 여전히 부자연스러운 일이었다.

에디는 한숨을 푹 쉬면서 이비의 눈을 피했다. "어제 아일라가 해고됐어."

"뭐라고?" 이비는 동생 팔에서 손을 거둬 입을 가렸다. "왜? 아일라만큼 일 잘하는 사람이 어디 있다고!"

"뒷문에서 누구랑…… 키스를 하다가 걸렸어. 나가서 한잔하고 들어오는 길이었대."

이비는 자신이 열여섯 살이었을 때 서른 살이던 아일라가 모험 같은 외출에 그녀를 한 번 데려가줬던 일을 떠올렸다. 아일라가 남자만이 아니라 여자들과도 키스하는 걸 목격한 밤이었다. 이비가 사랑에 대한 소중한 교훈을 얻은 밤이기도 했다. 그날 아일라가 다른 여자와 몸을 밀착한 채 춤추는 걸 보면서 이비는 이상하다고 느꼈지만, 어쩌면 자신이 물리적 애정 표현을 못 받고 자라 그런 건지도 모른다고 생각했다. 그러다 아일라가 그 낯선 여자에게 몸을 숙이고 키스하는 걸 보고서는 성큼성큼 걸어가 아일라를 밖으로 끌어낸 뒤 뭐하는 짓이냐고 다그쳐 물었다. 열여섯 살 이비는 연애에 대해 아주 제한적인 관념을 가지고 있었다. 부모님은 **오직** 남자와 여자 사이에서만 사랑이 가능하다고 가르쳤다. 조금이라도 거기에서 벗어난 관계는 전부 잘못된 거라고 했다. 자연을 거스르는 것. **불온한** 것이라고. 그래서 평소에 우러러보던 아일라가 자신이 보기에 잘못된 짓을 저지르자 이비는 그 이유를 알아야겠다고 생각했다. 아일라가 자신을 크게 실망시킨 기분이었다.

"이비, 오 이비. 네 어머니가 말도 안 되는 생각들로 세뇌시켰구나." 아일라는 고개를 저었고, 그녀의 윤기 흐르는 머리카락이 긴 얼굴선을 따라 찰랑거렸다. 눈썹은 정갈하게 아름다웠고 짙은 색 눈은 상대방의 영혼까지 꿰뚫어볼 듯했다. 하지만 허리에 양손을 짚고 서 있는 아일라는 아이를 꾸짖는 엄마 같았다.

"그게 무슨 뜻이에요?" 이비가 당황해서 팔짱을 끼며 물었다.

"정말로 남자만 여자를 사랑할 수 있고 여자만 남자를 사랑할 수 있다고 믿니?"

"그럼…… 그게 아니면 어떤 방식이 있는데요?" 어느새 화가 가라앉은 이비는 이제 호기심이 동했다.

"쉽게 설명해줄게. 나는 이 문제를 이렇게 생각해. 예를 들어 네가 초콜릿 바를 먹을 때 말이야……" 잠자코 듣던 이비가 한쪽 눈썹을 치켜세웠다. "그런 표정 짓지 마. 끝까지 들어봐. 네가 초콜릿 바를 먹을 때, 물론 포장지가 예쁜 것들도 있겠지, 화려한 색깔에 디자인도 아기자기하고…… 하지만 결국에는 무엇이 더 중요하지? 포장지? 아니면 포장지 **안에** 있는 것?"

"초콜릿이요." 자기 주관과 입맛이 확실한 이비가 망설임 없이 대답했다. "포장지 안에 든 초콜릿이 더 중요해요."

"바로 그거야!" 아일라가 고개를 끄덕이며 말했다. "나한테는 사람도 마찬가지야. 겉은 나한테 중요하지 않아. 그 안의 내용물이 중요해. 그 사람의 생각. 그 사람의 마음과 정신. 여자인지 남자인지도 상관없어. 그건 그냥 껍질일 뿐이야. 나한테는 그 안의 초콜릿이 더 중요해. 이런 걸 범성애라고 하지." 아일라는 자신이 방금 한 말이 이비의 사고방식을 영영 바꿔놓은 줄도 모른 채 그저 이런 이야기를 하는 즐거움에 취해 어깨를 으쓱거리며 두 손을 허공에 던졌다.

"잠깐만요." 이비는 다시 안으로 들어가려는 아일라의 어깨에 손을 얹었다. "그 여자한테 키스하기 전에 대화도 별로 안 하던데요. 그 여자의…… 초콜릿이…… 마음에 든다는 걸 껍질에 키스하기 전에 어떻게 알았어요?"

"우리 여기서 만난 지 꽤 됐어." 아일라는 그러면서 웃음을 터뜨렸다. 호탕하고 행복에 찬 웃음이었다. "나는 그녀의 화려한 색깔하고…… 아기자기한 디자인이 너무 좋아!" 그러더니 아일라는 찡긋 윙크를 하고 이비에게 고민해볼 거리를 잔뜩 안겨준 채 들어가버렸다.

이제 자신의 아파트에서 그날 밤을 회상하며, 이비는 아일라가 왜 잘렸는지 퍼뜩 깨달았다.

"여자랑 키스하다가 걸렸구나, 맞지?" 이비가 물었다.

에디는 고개를 끄덕였다. "어떻게 알았어?" 에디의 가느다란 눈썹이 구겨졌다.

"내가 아일라랑 오랫동안 친하게 지냈잖아. 십대 때 아일라한테 고민을 많이 털어놨었고 아일라도 나한테 이것저것 많이 얘기해줬어. 우리는 서로의 비밀을 지켜주는 사이야. 엄마라면 아일라가 자신이 생각하는 여성상에서 철저히 벗어난 사람이라는 걸 알게 되는 즉시 그녀를 쫓아낼 거라고 예상했었지." 이비는 아침에 아일라에게 연락해봐야겠다고 머릿속에 새겨놓았다.

"엄마는 벌써 새 요리사를 고용했어! 클레먼타인 프로스트라는 쪼끄만 여자야. 분위기만 보면 아일라라는 사람이 우리집에 있었던 적도 없는 것 같아." 에디가 코를 훌쩍거리며 말했다.

"클레먼타인 프로스트라." 이비가 중얼거렸다. "혹시 빨간 머리야?" 그녀는 희망에 찬 목소리로 물었다.

"맞아!" 에디는 상황이 암울한데도 웃음을 터뜨렸다. "황홀할 정도로 곱슬거리는 빨간 머리. 근데 엄마가 헤어네트를 쓰게 했어. 그걸 쓰니까 엄청 우스꽝스러워 보여." 이비는 에디가 아일라 때문에 상심했으면서도 클레먼타인 생각에 기분이 풀어진 것과 클레먼타인에 대해 어떠한 반감도 품고 있지 않다는 것을 눈치채지 않을 수 없었다.

"그 넋 빠진 웃음은 뭐야? 반한 거야?" 이비는 장난스럽게 놀렸지만, 갑자기 에디가 흐느껴 울기 시작했고, 이비의 장난기는 걱정으로 변했다. 에디가 이렇게 심하게 우는 걸 본 건 딱 한 번, 녀석이 여섯 살 때 엄마의 하이힐을 신고 있다가 아빠한테 들켰을 때뿐이었다.

"에디, 도대체 무슨 일이야?" 더이상 동생이 애정 표현을 불편해한다는 걸 신경쓸 때가 아니었다. 이비는 찻잔을 내려놓고 동생을 끌어안은 뒤 부드럽게 흔들어주었다. 둘은 그렇게 한참을 앉아 있었고, 마침내 울음이 잦아든 에디는 이비의 플란넬 잠옷 상의에 대고 뭐라고 웅얼거렸다.

“뭐라고 했어?” 이비가 조용히 물었다.

에디가 고개를 들고 말했다. “아일라를 해고한 걸 보면 나도 내쫓을 게 뻔해…… 엄마가 알아내면.” 그러더니 코를 한 번 크게 훌쩍이고는 도로 누나 가슴팍에 얼굴을 묻었다.

“뭘 알아낸다는 말이야, 에디?” 하지만 이비는 동생이 무슨 얘기를 하는지 잘 알았다. 모를 수가 없었다. 누나니까. 늘 에디를 보살피고, 에디가 힘들어할 때 은연중에 흘리는 신호를 포착하면서 자라왔으니까. 이비는 진즉에 눈치챘지만 남매는 그걸 얘기한 적이 없었고, 그래서 에디는 아주 오랫동안 누구에게도 감히 털어놓지 못할 비밀을 안고 혼자 끙끙 앓아온 것이었다. 지금 보니 아일라만은 예외인 것 같았다.

“아무것도 아니야.” 에디가 힘주어 말했다. “가봐야겠어.” 그러면서 최대한 빨리 거기서 벗어나려고 이비에게서 떨어졌지만 이비가 재빨리 동생의 손을 잡고 꼭 쥐었다.

“에디, 문제가 뭐건 혼자 감당할 필요 없어. 나는 엄마랑 달라도 한참 다른 사람이야. 절대 너를 배신하고 엄마한테 말하지 않을 거야.”

에디는 누나를 똑바로 쳐다볼 수가 없었다. 가정의 평화와 소속감을 위해 입다물고 정체를 숨기는 게 더 강인하고 용감한 행동인 줄 알았다. 그런데 그 대가로 무엇을 잃었나? 온전한 정신? 행복? 그 답이 ‘전부 다’라는 사실을 깨달은 에디는 누나가 근심 가득한 얼굴로 앉아 있는 소파 옆자리에 털썩 주저앉았다. 지금 당장 털어놓지 않는다면 영영 말을 못하리라는 걸 그는 알았다. 이제는 말할 때였다.

“나…… 남자 좋아해.” 한참을 망설이다가 에디는 속삭이듯 뱉었다. 소리 없는 눈물이 얼굴을 타고 흘러 양쪽 입가에 맺혔다. “나 게 이야." 그 단 두 마디로 어깨를 짓누르던 중압감이 한결 가벼워지고 잔뜩 긴장해 있던 근육도 스르르 풀렸다.

"알아." 이비가 동생의 두 손을 꼭 쥐며 말했다.

이 대답에 에디는 충격을 받아야 마땅했지만 그러기엔 누나를 너무 잘 알았다. 누나라면 **당연히** 그가 무슨 말을 할지 예상했을 것이었다. 누나만큼 관찰력이 좋고, 타인의 슬픔과 괴로움에 마음을 쓰는 사람은 없었으니까.

"왜 여태 한마디도 안 했어."

"네가 마음의 준비가 되면 말해줄 거라는 걸 알았으니까." 이비가 동생의 머리를 쓰다듬으며 말했다. "내가 아니라 네가 해야 할 말이었어."

에디는 고개를 끄덕였지만 이내 또다른 고민이 그의 가슴을 짓누르기 시작했다. "엄마한테 들키고 말 거야." 그가 훌쩍이며 말했다.

"모르게 하면 돼." 이비가 다독였다.

"그럴 수 없어." 에디는 어깨를 으쓱했다. "말해야 해. 내가 어떤 사람인지 계속 숨기고 살 수는 없어. 엄마가 벌써 최고의 신붓감을 골라놨다고 했단 말이야. 빨리 말하지 않으면 누나보다 내가 먼저 결혼하게 생겼다고."

"그게 누군데?" 이비는 놀라서 말문이 막혔다. 내가 아직 결혼을 안 했는데 벌써 남동생 신부 후보를 구해놨다고? 보아하니 엘리너가 딸의 반항으로 자신이 세워둔 계획이 엎어질까봐 초조해져서 아들 인생 망치기 프로젝트에 빨리 착수한 게 틀림없었다.

"넬리 웨더스비." 에디가 눈알을 굴리며 대답했다. 이비는 그 어느 때보다 더 엄마가 증오스러웠다.

"뭐라고! 그 여자는 나이가 너무 많잖아! 심지어 나보다도 많은데!"

"그래도 여자잖아." 에디가 지적했다.

"그래, 그게 훨씬 중요한 걸 내가 몰랐네." 이비는 동생 어깨에 팔을 두르고 한 번 꽉 안아주었다. 그녀는 눈물이 계속 흘러내리는 동생의 얼굴에 웃음기가 슬쩍 비치는 걸 보았다.

"이런 얘기 하고 나니 정말 속시원하다." 에디는 감정이 북받친 웃음이 터져나오는 걸 막느라 입을 가렸다. 그렇게 큰 비밀을 이토록 오랫동안 안고 산다는 게 얼마나 힘든 일일지 이비는 짐작만 할 뿐이었다. "그런데 엄마한텐 어떻게 말하지?" 부담이 마음을 다시 짓누르기 시작하자 에디의 안색이 어두워졌다.

"뭐," 이비가 애써 가벼운 말투로 말했다. "당연히 엄마가 이 소식을 차분하게 받아들이진 않을 거야. 잘 알잖아." 이비는 엘리너가 에디를 집에서 쫓아내고 남은 평생 아들을 낳은 적도 없는 척하며 살아갈 거라고 확신했다.

엘리너라면 아들의 존재를 정말로 잊을 수 있을지도 몰랐다.

"하지만 나는 엄마한테 말을 해야겠어, 이비. 나 자신이 아닌 다른 사람인 척하면서 평생을 살아갈 수는 없어." 만약 그럴 자유가 있다면 자신이 어떤 삶을 꾸려갈지 상상해본 에디는 그 상상이 현실이 되기를 온몸으로 열망했다. 어떤 결과로 이어지든 가족에게 반드시 말해야 한다는 생각이 더 굳어졌다.

"그럼 최악에 대비하는 게 좋을 거야." 이비가 말했다. "그래도 내가 매 순간 함께 있어줄게."

"그렇지만 나는 어디로 가라고?"

이비를 바라보는 에디의 눈에는 미래에 대한 두려움과 희망으로 가득한 눈물이 차올라 있었다. 그리고 그때 이비는 자신이 인생에서 내릴 선택들이 동생에게 어떤 영향을 미칠지 똑똑히 보았다. 사랑하는 남자랑 결혼하려 한다는 이유로 딸을 버리려고 하는 엘리너 스노가 남자랑 결혼하겠다는 아들은 어떻게 할지 누가 알겠는가. 오갈 데 없다 해도 아랑곳 않고 길거리로 내쫓을 테고, 그러면 에디를 보살피는 건 이비의 책임이 될 터였다. 하지만 이비는 엄마가 하라는 대로 하지 않고는 에디가 살아가는 데 필요한 안전과 안정감을 제공할 수가 없었다.

만약 이비가 짐 서머와 결혼하면, 에디가 불가피하게 모든 걸 잃을 경우, 그를 부양할 수 있는 집과 큰 재산을 가지게 될 터였다. 그러면 아무 문제 없이 동생을 도와줄 수 있었다. 반면 빈센트와 결혼해 가족과 절연하면 에디를 도와주는 건 고사하고 두 사람이 사는 데 필요한 집세와 식비를 감당하기도 힘겨울 게 뻔했다. 이비는 싸놓은 짐가방들과 침실의 텅 빈 옷장을 떠올렸다. 같이 도망가겠다고 했을 때 빈센트가 지은 표정과 다시 마음을 바꿨다고 말했을 때의 표정도 떠올렸다. 이어서 정말로 떠날 수 없게 되었다고, 이번에는 마음을 바꾸지 않을 거라고 말하면 그의 표정이 어떻게 일그러질지 상상해 보았다. 동생을 돕기 위해 짐과 결혼해야 한다고 말하면 어떤 표정일지. 우리 사이는 여기까지라고 말했을 때의 표정도.

"넌 나한테 오면 돼." 이비는 차분한 목소리와 무표정한 얼굴로 이렇게 말했다. "내가 돌봐줄게. 내가 짐하고 결혼하면 엄마는 너무 행복해서 내가 널 좀 도와준다고 해도 신경 안 쓸 거야. 네가 나랑 같이 지내는 걸 엄마는 아예 모르게 할 수도 있을 거고. 엄마 아빠한테

커밍아웃해도 돼. 아예 집안을 발칵 엎어버려, 엄마한테 정략결혼 따위는 집어치우라고 하고 집에서 나와! 그런 다음 곧장 나랑 짐한테 오면 되겠네. 네가 원하지 않는다면 어디서 지내는지 굳이 부모님한테 알릴 필요 없어."

빈센트 말고 다른 사람과 결혼한다고 생각하니 가슴이 찢어졌지만 에디의 얼굴에 떠오른 안도의 표정에 이비는 자신의 희생이 가치 있는 것으로 느껴졌다. 애초에 우리가 성공적으로 도망칠 가능성은 별로 없었어, 그녀는 생각했다. 엄마가 어떻게든 우리를 찾아냈을 거야. 처음으로 이비는 그게 사실이기를 빌었다.

"정말 그렇게 해줄 거야? 같이 지내게 해줄 거야?" 에디는 이비가 늘 보아온 어린아이의 모습 그대로였다. 연약하거나 철이 없다는 이야기는 아니었다. 그냥, 에디는 이비의 어린 동생이었다. 키가 180센티미터가 넘고 자기 앞가림 정도는 얼마든지 할 수 있는 애였지만 이비는 아직도 비가 오면 에디에게 우산을 씌워주고, 학교 가기 전에 주머니에 손수건을 챙겼는지 확인해주고, 동생이 아빠와 싸운 날에는 동생 방문 앞에 찻잔을 놔주고 싶은 충동을 느꼈다. 동생들이 제 앞가림을 하건 못하건 무조건 보호하려 드는 건 세상 모든 손위 형제의 본능이었다.

"에디, 너를 위해서라면," 이비는 에디의 볼에 흘러내린 머리카락을 손으로 살며시 쓸어넘겨주었고, 빈센트가 자기에게 한 말을 에디한테 그대로 되풀이하는 이비의 흐릿한 고동색 눈동자에 눈물이 반짝였다. "뭐든 할 거야."

10월 31일
꿈속에서

발코니 문이 활짝 열리면서 벽에 붙여놓은 그림들이 미풍에 펄럭거렸다. 에디가 다녀간 뒤 도무지 잠을 잘 수 없었던 이비는 꼬마에게 부탁해 빈센트에게 와달라는 말을 전했고, 무슨 생각을 하고 어떤 기분을 느껴야 할지 몰라 그날 하루를 멍한 상태로 보냈다. 빈센트는 뭔가 잘못된 걸 알았지만 캐묻지 않는 게 낫다는 걸 직감했다. 대신 이비가 허락하면 그녀를 안아주었고 이비가 초조하게 서성대는 동안은 책을 읽었다.

31일 오전 열시가 된 지금, 이비는 빈센트가 침대에서 코를 골며 잠들어 있는 동안 차 한 잔을 들고 차가운 콘크리트 바닥에 잠옷 차림으로 앉아, 자기 생일인 것도 까맣게 잊은 채 창살 사이로 멍하니 바깥을 내다봤다. 스웨터를 입었는데도 살갗을 에는 바람에는 별로 소용이 없었다. 하지만 이비는 크게 신경쓰지 않았다. 바람이 도와주지 않아도 이미 감각이 마비된 상태였으니까. 오늘은 이비가 자유를 누릴 수 있는 마지막날이었다. 진짜 자유라고 믿었다는 게 어이없어서 속으로 웃었다. 이비가 하고 싶은 걸 하고 되고 싶은 사람이 될 기회를 엄마가 정말로 주었다고 곧이곧대로 믿다니. 사실은 잠깐의 모험에 불과했는데. 엘리너는 이비에게 물이 가득찬 양동이를 보여준 다음, 그중 한 방울만 맛보여주고 나머지는 도랑에 쏟아버린 셈이었다. 게다가 빈센트는 아직도 모르고 있었다.

침실에서 빈센트의 기척을 들은 이비는 생각에서 빠져나와 손가락으로 얼굴에 흘러내린 눈물을 훔친 다음 남은 차를, 비록 얼음물처럼 차갑게 식어버렸지만, 남김없이 들이켰다.

"이비? 어디로 간 거야?" 빈센트는 아직 잠에 취했는데도 벌써 장난기어린 말투였다.

"여기 나와 있어."

"장난해? 얼어죽겠다!" 빈센트가 담요를 두른 채 발코니로 나왔다. "생일 축하해." 그는 미소를 지으며 담요를 이비의 어깨에 둘러준 다음 나란히 바닥에 앉았다. 그의 체온이 이비의 옷과 피부에 즉시 전달됐다. "괜찮아?" 괜찮지 않은 걸 알면서도 이비가 스스로 말해주기를 바랐다. 하지만 한편으로는 그녀가 말하지 않기를 바랐다. 무슨 말을 할지 이미 다 알 것 같은 절망적인 예감이 들었기 때문이다.

이비는 빈센트를 지그시 바라보았고 그의 눈 속에서 요동치는 혼란을 보았다. 빈센트를 잃는 건 그녀가 살면서 원했던 모든 것을 잃는다는 의미였지만, 그와 함께하는 건 그동안 가졌던 모든 걸 잃는다는 의미였다. 그에게 말을 해야 했다.

"빈센트……" 이비는 차마 그의 손을 잡을 수 없었다.

"우리 끝난 거지?" 빈센트가 속삭였다.

빈센트는 그렇다는 걸 알고 있었지만 엘리너 스노의 최후통첩에 관해 알게 된 이후 두려운 마음으로 회피해온 그 말을 이비에게서 직접 듣고 싶지는 않았다.

역시 모를 리가 없지, 이비는 생각했다.

"내가 그렇게 빤히 들여다보여?" 그녀는 갑자기 뼛속까지 피곤함이 스며드는 기분이었다. 자신이 요새 이상하게 굴어왔다는 걸, 다른 사람이 된 것처럼 거리를 두었다는 걸 그녀도 알았다. 심장이 모루처럼 무거운데, 너무 무거워서 아침마다 침대에서 몸을 일으키기도 힘겨운데 어찌 안 그러겠나?

"이유가 뭐야?" 빈센트가 물었다. 이렇게 끝나도 울지 않겠다고 다짐했건만 막상 이비와 헤어지는 현실을 눈앞에 두자 어쩔 수가 없었다.

"어젯밤에 에디가 집에서 몰래 빠져나와 이리로 왔어. 같이 대화를 나눴고 에디가 고백했어…… 자기가 게이라고. 나는 진즉부터 알고 있었지만 그애가 자기 입으로 말한 건 어제가 처음이었어. 엄마 아빠한테도 말하고 싶어하는데, 문제는 그러면……" 이비는 잠시 말을 멈추었다. "엄마가 그앨 내쫓을 거야. 그럼 에디는 갈 데가 없어지고, 그러니 내가 돌봐줘야 돼."

"그렇구나." 빈센트가 두 사람의 어깨에 두른 담요를 더 꼭 여미며 대꾸했다.

"우리 둘이 도망치면, 내가 여기 남아 도와주지 않으면 에디는 갈 곳이 없고, 그러면 앞으로도 계속 자신의 정체성을 부정하고 다른 사람인 척하면서 살아가야 돼. 그건 사람 사는 게 아니야. 만약 우리가 먼 데로 가버리고 에디와 계속 연락을 한다 해도 그 정도로는 충분하지 않을 거야. 엄마가 무슨 수를 써서라도 동생을 못 만나게 할 테고, 게다가 벌써 넬리 웨더스비를 그애 신붓감으로 정해놓기까지 했거든." 이비는 목구멍 안쪽이 따끔거릴 정도로 크게 숨을 들이쉬었다. "내가 여기 남아 있으려면 짐하고 결혼해야 돼⋯⋯ 하지만 그러면 에디를 돌봐줄 수 있어. 그애한테 살 곳과 마땅히 누려야 할 삶을 제공해줄 수 있고, 엄마한테 끝까지 안 들킬 수 있어. 짐도 협조해줄 거야, 나는 확신해. 그리고 만약 엄마가 알아낸다 해도 더이상 에디 때문에 골치 아플 일이 없다는 사실에 오히려 후련해할 거야."

빈센트는 잠자코 듣기만 했다. 처음에 그렇게 단순했던 일이 언제 이렇게 거대한 문제가 됐을까? 이비가 설명을 마치자 빈센트는 구부린 손가락을 그녀의 턱밑에 대고 얼굴을 들어올려 시선을 맞췄다.

"이비," 그가 조용히 속삭였다. "나도⋯⋯ 나도 다 이해해." 이비는 입술이 떨려오는 걸 느꼈다. "헤어지면 심장이 부서질 듯 아프겠지만, 함께 있으면서 우리가 원하는 대로 살면 더 많은 사람을 힘들게 할 거야. 짐하고 결혼하는 건⋯⋯" 빈센트는 말을 끊고 심장이 다시 뛰기를 기다렸다. "최소한 최악과 차악 중에 차악은 되니까."

"당신은 아무리 노력해도 최악은 못 될 사람이야." 이비는 빈센트의 가슴에 한 손을 얹었다. 그의 심장이 요동치는 게 느껴졌다. 빈센트에게 희망을 줘야 했다. 그리고 자신에게도 희망을 줘야 했다. "어쩌면, 시간이 좀 흐르면 우리 둘 다 잘 지낼 수 있을지 몰라. 서로와 함께는 아니라도." 그 말을 하는 순간 눈물이 나기 시작했다.

빈센트는 무너지는 이비를 꼭 안았고 자신도 그 위에 무너져내렸다. 그렇게 두 사람은 서로의 부서진 파편들을, 그걸 붙들고 있던 풀이 접착력을 잃고 끈도 풀어져내릴 동안, 제자리에 꼭 붙잡고 있었다.

그러다가 더이상 흘릴 눈물도 없고 그나마 마지막 남은 기운도 다 소진되어버리자, 담요 아래에서 서로를 꼭 껴안은 채 잠이 들었다.

*

이비는 길 아래에서 들려오는 사이렌소리에 퍼뜩 잠에서 깼다.

"무슨 일이야?" 이비가 물었다.

아무 대꾸가 없었다. 게슴츠레한 눈으로 둘러본 그녀는 대답해줄 빈센트가 옆에 없다는 것을 깨달았다. 가기 전에 그는 이비의 몸에 담요를 야무지게 둘러놓았다.

"빈센트?" 그를 불렀는데도 아무 대답이 없자 그녀의 마음은 공황에 빠져들기 시작했다. 허겁지겁 일어나 내다보니 아래층에 구급차가 와 있고 초록색 옷을 입은 구급요원들이 아파트 건물로 쏟아져들어오는 게 보였다.

"빈센트!"

순간 이비의 머릿속에서 무슨 사고가 일어난 게 틀림없다는, 구급차가 빈센트 때문에 여기 온 거라는 경고의 목소리가 울렸다. 하지만 집안으로 뛰어들어가, 욕실에 있던 그의 칫솔이 없어지고 부엌 찬장에 있던 그의 머그잔이 없어지고 현관 옆에 챙겨놓은 그의 짐가방이 사라진 걸 보고 빈센트는 그저 떠났을 뿐이라는 걸 깨달았다.

이비가 다시 발코니로 달려나가자 꼬마가 훽 날아와 그녀의 왼쪽 집 발코니에 내려앉았다. 조용한 이웃 어텀 씨네 집 발코니였다. 그제야 피곤에 절고 퀭한 그녀의 눈은 파란색과 흰색 줄무늬 잠옷 차림의 어텀 씨가 그 집 발코니에 대자로 누워 있는 걸 발견했다. 축 늘어진 그의 손에 아직도 위스키 잔이 들려 있었지만 안의 내용물은 바닥에 쏟아져 발코니 가장자리를 타고 그 아래 길까지 흘러내려 있었다.

발코니 난간에 앉은 꼬마는 깃털이 온통 잉크투성이였다. 녀석은 어쩔 줄 모르고 어텀에게서 스노로, 다시 스노에게서 어텀으로 시선을 옮겼다. 이비도 어쩔 줄 몰라 거기 멍하니 서 있었다. 아직 구급요원들이 옆집에 들어오지 못했지만, 이비는 콜린 어텀 씨가 이미 죽었다는 것을 알 수 있었다.

*

애초에 빈센트의 물건이 이비의 아파트를 어지럽힐 만큼 많지도 않았는데, 그의 물건이 사라지자 어쩐지 아파트가 텅 비어 보였다. 이비는 러그 위에 책상다리를 하고 앉아 사방의 벽을 멍하니 바라봤고, 그러자 벽에 붙여놓은 스케치들도 그녀를 빤히 쳐다봤다. 하루의 마지막 햇빛이 창문을 통해 스며들어 방안을 훑으면서 스케치를 하나씩 어루만지고 이비를 감싸안았다. 그러다 햇빛은 결국 그녀를 지나쳐 사라졌다. 곧 문을 천천히 두드리는 무거운 노크 소리에 이비는 뼛속까지 부르르 떨렸다. 아무런 생각도 감정도 없이 몸을 일으켜 문을 열자 심각한 표정의 짐 서머가 서 있었다. 그리고 엘리너가 짐의 뒤에 바짝 붙어 서서 두 눈을 부라리며 잠옷 차림의 이비를 아래위로 훑어보고 있었다.

"호들갑 떨 생각은 마, 이비." 엘리너가 딱딱한 투로 내뱉자 짐이 흠칫했다.

"이렇게 돼서 정말 유감이야." 예상되는 일이 벌어지기 전에 이비와 잠깐이라도 단둘이 있을 수 있다면 좋겠다고 생각하며 짐이 속삭였다.

이비는 두 사람이 들어오도록 말없이 비켜섰다. 짐은 내키지 않았지만, 엘리너가 문 안쪽으로 그를 떠밀었다. 등뒤로 문이 닫히자 숨 막히는 정적이 찾아왔다.

"뭐해, 짐?" 엘리너가 입을 열었다. "이비한테 할말이 있지 않아?"

"제가 원해서 하는 건 아니죠." 짐이 흔들림 없는 눈빛으로 대꾸했다.

짐은 이비의 이런 모습을 처음 보았다. 화장도 안 하고 아직 잠옷 차림이었는데도 이비는 낙심하거나 지치거나 아파 보이지 않았다. 전투에 임할 각오가 된 여자처럼 보였다. 자신의 운명을 알고 마지막 한 방울의 힘과 용기까지 다 끌어내 그 운명에 맞설 의지가 있는 여자. 자신이 선택하지 않은 미래를 최선의 것으로 만들어보려는 여자.

"먼저 하고 싶은 말이 있어요." 짐이 말을 이었고, 두 사람이 들이닥친 이래 처음으로 이비가 눈을 들어 짐과 시선을 맞췄다. "이게 네가 원하는 상황이 아닌 거 알아. 너는 결코 그 사람을 사랑하듯이, 혹은…… 혹은 내가 너를 사랑하듯이 나를 사랑해주지 않을 거라는 것도." 이비는 숨이 목구멍에 턱 걸렸다. 짐이 그 말을 입 밖에 꺼낸 건 처음이었다. 두 사람 모두 이미 알고 있는 사실을 인정한 게 이번이 처음이었던 것이다. "네가 꿈꿔온 걸 내가 다 줄 수 없다는 것도 알고."

"짐, 지금은 감상적인 말이나 지껄일 때가……"

"엘리너." 짐이 딱 잘라 말했다. "솔직히, 어떻게 생각하시든 저는 관심 없습니다."

엘리너는 잠시 충격을 받은 듯했지만 입가에 일말의 못마땅함만 남기고 다시 평소의 무감정한 얼굴을 했다.

"저희 둘 다 원하지 않는 미래를 강요하시면서, 최소한 감상적인 몇 마디를 주고받을 시간은 주셔야죠." 짐이 날 선 투로 말했다.

엘리너는 눈 깜빡하면 놓칠 정도로 빠르게 고개를 한 번 끄덕였다.

이비를 돌아본 짐은 표정과 말투가 다시 부드러워졌다. "네가 꿈꿔온 걸 내가 전부 줄 수는 없을 거야." 그는 침을 한 번 꿀꺽 삼킨 다음, 엘리너한테 들린다는 걸 알면서도 목소리를 낮춰 속삭이듯 말했다. "내가 **그 사람**이 아닌 거 알아, 이비. 하지만 그 대신 제일 친한 친구랑 결혼하는 게 차선책은 될 수 있잖아. 내가 최선을 다해 세상 모든 나쁜 것으로부터 널 보호할게." 그는 엘리너를 흘끔 쳐다봤다. "그리고 비록 상황이 이래도 최대한 너를 행복하게 해줄게. 너는 한 번도 남에게 의지해본 적 없는 사람이지만, 그래도 내가 **반드시** 너를 보호하고 돌봐줄 거야."

이비는 자신이 그동안 속마음을 지나치게 잘 숨겨왔나보다고 생각했다. 왜냐하면 그 순간 그녀가 가장 원한 건 누군가 자신을 돌봐주는 것이었기 때문이다. 엄마처럼 딸에게 무조건 강요하고 딸의 항의는 묵살하는 식으로 말고, **제대로** 돌봐주는 것. 이비는 얼굴에 아무 표정도 드러내지 않았다. 그동안 흘린 눈물과 함께 이비의 모든 것이, 결코 오지 않을 미래를 꿈꾸며 품었던 모든 희망이 이미 다 씻겨 내려가버렸다. 이제 그녀는 엄마가 멋대로 인생을 그리고 설계하도록 대기하고 있는 텅 빈 종이였다. 짐은 더 나은 인생, 이비보다 나은 사람을 얻을 자격이 있었다. 이비에게는 짐에게 줄 것이 아무것도 남아 있지 않았다. 그녀는 간신히 희미한 미소를 띠고 고개를 끄덕였다. 짐은 주머니에서 반지함을 꺼내 열었다.

"그런 건 원래 한쪽 무릎을 꿇고 하는 거잖니." 엘리너가 바닥을 가리키며 말했다.

"결혼은 원래 자기가 원하는 사람과 하는 거죠." 짐이 차갑게 대꾸했다.

짐은 반지함을 내민 채 조심스레 몇 발짝 다가갔다. 이비는 그 안을 들여다봤다. 반지는 조금 과할지 몰라도 무척 아름다웠다. 에메랄드가 좀 많이 크긴 했지만—틀림없이 엘리너의 취향이었다—그것만 빼면 색깔이며 보석의 세공 상태며, 밴드 부분까지 모두 더할 나위 없었다. 완벽하지 않은 점이라고는 그것이 이비를 위한 반지라는 사실뿐이었다.

"이비." 짐은 침을 꿀꺽 삼켰다. 입안이 바싹 바르고 손바닥이 축축해졌다. "나랑 결혼해줄래?" 끔찍한 상황이었고 짐은 일이 이런 식으로 전개되지 않기를 바랐지만, 그럼에도 마음 한편으로는 (이런 기분이 드는 자신을 질책하면서도) 오랫동안 하고 싶었던 질문을 드디어 이비에게 하게 됐다는 것이 떨듯이 기뻤다.

"뭐해?" 엘리너가 눈썹을 치켜세우고 채근했다.

엘리너는 전혀 미안해하지 않았고 지금 무슨 일이 벌어지고 있는지 전혀 이해하지 못하는 것 같았다. 그들이 알던 이비가 조금씩 사라져가고 있다는 걸 그녀는 이해하지 못했다.

이비는 걱정으로 얼룩진 짐의 다정하고 따뜻한 얼굴을 바라봤다. 벽에 붙은 그녀의 그림들이 겁에 질린 눈으로, 이비가 용기를 내 마음이 시키는 대로 하기를 절박하게 바라면서 그녀를 바라보는 것 같았다. 하지 마, 이비. 그림들이 속삭였다. 에디는 다른 살 길을 찾을 거야. 네가 옳다고 느끼는 대로 해.

옳은 것과 쉬운 것 중에 선택을 해야 할 때 보통 우리는 나중에 힘든 상황에 처하게 될지라도 옳은 쪽을 택하라는 격려를 많이 받는다. 하지만 자신에게 옳은 선택과 자신이 사랑하는 사람들에게 옳은 선택이 눈앞에 있는데, 둘 다 쉬운 게 아닐 경우엔 어떻게 해야 할까? 이비는 이 문제에 대해 보통 사람들이 하는 것보다, 혹은 보통 사람이 해야 하는 것보다 훨씬 많이 고민해봤고 결국 사랑하는 사람들에게 옳은 선택이 자신에게도 옳은 선택이라는 결론을 내렸다. 어떻게 남동생의 행복보다 자신의 행복을 우위에 둔단 말인가?

이비는 짐에게서 눈을 떼지 않은 채 심호흡을 한 번 하면서 마음을 가라앉혔다. 심장이 흉곽 안에서 아주 작은 덩어리로 오그라들었다. 이비는 그 심장이 흐느끼는 리듬에 맞춰 고개를 끄덕였다.

"좋다는 말이니, 그건?" 엘리너가 학생을 못마땅해하는 교사 같은 어조로 물었다.

"맞아요." 이비가 그날 저녁 처음으로 감정을 내비치며 쏘아붙였다. 눈동자 가득 증오가 이글거렸고, 엘리너는 딸의 갑작스러운 공격에 자기도 모르게 흠칫했다. "승낙이에요." 이비는 짐을 돌아보며 한결 부드러운 말투로 말했다.

"뭐하고 있어? 손가락에 반지 끼워줘야지! 빨리 해! 집에 가서 제인한테 좋은 소식 전해줘야 하니까." 엘리너는 딸과 딸의 약혼자에게 축하의 말을 건넬 생각도 하지 않고 성큼성큼 밖으로 나가버렸다.

짐이 상자에서 반지를 꺼냈고 이비는 그걸 보고 싶지 않아서 손만 내밀었다. 차가운 반지가 약지에 스윽 끼워지는 감촉이 느껴졌다.

"다 됐다," 짐이 이렇게 말하더니 이비의 손등에 입을 맞췄다. "이렇게 돼서 정말 유감이야, 이비." 짐이 속삭였다.

"우린 괜찮을 거야." 이비가 말했다. 확신에 찬 미소를 지으려고 했지만 미소는커녕 찡그린 얼굴로나 보이지 않으면 다행일 것 같았다. 짐이 이비를 끌어당겨 안고 머리를 쓰다듬었다. 이비는 어쩌면 좋을지 몰랐다. 그녀는 양손을 옆으로 축 늘어뜨린 채 그의 어깨에 얼굴을 얹었다.

"네가 여태껏 꿈꿔왔던 모든 것을 하루아침에 빼앗겼다는 거 알아." 짐이 말했다. "하지만 꿈꾸는 걸 계속해야 돼, 이비. 반드시 그렇게 해야 돼."

어떤 장면이 이비의 머릿속에 퍼뜩 떠올랐다. 여덟 살 먹은 짐이 용 분장을 하고 이비네 집 정원에 서 있는 모습이었다. 짐은 검과 방패로 쓰라고 나무숟가락과 냄비를 이비에게 쥐여주고는 이비가 용을 물리치라는 뜻이라는 걸 깨달을 때까지 괴성을 지르고 으르렁거렸다.

그 장면은 곧 다른 장면으로 바뀌었다. 이비가 열두 살이 됐을 때, 그렇게 원했던 자전거를 엄마가 안 사줘서 짐이 대신 그녀를 숲으로 데려가 자기 자전거를 내주고 타는 법을 가르쳐주던 장면이었다. 자전거 안장에 올라탄 이비는 넘어질까봐 너무 불안했고 짐은 이비가 놔도 된다고 할 때까지 절대 자전거를 잡은 손을 놓지 않았다.

다음 장면은 이비의 열여덟번째 생일날 열여덟 개의 촛불 사이로 보이던 짐의 얼굴이었다. 엘리너가 열여덟 살은 생일 파티를 열기엔 너무 많은 나이이고 또 생일이란 그저 수많은 날들 중 하나일 뿐이라고 하자, 짐이 대신 생일 케이크를 직접 만들어 왔었다. 이비의 머릿속에 짐과 함께 보낸 모든 생일이 한 장면 한 장면 차례로 지나갔고,

그것은 짐이 그동안 보여준 다정함과 애정을 기록한 책의 낱장을 넘겨보는 것과 같았다.

그다음에 그녀의 기억 저장고는 두 사람이 그저 같이 보낸 평범한 나날들까지 펼쳐 보였다. 매 순간 짐이 그녀를 먼저 생각해줬다는 걸 이비는 깨달았다. 그는 언제나 이비를 행복하게 해줄 수 있다면 뭐든 했고 어떻게 해서든 그녀의 곁에 있어줬는데, 이제 또다시 그렇게 해주는 것도 모자라 앞으로도 더 많이 그러겠다고 맹세하고 있었다. 그게 짐이 이비에게 줄 수 있고, 또 남은 평생 줄 수 있는 가장 커다란 선물이었다.

이비의 마음속에 서글픔과 고마움이 덮쳐왔다. 이비는 그의 몸에 팔을 두르며 힘껏 껴안았고, 바로 그 순간 이비의 그림이 전부 유리로 변하더니 벽에서 떨어져 깨지면서 사방에 흩어져 영원히 사라져 버렸다.

11월 1일
구두 상자

짐은 이비를 혼자 두기 싫어서 그날 밤을 안락의자에 앉은 채로 날 작정이었지만, 이비는 그의 손을 잡고 그를 침대로 데려가더니 그의 품속에 웅크리고 누웠다. 이비가 처한 곤경에 대한 해결책이 생겼다는 사실이, 비록 본인이 원치 않았던 방향이기는 하지만, 어느 정도 마음의 평화를 가져다준 듯했고 그래서 이비는 마침내 잠이 들 수 있었다. 하지만 짐은 자기 눈물이 이비의 머리카락이나 얼굴에 떨어지지 않도록 조심하며 뜬눈으로 밤을 지새웠다. 이비가 깨어나 이런 꼴을 보는 건 끔찍이 싫었다. 비록 짐이 자기 가족들처럼 감정을 잘 숨기지는 못했지만 이비 앞에서 우는 건 스스로 용납할 수 없었다. 이비를 위해 강해지겠다고 맹세해놓고 두 사람이 약혼한 날 그 맹세를 깨지는 않을 작정이었다.

짐은 이비가 깨기 전에 이불 속에서 이비를 살며시 밀어내고 빠져나와 되는대로 이비의 짐을 싸기 시작했다. 진정 자신이 있을 곳이라

믿었던 단 하나의 장소에서 다른 곳으로 자신이 그토록 사랑한 삶을 옮기기 위해 상자에 짐을 차곡차곡 담는 작업을 이비가 견디기 힘들어할 것 같았다. 하지만 바닥에 유릿조각으로 산산이 흩어진 그림들은 어쩐다?

짐은 집안을 열심히 뒤지다가 마침내 현관 옆 수납장에서 오래된 구두 상자 하나를 찾아냈다. 그는 유리를 마지막 한 조각까지, 러그 아래로 들어가거나 안락의자 밑에 숨은 작은 조각들까지 전부 주워 상자에 넣었다. 이비가 하품을 하며 비척비척 거실로 나왔을 때쯤에는 그동안 저마다 제자리에서 잘 지내던 물건들이 처음 이 집으로 이사왔을 당시 담겨 있었던 바로 그 상자에 대부분 다시 담겨 있었다.

"같이 하면 됐을 텐데." 커피 테이블 밑에서 마지막 유릿조각 하나를 집으려고 쭈그려앉은 짐의 어깨를 꼭 쥐며 이비가 말했다.

"알아. 그냥 네가 이런 것까지 하지 않았으면 해서." 그는 주운 조각을 마저 상자에 넣었다. "네가 이걸 가져가고 싶어할 것 같은데." 그는 상자 뚜껑을 닫아 이비에게 건넸고, 그녀는 상자는 받아들었지만 고개를 저었다.

"아니. 이제는 쓸모없어." 이비는 미소를 지었다. 진심에서 우러나온 미소인 척하는 일이 점점 수월해지고 있었다. "여기 두는 게 좋겠어. 여기가 제자리니까."

이비는 짐 옆에 쭈그리고 앉아 커피 테이블을 방 한쪽으로 밀기 시작했고, 뭘 하려는지 알아챈 짐도 다가와 그녀를 도왔다. 그들은 함께 러그를 돌돌 말아 치웠고, 짐은 부엌에서 튼튼한 버터나이프를 가져와 마루널 두 개 사이에 찔러넣고 하나를 바닥에서 완전히 들어냈다. 이비가 그 안에 살아 있는 생물이 들어 있기라도 한 것처럼 상자를 소중히 안고서 그의 옆에 무릎을 꿇고 앉았다. 짐은 이비가 무너질까봐 어깨에 팔을 둘렀지만 이비는 그러지 않았다. 대신 상자 뚜껑에 입을 맞춘 다음 거실 바닥의 구멍에 살며시 내려놓았다.

"잘 있어, 내 꿈들아." 이비가 말했다. "언젠가 누가 너를 발견해서 나보다 훨씬 잘 써주기를 바라."

8
아일라

미끄럼틀을 타듯 호러스의 목구멍을 타고 총알처럼 튀어나온 이비는 세찬 물살에 밀려 공중에 내던져졌다. 마치 고양이처럼, 그녀는 풀풀 날리는 주황색 털과 함께 두 발로 사뿐히 착지했다. 눈을 뜬 이비는 자신이 자기 집 파란색 현관문 앞에 서 있다는 걸 깨달았다. 아파트에서 나온 뒤 살았던 그 집이었다. 제 몸처럼 잘 아는 집인데도 어딘지 달라 보였다. 문의 페인트 색이 왠지 칙칙해 보였고 창을 통해 보이는 복도의 샹들리에도 예전만큼 환하게 빛나지 않는 것 같았다. 꼭 집이 영혼을, 그곳의 마법을 잃은 것 같았다—그곳을 단순히 한 가족과 그들의 물건이 머무는 구조물이 아닌 진정한 보금자리로 만들어준 모든 것을.

위층 창가에서 뭔가 움직이기에 올려다보니 딸의 곱슬곱슬한 금발이 보였다. 아일라. 이비는 자신에게 친엄마보다 훨씬 많은 가르침을 준 여자의 이름을 따 딸의 이름을 지었다. 아일라는 남편 체스터, 아들 퍼시와 함께 이비의 집에서 차로 두 시간 거리에 살았는데, 엄마가 돌아가시고 집안을 정리하느라 당분간 이곳에 와서 지내고 있었다. 이 큰 집에 아빠 혼자 내버려두는 것 역시 생각도 못할 일이었다.

현관문이 전에는 한 번도 들어본 적 없는 굉음과 함께 열리더니 칠십대 중반으로 보이는 노인이 나왔다. 그는 숨을 크게 들이쉰 다음 풀이 제멋대로 자라난 정원을 둘러봤다. 그러다가 찰나의 순간 이비를 흘깃 쳐다봤다. 이비는 숨이 턱 멎었다. 그러나 그의 시선은 이내 다시 비켜갔고, 이비는 그가 자기를 봤다고 착각한 게 멋쩍어졌다. 피부의 주름과 구부정한 자세로 보아 나이가 든 것은 누가 봐도 분명했지만, 두 눈만은 이십대 시절만큼 반짝반짝 빛이 났다. 이비는 어디에서라도 그 빛나는 눈빛만은 알아볼 수 있을 것 같았다.

"에디 삼촌? 어디로 사라지셨어요?" 아일라가 집안에서 외쳤다. 그러더니 어느새 노인 옆에 나타나 그의 팔에 자기 팔을 꿰었다. "집안일 싫어하시는 건 알지만 저 상자들 다 정리해야 된단 말이에요. 나이를 핑계삼아 빠져나갈 생각은 마세요. 올리버 쫓아서 펄펄 날아다니시는 거 다 봤으니까요." 그러면서 아일라가 윙크하자 에디는 목쉰 소리로 껄껄 웃었고 아일라는 천천히 그를 집안으로 데리고 들어갔다.

에디는 삼십대 때부터 파트너와 함께 스노가 저택에 들어와 살았다(물론 부모님이 돌아가시고 난 뒤였다. 만약 살아 계셨다면 절대 허락하지 않았음은 물론 훼방을 놓았을 것이고, 에디는 파트너와 들어와 사는 매일매일이 부모님에게 가운뎃손가락을 날리는 것 같다고 마음껏 통쾌해했다). 그러나 두 사람 다 칠십대에 들어서고 전에는 수월히 하던 일들이 힘겨워지기 시작하자, 이비가 세상을 떠나고 얼마 후 오거스트와 대프니가 그 집에 들어와 살기 시작했고, 그들 모두 늘어난 식구들에게 서로 여러 가지 도움을 받고 있었다.

이비는 현관문이 닫히기 전에 얼른 두 사람을 따라가 그녀가 결혼 이후 줄곧 살았던 집의 복도로 들어갔다. 집안 여기저기에 이비의 물건으로 보이는 것들로 가득찬 마분지 상자가 널려 있었다. 이비는 자신이 왜 아무데도 닿지 않으려고 조심하는지 의아해하면서 상자들 옆에 무릎을 꿇고 앉았다. 그녀의 보석함, 그녀의 책, 그녀의 자질구레한 장신구와 아끼던 물건들이 전부 자선단체나 창고 등으로 표시된 상자에 들어 있었다. 상자 몇 개에는 아들과 딸의 이름이 적혀 있었다. 오거스트와 아일라가 강한 애착을 느끼는 엄마 물건들을 소장할 생각으로 가득 담아놓은 상자였다.

"오거스트!" 아일라가 위층에서 소리쳤다.

앉아서 졸고 있었던 게 분명한 오거스트가 소파에서 벌떡 일어나다가 얼굴을 찡그리며 등허리를 손으로 짚었다. "저 녀석." 그는 투덜거리면서 계단 아래로 절뚝거리며 걸어갔다. "내가 쟤 때문에 오래 못 살지."

"오거스트!" 아일라가 더 크게 외치더니 위층 층계참 난간에 나타났다. "또 잠들었지?" 부스스한 몰골로 눈도 게슴츠레 뜨고 계단을 올라오는 오빠를 보더니 아일라가 물었다.

"아니." 오거스트가 하품하며 대꾸했다.

"오빠 때문에 돌아버리겠어." 아일라가 쏘아붙였다.

"너 때문에 짜증나 죽겠어." 오거스트가 아일라를 쳐다보지도 않고 받아쳤다.

두 남매가 수십 년간 셀 수 없이 주고받은 레퍼토리였다. 아일라가 오빠에게 혀를 쏙 내밀었고 오거스트도 따라서 혀를 쏙 내밀었다. 두 사람은 잠시 마흔일곱과 쉰둘이라는 현재의 나이를 잊고 어린 시절로 돌아갔다. 아일라는 실없는 오빠를 보며 어쩔 수 없다는 듯 비죽 웃었다.

"빨리 와." 아일라가 말했다. "이 상자들은 저절로 채워지지 않아. 에디 삼촌은 계속 뻑뻑이만 터뜨리고 있단 말이야."

집안을 누비며 삼촌과 오빠가 고분고분 일하게 만들려고 애쓰는 딸을 위해 이비가 딱히 해줄 수 있는 건 없었지만, 가족들이 자신을 못 본다 해도 이비는 그들과 함께 있는 게 즐거웠다. 가족들은 이비가 쓰던 침실에 앉아 옷장과 서랍을 비우면서 떠들고 웃어댔고 이비도 따라서 웃었다. 에디와 오거스트는 계속해서 새로운 방식으로 아일라의 심기를 거슬렀지만, 아일라의 말재주가 워낙 뛰어나서 매번 입씨름에서 졌고 그러면 두 사람은 멋쩍어하며 맡은 일로 돌아갔다. 그들은 이비가 다시 한번 손에 쥐어보고 싶어 애가 타는 물건들, 가지고 있는 줄도 몰랐던 물건들을 찾아냈다. 그들은 이비가 가족들이 간직해주기를 바란 물건은 웬만해선 다 잘 모셔두었고, 이비가 두 번 보지도 않고 내다버렸을 물건들도 더러 간직하기로 했다.

"이건 어쩔까요?" 아일라가 장식이 화려한 램프 하나를 꺼냈다. 미니어처 여자 조각상이 램프 기둥에 기대서 있는 모양이었는데, 여자는 한쪽 어깨가 훤히 드러나는 물결처럼 주름진 드레스를 입고 있었다. 당장이라도 기절할 것처럼 한쪽 손목은 이마에 갖다대고, 다른 쪽 손은 도발적으로 골반을 짚고 있었다. 어서 이리 와요, 라고 말하듯 요염한 눈빛이었다.

"남겨둘까?" 에디가 어깨를 으쓱하며 말했다.

밤 아홉시가 다 되어가는 시각이라 일흔다섯 살인 에디는 점점 지쳐갔고 그래서 대꾸도 점점 성의가 없었다.

"진짜로요? 집안에서 본 적이 없는 물건인데…… 한 번도." 오거스트가 램프를 의심스럽게 톺아보며 말했다.

"맞아, 나도 본 적은 없는데 엄마가 이렇게 오래 보관한 이유가 있을 거야." 아일라가 지적했다.

"나 그 램프 무지 싫어했어." 이비는 아무도 자기 말을 듣지 못하는데도 한마디했다. "에스메 이모가 준 건데, 너무 잘 숨겨둬서 나조차 지금껏 까맣게 잊었다니까!"

"그럼 뭐. 근데 나는 안 가질 거야!" 오거스트가 대꾸하며, 아일라가 내미는 램프를 받지 않으려 했다.

"나도 갖기 싫어!" 아일라가 그 램프를 들고 있는 게 자신이 아니기를 바라며 말했다.

"야, 엄마가 이…… 물건을 우리가 간직해주길 바란다고 생각한다면 그건 네 자유야. 하지만 나는 그 흉물을 집에 안 가져갈 거야!"

진입로 자갈길로 차가 들어오는 소리에 남매의 입씨름이 중단됐다. 오거스트가 일어서서 창가로 갔다. 아일라는 램프를 바라보더니 어이없다는 듯 탄식하며 자기 이름이 적힌 상자에 넣었고 이비는 그런 딸을 보면서 자기도 모르게 다정한 미소를 지었다.

"아버지 오셨다." 오거스트가 눈썹을 찡그리며 말한 뒤 아일라와 에디에게 창가로 오라고 손짓했다. 이비는 자식들이 보고 있는 창밖 광경을 보고 싶은지 아닌지 마음을 정하지 못한 채 그들을 따라갔다. 그녀의 죽음이 갑작스러운 건 아니었지만 남편에게 상흔을 남겼으리란 걸 충분히 짐작할 수 있었다. 마지막 순간까지 그녀를 사랑하고 돌봐준 사람이었다. 그런 그가 창문을 올려다보고 네 사람 대신 세 사람만 발견한 순간의 표정을 목격하고, 이비는 어떻게든 그에게 닿을 수 있으면 좋을 텐데, 하고 생각했다. 하지만 그건 이기적인 짓이었다. 그에게 털어놓을 비밀이 없었기 때문이다. 생전에 남편에게 모든 것을 이야기했기 때문에 사후에 더이상 털어놓을 게 없었다.

"가자. 가서 괜찮으신지 봐야지." 에디가 이렇게 말하면서 조카들을 데리고 내려갔다.

에디는 현관문을 열고 짐을 맞이했다.

짐 서머는 이제 세월에 시달리고 지친 모습이었지만 미모만은 결혼식 날 못지않았고 매력도 전혀 퇴색하지 않았다.

"다들, 안녕." 짐이 집에 들어올 때 늘 하는 인사를 했다. 하지만 예전만큼 활력이 넘치지는 않았다.

"아빠, 안녕." 아일라가 그의 뺨에 입맞추며 대꾸했다. 오거스트는 그저 눈을 감고 숨을 멈춘 채 아버지를 안아드렸고 에디는 짐의 손을 붙잡고 힘차게 악수했다.

안녕, 짐. 이비는 그가 듣기를 바라며 속삭였다. 하지만 당연히 듣지 못하리라는 것을 알고 있었다.

"엄마는 어땠어요?" 아일라가 물었다.

"말이 없었어." 짐의 표정이 방금 종이에 손을 벤 사람처럼 돌변했다. "혼자 내버려두기 싫었는데." 짐이 입을 틀어막을 새도 없이 흐느낌이 터져나왔고, 오거스트가 얼른 다가가 아버지에게 다시 두 팔을 둘러 노쇠하고 위태로운 다리가 힘을 잃고 꺾이기 전에 지탱해주었다. "괜찮다, 난 괜찮아." 짐은 가족들을 안심시켰다. 그는 아들의 등을 두드려준 다음 숨을 크게 들이마시며 마음을 가라앉혔다.

"그 묘지는 조용하고 아름다워요. 원하시면 언제든 방문할 수 있고요. 우리 모두요." 아일라의 말을 듣고 이비는 짐이 자신의 묘에 다녀오는 길이라는 걸 알았다. 어느새 이비의 뺨을 타고 눈물이 흘러내렸다.

"알아. 내가 주책맞았구나. 그냥 피곤해서 그래. 들어가 쉬어야겠다." 짐은 자신은 정말로 괜찮을 거라고 안심시키듯 모두를 향해 미소 지었지만 세 사람은 걱정의 기색을 지우지 못했다.

"자," 아일라가 말했다. "제가 부축해드릴게요." 그녀는 아버지의 손을 잡고 같이 계단을 올라갔다.

"오늘은 다들 말 잘 들었어?" 짐이 딸의 손을 꽉 쥐면서 물었다.

"언제 말 잘 들은 적 있었나요?" 아일라가 한숨을 쉬며 대답하자 짐이 웃었다. "유품 정리를 정말 우리끼리 해도 괜찮겠어요?" 아일라가 말을 이었다. "보관해야 될 물건을 내다버리는 거 아닌지 걱정돼서요." 아일라가 손님용 침실 문을 열자 짐의 물건이 그 방 안에 널려 있는 게 보였다. 그동안 여기서 자고 있었구나, 이비는 생각했다.

"그보다 네 엄마라면 내다버렸을 물건을 너희가 담아둘 확률이 더 높을 게다." 짐이 대꾸했다. 그는 이비를 너무 잘 알았다. 결혼해서 오십사 년을 함께했는데 어떻게 모르겠는가? "아니. 난 못하겠다. 너희 판단을 믿으마. 그리고 내가 간직하고 싶은 물건은 이미 챙겼어." 그는 손님방으로 천천히 들어가 침대에 조심스레 앉았다.

"알겠어요." 아일라는 슬픔에 빠져 있는 아버지를 홀로 내버려 두는 게 내키지 않아 마지못해 대답했다.

"난 괜찮아, 아일라. 정말이야. 그냥…… 네 엄마가 그리워서 그래, 그뿐이야." 짐은 웃음을 지었다. "물론," 그는 방을 구석구석 둘러보며 말을 이었다. "이비라면 분명 아직 이 근처를 맴돌면서 우리가 잘 지내고 있나 지켜볼 테지만." 짐은 혼자 슬쩍 미소 지었고 이비도 덩달아 웃으면서 오랜만에 다른 사람들 속에 섞여 살아 있는 기분을 느꼈다. 그녀는 짐이라면 그녀가 가까이 있는 걸 감지할 거란 걸 알았고, 그래서 기뻤다.

"아마 아빠 말이 맞을 거예요." 아버지가 오늘밤은 괜찮을 것 같아서 아일라는 아까보다 조금 마음을 놓으며 말했다. "주무세요." 여전히 아버지를 혼자 두는 건 내키지 않았지만 마음 깊은 곳에서는 아버지가 나머지 식구를 모두 합친 것보다 강인하다는 사실을, 그러니 정말로 괜찮을 거라는 사실을 알았기에 천천히 방문을 닫았다. 이비는 아일라를 따라 방에서 나왔다.

아일라는 어릴 때 말썽쟁이는 아니었지만 호전적이고 고집이 센 데다 늘 말싸움을 할 준비가 돼 있는 것 같은 아이였다. 그래서 학교에서 선생님께 말대꾸를 했다는 통지서가 잊을 만하면 한 번씩 집에 날아들곤 했다. 이비가 오거스트의 창의성을 꽃피우는 데 힘을 쓰는 동안 짐은 아일라의 토론 욕구에 관심을 쏟았고, 논쟁에서 절대 지는 일이 없도록 물샐틈없는 논리를 구축하는 법을 가르쳤는데, 이것은 오빠 오거스트에게는 불행한 일이었다. 오거스트는 다섯 살이나 어린 여동생이 일곱 살 무렵에 말싸움에서 자신을 능가하게 되자 아주 못 견뎌했다. 이비는 저녁 식탁 맞은편에 앉은 짐을 향해 눈썹을 치켜세웠고, 그러면 짐은 그저 어깨만 으쓱해 보일 뿐이었다. 그러고는 식사가 끝난 뒤 아일라의 머리를 헝클면서 그녀가 오빠만큼 늦게 자도 되는 이유를 차분하고 논리적으로 조목조목 설명해낸 것을 축하해주었다. 아일라는 토론을 즐기는 건 물론이고 어떤 문제가 충분히 이해될 때까지 끝도 없이 질문을 퍼붓는 아이로 자랐다. 아일라는 말하자면 짐이 아끼는 제자였지만, 이비는 그런 딸에게 연민과 사랑과 관용을 가르치는 것을 간과하지 않았다. 이비 자신은 엄마에게 배운 적 없는 것들이었다. 이들 가족의 부모 자녀 관계는 이런 자질들을 토대로 다져졌고 그중에서도 가장 단단한 주춧돌이 된 것은 정직이었다. 적어도 아일라는 그렇게 믿었다.

이비는 짐의 청혼을 받아들인 순간 다시는 지나간 삶을 입에 올리지 않겠다고 맹세했다. 그녀가 살던 아파트와 그림과 빈센트는 이제 과거의 일이었고, 그걸 되새김질하고 새삼 아파해봤자 아무에게도 득 될 게 없었다. 그래서 그녀는 전부 깊이 묻어두고 그런 일이 있었다는 사실조차 부정했다. 그랬기에 아일라가 열여섯 살 되던 해에 교과서 여기저기에 끼적인 그림에서 예술적 기질이 드러나기 시작하자 이비는 패닉에 빠졌다. 그녀는 일주일 동안이나 딸과 진지한 대화를 나누는 걸 피했고, 짐은 어느 날 저녁 딸의 책가방에서 떨어진 그림 한 장을 들고 식탁에 멍하니 앉아 있는 이비를 발견했다.

"솜씨가 꽤 좋지?" 짐이 이비의 맞은편에 앉으며 말했다.

"그러네." 이비가 고개를 끄덕이며 손가락으로 그림을 쓰다듬었다.

"옛날 당신만큼 잘 그려."

이비는 한 손을 들어, 잊고 싶은 얘기를 꺼내려는 그의 말을 막았다.

"당신이 늘 아일라한테 호러스 그림 그려주잖아." 짐은 이비를 속상하게 만들고 싶지 않아서 조심스럽게 말했다.

"그거랑은 다르지. 모든 엄마들이 애한테 그림 그려주잖아. 그런데 이건……" 이비는 딸의 스케치를 내려놓고 두 손으로 머리를 감쌌다.

"아일라가 계속 그림을 그리면서 재능을 키우면 당신이 점점 더 그애한테 거짓말하는 기분이 들까봐 그러는 거구나." 짐이 이렇게 말하자 이비는 손가락 사이로 그를 올려다보며 고개를 끄덕였다. "그럼 아일라에게 이야기해."

"싫어." 이비가 딱 잘라 말하자 짐은 흠칫 놀랐다. "미안해. 미안. 그냥…… 그 일은 들추기 싫어. 도저히 못하겠어." 목소리가 떨렸고, 이비는 북받쳐오르는 감정을 누르려고 숨을 크게 들이쉬었다. "아일라가 뭐가 되고 싶어하든 그렇게 되길 바라고 화가가 되고 싶다면 최대한 지원해줄 테지만…… 내 인생의 그 시기를 묻어둘 수 있도록 당신이 그 어느 때보다 더 협조해줬으면 좋겠어. 만약 그애한테 내가 수십 년 전 신문사에서 일러스트레이터로 일했다는 거나, 그 직업을 유지하려고 얼마나 애를 썼는지 얘기해주면 다른 사정들도 줄줄이 엮여나올 테고, 그럼 결국 모든 걸 다 털어놔야 할 거야. 근데 나는 도저히, 도저히 그때 일을 되새길 자신이 없어. 지금 와서 그때 잃은 걸 또다시 떠올릴……"

짐은 이비가 완전히 무너지기 전에 자리에서 벌떡 일어나 재빨리 테이블을 돌아가서 그녀를 안아주었다. 이비는 짐의 파란색 스웨터 조끼에 얼굴을 파묻고 몇 번 심호흡을 하면서 그의 체취를 들이마셨고, 그러자 한결 마음이 가라앉았다.

"그래." 짐이 이비의 턱을 들어올려 얼굴을 마주보았다. "그럼 말하지 말자. 하지만 마음의 준비는 해둬. 내가 그 녀석을 잘 아는데, 화가가 되겠다고 한번 마음먹으면 물불 안 가릴 애야."

"그러면 뒷짐지고 지켜보면서 대리만족이나 하지 뭐." 이비가 씩 웃었고 짐은 몸을 숙여 이비의 입술에 가볍게 입맞춤했다.

아일라는 화가가 되지 않았다. 원하는 게 뭔지 진지하게 고민해본 뒤 법대에 진학했고, 스노 앤드 서머 법률회사 최초의 여성 총수가 된 것은 물론이고 최초로 온전히 혼자서 회사를 경영하는 단독 대표가 되었다. 반은 스노가 사람이고 반은 서머가 사람인 아일라는 오빠 오거스트가 법에 관심이 없고 에디 삼촌에게 자녀가 없는 상황에서 흔쾌히 회사를 물려받았고, 역대 어느 선임자보다 더 효율적이고 공정하게 운영했다. 에드워드 스노와 제임스 서머는 오거스트와 아일라가 어릴 때 고인이 되어 회사 운영에 참여할 수 없었다. 엘리너 스노도 남편을 보내고 얼마 후 세상을 떴고 제인 서머만 아흔 살을 넘겼다. 남편을 떠나보낸 후 완전히 딴사람이 된 제인은 손녀 아일라가 회사를 물려받는 데 전적으로 동의했다.

아일라는 변호사가 됐지만 미술에 대한 애정은 절대 식지 않아서 짬이 날 때마다 그림을 그렸다. 하지만 새 그림을 보여줄 때마다 엄마의 얼굴에 떠오르는 표정을 도무지 이해할 수가 없었다. 이비는 항상 몹시 아쉬운 표정이었고 조금 겁을 먹은 것도 같았다. 자신의 그림이 형편없다고 생각하는 것이리라 넘겨짚은 아일라는 엄마의 그 표정이 너무 싫어서 어느 날부턴가 그림을 보여주지 않았다. 그후로도 아일라는 줄곧 그렇게 믿었고, 모녀는 각자의 이유로 애석해했다.

이비는 아일라를 따라 복도를 지나, 딸아이가 어렸을 때 썼던 방으로 갔다. 아일라가 문을 열자 얼른 따라 들어간 이비는 멈춰 서서 방안을 둘러보았다. 이비와 짐은 자식들이 독립한 뒤에도 방안을 건드리지 않고 그대로 두었다. 아일라는 언제나 고집 센 개구쟁이였지만 가장 좋아하는 색깔은 연분홍색이었고 물건은 가능하면 늘 반짝거리거나 보석이 잔뜩 박힌 것을 선택했다. 이비는 분홍색과 크림색이 섞인 줄무늬 벽지와 반짝이는 커튼을 훑어봤다. 구석구석에서 반사광을 발하는 조그만 모조 보석들이 이비를 향해 빛을 깜박였고, 그것들을 바라보는 딸의 눈도 슬픔을 가득 머금고 반짝거렸다. 아일라는 어릴 적 성질을 부릴 때 그러던 것처럼 침대로 후다닥 달려가 몸을 던졌다. 그러더니 베개에 얼굴을 묻고 눈물로 베갯잇을 적셨다. 이비는 악몽을 꾼 아이를 달래 재우고 나서 걸터앉아 지켜봤던 침대 끄트머리에서 그 광경을 물끄러미 바라봤다.

"나 아직 여기 있어, 아일라." 이비가 속삭였다. "앞으로도 늘 여기 있을 거야."

아일라는 몇 분 흐느껴 울다가 금방 잠이 들었다. 이비는 부디 자신이 옆에 있어서 그런 것이기를 바랐다. 지금이 기회였다.

"아일라."

아일라는 자면서도 엄마가 제 이름을 부르는 걸 알아듣고 미간을 좁혔다.

"아일라, 자랑스러운 내 딸. 넌 참 영리한 아이야. 내가 어딘가 이상하다는 걸, 뭔가 숨기는 게 있다는 걸 항상 알았는데도 엄마를 전적으로 믿었기에 한 번도 문제삼지 않았잖니. 엄마가 비밀을 간직할 수 있게 해줘서 고마워. 너한테 과거를 숨기는 게 용감한 일인 줄 알았는데, 실은 겁쟁이 같은 짓이었어. 더이상 마음 아프기 싫어서 그랬어. 차라리 네가 캐물었다면, 그럼 평생 무서워서 피하기만 했던 것을 억지로라도 마주했을 텐데. 그런데 죽고 나니…… 생전에 가장 두려워하던 걸 마주할 수밖에 없더구나. 그러니 내가 너한테 해줄 수 있는 조언은 아직 살아 있고 기운이 있을 때 미리 미리 극복하라는 거야." 이비는 자신을 향해 웃었고, 아일라는 옛날에 이비가 따뜻하게 안아주면 그랬던 것처럼 엄마 웃음소리에 몸의 긴장을 풀었다. "그런데 이제는, 사랑하는 딸아, 너도 모든 걸 다 알 때가 된 것 같구나. 상자가 하나 있는데, 아일라, 내가 옛날에 살던 아파트에 보관해둔 구두 상자야. 집이…… 네 아빠가 주소를 알고 있어. 거실 러그 밑에 마룻장이 헐거운 부분이 있는데, 그걸 들추면 상자가 나올 거야. 상자 안에는…… 흠, 그냥 가서 보는 게 낫겠다. 일단 그걸 찾으면 모든 게 명확해질 거라고 약속하마. 너도 한 가지만 약속해줘. 나 대신 그걸 잘 보관해주렴, 알았지? 나보다 더 소중하게 다뤄줘."

이비는 일어서서 치마를 쓸어내린 후 깊이 잠든 딸에게 까치발로 살금살금 다가갔다. 조심스레 얼굴에서 머리카락 몇 가닥을 뒤로 넘겨주고는 그래도 아일라가 미동도 않자 허리를 숙여 딸의 이마에 입맞췄다. 이비의 실체 없는 입술이 살갗에 닿은 순간 아일라가 벌떡 일어나 앉았다.

"엄마?" 아일라가 소리쳤다.

이비는 숨을 들이마셨고 그 숨과 함께 방에서 빨려나가는 느낌이 들면서 시야가 흐릿해졌다. 다시 한번 그녀는 산 자들의 세상에서 끌려나가고 있었다.

*

다음 순간 이비는 몸이 지하실 바닥에 쿵 떨어져 굴러가는 걸 느꼈다. 아주 우스꽝스러운 오뚝이처럼 구르던 그녀는 리프의 발에 얼굴을 처박은 상태로 멈췄다.

"어땠어?" 땅딸막한 네덜란드인 리프가 재촉하듯 물었다.

떨어지면서 폐에서 숨이 다 빠져나간 이비는 말은 못하고 검지와 엄지를 오므려 붙여 오케이 사인을 만들어 보였다. 리프에게 대답은 그걸로 충분했다. 그는 이비가 돌아올 때를 위해 타놓은 차가 든 컵을 집어들어 이비의 얼굴 옆에 살며시 내려놓았다.

9
마법

아일라는 온몸의 피가 머리로 몰리는 느낌이었다. 방금 전 분명히 방에 누군가 같이 있었다. 다정하고 차분한 누군가의 존재를 느꼈고, 그 느낌이 너무 선명해서 흠칫 놀라 잠에서 깬 것이었다. 그런데 막상 일어나보니 방안에는 아무도 없었다. 아일라는 관자놀이를 문지르면서, 바보가 된 기분에 웃음을 터뜨렸다. 오빠와 다르게 아일라는 귀신이며 사람 송장을 먹는 괴물 따위를 한 번도 믿은 적이 없었다. 오거스트가 어둠을 무서워하고 그림자만 봐도 펄쩍 뛰었던 반면, 그녀는 항상 푹 자고 겁을 먹고 쭈뼛거리는 일도 좀처럼 없었다. 맞은편 벽에 걸린 분홍색 소용돌이무늬 시계를 확인하니 잠들었던 건 고작 몇 분이었다. 여전히 너무 피곤하고 눈꺼풀이 무거워서 아일라는 남아 있는 잠기운에 몸을 맡기고 다시 베개에 털썩 머리를 뉘었다.

꿈에서 아일라는 새카만 하늘 위를 떠다녔고 주위에는 유릿조각이 떠 있었다. 유릿조각들은 달빛을 받아 반들거리고 반짝였으며 어떤 조각은 너무나 맑고 깨끗해 아일라의 얼굴이 비쳐 보일 정도였다. 하지만 거기에 비친 상은 금발이 군데군데 희끗해지고 피부도 주름지기 시작한 마흔일곱 살의 그녀가 아니었다. 열한 살 때의 그녀였다. 손을 내려다보니 온통 물감과 색분필이 묻어 있고 분홍색 바지와 연녹색 윗도리도 온통 이 색깔 저 색깔로 얼룩져 있었다. 심지어 머리카락도 아크릴물감이 말라붙어 엉기고 떡져 있었다.

유릿조각들이 따스하게 짤그랑거리는 소리를 내며 진동하기 시작하더니 갑자기 꼬마 아일라를 베지 않도록 조심하면서 죄다 한 방향으로 날아가기 시작했다. 그러더니 마치 새떼처럼 공중에서 서로의 주위를 춤추듯 맴돌았고, 아일라가 그 광경을 홀린 듯 쳐다보는 사이 하나씩 제자리를 찾아가기 시작했다. 하나의 조각 옆에 다른 조각이 날아가 붙는 모습이, 마치 유리로 된 직소 퍼즐 같았다. 마지막 조각이 아일라에게 장난을 걸듯 총총 튀어 가 나머지 조각들에 들러붙었고, 그러자 조각 사이사이의 주름이 펴지고 틈이 메워져 마침내 매끈한 하나의 유리판이 되었다. 반들반들한 유리창이었다. 아일라가 박수를 치는데 창에 비친 그녀의 모습이 옅어지기 시작했다. 처음엔 서서히 흐려지더니 어느 순간 완전히 사라졌다. 유리가 점점 탁해지고 매끈하던 표면도 거칠어졌다. 그러더니 가장자리가 돌돌 말렸고, 아일라는 유리창이 종이로 변했다는 걸 알아차렸다. 도대체 왜? 그녀는 생각했고, 그때 흰 종이 한가운데에 검은 점이 나타났다. 처음에는 한 개의 점이었는데 마치 투명인간이 아일라의 앞에서 그림을 그리는 것처럼 어느새 곡선으로 변했다. 아일라가 눈으로 좇는 가운데 그 선은 종이 위에서 빙글빙글 미끄러졌고 그러다 이내 엄마가 그려주곤 했던, 조끼를 입고 외알 안경을 쓴 고양이 호러스의 익숙한 형체로 변했다.

"호러스!" 아일라가 열한 살 소녀의 높은 목소리로 깔깔 웃었다.

그러자 호러스의 귀가 쫑긋했다.

"호러스?" 아일라는 숨을 들이마셨다.

앞발을 쭉 뻗으며 기지개를 켠 호러스는 종이의 왼쪽 아래 구석으로 훌쩍 뛰어가더니 종이 한가운데 빈 공간을 가리켰다. 거기에 다시 검은 점이 나타났고 이번에는 카우보이 복장을 한 만화풍의 소년으로 변했다. 모습이 완성되자 소년은 허리띠에서 장난감 권총을 뽑아들었고, 아이가 총을 쏘는 시늉을 하자 그 옆에 빵! 빵!이라는 글자가 나타났다. 소년은 종이의 오른쪽 아래 귀퉁이로 달려갔고 다시 한번 종이 한가운데 검은 점이 나타났다. 그렇게 하나씩 만화 캐릭터들이 그려졌다. 엄한 표정을 짓는 엄마. 행복에 겨운 부부. 표독스러워 보이는 상사. 화난 표정을 한 거위. 연필로 스케치한 캐릭터로 지면이 가득찼고 어느새 중앙의 작은 공간만 빈자리로 남았다. 잠시 아무 일도 안 일어나더니 검은 점이 다시 돌아왔다. 그런데 이번엔 그림으로 변하지 않았다. 대신에 서명이 나타났다. 그림 작가의 것임이 분명한 작고 수수한 서명이었다.

이비 스노

그림들이 전부 서명을 향해 돌아서더니 자신에게 생명을 불어넣어준 아일라의 엄마에게 말없이 감사를 표했다. 인간 캐릭터들은 박수를 쳤고, 거위는 소리 없이 꽥꽥 울며 부리를 크게 벌렸다

다물었다 했고, 호러스는 한쪽 앞발을 조끼 위 심장 근처에 올리고 깊이 절했다. 열한 살 아일라의 눈이 휘둥그레졌고, 다음 순간 아일라는 더이상 조그맣고 날렵한 몸이 아니라 무겁고 피곤에 전 몸으로 자기 방 분홍색 천장을 올려다보고 있었다.

잠에서 깬 것이었다. 다시 현실로 돌아와 있었다. 다시 마흔일곱 살의 그녀로.

그런데 뭔가 다르게 느껴졌다. 너무나 진짜 같은 꿈이었다. 아일라는 물감이 묻은 데를 찾아 옷을 더듬거리기까지 했지만 전날 입었던 깨끗한 옷 그대로였고, 분홍색 소용돌이무늬 벽시계를 보니 무려 여덟 시간이 지나 있었다. 벌써 아침 아홉시가 다 돼가고 있었다. 아일라는 앓는 소리를 냈다. 기분은 절대로 그렇게 오래 잔 것 같지가 않았다.

샤워하고 옷을 갈아입자 겨우 남 앞에 나서도 괜찮을 것 같은 상태가 됐지만, 그러는 동안에도 꿈에서 본 스케치들이 뇌의 바깥 트랙에서 서로의 꽁무니를 쫓아 달리며 저희들끼리 뱅뱅 돌았다. 직장 상사는 엄마 캐릭터를 쫓아가면서 엉덩이를 꼬집으려 했고, 엄마는 뭔가 못마땅한 듯 손가락질을 하면서 커플을 쫓아갔고, 커플은 거위 꼬리를 잡아당기려는 꼬마 아이를 쫓아 달렸다. 거위는 호러스를 뒤뚱뒤뚱 쫓아갔고, 호러스는 의기양양하게 나머지 전부를 앞질러갔다. 그리고 불쌍한 아일라는 밀려드는 의문의 답을 찾으려 애쓰면서 그들 모두를 쫓아 허둥지둥 달리고 있었다.

평소와 다른 점을 제일 먼저 눈치챈 건 오거스트였다.

"사랑하는 동생, 오늘은 정신을 어디 먼 데다 두고 왔나보군."
그는 셰익스피어 극의 과장된 발성을 흉내내며 놀리듯 말했다. 그러더니 아침 설거지를 하는 아일라의 등뒤를 살금살금 돌아 옆에 가 섰다. "너는 좀처럼 정신을 파는 적이 없는 애잖아." 동생이 대꾸를 안 하자 오거스트가 이제는 걱정어린 투로 말을 이었다. 그는 아일라의 손에서 젖은 버터나이프를 홱 낚아챘고, 그 바람에 둘 다 물방울 세례를 받았다. 그가 나이프로 장난스럽게 동생을 가리키며 말했다. "넌 누구냐? 구린내나는 내 동생을 어떻게 했지?"

아일라는 웃음을 터뜨리며 나이프를 도로 채갔고, 계속해서 나이프 날에 낀 달걀노른자를 닦았다. "그냥 잠을 잘 못 자서 그래." 싱크대에 맺힌 비눗방울들의 반들반들한 표면이 어쩐지 꿈에서 본 맑은 유리판과 비슷해 보였다.

"너한테도 엄마 귀신이 나타나?" 오거스트는 반농담조로 이렇게 말했다.

아일라의 손에서 접시 한 개가 미끄러져 싱크대 안에 달그락 떨어졌다. 다행히 깨지지는 않았지만 설거지 물이 파도처럼 일어 바깥으로 넘치면서 아일라의 복슬복슬한 분홍색 슬리퍼를 흠뻑 적셨다.

"으악!"

오거스트는 잠시 푹 젖은 동생의 발을 쳐다보다가 웃음을 터뜨렸다. "왜 그렇게 겁을 먹은 거야?" 그는 일단 웃음이 가라앉자 물었다.

"오빠가 너한테도라고 했잖아." 아일라가 오빠를 휙 돌아보며 말했다. 의도했던 것보다 더 매몰찬 말투였다. "무슨 뜻이야, 너한테도 엄마 귀신이 나타나냐니?" 금세 양말까지 젖어서 아일라는 기막힌 듯 헛기침을 하면서 주저앉아 양말을 벗었다.

"별거 아니야." 오거스트는 갑자기 멋쩍어져서 이렇게 둘러댔다. 그는 어떤 꿈을 꿨고 꿈속의 새가 나타나서 어떻게 했는지 아내 대프니 말고는 아무한테도 얘기하지 않았다. 아마 대프니가 그 자리에서 사건의 대부분을 목격하지 않았더라면 그녀에게도 말하지 않았을 터였다. 하지만 지금은 대프니가 거기 있었던 게 무척이나 고마웠다. 둘의 사이가 막 결혼서약을 한 날만큼 달콤해졌기 때문이었다. "그게……" 오거스트는 말을 하다 말고 과일바구니에서 사과 하나를 집어 한입 베어 물었다. 그러고는 천천히 씹으면서 이 기묘한 이야기를 어떻게 전달할지 머리를 굴렸다.

"말해봐." 아일라가 채근했다.

"얼마 전에 어떤…… 꿈을 꿨는데."

아일라는 심장이 벌렁거리며 갈비뼈에 부딪히는 듯한 느낌이었다. "꿈을 꿨다고?"

"바보 같은 소리로 들릴 거 알지만, 분명 엄마 목소리가 어떤…… 새 얘기를 해주는 걸 들었어. 새가 날개를 파드닥거리는 것도 봤고, 잠에서 깼을 때도 그 느낌이 가시질 않더라고." 오거스트는 펜에서 잉크가 흘러나오듯 자기 입에서 이야기가 줄줄 나오는 기분이었다. "내 머릿속에 그 새가 계속 머무는 것 같더니 그 녀석이 갑자기 내 앞에 나타났어. 진짜로 나타났다니까."

"새가?" 아일라가 아연실색해서 물었다.

"응. 몸집이 작은 검은 새였는데 알고 보니 검은 새가 아니더라고! 새하얀 비둘기였는데, 엄마랑 엄마가 한때 사랑했던 남자가 연애편지로 그 녀석을 새카맣게 뒤덮은 거였어. 두 분이 떨어져 지낼 때 그 녀석이 오가면서 날개에 쓴 메시지를 전달해준 거지."

아일라는 오거스트를 멍하니 쳐다봤다.

"말도 안 되는 소리로 들리는 거 알아. 잠깐만 있어봐……"

오거스트는 부엌에서 뛰쳐나가 자기 여행가방이 있는 위층으로 후다닥 올라갔다. 가방 속 옷가지와 속옷을 마구 헤집자 마침내 그 밑에서 익숙한 공책의 형체가 만져졌다. 오거스트가 부엌으로 돌아왔을 때 아일라는 아까 그 자리에서 아까와 똑같은 표정을 하고 있었다.

"우리가 연애편지를 잘 보관해뒀어. 읽어봐. 엄마와 더 가까워진 기분이 들 거야."

아일라는 말없이 공책을 받아들었지만 차마 열어보지는 못했다.

"아일라?" 오거스트는 동생의 얼굴이 하얗게 질린 걸 보고 걱정스레 물었다.

"어디 좀 다녀올게." 아일라는 부엌 의자에서 몸을 일으켜 계단을 향해 걸음을 재촉했다. "아빠 일어나셨어?" 그녀는 어깨 너머로 물었다.

"위층에서 거동하시는 소리 들렸어. 왜? 아일라, 무슨 일이야?"

하지만 아일라는 이미 계단 끝까지 올라가 아버지 방으로 가고 있었다. 방 앞에 선 그녀는 정신없이 문을 두드렸다.

"아빠? 아빠! 일어나셨어요?" 대답이 들릴까 해서 귀를 쫑긋 세웠지만 아무 소리도 나지 않았다. "아빠!" 한껏 목청을 높여 다시 불렀다.

그때 욕실 문이 열렸고, 아버지가 줄무늬 파자마 차림에 입에는 칫솔을 물고 서 있었다.

"무슨 일인데 그래?" 그는 치약 거품을 문 채로 웅얼거렸다.

"엄마 주소 좀 알려주세요. 옛날 집 주소요." 아일라는 아빠의 덥수룩한 눈썹이 일그러지는 걸 보고 분명히 하려고 한마디 덧붙였다.

짐은 갑작스레 현기증을 느끼고 칫솔을 쥐지 않은 손으로 문간을 붙잡았다.

"아빠?" 균형을 잃고 쓰러지는 아빠를 향해 아일라가 허겁지겁 달려갔고, 칫솔이 바닥에 떨어지면서 바닥에 치약이 사방으로 튀었다. 아일라는 아빠가 바닥에 완전히 쓰러지기 전에 붙잡았고 온 힘을 다해 몸을 똑바로 세워 붙들었다. "오거스트!"

*

짐은 거의 곧바로 의식을 찾았고, 오거스트와 아일라가 한바탕 호들갑을 떤 후에는 혼자 옷을 갈아입을 수 있을 만큼 기운도 되찾았다. 그는 아이들이 있는 아래층으로 내려가다가 남매 둘이 앉아서 근심어린 어조로 속삭이고 있는 것을 보았다. 그들은 문간에 다다른 짐을 발견하자 입을 딱 다물었다.

"나 때문에 얘기 멈출 것 없다." 짐은 나이들어 쇠약해진 모습을 자식들 앞에서 드러낸 게 민망했다.

"아빠, 질문이 하나 있어요. 아니…… 질문이 여러 개 있어요." 아일라가 말했다. 오거스트의 공책이 아일라의 무릎에 놓여 있었다.

"뭐에 관한 질문인데?" 짐은 한 발 한 발 애써 단단히 디디며 조심스럽게 방으로 들어왔다.

"엄마에 대해서…… 그리고 우리를 낳기 전 엄마의 인생에 대해서요." 오거스트가 동생에게서 공책을 가져가며 대답했다.

순간 짐은 휘청했고 다음 발을 내디디면서 넘어지지 않으려고 온 신경을 집중해야 했다. 그는 크게 심호흡을 하고 대꾸했다. "그렇구나." 소파 맞은편에 놓인 안락의자까지 겨우 걸어간 그는 조심조심 거기에 앉았다.

"이런 걸…… 발견했어요." 오거스트는 있을 법하지 않은 괴이한 이야기로 아버지를 당황하게 만들고 싶지 않아 거짓말을 섞어 말했다. "편지로 가득찬 공책이에요. 정확히 말하면 연애편지요. 엄마가……"

"빈센트한테 보낸?" 짐이 슬쩍 웃으며 말했다.

"맞아요." 아일라가 나직이 대답했다. "그걸 어떻게……?"

"한 번 만난 적 있거든. 아주 잠깐이었지만. 괜찮은 친구였지. 네 엄마를 온 마음을 다해 사랑했단다."

"그런 것 같더라고요." 오거스트가 공책을 짐에게 건네며 대꾸했다.

짐은 책장을 넘기면서 이비의 필체를 흐뭇하게 들여다보았다. 그녀만 사용하는 특유의 표현, 예를 들어 '철푸덕거리는'이라든가 '멍청이' 같은 단어가 눈에 띄면 이비가 채우고 있었던 마음의 빈 공간이 쿡쿡 쑤셔왔다.

"이거 어디서 그냥…… 발견한 게 아니지, 오거스트?" 짐이 예리하게 물었다.

오거스트는 깜짝 놀라 말문이 막혔다.

"꼬마를 만났구나." 짐은 그들이 마치 지극히 일상적인 대화를 나누고 있는 양 아무렇지 않게 말을 이었다. 그는 온기가 뿜어져 나오는, 펼친 공책에서 고개를 들었다. 오거스트가 심하게 혼란스러워하는 걸 보고 짐은 부연설명을 해주었다. "알고 보니 검은 새가 아닌 그 검은 새 말하는 거 맞아. 네 엄마는 항상 그 녀석을 꼬마라고 불렀어. 그 새도 나는 딱 한 번 만나봤을 뿐이지만 네 엄마한테서 얘기는 많이 들었단다."

오거스트에게는 그 말이 봇물을 터준 격이었다. 그는 그전까지 대프니와의 사이가 얼마나 경직돼 있었는지부터 시작해서 어느 날 꿈을 꾼 이야기, 어디선가 꼬마가 나타나 모든 것을 해결해준 이야기까지 단숨에 털어놓았다.

"꼭 엄마가 저를 지켜봐주고 계신 것 같았어요. 그런데 이번엔……" 오거스트의 시선이 아일라에게 향했다. 아일라는 희망에 찬 눈빛으로 아버지를 바라보고 있었다.

"그런데 이번엔 제가 비슷한 꿈을 꾼 거예요. 정말 진짜 같고 너무도 익숙한 꿈이었어요, 마치…… 엄마가 저한테 해줄 이야기가 있는 것 같았어요."

짐은 공책을 살며시 덮고 미세하게 떨리는 깍지 낀 두 손을 표지 위에 올려놓았다. "그래, 네 엄마가 뭘 말하려는 것 같았니?" 조금 전과 사뭇 다른 말투로 그가 말했다. 별로 도와주고 싶지 않은 듯 회의적인 어조였고, 아일라는 갑작스러운 두려움이 목구멍으로 치밀어오르는 것을 느꼈다.

"엄마가 부모님 집에서 나와 결혼하기 전까지 다른 데서 살았다고 했어요. 거기에 뭘 두고 왔는데 제가 그걸 찾았으면 좋겠다고요. 꿈속에서 웬 유리판이 나오더니 종이로 변했고…… 그림들이 살아 움직이기 시작했고, 그다음엔……"

"그만하면 됐다." 짐이 한 손을 들어 보였고 아일라는 숨을 멈췄다. 오거스트가 왼쪽으로 몸을 살짝 기울여 아일라의 어깨를 지그시 누르면서 자신이 동생의 편임을 알렸다. "너는 지금 끼어들지 말아야 할 일에 끼어들고 있어. 우리와 가족을 이루기 전 네 엄마의 삶은 네 엄마만의 것이야. 우리에겐 권한이 없어. 너희한테 함구하기로 한 네 엄마의 결정을 존중해서 이제 과거를 캐는 일은 그만뒀으면 한다. 내가…… 견딜 수가 없구나." 짐은 눈물 고인 눈을 자식들에게 보이고 싶지 않아 손바닥에 얼굴을 묻었고, 다른 쪽 손을 조용히 흔들어 다들 가라고 신호했다. 아이들을 무시하거나 매몰차게 굴려고 그런 게 아니었다. 의자에서 일어나기엔 너무 기운이 없는데 잠시 혼자 있고 싶어서 그런 것이었다.

오거스트가 동생의 팔을 붙잡았다. 그러나 둘이 계단에 이르기 전에 아일라가 다시 아버지를 돌아보았다.

"엄마가 어떤 비밀을 지켜달라고 했건 간에요, 아빠, 지금 엄마는 저한테 그걸 찾아달라고 하고 있어요. 제게 필요한 건 주소뿐이에요. 그거면 돼요. 그것만 가르쳐주시면 다른 건 더 안 해주셔도 돼요. 부탁이에요, 그냥…… 생각만이라도 해보세요. 아빠가 알았던 과거의 엄마를 저도 알고 싶어요."

*

짐은 한참을 앉아서 생각에 잠긴 채 공책을 읽어내려갔고, 자주 떠올리긴 했어도 아주 오랫동안 입 밖으로 꺼낼 수 없었던 과거에 잠겨 허우적댔다. 그날 이후 두 사람은 빈센트를 다시는 보지 못했고, 이비는 빈센트 생각을 했건 안 했건 절대로 그를 입에 올리지 않았다. 하지만 짐은 빈센트가 어디에 있는지 그리고 어떻게 지내는지, 다른 사람을 만나 행복하게 살고 있을지 궁금해하지 않은 날이 거의 없었다. 부디 행복하게 살기를 언제나 바랐다. 그런데 지금 짐은 갈피를 못 잡고 있었다. 이비가 부탁한 대로 그녀의 과거를 꽁꽁 잠가놓았는데 이제 와서 이비의 유령이 자식들에게 나타나 짐이 아직도 감춰두고 있는 열쇠를 어서 찾아내라고 설득하고 있는 모양이었다.

"오 이비. 나는 어쩌면 좋지?" 이렇게 속삭이면서 짐은 난롯가 안락의자에서 스르르 잠이 들었다.

*

"뭔가 잘못됐어요." 이비가 말했다. 아까부터 지하실 바닥에 드러누워 머그잔의 차를 한 모금씩 마실 때만 간간이 몸을 일으키고 있었다. "아직 아무것도 안 느껴져요." 언제라도 흉곽 안쪽이 조이고 진동하는 느낌이 들면서 이내 몸이 가벼워지는 순간을 기다리고 있었는데, 아파트로 돌아온 지 꽤 됐음에도 불구하고 아직…… 아무 일도 없었다.

"인내심을 가져, 이비. 때로는 산 자들이 메시지를 이해하는 데 시간이 걸리니까." 리프가 말했다.

"아뇨…… 이건 그렇게 단순한 문제가 아니에요. 이건……" 이비는 딸이 주저해서가 아니라는 걸 알았다. 뼛속까지 변호사이기는 해도 아일라에게는 이비가 속삭인 이야기를 제대로 이해할 마법 같은 구석이 있었다. 끝내 아무것도 못 찾아낸다 하더라도 이 일을 끝까지 밀고 나갈 애였다. 그렇다, 아일라 때문이 아니었다. 하지만 아일라가 아니라면 누구 때문일까?

"짐이구나." 이비는 한숨을 내쉬며 차를 크게 한 모금 마셨다.

"짐이 뭐?" 리프가 차를 이비보다는 작게 한 모금 홀짝이며 물었다.

"짐은 서머가 사람이에요. 자기 부모하고는 많이 다르고 상상력도 있는 사람이지만 그이에게 상상이란 결국 가짜에 불과했죠. 그런 건 결코 진짜일 수 없고 진짜일 리도 없다고 생각하는 사람이라고요. 그런데 지금 제 옛 주소를 아는 게 그 사람뿐이에요."

"그래서……?" 리프는 도무지 감을 잡을 수 없었다.

"제가 그 사람한테 제 과거랑 그 당시 일어난 일들을 전부 비밀로 해달라고 부탁했었어요. 그 사람은 제 옛날 주소를 절대 안 알려주려 할 거예요. 그게 제가 원하는 거라고 믿으니까요. 오, 짐." 이비는 짐이 그녀의 비밀을 이렇게까지 철저히 지켜주는 데 감동했지만 이제는 다른 방향으로 그녀를 도와야 한다는 걸 그에게 깨우쳐줘야 했다.

어서, 아일라, 이비는 온 마음을 다해 빌었다. 네 아빠의 마음을 돌려봐.

*

아일라는 아버지가 안락의자에 잠들어 있는 것을 발견했다. 오후가 가고 저녁이 오면서 널찍한 집안의 공기가 싸늘해지자 아일라는 아버지의 체온이 떨어지지 않도록 벽난로에 불을 땠다. 그러고는 맞은편에 앉아 잠든 아버지를 지켜봤다. 무의식 상태에서도 그는 근심어려 보였고, 아일라는 혹시 엄마가 아빠 꿈에도 나타난 걸까 궁금했다. 아일라가 보고 있는 걸 느꼈는지 짐은 꿈틀거리기 시작했고 곧 눈꺼풀이 열렸다.

"아일라." 짐의 입이 힘들게 떨어졌다.

"아빠." 아일라는 짐에게 미소를 지었다. "있잖아요, 아까 제가 한 말이요……"

짐이 의자에서 몸을 일으켜 앉자 관절이 삐걱거렸다. "아일라." 짐이 약간 경고 섞인 어조로 말했다.

"엄마가 비밀로 해달라고 한 거 알아요. 안 그랬으면 이렇게 굳게 입을 다물고 계시지 않겠죠. 하지만 저한테 주소를 알려주시면 거기서 제가 뭘 찾아내든 우리 가족 밖으로 안 새어나가게 할게요. 원하시면 오거스트 오빠한테도 말 안 할게요. 뭔가 찾아낸다 해도 아무것도 못 찾은 척할게요. 그렇지만 지금 어떤…… 직감이 들어서 그래요. 제가 찾아내야 할 뭔가가 있어요. 그걸 알겠어요."

짐은 마음이 조금씩 누그러지는 것을 느꼈다. 그동안 기억 속에 가둬뒀던 모든 것들이 일제히 감옥의 창살을 조금씩 더 구부리면서 탈출하려 하고 있었다.

"그 옛날 집에 엄마가 저한테 남겨놓으신 게 있어요. 제가 찾기를 원하시는 물건이요."

그 말 한마디면 충분했다. 유릿조각들을 담아둔 상자의 기억이 마침내 해방되어 짐의 머릿속 열쇠 구멍을 통해 와르르 쏟아져나왔다.

"나도 내가 왜 이러는지 모르겠다." 짐이 중얼거렸다.

"이러다니요?" 아일라가 가느다란 한쪽 눈썹을 치켜올리며 물었다.

짐은 눈을 감고 기억이 가슴속으로 스며들어오도록 내버려두었다. 심장이 입을 벌리더니 크게 소리쳤다. 아버지가 말이 없자 아일라는 초조해졌지만, 잠시 후 밖에서 파드닥 날갯짓소리가 들렸다.

"저 망할 비둘기를 쫓아가서 찾고 싶은 걸 찾으렴." 짐이 포기했다는 미소를 보이며 말했다.

아일라는 창 쪽으로 돌아섰다. 창틀에 새하얀 새 한 마리가 앉아 있었다. 아일라가 보기에 그 녀석은 분명 미소를 짓고 있었다.

"어떻게 된 일인지는 묻지 마라. 나는 그때도 몰랐고 지금도 모르니까. 하지만 네 엄마가 이 현상을 칭한 단어가 있긴 하지."

"그게 뭔데요?" 아일라가 물었다.

"마법."

10
82호 아파트

버려진 지 오래된 건물이었다. 제멋대로 자란 초록색 풀이 건물 외부를 완전히 뒤덮어, 각층의 발코니를 타고 올라간 덩굴이 다음 층 덩굴과 서로 엉켜 있을 정도였다. 창문은 죄다 깨져 있고, 외벽에는 갓 바른 반들반들한 페인트 대신 이끼가 점점이 낀, 색 바래고 갈라진 페인트 조각들이 붙어 있었다. 허물어지고 무너졌어도 개성이 있는 건물이라고 아일라는 생각했다. 꼭 나이든 사람의 젊었을 때 사진을 보는 것 같았다. 비록 몸은 세월에 시달려 노쇠했지만 아직 두 눈에서 그때 못지않은 젊음이 보이는 것과 같았다. 아일라는 혹시 저 건물에 들어가서 괜히 위험에 처하는 건 아닌지, 혹은 입구를 찾을 수나 있을지 걱정됐다. 정문 현관의 유리문 하나가 완전히 박살나 있는 걸 보고, 안에 무단 거주자들이 살고 있을 가능성도 고려했다. 이것이 인생을 통틀어 자신이 저지른 가장 어리석은 일이 되지 않기를 바라면서도, 최소한 들어가보기는 해야 한다는 생각이 들었다.

부서진 유리를 밟고 들어가면서 아일라는 집에서 나오기 전에 정장용 구두를 운동화로 바꿔 신기를 참 잘했다고 생각했다. 로비는 캄캄했고 벽을 따라 끈질기게 퍼지고 있는 축축하게 썩어가는 부위에서 냄새가 났다. 그나마 온전한 상태로 남아 있는 것은 로비 중앙의 조명뿐이었다. 지나치게 소박한 샹들리에였지만—샹들리에라고 부르기도 애매한—그런데도 먼지를 뚫고 환히 빛을 발했고 건물 안의 다른 가구들 대부분과는 달리 파손되지 않고 여태 살아남아 있었다. 바닥에 쌓인 먼지 위에는 한때 의자들이 있었던 자리가 자국으로 남아 있었고, 벽지는 온통 그래피티로 뒤덮였으며, 목조부에는 별의별 천박한 욕설들이 새겨져 있었다. 딱 봐도 엘리베이터는 작동을 멈춘 듯했고, 제대로 작동한다 해도 그것을 타고 운을 시험해볼 생각은 없었다. 아일라는 계단을 흘끔 쳐다봤다. 계단에 깔린 양탄자는 쥐들이 다 파먹었지만 계단 자체는 꽤 튼튼해 보였다.

"8층이라고 했지, 내가 간다."

별다를 것 없는 건물이었고 아일라를 겁먹게 할 만한 점도 없었지만, 꼬집어 말할 수 없는 묘한 분위기가 느껴졌다. 왠지 제명을 다하기 전에 죽은 건물 같았다. 마치 자기 꿈을 펼쳐 보일 기회를 갖기도 전에 삶과 기쁨을 빼앗긴 것처럼. 아파트 문 안쪽에서 흘러나오는 음악소리와 웃음소리가 들려올 것 같았고, 주민들이 계단 난간 너머로 몸을 기울이고 이웃을 소리쳐 부르는 장면을 상상할 수 있었다. 이곳이 모두가 서로를 아끼고 서로의 집으로 초대해 차를 대접하는 공동체였다는 생각을 하자 아일라는 영혼까지 따스해지는 기분이었다. 부디 엄마가 여기 살았을 당시에는 정말 그런 곳이었기를 바랐다. 하지만 창이 다 깨지고 벽이 파손된 아파트 건물을 보고 있자니 한때 그렇게 듬뿍 애정을 받았던 곳이 이렇게 됐다는 생각에 애달픔이 뒤따랐다.

8층에 이르렀을 때 아일라는 층계참에 앉아 숨을 골라야 했다. 다시 생각해보니, 엘리베이터가 작동했더라면 냉큼 탔을 것이다. 그래도 그녀는 금세 벌떡 일어났다. 아직도 숨이 가쁘고 최근 몇 년을 통틀어 가장 오래 운동을 한 탓에 허벅지가 타들어가는 것 같았지만 목적지가 얼마 남지 않았고, 한때 엄마가 살았던 곳을 겨우 몇 걸음 앞에 두고 있다는 생각에 가만히 앉아 있을 수가 없었다.

아일라는 엘리베이터 옆을 빠른 걸음으로 지나쳤다. 녹슨 금색 엘리베이터 문에는 노란색 그래피티로 'CB는 PF를 사랑한다'고 쓰여 있고 한쪽으로 기울어진 하트가 그 구절을 감싸고 있었다. 복도는 아일라가 지나가본 수많은 복도와 다를 게 없어 보였지만 그럼에도 무척이나 다른 구석이 있었다. 엄마가 살던 집에 점점 더 다가갈수록 꿈에서 들었던 따스한 느낌의 짤그랑거리는 소리가 더 크게 들려왔다. 곧 아일라는 숫자 82가 먼지의 막을 뚫고 그녀를 마주 노려보는 더러운 나무문 앞에 섰다.

문이 닫혀 있는 걸 알아챈 순간 심장이 내려앉았다. 당연히 그렇겠지, 그녀는 속으로 중얼거렸다. 그냥 바로 들어갈 수 있을 거라고 생각한 내가 바보지! 그래도 밑져야 본전이라는 생각에 문고리를 휙 돌리면서 동시에 왼쪽 어깨로 문을 밀었다. 그러자 놀랍고 반갑게도, 문이 한바탕 먼지 폭풍을 일으키면서 끼이익 소리와 함께 열렸다. 아일라는 물러서서 먼지가 가라앉기를 기다렸다가 안으로 들어갔다.

아파트 안은 텅 비어 있었다. 가구도 없고 커튼도 없고, 아무것도 없었다. 왜 집안이 엄마 물건으로 가득할 거라고 기대했는지 그녀 자신도 알지 못했다. 개성이 흘러넘치는 공간일 거라고 상상했었다. 초록색과 암적색, 주황색이 사방에 흩뿌려져 있고 찬장은 티백과 하드캔디 그리고 당밀냄새로 가득할 거라고. 엄마한테서는 늘 당밀냄새가 났었다. 아일라는 눈을 감고 사진에서만 본 젊은 엄마가 이 방들을 부산스레 돌아다니는 모습을 떠올려봤다. 웃음이 났다. 너무 쉽게 상상이 됐기 때문이었다. 뭔지 꼭 짚을 순 없지만 사방의 벽과 집안 분위기에 이비 스노가 온통 묻어 있었다. 엄마가 가장 자신다울 수 있었던 곳이 여기였다는 걸 분명히 알 수 있었다.

텅 빈 아파트 한가운데 멍하니 서 있던 아일라는 퍼뜩 자신이 찾는 게 뭔지도 모른다는 것을, 그리고 그 찾는 것이 과연 이곳에 있는지조차 모른다는 걸 깨달았다. 그때 익숙한 파드닥 소리가 들리더니 꼬마가 발코니로 날아와 난간에 앉았다. 아일라는 창문 하나를 힘껏 당겼고, 창문은 꽤나 힘껏 버텼지만 결국 경첩이 쩍 소리를 내며 열렸다. 그런데 아일라가 밖으로 한 발 내디딜 새도 없이 꼬마가 총총 안으로 들어왔다.

“안 돼!” 아일라는 꼬마를 밖으로 내보내려고 몇 시간이고 집안을 뛰어다닐 생각에 당황했다. 녀석을 집안에 가둬두고 다른 사람한테 와서 처리해달라고 부탁할 수도 없는 노릇이었다. 이제는 이 건물을 관리하는 사람이 없는 듯했기 때문이었다. 오거스트가 꼬마에게 애착이 대단해서, 녀석이 어떻게 되게 내버려두었다가는 아일라를 용서하지 않을 게 분명했다.

하지만 꼬마는 당황하지 않았다. 차분하고 조용하게 마룻바닥을 이리저리 돌아다녔고, 그렇게 뒤뚱뒤뚱 오가다가 마침내 어느 마룻장 위에서 멈춰 섰다. 그러더니 부리로 그걸 세 번 두드렸다. 아일라는 영문을 몰라서 고개를 갸우뚱했다. 그러자 꼬마가 이번에는 더 세게 다시 세 번 두드렸다. 아일라가 그 옆에 무릎을 꿇고 앉자 녀석은 마룻널에서 폴짝 뛰어 비켜났고, 아일라는 심장이 빠르게 뛰는 가운데 손톱으로 꽤 수월하게 그 널빤지를 들어냈다. 그 밑에는 시커먼 구멍이 있었다. 생각했던 것보다 더 깊었다. 그녀답지 않게, 거기 손을 넣으면 괴물들이 손목을 움켜쥐고 그녀를 끌고 들어가 영영 나오지 못할 것 같은 기분이 들었다. 아일라는 고개를 저었다. 다음 순간 더 끔찍한 생각이 떠올랐다. 손을 넣었는데 아무것도 없으면 어쩌지? 미지의 괴물보다 현실에 더 겁을 먹다니, 그게 더 그녀다웠다.

새를 흘끔 보니 녀석은 구멍 가장자리에 발을 걸치고 앉아 고개를 쭉 빼고 안을 들여다보고 있었다. "어디, 해볼까." 아일라는 이렇게 속삭이면서 오른손을 시커먼 어둠 속으로 뻗었다.

거의 어깨까지 집어넣었을 때 손가락 끝에 뭔가 단단한 것이 닿았다. 아일라는 갑작스러운 감촉에 본능적으로 팔을 확 뺐다. 하지만 이내 그런 자신과 자신의 실없는 행동에 웃으면서 스웨터 소매를 걷어붙이고 두 팔을 다 집어넣었고, 뭔지 모르지만 손에 닿은 것을 움켜쥐고 환한 구멍 밖으로 끄집어냈다. 꺼내고 보니 그건 아주 평범한 갈색 구두 상자였다. 상자는 밀봉도 안 되어 있고 먼지가 1인치 두께로 덮여 있었지만, 놀랍게도 쥐나 흰개미에게 온통 갉아 먹히지는 않았다. 아일라는 생일 케이크 촛불을 불듯 뚜껑 위를 훅 불었고, 먼지가 풀풀 피어오르자 꼬마가 날개로 제 얼굴을 감쌌다.

"아, 미안!" 아일라가 사과하면서 비둘기 주변 공기를 손으로 부채질했다. 꼬마는 사과를 받아들이겠다는 듯 꾸루루거리면서 제 깃털을 부풀렸다.

아일라가 상자를 살짝 흔들자 짤그랑거리는 소리가 났다. 호기심이 밀려왔다. 더는 한순간도 지체하고 싶지 않았다. 그녀는 양손 엄지로 뚜껑을 들어올렸다. 그러자 곧 창으로 들어온 빛을 받은 수백 개의 유릿조각이 사방에 온통 무지개를 그리면서 그녀의 얼굴을 환히 비추었다. 아일라는 웃음을 터뜨렸지만, 그 웃음은 울컥 치솟은 감정에 목에서 탁 걸리고 말았다.

"꿈에서 본 거랑 같잖아." 겨우 이렇게 말하면서도 아직 자신이 보고 있는 게 정확히 뭔지 알 수가 없었다. 그냥 부서진 유리가 담긴 상자였다. 종이도 없고 그림도 없고 이 상자가 엄마 거였다는 어떤 증거도 보이지 않았다. 그녀가 보기엔 그저 누군가가 깨뜨린 술잔 같았다. 하지만 그렇다면 뭐하러 이렇게 정성스레 모아뒀을까? 게다가 아무도 찾을 수 없도록 헐거운 마룻장 아래에 숨겨두기까지 하지 않았나? 별의별 의문이 머릿속에서 어지럽게 떠다녔지만 한편으론 뭐라도 발견했다는 생각에 마음이 놓였다. 그 무엇이 정확히 뭔지는 아직 모르지만.

아일라가 상자 뚜껑을 덮자 아파트 안의 모든 빛이 일시에 훅 빨려들어갔고, 잠시 후 그녀는 꼬마를 데리고 82호에서 나갔다.

11
역사상 가장 위대한 화가

아일라는 오거스트에게 수수께끼를 풀기 전에는 상자와 내용물을 보여주지 않겠다고 했다. 그녀는 자기 방 바닥에 담요를 깔고 그 위에 유릿조각을 조심조심 쏟은 다음 정원 손질용 장갑을 끼고 어떻게든 조각을 맞춰보려 했는데, 조각이 워낙 많아 도저히 그럴 수 없었다. 어떤 건 조각이라고 할 수도 없었고, 아무짝에도 쓸모없는 유리 부스러기에 가까웠다. 하지만 또 어떤 조각은 서로 완벽하게 들어맞아서, 그때마다 아일라가 크게 환호하는 바람에 집안 어딘가에 있던 오거스트와 짐, 에디는 놀라서 펄쩍 뛰며 아일라가 대체 뭘 하고 있는 것인지 궁금해했다. 그러나 거의 모든 조각이 너무 험하게 부서져서 가장자리가 들쑥날쑥했고 어느 부분이 어디와 들어맞는지 알아내기가 힘들었다.

장갑을 꼈음에도 손을 몇 군데 베이고 몇 시간을 낑낑댄 뒤, 아일라는 아직도 기억 속에서 반들반들 빛나고 있는 수정같이 맑은 유리판을 그대로 재현하는 일을 포기했다. 그녀는 조심스럽게 담요 위의 유릿조각들을 도로 상자에 쏟아부은 다음 내키지는 않지만 뚜껑을 닫고 안 보이게 침대 밑으로 밀어넣었다. 그러고는 두 다리를 모아 가슴에 붙이고 꼭 끌어안은 채, 좌절의 눈물이 터져나오려는 걸 꾹 참았다.

아니, 아일라는 생각했다. 난 포기 안 해. 엄마는 이유가 있어서 내가 이 상자를 찾아내길 바라신 거야. 만약 그 불가능에 가까운 유리판을 재현할 수 없다면 대신 다른 거라도 만드는 수밖에.

그렇게 마음을 다잡은 그녀는 다시 상자를 꺼내 책상으로 가져갔다. 거기에 널려 있는 오래되고 쓸모없는 잡동사니를 한쪽으로 밀어놓고, 공구와 공예 재료가 들어 있는 낡은 초록색 상자를 찾아 수납장과 서랍을 마구 뒤졌다. 한참 후 책상 위에는 구두 상자 두 개가 나란히 놓였다. 82호 아파트에서 가져온 오십오 년 된 갈색 상자, 그리고 원래는 아일라가 열한 살 때 학교에 신고 다니던 구두가 들어 있었던 삼십육 년 된 밝은 초록색 상자였다. 아일라의 상자에는 리본과 끈, 반짝이, 스팽글, 단추 따위가 들어 있었고 상자 바닥에 조끼의 단추를 단정히 채우고 외알 안경도 챙겨 쓴 호러스 그림 한 장이 곱게 접혀 보관돼 있었다. 아일라는 호러스의 귀가 쫑긋하기를 기다렸지만 그런 일은 일어나지 않았다. 그래서 그냥 그림이 그려진 종이를 쫙 펴고 주름진 부분도 잘 문질러서, 자신이 작업하는 것을 호러스가 지켜볼 수 있게 벽에 기대놓았다.

먼저 쓸모없는 유릿조각과 적당히 큼직해서 어떻게 해볼 수 있을 법한 유릿조각을 분류했다. 그런 다음 만지는 사람이 다치거나 해를 입지 않도록, 조각마다 가장자리를 사포로 문질렀다. 그리고 더 자잘하게 부서지지 않게 조심하면서 각 조각의 끄트머리에 구멍을 하나씩 뚫고 긴 끈을 꿰어 야무지게 매듭을 지었다. 그러고는 상자에서 옛날에 쓰던 십자수 원형 틀을 꺼내, 유리에 꿴 끈들의 다른 쪽 끝을 거기에 묶었다. 작업하는 내내 호러스가 지켜봤는데, 아일라는 혹시 자신이 안 보는 사이 호러스가 종이 위에서 움직이는 건 아닌지 자꾸만 고개를 들고 흘끔흘끔 쳐다봤다.

마침내, 달이 거의 작별인사를 할 무렵 아일라는 리본 한 줄을 꺼내 양끝을 목재 원형 틀의 양쪽 측면에 묶어 틀을 매달 수 있도록 했다. 땀을 쏟아 완성한 작업물을 찬찬히 들여다보려고 들어올리자 유릿조각들이 기분좋게 흔들렸고 아일라도 기분이 좋아졌다. 기분이 너무 좋아서, 아침에 햇살을 받으면 조각조각 반짝이도록 그것을 침실 창문 손잡이에 걸어두었다.

갑자기 피로가 밀려왔다. 아일라는 피로가 자신을 집어삼키게 내버려두었다. 유릿조각들을 가지고 얼마나 열심히, 얼마나 오래 작업했는지 까맣게 몰랐다. 날카로운 조각을 만지고 사포질을 하느라 손이 욱신거렸고, 고개를 푹 숙이고 한참을 있다보니 목뒤가 뻐근했다. 그 주 들어 두번째로 아일라는 옷을 입은 채 잠이 들었다.

이튿날 아침, 햇살이 정말로 창을 통해 아일라의 방으로 쏟아져 들어와 전날 달아둔 선캐처*에 걸렸다. 그런데 아일라가 본 건 빛이 벽에 패턴을 그려가며 춤추는 모습이 아니었다. 아일라는 눈앞에 펼쳐진 풍경을 보고 아이처럼 두 눈을 비볐다.

---

* 햇빛을 받으면 반짝이는 유릿조각이 달려 있어 주로 창문에 걸어놓는 용도로 사용하는 모빌형 장식품.

“오거스트!” 아일라가 외쳤다. “빨리 와봐!”

부엌에서 동생의 외침을 들은 오거스트는 동생이 위험에 처했다고 생각하고, 발사된 총알처럼 잽싸게 계단을 두 칸씩 뛰어올라갔다. 그러나 허둥지둥 동생의 방으로 들어간 그를 맞이한 건 위험 상황이 아니라 호러스 그림이 생명을 얻어 신나게 벽을 달리는 광경이었다. 거위 한 마리가 부리를 쫙쫙 벌리고 날개를 푸드덕거리면서 천장을 뒤뚱뒤뚱 가로질러갔다. 행복에 겨운 커플이 서로를 안고 어설프게 왈츠를 추며 지나갔다. 꼬마 소년은 모자를 공중에 던지더니 거기다 대고 권총을 쏘았다. 오십오 년 동안 구두 상자에 갇혀 있다가 유릿조각을 통해 방안에 풀려나온 그림들이 마침내 맛본 자유를 축하하고 있었다.

이비의 두 자녀는 두 볼을 눈물로 적시며 멍하니 서 있었다.

“엄마는 화가였구나.” 아일라가 흐느껴 울었다.

“그렇단다.” 문가에서 목소리가 들려왔다. 짐이 바라보는 가운데 왈츠를 추던 커플이 그를 발견하고 손을 흔들었고 이에 짐도 상상 속의 모자를 슬쩍 들어올리며 미소로 답했다.

“왜 저한테 한 번도 말을 안 하셨을까요?” 아일라는 뒤쫓아오는 호러스를 유인하듯 손가락으로 벽을 훑으면서 물었다.

“네 엄마가 아무한테도 말하지 않은 게 아주 많아. 그것들은 서로 다 연결돼 있거든. 너한테 하나를 얘기하면 나머지도 전부 얘기해줘야 했을 텐데, 네 엄마는…… 도저히 그럴 수가 없었단다. 네가 미술에 흥미뿐 아니라 재능까지 보이기 시작했을 때 네 엄마가 미술에 대한 자기 열정을 너에게 털어놓기를 그토록 겁낸 이유도 그거야. 혹시나 네가 이것저것 물어볼까봐. 너한테 뭐든 숨기는 걸 못 견뎌했는데, 지금 보니 네가 아는 편이 낫겠다고 생각한 모양이구나." 그러면서 짐은 어딘가에 있는 이비를 가리키듯 위를 쳐다봤다.

아일라는 전날 밤 자신의 구두 상자에서 찾아낸 호러스 그림으로 다가갔다. 아일라는 자기 안의 열한 살 소녀가 갑자기 튀어나오는 것을 느끼며 이렇게 물었다. "그럼 제 그림이 형편없다고 생각하신 게 아니었어요?"

"오, 아일라. 그렇게 믿었던 거야?" 오거스트가 다가가 눈에 눈물이 그렁그렁한 채 고개를 끄덕이는 동생의 어깨를 두 팔로 감쌌다.

"아일라," 짐이 말했다. "네 엄마는 네 그림에서 자기 자신을 본 거야. 그 방면에서 네가 엄마를 쏙 빼닮았거든."

"그런 말씀을 들으니 좋네요. 왜냐면 제가 볼 때," 아일라는 코를 한 번 훌쩍이더니 미소를 지으며, 방 저편에서 자기를 쳐다보는 호러스를 올려다봤다. "엄마는 역사상 가장 위대한 화가거든요."

*

이비는 지하실 바닥에 누워 뒹군 지 몇 년은 된 기분이었다. 벽을 통과하는 여행이 몸에 무리를 주고 있었다. 이제 죽은 몸인데 왜 이렇게까지 피곤할까 싶었지만 그걸 물어볼 기운조차 없었다. 그래서 그냥 거기 누워 벽의 웅웅대는 진동에 위로를 받으며 몸을 덥히고 있는데, 희망을 거의 놓으려는 순간 예의 그 느낌이 다시 한번 찾아왔다. 꼭 재채기가 나올 것처럼 코에서 시작해 목구멍을 통과하고 가슴까지 퍼졌다. 이비는 누운 채로 꼼짝도 안 했지만,

리프는 변화를 눈치챘다.

“이비, 시작됐어?” 리프의 물음에 이비는 눈을 질끈 감고 고개를 세차게 끄덕였다. 흉곽 안쪽에서 뭔가가, 전보다 열 배는 세게 덜컹거리고 달그락거리기 시작했다. 그녀는 바닥에 몸을 딱 붙이고 있기 위해 온 힘을 쏟아야 했다. 도무지 잦아들 기미가 없는 것 같아 도와달라고 소리치려는 찰나, 갑자기 그 느낌이 사라지면서 온몸에 찌릿찌릿한 감각만 남았다.

“어때……?” 이비가 의식을 잃은 건가 의심하며 리프가 물었다.

이비는 눈썹에 맺힌 땀을 훔치고 대꾸했다. “벽 한 번 건너갔다 올 때마다 증상이 점점 더 심해진다면, 다음번엔 어떻게 될지 좀 무서운데요.”

12
마지막 여행

이비는 앉아서 리프에게 자식들 이야기를 전부 털어놓았다. 리프는 오거스트와 아일라가 태어나기 전에 세상을 떴기 때문에 이비는 세 사람이 만날 기회가 있었더라면 얼마나 좋았을까, 하고 진심으로 아쉬워했다.

"아일라는 아주 고집이 세고 굉장히 똑똑해요." 이비가 애정어린 투로 말했다.

"치명적인 조합이지." 리프가 웃었다.

"그걸 걔 오빠보다 더 잘 아는 사람은 없을걸요! 오거스트 그 불쌍한 녀석은 동생이 커가는 걸 무서워할 정도였어요. 오거스트는 창의력을 타고났어요. 세상에 그런 애는 또 없을 거예요. 건반을 오르내리는 손이 어찌나 유려한지, 게다가 그런 멜로디들은 어디서 그렇게 술술 뽑아내는지⋯⋯ 입이 안 다물어질 정도예요." 이비의 눈빛이 아득해졌다. 하지만 머릿속에 떠오른 사람은 아들이 아니었다. 다른 사람이 들어와 있었다. 그녀가 낳은 아들을, 그 아들이 성인이 된 모습을 자랑스러워해주었을, 한때 그녀가 알고 지냈던 어느 뛰어난 음악가.

"이비." 리프의 부드러운 목소리에 이비는 퍼뜩 정신을 차렸다.

"네?"

"사탕을 가져올 때가 된 거야?" 리프가 미소를 지었다.

"맞아요, 리프." 이비가 대꾸했다. "사탕을 가져올 때예요."

아들과 딸을 만나는 게 몹시 긴장되는 일이었다면, 다음번 벽을 건너는 여행에 대비해서 이비가 할 수 있는 건 아무것도 없었다.

"빈센트는 아직…… 있어?"

"무슨 소리예요?" 이비가 어리둥절해서 물었다.

"살아 있어?" 리프가 속삭였다.

이비는 초록색 외투를 입다가 뒤통수를 맞은 것처럼 화들짝 놀라 두 손을 양옆에 툭 떨어뜨렸다. "전혀 모르겠는데요. 지금껏 생각도 못해봤어요. 어떻게 그 생각을 못할 수가 있지?"

"다 잘 풀렸기를 빌었으니까 그랬겠지. 만약 그 친구가 이쪽 세상 어딘가에 있다면 벽은 아무 작동도 안 할 거야. 그런 경우를 내가 봤거든. 그래도 여기서 그 친구를 찾아낼 방법이 있으니 걱정하지 마."

빈센트가 먼저 죽었는데 자신이 모르고 있었을지도 모른다니, 게다가 처음에 생각했던 것보다 그가 훨씬 가까이 있었을 수도 있다니…… 별의별 감정이 다 스쳐지나갔고 이비는 그중 메스꺼움 하나를 다스리는 데 집중하기로 했다.

"어디에 있건 그 사람이 행복했으면 좋겠어요." 이비가 말했다.

"동감이야." 리프가 따뜻하게 미소 지었다. 리프는 이비와 친해진 것만큼 빈센트와 가까워질 기회는 없었지만 그가 괜찮은 남자라는 것 정도는 알았다. 그가 이비의 삶에 나타난 후 그녀가 얼마나 행복해졌는지 똑똑히 봤으니 말이다. 두 층 위에서부터 콧노래를 흥얼거리는 소리가 들려오면 잠시 후 이비가 엘리베이터에서 내리곤 했고, 이비의 포옹도 그 어느 때보다 따뜻했었다.

리프는 이비를 잘 알았기에 빈센트가 좋은 사람인지 아닌지 판단하기 위해 그와 더 가까워질 필요가 없었다.

이비는 분실물 상자에서 사탕을 한 움큼 쥐어 주머니에 가득 넣었다.

"한 개면 충분할 것 같은데." 리프가 이비의 외투에서 삐져나온 반짝거리는 포장지를 보며 말했다.

"제 생각도 그래요. 나머지는 제가 먹을 거예요." 이비가 씩 웃으며 대답했다. 그러더니 하나를 꺼내 손바닥에 놓았다. "정말 조그맣죠. 단순하고." 이비는 사탕을 어스름한 조명에 비춰 보았다. "이 사탕 한줌 덕분에 제가 진심으로 사랑한 유일한 남자에게 가까이 다가갈 수 있었어요. 모든 것의 시발점이었죠." 말하면서도 이비는 이렇게 작은 물건이 그토록 엄청난 의미를 갖는다는 것에 새삼 놀랐다.

"어떤 사람은 그게 모든 걸 망쳐놨다고 할걸!" 리프가 말했다. "이비가 겪은 일을 똑같이 겪었다면 다시는 하드캔디에 손도 안 댈 사람들도 있다는 뜻이야."

그러더니 리프는 앞으로 벌어질 쇼를 관람하려고 의자를 방 한가운데로 옮겼다.

"끔찍한 경험인 것도 맞고, 제가 일생 동안 그 일을 숨기고 살아온 것도 맞아요." 이비는 사탕을 까서 입에 넣었다. "그렇다 해도 저는 한순간도 무르지 않을 거예요. 세상을 다 준대도요."

"왜?" 리프가 끙 소리와 함께 의자에 앉으며 물었다.

이비는 오래전에 했던 비슷한 대화를 떠올리며 웃음 지었다. 그녀는 캔디를 한쪽 볼로 밀어놓고 설명을 시작했다. "왜냐하면 그 일들이 일어나지 않았다면 저는 사뭇 다른 사람으로 자랐을 테니까요. 인생에서 원하는 모든 걸 다 손에 넣었다면, 자기만 아는 철없는 인간이 됐을 거예요. 화가가 되겠다는 꿈을 밀고 나가는 걸 포기했다면, 엄마한테 맞서지 않았다면, 사랑에 빠진 기분이 어떤 것인지 영원히 맛보지 못했을 거예요. 빈센트를 못 만났을 테니까요. 네, 그 꿈은 결국 좌절됐지요. 그렇지만 저는 많은 것을 배웠어요. 대부분 사소한 것들이지만, 원래 불을 붙이는 데는 작은 불씨만으로도 충분하죠. 그 사소한 것들이 쌓이고 쌓여서 오늘의 제가 되었답니다. 그중 한 가지라도 일어나지 않았다면 저는 제가 누린 것보다 훨씬 불행한 삶을 살았을 수도 있어요. 바로 그렇기 때문에 그토록 마음 아파했고 실패를 맛보고 비밀을 간직하며 살았는데도 다시 그때로 돌아가 뭔가 바꿀 수 있는 기회가 주어진다면 그러지 않겠다는 거예요. 단 일 초도요."

리프는 이비를 가만히 응시했다. 생전에 이비는 가슴에 불을 가득 품고 있지만 그걸 뿜어낼 곳을 찾지 못했던 남다른 사람이었다. 그녀는 한계를 밀어붙이고 안 된다고 말하는 사람들과 맞서 싸웠지만 이기지는 못했다. 보통 사람들 같으면 거기서 끝이었을 것이다. 다 포기하고 왔던 길로 돌아갔을 것이다. 어떤 사람들은 억울해하면서 세상이 자신에게 빚을 졌다고 여기고 성공한 사람들을 시샘했을 텐데, 이비는 아니었다. 그녀는 비록 그 전투에서는 졌지만, 자식들이 필요로 하는 엄마가 됐을 때 전쟁에서 이겼다. 두 자녀가 각자 되고 싶어하는 사람으로 자라도록 배려해줬을 때에도. 그리고 무엇보다 이비 자신에게 주어진 조건을 받아들이고 거기에서 최대치를 뽑아냈을 때, 그녀는 전쟁에서 승리했다. 리프는 할 수만 있다면 시간을 거슬러가서 이비가 되고자 했던 모든 것이 될 수 있도록 그녀의 과거를 살짝 수정해주고 싶었다. 하지만 한편으로는 그동안 있었던 일이 지금 그의 앞에 서 있는 이 사람을 빚어냈다는 사실이 기쁘기도 했다. 그가 보기에 이비는 한마디로 눈부신 사람이었으니까.

"준비됐어?" 리프가 두 손을 깍지 끼고 의자 등받이에 기대며 물었다.

"준비될 만큼 됐어요. 별로 안 됐다는 말이지만, 그래도 괜찮을 거예요."

이비는 입에서 주황색 사탕을 꺼냈다. 사탕은 따뜻하고 끈적끈적했고, 그래서 이비는 사탕이 마르기 전에 얼른 그걸 벽 중앙에 꾸욱 눌러 붙였다. 그러자 웅웅거리던 진동이 갑자기 멎었다. 이비는 사탕이 사라지거나 아니면 벽이 자신의 못다 이룬 사랑을 상징하는 뭔가로 변할 줄 알았다. 그런데 벽은 여전히 색이 누렇게 바래가고 가장자리의 벽지가 지저분하게 찢겨나간 평범한 모습 그대로였다. 제발 살아 있어줘, 이비는 머릿속에서 되뇌고 또 되뇌었다.

"제가 고장낸 거예요?" 이비가 혹시나 해서 눈을 벽에서 떼지 않으며 물었다.

"나도 모르겠는데." 리프가 몸을 앞으로 기울였다. "보통은 이 초 정도 지나면……"

"쉿!" 갑자기 이비가 조용히 하라는 신호를 했다. "저 소리 들려요?" 그러더니 사탕이 떨어지지 않게 조심하면서 벽에 한쪽 귀를 찰싹 붙였다. 희미하긴 하지만 분명 소리가 들려왔다. "연주를 하고 있어요. 어디에 있는진 몰라도, 연주하고 있어요."

안도감이 이비를 덮쳐왔다. 살아 있었구나, 바이올린을 연주하는 걸 보니 건강한가보네. 소리는 점점 커졌다. 새삼 이비는 자신이 어떻게 그렇게 오랜 세월 동안 저 소리를 안 듣고 살 수 있었는지 믿기지 않았다. 그 소리에 온몸의 뼈가 공명하는 것 같았고 모든 신경 말단이 찌릿찌릿 흥분하는 느낌이었다. 다시 살아 있는 기분이었다.

"잘하는데." 리프가 씩 웃었다.

"잘하는 정도가 아니죠."

이비가 벽에 한쪽 손바닥을 대자, 벽 저편에서 뭔가 찰카당하는 느낌이 들었다. 그런 다음 주황색 사탕이 반으로 쩍 갈라졌고 그녀는 황급히 손을 뗐다. 이비가 쪼개진 사탕을 살펴보려고 쪼그려앉는 사이에 벽도 가운데가 쩍 갈라졌다. 그 덕에 사탕 반쪽이 마치 무지막지하게 큰 문에 달린 조그마한 손잡이처럼 양쪽 벽에 붙어 있게 되었다.

"물러서, 이비." 벽이 얼마나 변덕스러운지 아는 리프가 경고했다. 벽이 여태껏 해온 엄청난 일들을 봐왔는데, 전부 범상치 않고 예상을 벗어난 일들이었다.

이비는 그의 충고를 받아들여 방 뒤편으로 물러난 뒤 벽의 갈라진 두 면이 옆으로 스르륵 열리는 것을 지켜보았다. 곧 그 사이의 캄캄한 공간이 나타났는데, 크기가 꼭……

"에스컬레이터잖아. 에스컬레이터 소리였어요!" 이비가 외쳤다. "들리세요?" 철제 계단이 미끄러지는 소리는 이비가 회사로 출퇴근하던 그해에 익숙해진 소리였다. 지금 들리는 게 바로 그 소리임을 그녀는 알 수 있었다.

리프는 방안으로 불어오는 미풍의 냄새를 맡았다. "혹시 햄버거 냄새 안 나?" 그가 이렇게 물었고, 이비는 웃음을 터뜨렸다.

"맞아요, 나요!" 그녀는 눈을 감고 지하철역에서의 그날 저녁을 떠올렸다. 얼마나 완벽하고 골치 아플 것 없는 날이었는지를. 다시 눈을 떴을 때 어둠을 뚫고 뭔가가 밀려들어오고 있었다. 그것은 점점 더 가까이 다가왔고, 어느 순간 아까 소리로만 들었던 에스컬레이터가 눈앞에 나타났다. 움직이는 손잡이가 벽의 갈라진 틈에 딱 들어맞았고 계단 제일 아래 칸에는 낱장이 형편없이 구겨지고 있는 책 한 권이 떨어져 있었다. 이비는 얼른 달려가 책을 주워들었다. 이비가 빈센트의 연주를 처음 들은 날 저녁에 읽고 있던 바로 그 책이었다.

"그 친구가 이비를 기다리고 있나보네." 리프가 말했다.

"저도 그 사람을 기다리고 있었어요." 이비는 이렇게 대답하면서 에스컬레이터에 올라탔고, 에스컬레이터는 그녀를 빈센트의 연주가 들려오는 곳으로 데리고 올라갔다.

세번째 비밀

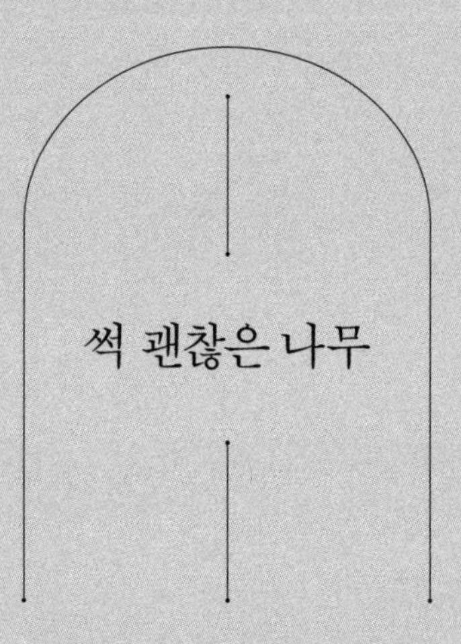

썩 괜찮은 나무

12월 24일

결혼식

결혼식 준비는 세상 어떤 일보다 수월했다. 짐과 이비가 각자의 어머니에게 전적으로 일임했기 때문이었다. 어차피 결혼식은 짐과 이비를 위한 게 아니었다. 최악의 순간은 지나갔고, 결혼식 날 어떤 일이 생기든 짐과 이비는 손잡고 함께 맞설 각오가 돼 있었다.

빈센트가 떠난 이후로 이비의 심장은 돌덩이를 얹은 듯 무겁게 침잠했고, 그와 함께하지 못하는 매일은 심장이 그 무게를 견뎌야 하는 또 하루의 날이었다. 처음에는 버틸 만하다고 생각했지만, 그를 향한 사랑이 점점 커지는데 쏟을 곳이 없다는 사실을 간과했고, 그래서 하루하루 지날수록 이비의 심장은 점점 더 무거워졌다. 서머가 저택 화장대 앞에 앉아 거울을 보면서 화장을 고치고 있는 지금, 예식장 통로 끝에 짐이 아닌 빈센트가 서 있는 모습이 갑자기 떠올랐고, 그러자 심장이 터지기 직전까지 팽창했다. 이비는 동요하지 않으려고 화장대 끄트머리를 꽉 잡았고, 그러다 브러시가 담긴 통을 쳐서 바닥에 떨어뜨렸다. 엘리너는 쯧쯧 혀만 찰 뿐 도와주려고 나서지 않았다. 이비는 마음을 다잡고 허리를 숙여 웨딩드레스 자락 밑으로 굴러들어간 브러시까지 전부 주워 올렸다. 엘리너는 계속 혀를 찼다.

"너는 세상에서 제일 잘생긴 남자랑 결혼하는데다 세계 최고의 디자이너가 만든 웨딩드레스를 입고 있고 결혼식 비용은 제임스 아버지가 다 대주시는데도 그렇게 죽을상을 하고 앉아 있구나. 도대체 너를 만족시키려면 우리가 어떻게 해야 하는 거냐?"

이비는 자꾸만 자신을 감사할 줄 모르는 배은망덕한 자식으로 만들려는 엄마의 시도를 꾹 참고 견뎌냈다. 오히려 그녀는 일이 이보다 훨씬 나쁘게 풀릴 수도 있었다는 생각에 다시금 감사한 마음이었다. 하지만 그게 슬퍼할 이유가 없다는 뜻은 아님을 마음속 깊이 알고 있었다.

"저도 저한테 주어진 모든 것에 감사해요, 엄마, 진짜예요. 하지만 그렇다고 저한테 주어진 모든 것들이 제가 원했던 거라는 뜻은 아니잖아요. 원하는 대로 살아갈 기회가 단 한 번이라도 더 주어진다면 제가 모든 걸 포기할 거라는 걸 엄마도 알잖아요." 엄마를 설득하려는 건 아니었다. 그저 엄마가 이해하기를 바랐다. 그러나 엘리너의 얼굴에 떠오른 질렸다는 표정을 흘깃 본 순간 이비는 공연히 설명을 시도한 것 자체를 후회했다.

"그럼 왜 이 결혼에 동의했어? 안 그랬으면 지금 얼마든지 저 바깥에서 그 부랑자 놈이랑 땡전 한푼 없이 밑바닥 생활을 하면서 그놈의 시답지 않은 꿈을 이룬답시고 낑낑댈 수 있었잖아. 말해봐, 그 생활이 그렇게 멋져 보였다면 도대체 왜 다 포기한 거니?"

"첫째로, 엄마가 저한테 선택권을 안 주셨잖아요. 둘째로는……"

이비는 창밖을 흘끔 내다봤다. 에디가 잔디밭에서 짐과 함께 샴페인을 마시며 웃고 있었고 다른 손님들은 모피 코트와 화려한 보석으로 치장한 채 호랑가시나무 크리스마스 장식을 매단 천막 아래서 어슬렁거리고 있었다. 에디는 신이 나 보였다. 그는 인생의 크나큰 전환점을 코앞에 두고 있었고, 이비는 자신이 동생에게 그런 기회를 줄 수 있어서 더없이 행복했다. "아니, 둘째까지 갈 것도 없어요. 엄마는 나한테 선택의 여지를 주지 않았어요." 그러면서 이비는 엘리너의 눈을 똑바로 바라봤다.

"난 일 년을 줬어." 엘리너는 대화의 흐름이 못마땅하다는 기색을 보이며 자신의 라일락색 드레스를 손으로 쓸어내렸다. "그걸 감사히 여겨라."

"맞아요. 일 년을 주셨죠. 그전까지 내가 놓쳤던 삶과 앞으로 누릴 수도 있었던 삶을 맛본 꿈같은 일 년이요." 이비는 벌떡 일어섰다. 엘리너는 이비에게 네가 그렇게 통통하지만 않았어도 아름다운 신부였을 거라고 했었지만, 오늘은 사랑스러운 신부 정도로 됐다는 심정이었다. 드레스 네크라인 때문에 가슴이 눈 튀어나올 정도로 풍만해 보였고, 보석으로 장식한 띠로 허리를 조여 맨 덕에 신데렐라 스타일의 스커트 자락이 더욱 풍성해 보였다. 이비는 머리로 손을 뻗어 얼굴 위로 베일을 내리면서도 흔들리지 않는 시선으로 이렇게 말했다. "교도소 간수가 아니라 엄마가 있었더라면 더 좋았을 뻔했네요."

*

결혼식 시작을 몇 분 앞두고, 제인 서머가 친절하게도 그날 하루

'신부 대기실'이라는 이름으로 내어준 서머가의 거실에서 엘리너가 씩씩대며 나가자마자 에디가 누나를 보러 들어왔다.

"오, 누나." 에디가 숨을 들이마셨다. "누나 오늘…… 정말 눈부셔." 그는 달려와 이비의 손을 덥석 잡았지만 드레스를 구기거나 치맛자락을 밟을까봐 차마 그녀를 안지는 못했다.

"에디, 딱 네가 필요하던 참이었는데." 이렇게 말하는 순간 심장이 한층 더 무거워지면서 흉곽 안에서 덜컹거렸고 이비는 얼굴을 살짝 찌푸렸다.

"무슨 일인데?" 에디가 뭔가 잘못된 걸 눈치채고 물었다.

"짐한테 가서 한……" 이비는 벽시계를 확인했다. "십오 분만 더 기다렸다가 하객들을 앉히라고 해줘."

"그래. 근데 왜?"

이비는 벌써 거대한 드레스 자락을 모아쥐고 바보 같은 흰색 하이힐을 신은 채 바보같이 묵직한 심장을 안고 문 쪽으로 달려갈 태세를 취했다. "짐은 이해할 거야." 그러고는 미안한 표정을 지어 보인 후 문밖으로 사라졌다.

*

놀랍게도 이비는 아무에게도 들키지 않고 정문을 통해 저택 바깥으로 나갔다. 그날의 하이라이트 행사를 향해 시계 침이 똑딱똑딱 움직이는 가운데 하객들은 집안을 통과해 정원으로 갔다. 그곳에는 새하얀 의자가 반듯하게 줄 맞춰 놓여 있고, 완벽하게 직선을 이룬 중앙 통로 끝에는 장미로 장식한 아치형 게이트가 서 있었으며, 샴페인과 카나페가 무제한으로 제공되고 있었다. 야외 예식을 올리기엔 너무 추운 날씨였지만 딸이 변심할 틈을 주고 싶지 않았던 엘리너가 날짜를 최대한 빠르게 잡았고, 이미 교회란 교회는 향후 몇 달간 예약이 다 차 있어서 식장으로 쓸 만한 장소가 서머가 저택밖에 없었다.

이비는 스노가 부지와 서머가 부지를 구분하는 작은 숲을 가로질러 조금만 가면 있는 자기 집을 향해 내달렸다. 얼어붙은 초록을 배경으로 이비는 순백의 흰구름 같았다. 몇 발 디딜 때마다 하이힐이 땅에 박히고 심장이 온 무게를 실어 아래위로 쿵쾅거리는데도 이를 악물고 전속력으로 달렸다. 그런데 집에 도착하자마자 그녀는 열쇠가 없다는 걸 깨닫고 가슴이 철렁 내려앉았다. 바로 그 순간 서리 낀 창문 안쪽에서 빨간 물체가 휙 지나가는 게 보였다. 이비는 누가 집에 침입했나 잠깐 의심했지만, 최근 스노가에 새 일꾼이 합류했다는 것을 기억해냈다.

"클레멘타인? 클레멘타인!" 입김이 얼굴 바로 앞에서 피어올랐고, 그 입김은 클레멘타인 프로스트가 문 쪽으로 빠르게 다가올수록 점점 커져가는 빨간 덩어리를 향해 모락모락 뻗어나갔다.

"무슨 일인데 그러세요?" 문틈으로 팽팽하게 당겨진 보안 체인 밑으로 클레멘타인이 물었다. 노래하듯 귀여운 목소리였고, 동그란 얼굴은 왠지 모르게 따뜻한 인상을 풍겼다. 에디가 왜 클레멘타인에게 반했는지 알 것 같았다.

"저는 엘리너와 에드워드 스노의 딸인 이비 스노예요. 오늘 제가 결혼을 하는데, 여기에…… 음…… 당장 꼭 필요한 물건을 두고 갔지 뭐예요. 들어가도 돼요?"

클레멘타인은 벌써 체인을 걸으려고 문을 닫고 있었고, 곧바로 이비를 맞아들였다. "어떻게 안 붙잡히고 탈출하셨어요?" 혹시 누가 따라오지는 않았나 문밖으로 고개를 빼고 확인하면서 클레먼타인이 물었다.

"탈출이라고요?" 이비가 제정신이 아닌 사람처럼 웃었다. 집까지 달려오느라 쿵쿵대던 심장이 아직도 가라앉지 않고 있었다. "그게 무슨……"

"저도 여기서 꽤 오래 일해서 어머니가 어떠신지 잘 알아요. 아가씨가 그 집에서 꼼짝없이 지시에 따르고 있지 않다는 걸 알아채셨다면 아마도 아가씨 머리를 대문 밖에 효수하셨을 거예요."

"아니, 틀렸어요." 이비가 받아쳤다. "아마도가 아니라 틀림없이 그랬을 거예요." 두 사람은 웃었고, 둘의 웃음이 차가운 집안 공기를 조금이나마 데워주었다.

"저는 클레먼타인이에요." 그녀가 악수를 하려고 고운 손을 내밀자 이비는 그 손을 잡는 대신 카펫처럼 펼쳐진 새하얀 드레스로 그녀를 질식시키지 않게 조심하면서 살며시 끌어안았다.

"알아요. 에디한테 얘기 많이 들었어요."

그 말에 클레먼타인이 씩 웃었다. "저도 에디한테 얘기 엄청 많이 들었어요. 차 한잔하실래요? 아니면 물이라도? 아니면 먹을 거라도 드려요?" 어느새 그녀는 부엌에서 서랍과 찬장을 열고 닫으며 내놓을 것을 찾고 있었다.

"아뇨, 아니에요, 정말 괜찮아요. 오 분만 있다가 갈 거예요. 더 오래 있다가는 결혼을 못하게 될 거예요. 엄마가 저를 죽여버릴 테니까." 이비는 풍성한 드레스 자락이 어디에 걸려서 찢기건 말건 상관하지 않고 좁은 부엌으로 밀고 들어갔고, 곧장 뒷문을 열었다. "아,

그리고 클레먼타인," 이비는 치맛자락 때문에 몸을 완전히 돌리지 못한 채 어깨 너머로 고개만 돌리고 말했다. "만약 걸리면 엄마한테는 당신 모르게 뒷문으로 몰래 들어왔다고 할게요. 알았죠?"

클레먼타인은 안도감에 한숨을 내쉬었다. "처음이 아니군요." 질문이 아니라 단정이었다. 그녀는 재미있다는 듯 한쪽 눈썹을 치켜올리면서, 제법이라는 표정으로 팔짱을 꼈다.

"엄마가 엘리너 스노인데요? 당연히 처음이 아니죠!"

클레먼타인은 싱크대 서랍에 걸린 드레스 자락을 빼주며 대꾸했다. "고마워요."

"오 그런 소리 말아요. 엄마한테 거짓말하는 건 내가 조금이라도 행복해지기 위한 필수 조건이 되어버렸거든요." 이비가 이렇게 털어놓았다.

"당연히 그렇겠죠! 하지만 제 말은," 클레먼타인이 이비의 한쪽 손을 붙잡더니 꼭 쥐었다. "어머님과는 다르게 저를 대해주셔서 고맙다는 말이었어요."

이비는 허우적거리며 뒷문으로 나가 포치 계단을 내려간 다음 정원의 반대편 끝으로 갔다. 그곳에는 아무것도 자라지 않았다. 엘리너가 꽃은 너무 경박하고 나무는 햇빛을 가린다고 싫어해서 드넓은 이 정원은 그냥 길고 특색 없고 밋밋한 산울타리 하나로만 둘러싸여 있었다. 이비는 흙이 묻어도 하얀 타이츠에만 묻게끔 조심조심 드레스 자락을 걷어올리고서 정원 제일 끄트머리를 두른 울타리의 중간 지점쯤에 무릎을 꿇고 앉았다. 어차피 아무도 안 볼 타이츠였다. 이비는 산울타리에서 꺾은 나뭇가지로 땅을 파 볼링공 크기만한 구덩이를 만들었다. 나뭇가지를 내려놓는데 손이 바들바들 떨렸다. 마음을 가라앉히려고 차가운 공기를 몇 번 깊이 들이마셨다. 그런 다음 양손을 흉곽에 조심스레 갖다대고 한 번 힘껏 눌렀다. 안에서 뭔가 철컥했고, 두 손을 떼자 가슴이 마치 캐비닛처럼 열렸다. 흉곽이 문짝 두 개처럼 양쪽으로 열리면서 빛을 발하는 커다란 심장이 모습을 드러냈다. 심장이 어찌나 강한 온기를 발하는지 앞쪽 나뭇잎들에 맺힌 서리가 녹기 시작했고 이비의 코와 뺨도 발그스름하게 물들었다.

자신의 심장을 보는 건 처음이었다. 빨갛고 아른아른 빛나는 그 심장은 이비가 거짓말을 하거나 속임수를 쓰거나 의도적으로 못되게 굴 때마다 생겨난 검은 점들로 얼룩져 있었다. 하지만 황금색 얼룩도 있었다. 힘들어하는 사람 곁에 있어줬을 때, 순수하게 남을 위해 뭔가를 하거나 주어진 상황에서 최선을 다했을 때마다 하나씩 생긴 것이었다. 이비의 심장이 띤 색깔들은 선하든 악하든 그녀가 행한 행실들을 보여주는 것이었다. 하지만 희미한 당밀냄새는 그녀의 심장이 본질적으로 다정하다는 것을 말해주고 있었다.

이비는 흉곽 안으로 한 손을 살살 넣어 손가락으로 심장을 최대한 감싸쥐었다. 완전히 감싸기에는 손바닥이 너무 작았다. 숨을 훅 들이마시자 폐가 팽창하는 게 보였다. 다음 순간 이비는 손을 비틀어 심장을 잡아당겼다. 심장은 단번에 떨어져나왔다. 이비는 오므린 두 손에 그것을 담았다. 심장이 항의의 표시로 더 강하게 빛났고 얼룩들도 초조한 듯 소용돌이쳤다.

"쉬," 이비가 조용히 달랬다. "다 잘될 거야."

심장은 더 큰 소리로 뛰었고, 그 붉은 표면에 이비의 눈물 한 방울이 뚝 떨어졌다. "나는 너를 사랑하는 사람한테 줄 수 없고, 내가 결혼하는 사람한테도 줄 수가 없어. 남이 주라는 사람한테 주지는 않을 거야. 너는 더 나은 대접을 받아 마땅하니까." 이비는 거의 유리 같은 심장 표면을 두 엄지로 원을 그리며 쓰다듬었다. "그러니 아예 아무한테도 주지 않을게. 너는 내가 결코 누리지 못할 기회를 누릴 자격이 있어. 뭐든 네가 원하는 것이 될 기회."

파놓은 구덩이에 아직도 뛰고 있는 심장을 집어넣는데, 심장 표면에 금색 얼룩이 하나 더 생겨났다. 그때 이비는 자신이 옳은 결정을 내렸음을 알았다. 자신의 심장이 이미 누구의 것인지 알면서도 그대로 품고 있는 건 마치 훔친 물건을 쥐고 있는 것처럼 잘못된 일이라 느꼈다. 아니. 그녀의 심장은 더이상 이비 자신의 것이 아니었고 빈센트의 것이 될 수도 없었으며, 애석하지만 짐의 것이 될 날은 절대 오지 않을 것이었다. 그래서 이비는 구덩이 안에서 여전히 힘차게 뛰고 있는 심장 위에 아까 파낸 흙더미를 재빨리 덮었다. 파냈던 흔적이 남지 않도록 손으로 땅 표면을 고르는데, 심장이 있는 자리에서 온기가 느껴졌다. 그것을 알아채고 땅을 파보는 사람이 부디 없기를 빌었다.

이비는 텅 빈 가슴의 문짝을 닫았다. 허무한 기분이었지만 비로소 온전해진 기분도 들었다. 너무 오랫동안 흉곽 안에서, 자신이 속한 남자에게 가고 싶어하며 덜그럭거린 심장이었다. 이제 그 심장은 가면 안 될 사람의 손에 떨어질 위험 없이, 안전하고 잘 보살핌 받을 수 있는 곳에 영구히 보금자리를 얻었다.

*

이비는 아버지와 팔짱을 끼고 통로 끝에 서 있는 짐을 향해 걸어갔다. 딸이 아장아장 걷던 시절부터 눈길 한 번 제대로 준 적 없는 에드워드 스노는 딸의 결혼식 날이라고 해서 특별히 애쓰지 않았고, 이비 또한 아버지가 그러기를 기대하지 않았다. 이비는 그저 미소 짓고, 결혼서약을 하고, 결혼반지를 교환하고, 교구목사의 명령에 따라 짐에게 처음으로 키스했다. 두 사람의 운명을 영원히 결정짓는 입맞춤이었다. 짐은 이비가 적당하다고 생각하는 만큼 키스하게 내버려두었고, 이비의 기분을 짐작할 수가 없어서 그냥 꼼짝 않고 있었다. 결혼식 날 이비에게 공연히 상처를 더 얹어주는 짓만큼은 절대 피하고 싶었다. 통로를 따라 다시 걸어나오면서 짐은 내내 그녀의 손을 꼭 쥐고 있었지만, 그들은 신랑 신부로서 처음 춤을 출 때에야 겨우 대화를 나눌 틈이 생겼다.

"너, 나한테 키스 안 하더라." 이비가 조금 상처받은 투로 말했다.

"응. 네 기분이 어떨지 몰라서. 난…… 네가 너무 걱정돼." 짐은 그녀를 더 가까이 끌어당겼고, 두 사람은 따뜻하게 조명을 켜놓은 대형 천막 안에서 가족과 친구들이 지켜보는 가운데 천천히 빙글빙글 돌았다.

"걱정해야 할 것처럼 보여?" 가슴을 짓누르던 무게 추를 땅속에 묻은 지금 이비는 한결 가벼워진 기분으로 그를 올려다봤다.

짐은 이비를 자기 몸에서 조금 떨어뜨리더니 그녀의 손을 잡고 팔 밑으로 한 번 빙글 돌렸다. "예상외로 정말 괜찮아 보이네." 짐은 선을 넘지 않으려고 조심하면서 다시 그녀를 끌어당겨 안았다.

"우리에겐 앞으로 꾸려나갈 인생이 있으니까. 내게 주어진 선택지는, 가질 수 없다는 걸 잘 알면서 내가 원하는 인생을 좇느라 징징대거나, 아니면 주어진 삶을 받아들이고 거기서 최선을 끌어내거나, 둘

중 하나지 뭐." 이비는 어깨를 으쓱하고는 짐의 어깨에 얼굴을 묻었다. "늘 쉽게 풀리지는 않겠지. 우리한테 일어난 일 때문에 둘 다 힘들 때가 종종 있을 거야. 하지만 우리에겐 서로가 있으니까 운이 좋은 셈이야."

"나도 운이 좋다고 느껴." 짐이 이비를 꼭 안으며 말했다. "하지만 동시에 가책도 느껴."

이비는 고개를 들어 짐을 바라봤다. "네 잘못은 하나도 없어, 짐. 네가 사랑하는 여자랑 결혼하고 어떤 식으로든 원하던 걸 얻었다고 해서, 그게 네가 악당이라는 뜻은 아니야. 상대적으로 상처를 적게 받았을 뿐, 너도 마음을 다칠 만큼 다쳤어." 이비는 짐의 뺨을 쓰다듬으면서 그의 눈에 어린 근심을 덜어내 자신의 심장과 함께 영원히 묻어버렸으면 좋겠다고 생각했다.

"우리 모두 너무 불쌍해. 특히……" 짐은 차마 그의 이름을 말하지 못했지만 이비는 짐이 누구 얘기를 하는지 알았다.

"왜 이렇게 할 수밖에 없었는지 그 사람은 이해했어. 그러니 어떻게든 잘살아갈 거야. 우리 모두."

짐은 이비의 눈을 보며 어수선한 머릿속을 정리하고 고개를 끄덕였다.

"그럼 이제 아까 안 한 키스 해주는 게 어때?" 이비가 물었다. "우리 이제 부부 사이잖아. 안 하면 친구들이 슬슬 의심할지 몰라." 그렇게 말하며 이비는 미소를 지었고, 짐은 갑자기 뱃속이 울렁거렸다. 지금까지 이비가 키스해달라고 말하는 상상을 몇 번이나 했는지 몰랐다. 그는 이비의 속눈썹에 걸린 곱슬곱슬한 캐러멜색 머리카락 한 가닥을 살며시 치운 다음 손가락으로 그녀의 턱을 들어올리고 온 마음을 담아 그녀에게 키스했다.

*

이비와 짐은 신혼여행을 가지 않았다. 필요하지도 않고 적절하지도 않다고 판단해서였다. 대신 그들은 양가 부모님 댁에서 최대한 멀리 떨어진 해변의 집을 찾아냈고, 새해 첫날 바로 이사할 수 있도록 짐을 싸두었다. 신혼집은 방이 네 개였다. 하나는 부부 침실이고 또 하나는 손님방, 하나는 앞으로 태어날지 모르는 아이들에게 줄 방, 나머지 하나는 두 사람이 버려두지 않겠다고 약속한 누군가를 위한 방이었다.

"내가 같이 들어가줄까?" 이비는 동생 에디와 함께 부모님 댁 응접실 문 밖에 서 있었다. 에디의 손을 꽉 쥐자 동생의 손가락 끝에서 맥박이 느껴졌다. "에디, 너 떨고 있잖아. 혼자 하지 않아도 돼."

"아니. 아냐, 마음의 준비는 할 만큼 했어. 하나도 겁 안 나. 부모님이 뭐라고 하시든 다 괜찮아지리라는 걸 알아. 누나가 있으니까." 에디는 결혼식 이후 거의 백만번째로 누나를 힘껏 껴안았다. 이비는 자신이 얼마나 많은 걸 포기했는지 동생이 모를 거라고 생각했지만 에디는 바보가 아니었다. 누나가 짐과 결혼하기로 한 게 자신과 관련 있을 거라는 한 점의 의혹만으로도 누나를 볼 때마다 고마움을 표하고 싶어졌다. 애정 표현을 그렇게 싫어했던 아이가 이제는 하루에도 몇 번씩 소중한 누나를 안아주었다.

"이제 나도 내가 원하는 사람으로 새해를 시작할 수 있겠네. 가볼까!" 에디가 싱긋 웃으며 말했다.

"난 여기서 기다릴게." 이비가 자기 발을 가리키고는 미동도 없이 꼿꼿이 섰다. 에디가 응접실에서 다시 나올 때까지 그 자리에서 꼼짝 없이 기다리겠다고 안심시켜주려는 뜻에서였다.

에디는 거실 문을 열었다. "어머니, 아버지. 할 얘기가 있어요." 그는 이렇게 말하며 안으로 들어갔다.

*

이비는 일 초가 일 년처럼 느껴졌다. 동생을 다시 볼 때쯤이면 자신이 흰머리 꼬부랑 할머니가 돼 있을 것 같았다. **너무 오래 걸리잖아**, 그녀는 속으로 중얼거렸다. 걱정으로 머리가 터질 것 같은 순간, 문이 열리더니 에디가 어디 한 군데도 상하지 않은 모습으로 나왔다.

"어떻게 됐어? 뭐라셔?"

에디는 누나의 팔을 잡고 다소 강압적으로 그녀를 현관문 쪽으로 밀기 시작했다.

"무슨 일이야, 에디? 얘기 못했어?"

"당연히 했지…… 그게…… 하긴 했어. 부모님이 아직 모르실 뿐이지." 에디가 볼이 빨갛게 달아오른 채로 아주 빠르게 쏟아냈다.

"차마 말을 못한 거야?" 이비는 실망했지만 동생이 준비가 안 됐다면 강요할 수 없다는 걸 알았다.

"아니, 아니, 했어! 근데……" 에디가 말을 끝내기 전에 응접실에서 저택의 골조까지 흔드는 엘리너의 비명소리가 들려왔다.

"우리가 한 발 앞서도록 했을 뿐이야." 에디가 대꾸했다.

문이 쾅 열리더니 흙빛 낯을 하고 목의 핏대가 터지기 직전인 아버지가 문간에 나타났다. 땀이 맺힌 손에 구깃구깃한 종이 쪼가리를 쥐고 있었는데, 그는 그걸 꽁꽁 뭉쳐 에디를 향해 던졌다. 종이공은 타깃을 빗나갔고, 대신 이비가 굽힌 팔 안쪽으로 받아냈다. 그리고 재빨리 종이를 펴 내용을 읽어보았다.

어머니 아버지,

저는 남자를 좋아하는 몸이라 이 집에서 나갑니다. 언젠가 어머니 아버지도 멀쩡한 인간이 되어서 저를 있는 그대로 받아줄 날이 올지도 모르죠.

하지만 그날까지는, 엿이나 드세요.

에디

이비는 엘리너의 흐느낌과 울부짖음이 몇 킬로미터 밖까지 들릴 거라 확신했지만, 당장은 두 사람을 향해 돌진해오는 에드워드 스노의 위압적인 발소리에 가려 제대로 들리지 않았다.

"가!" 에디가 이비를 현관 밖으로 밀어내고 자신도 바짝 따라붙었다. 밖으로 뛰쳐나간 둘은 그들을 차에 태워 새집으로 데려가려고 대기하고 있던 짐을 향해 곧장 달려갔다. "차!" 남매는 동시에 짐에게 소리질렀다. "차에 타!"

짐은 당황해서 현관 앞 계단에서 미끄러졌지만 스노가 남매가 얼른 그를 일으켜세워 이삿짐으로 꽉 들어찬 승용차 쪽으로 떠밀었다. 이비가 상자로 꽉 찬 뒷좌석에 허둥지둥 기어들어갔고, 짐은 에디가 차문을 닫기도 전에 시동을 걸었다. 저택 진입로를 빠져나가는 내내 에디는 자칫 길에 내팽개쳐질 정도로 아슬아슬하게 조수석에 매달려 있었다.

이비는 상황이 이보다 나빠질 순 없을 거라 생각했지만, 에디는 마침내 간신히 문손잡이를 붙잡아 문을 탕 닫고는 신이 나서 괴성을 지르며, 해냈다는 기쁨에 주먹으로 대시보드를 쾅쾅 내리쳤고 집으로 가는 내내 큰 소리로 웃어댔다.

십 년 후
깜짝 선물

제임스 서머는 아일라가 태어난 직후에 세상을 떴다. 짐은 아버지가 손녀를 만나보지도 못하고 세상을 떠난 것이 슬펐지만 한편으로는 딸이 그렇게 냉담하고 정 없는 할아버지의 그림자 속에서 자라지 않게 된 것이 기뻤다. 삼 년 후 이비의 아버지도 세상을 등졌고, 엘리너도 그로부터 겨우 몇 개월 뒤에 거기가 어디든 남편이 있는 곳으로 갔다. 짐과 이비는 연달아 장례식에 참석했는데, 거기서 눈물을 흘리는 이는 별로 없었다. 모든 딸들이 그러듯 이비도 가끔 부모님이 보고 싶겠지만, 그들이 떠난 뒤로 그녀의 삶은 훨씬 덜 복잡해졌다.

오거스트가 열 살, 아일라가 다섯 살이 됐을 때 이비와 짐은 해변의 집을 팔고 짐의 어머니인 제인을 돌보기 위해 서머가 저택으로 들어가야겠다고 판단했다. 유언에 따라 스노가 저택은 이비에게 남겨졌으나 이비는 자신에게는 집이라기보다 감옥에 가까웠던 그곳으로 돌아가기를 거부했다. 그녀는 열쇠를 에디에게 넘겼고 에디는 파트너와 함께 살아갈 자기만의 집이 생겼다는 사실에 감격했다.

올리버 하트는 이비네 가족이 이사를 간 해변 마을에서 자란 소박한 청년으로, 해변 산책로에 있는 카페에서 일했다. 에디는 자꾸 공짜 커피를 준다며 그 카페에 드나들었고, 어느 날 함께 갔던 이비가 그렇게 커피를 퍼준 게 누구인지 알아보고 슬쩍 귀띔해주었다. 그를 본 순간 에디는 숨이 막혔다. 얼굴이 동그스름한 올리버는 두툼한 스웨터를 즐겨 입었고 자기 머리와 자기 아버지 머리를 직접 잘랐는데, 그래서인지 하트 부자는 묘하게 닮아 보였다. 에디는 연애에서만이 아니라 그전까지 누리지 못했던 삶의 모든 영역에서, 관심사가 겹치는 사람들과 새로 사귀는 걸 좋아했다. 그동안 그는 많은 남자를 사귀었는데, 이비도 동생이 만나는 남자가 모두 아주 마음에 들었고, 남매의 남자 취향이 크게 다르지 않은 것 같다고 생각했다. 에디가 애인이랑 헤어졌다고 알릴 때마다 이비는 이번엔 또 뭐가 문제였느냐고 물었고, 그러면 에디는 매번 "그런 건 그냥 감으로 알게 돼 있어"라고 대답할 뿐이었다. 이번에도 에디는 감으로 알았다. 올리버가 운명의 상대라는 걸. 올리버 역시 에디를 보고 그렇게 느낀 모양이었다. 두 사람의 관계는 순조롭게 진전됐고 이비는 더없이 흡족했다. 올리버의 아버지도 둘의 연애를 흔쾌히 받아들였다.

이비는 스노가의 옛 저택으로 이사하는 것은 거부했어도 그곳에 가서 확인해보고 싶은 게 있었고, 그래서 에디가 올리버와 그 집에 들어가 살기 전에 둘러보겠다고 했을 때 따라나섰다. 일행의 차가 저택 진입로로 들어서는 순간 이비의 궁금증이 풀렸다.

"저게 대체 뭐야?" 에디가 물었다.

모두 고개를 꺾고 차창 너머를 쳐다봤다. 저택 뒤로 거대한 나무

한 그루가 비틀린 가지 수십 개를 뻗으며 서 있었다.

"전혀 모르겠는데." 이비가 대꾸하면서 뭔가 알고 있는 듯한 미소를 지었고, 핸드브레이크를 당기던 짐은 이비의 표정을 놓치지 않았다. "자, 애들아! 가서 엄마와 에디 삼촌이 어릴 때 살았던 집 구경해볼래?"

아일라는 신이 나서 소리질렀고, 노랫가락을 흥얼거리며 박자에 맞춰 무릎을 톡톡 두드리던 오거스트는 아빠가 한 말의 뒷부분 절반을 놓쳤지만 어쨌든 에디 삼촌을 따라갔다. 에디는 저택이 자신의 소유가 된 후 처음으로 직접 문을 여는 것에 잔뜩 신이 나서 계단을 단숨에 뛰어올라갔다. 그는 두 주먹을 불끈 쥐고 허공에 찌르면서, 차에서 보고 있는 짐과 이비를 향해 소리 없이 환호성을 지르는 시늉을 해 보였다. 그런 다음 아일라를 번쩍 안아 들고 오거스트의 손을 잡고서 아무렇게나 지어낸 어린 시절 얘기를 들려주기 시작했다.

"자, 이제 말해봐, 무슨 일이야?" 에디가 아이들을 데리고 집안으로 들어간 뒤 짐이 물었다.

"무슨 소리인지 모르겠네." 이비는 짐과 눈을 맞추지 못했지만 입가의 웃음기는 지울 수 없었다.

"그 미소가 무슨 뜻인지 알아. 그거, '이비는 남들이 모르는 뭔가를 알고 있지'라는 미소잖아. 그렇게 웃으면 내가 안달하는 거 알면서!" 짐은 웃으면서 말했지만 반은 진심이었다.

"이따가 말해줄게. 먼저 직접 보는 게 나을 거야." 이비는 짐에게 혀를 쏙 내밀어 보이고 차에서 내렸다.

이비는 흥분을 주체할 수 없었다. 그녀는 저택을 곧장 가로질러 뒷문을 열고 정원으로 달려나갔다. 잔디밭 저쪽 끝에, 집보다 족히

10피트는 큰 나무 한 그루가 정원을 둘러싸고 있는 특색 없고 밋밋한 산울타리 중앙을 뚫고 서 있었다. 짙은 고동색의 그 나무는 껍질이 묘한 주황색을 띠었다. 나뭇가지에 이파리 몇 개가 달려 있었지만 땅에 떨어진 잎은 하나도 없었다. 이비는 이 나무가 꽃을 피우긴 할지 궁금했다. 꽃을 피운다면 어떤 모양일지, 만일 열매를 맺는다면 어떤 열매일지 어서 보고 싶었다.

"정말 그게 맞을까?" 이비가 소리 내어 물었다. 나무 몸통을 만지자 껍질의 갈라진 모든 틈에서 뿜어져나오는 온기가 느껴졌고, 손바닥 아래에서는 자신의 심장 고동인 게 분명한 맥박이 희미하게 감지됐다. 마침내 주인이 돌아온 것을 알고 나뭇가지들이 파르르 제 몸을 흔들었다.

"저건 무슨 나무예요?" 오거스트가 잔디밭 한가운데에서, 여전히 무작위로 떠오르는 멜로디를 연주하느라 양옆에 늘어뜨린 손가락을 꼬물거리며 물었다. 짐은 아들 뒤에 서서 집에게 환영받는 이비를 지켜보고 있었다.

"분명히 특별한 나무일 거야." 짐은 이렇게 대답하고는, 여전히 아내가 무슨 생각을 하는지 알아내려 애쓰면서 그녀를 향해 웃어 보였다.

"평범한 나무지, 아무리 잘 봐줘도." 이비가 어깨를 으쓱했다. "하지만 괜찮은 나무야. 꽤 괜찮은 나무."

오거스트는 엄마 아빠가 주고받는 이상한 대화에 고개를 갸우뚱했다. "그냥 나무잖아." 오거스트는 눈썹을 찡그리고 제일 높은 나뭇가지들을 올려다보면서 말했다.

"**그냥**이라는 건 없어! 누가 너를 보고 **그냥** 어린애라고 할 수도 있겠지. 하지만 네가 어디 그냥 어린애니?" 이비가 달려와 오거스트를 번쩍 들어올리고 간지럼을 태웠다.

"아뇨!" 오거스트는 깔깔 웃었다.

"그럼 뭔데?" 아이를 내려놓은 이비는 풀내음 머금은 이슬에 타이츠가 축축해지는 것도 개의치 않고 오거스트 앞에 무릎을 꿇고 앉았다. 그러고는 무섭게 노려보는 척하며 오거스트를 바라봤다.

"뭐든 내가 되고 싶은 것." 오거스트는 고개를 한 번 끄덕이면서 그동안 엄마에게 백만 번 들었던 말을 그대로 되풀이했다.

"바로 그거야. 엄마가 예전에 이 나무한테 되고 싶은 건 무엇이든 되라고 했더니, 얘가 꽤 괜찮은 나무가 되기로 했나봐." 그러면서 이비는 손가락으로 아들의 코를 콕 눌렀다.

"그렇구나." 오거스트가 엄마 말을 알아듣고 대꾸했다. "괜찮은 나무구나."

"내가 보기엔 괜찮은 나무들 중에서도 아주 괜찮은 나무 같은데." 짐이 끼어들었다. "어쩌면 세상에 단 하나밖에 없는." 그도 아들처럼 이비가 하는 말을 슬슬 이해하기 시작했다. 멀리서 천둥소리가 들렸다. "저놈한테 따라잡히기 전에 얼른 안으로 들어가자." 그는 한층 가까이 드리운 듯 보이는 성난 먹구름을 가리켰다.

"아아, 난 비 맞는 게 좋은데!" 오거스트가 자기를 뒷문 쪽으로 몰아가는 아빠를 향해 우는소리를 했다.

"넌 진짜 네 엄마랑 똑같다니까." 짐은 이비에게 다정하게 눈을 굴려 보였고, 이비는 마지막으로 한번 더 나무를 바라본 뒤 가족들을 따라 안으로 들어갔다.

*

올리버는 그날 늦게 도착해 에디와 합류했고, 이비와 짐은 공식적으로 두 사람이 한집에 살게 된 첫날밤을 오붓하게 보내라고 그들을 남겨두고서 짐의 어머니가 사는 곳이자 그들의 새 보금자리가 될 저택으로, 굳이 차를 타고 갈 필요도 없는 짧은 거리를 이동했다.

집안에 들어서자마자 짐은 복도에서 걸음을 멈추고 멍한 얼굴로 두리번거렸다. "왜 벽이 다…… 파란색이지?" 짐에게 익숙한 집안 풍경은 온통 칙칙한 회색 바탕에 아버지가 사냥한 짐승의 머리를 박제해 걸어놓은 모습이었다. 그런데 지금은 보라색 물방울무늬가 있는 경쾌한 파란색 벽지로 도배되어 있었다. 게다가 제인 서머가 밝은 분홍색 실크 바지 정장 차림으로 달려나오는 바람에 일행은 적잖이 놀랐다.

"변화가 필요했어. 그리고 내 인생도 필요했고. 그래서 가서 찾아왔지. 이제 더는 억눌려 살지 않을 생각이다. 오, 너희를 봐서 얼마나 좋은지 모르겠구나!" 그러면서 제인은 두 팔로 아들을 와락 껴안았고 이어서 다른 가족들도 차례로 포옹했다. 아일라와 오거스트는 할머니의 애정 표현을 반겼지만 이비와 짐은 어리벙벙해졌다.

"어머니…… 대체 무슨 일이 일어난 거예요?"

제인은 아일라와 오거스트 사이에 서서, 아이들이 자신이 하는 말을 듣지 못하도록 아이들의 바깥쪽 귀를 양손으로 막고 다른 쪽 귀를 자기 몸에 꽉 눌렀다. "네 아버지가 돌아가셨잖니. 그거지 뭐. 내가 그 양반을 진심으로 사랑하긴 했지만, 그이만을 위해 내 인생을 거의 다 바쳤고 그러느라 내 인생을 저당잡혔어. 더는 그렇게 못한다!" 제인은 장황하게 선언한 다음 아이들을 봐주었는데 아이들이 자기가 하는 말을 다 들었다는 건 눈치채지 못한 듯했다. 아일라와 오거스트는 이상한 제인 할머니를 흘끔거리면서 키득대며 집안으로 뛰어들어갔다.

"어머니, 저는…… 그러니까……"

제인은 아들의 반응을 걱정하며 마음의 준비를 했다.

"듣던 중 반가운 소리네요!"

"저도요!" 이비도 말하며 또 한번 제인을 껴안았다. 이제 제인이 자신에게 친엄마보다 더 엄마 같은 존재가 되어주고, 아이들에게는 할머니다운 할머니가 되어줄지도 모른다는 생각에 더없이 기뻤다.

제인은 눈물 한줄기를 훔치며 말했다. "자, 뭐하고들 있어? 들어와서 내가 집안을 어떻게 바꿔놨는지 봐봐!"

*

그들은 승용차와 밴에 싣고 온 짐을 집안으로 나르고 누가 어느 방을 쓸지 정한 다음, 장거리 운전에 무거운 상자를 잔뜩 나른 것은 물론이고, 지치고 토라진 아일라에게 왜 오거스트 오빠가 더 큰 방을 써야 하는지 설명하느라 완전히 기운을 소진한 상태로 곧장 곯아떨어졌다. 밤새 천둥이 우르릉거리고 빗줄기가 지붕을 두들겨댔고, 아일라는 아주 작은 사람들 한 무리가 안에 들어가 같이 놀게 해달라며 지붕을 두드려대는 꿈을 꿨다.

이튿날 아침 이비가 아래층에 내려와보니 에디와 올리버는 부엌에서 제인과 수다를 떨고 있고, 제인은 올리버가 던지는 농담 한마디

한마디에 까무러칠 듯 웃고 있었다.

"다들 좋은 아침. 별일 없죠?" 이비는 제인이 자기 부엌에 있는 커플을 어떻게 받아들이고 있는지—그보다 더 중요한 건, 그 커플이 게이인 것을 제인이 과연 알고나 있는지—걱정이 돼서 에디를 겨냥해 질문을 던졌다.

"별일 없다, 얘야. 구시대적인 인생을 산 건 짐의 애비지 내가 아니야!" 제인은 씩 웃으면서 다정하다기보다는 수작을 거는 느낌으로 올리버의 팔을 슬쩍 건드렸다. 제인이 엘리너가 그랬던 것처럼 집이 떠나가도록 소리지르지만 않는다면 이비는 아무래도 좋았다.

"아침에 제가 파이를 좀 구웠어요." 에디가 제인 쪽으로 파이 접시를 밀었다. 접시에서 피어오른 냄새에 이비의 배꼽시계가 꼬르륵 울렸다. "오오오! 역시 최고의 남동생이라니까!"

제인이 이비에게 나이프를 건넸고 이비는 그걸로 파이를 커다랗게 한 조각 잘라냈다. 그런데 포크로 한입 떠먹고 나서 곧 뭔가 이상하다는 걸 눈치챘다. 이비는 지금 이게 무슨 맛인지, 대체 어떤 과일을 넣은 건지 궁금해하며 계속 씹었다.

"이게 무슨 파이야?" 그녀는 입안 한가득 우물거리며 물었다.

"저희도 전혀 몰라요." 올리버가 아직도 자신을 향한 눈길을 거두지 않는 제인에게서 눈에 띄지 않을 만큼 살짝 물러나며 대답했다.

"뭐라고?" 이비는 이 정체 모를 음식을 먹어도 되는 것인지 의심하며 접시를 내려놓았다. "너희가 구운 거 아니야?"

"맞아." 에디가 대꾸했다. "우리집 정원 끝에 있는 그 이상한 나무에 열린 열매로 만든 거야. 무슨 열매인지 검색해봤는데 비슷한 것도 안 나오더라고. 그냥 먹는 것보다는 조리해서 먹는 게 낫겠다 싶어서 파이로 구워봤어. 맛이 어떻길래 그래?"

"이것 봐, 일단 맛이고 뭐고, 나를 죽일 셈이야? 열매가 독성이면 어쩌려고?"

올리버가 에디를 흘끔 쳐다봤다. "이런." 에디가 미안한 투로 말했다. "그 생각은 못했네. 누나 속 괜찮아?"

"괜찮은 것 같아. 그냥 느낌이지만. 내가 쓰러지면 너희 때문인 줄 알아. 그리고, 너희가 먼저 시식 안 해봤어?"

에디가 고개를 저었다. "다 같이 맛보는 게 더 좋을 것 같아서."

"나 먼저 먹이다니, 수상쩍은데." 이비는 파이 접시를 동생 커플 쪽으로 밀어놓고 자기 접시의 조각을 아까보다 작게 잘랐다. 그리고 그걸 잘게 부숴 자세히 들여다봤다. 안에 든 열매에 특별히 이상한 점은 없는 것 같았다. 보기 좋게 잘 익은 주황색이었고 상하거나 곰팡이가 핀 것 같지도 않았다. 그저 여태껏 먹어봤던 어떤 것과도 다른 맛이 날 뿐이었다. 이비는 자신이 별 탈 없이 한 조각을 다 먹어치우리라는 것을 알았다. 이비는 에디가 파이를 크게 한입 떠서 입에 넣는 걸 지켜보았다. 하지만 에디는 미뢰에 맛이 느껴지자마자 뒤에 있는 싱크대에 파이를 뱉어내면서 토할 듯이 요란하게 기침을 했다.

"이런 세상에! 누나! 정말 미안해! 더 먹지 마. 평생 먹어본 것 중에 제일 쓰레기 같은 맛이네." 그러면서 벌써 파이 접시를 쓰레기통으로 가져가는데 올리버가 막아섰다.

"나도 맛볼래!" 올리버는 속이 드러난 파이 단면에서 열매 한 조각을 손가락으로 집어 입에 쏙 넣었다. 이비는 올리버가 맛있다고 해주길 바랐지만 그도 에디와 똑같은 표정을 짓고 에디와 똑같이 구역질하는 소리를 냈다. 용케 뱉어내지는 않고 열매 조각을 삼켰지만,

그러고 나서 물을 달라고 하는데 목소리도 제대로 나오지 않았다. 제인도 한번 먹어보더니 에디와 올리버의 기분을 상하게 하지 않으려 애쓰며 얌전히 휴지에 뱉었다. 그렇게 식구들 모두 돌아가며 파이를 맛봤고, 토할 것 같은 맛이라고 느끼지 않은 사람은 이비뿐인 것 같았다.

"잠깐만." 짐이 말했다. "그 나무는 어제만 해도 열매가 하나도 없었는데. 바로 그 나무에서 나온 열매인 거 확실해?"

"정원에 나무라고는 한 그루밖에 없어요, 와서 직접 보세요!" 에디가 말했다.

그렇게 해서 하트가 사람 한 명과 스노가 한 명, 서머가 다섯 명이 다 함께 에디네 집 정원으로 갔다. 이파리도 몇 개 없는 벌거숭이 가지 위에 정말로 그 기묘한 열매가 잔뜩 매달려 있었다.

"보셨죠?" 에디가 가장 높은 가지들을 가리키며 말했다.

"이상한 일이네." 이비가 말했다. "천둥 번개를 좋아하는 나무인가 봐." 이비는 웃으며 땅바닥에서 달걀 형태의 주황색 열매를 주웠다.

열매는 이비의 손바닥에 꼭 맞았다. 마치 거기가 제자리인 것처럼.

*

이후 몇 달 동안 가족들은 그 나무를 예의주시했다. 그러다 곧 그 나무는 하늘에서 천둥과 번개가 위세를 떨칠 때에만 열매를 맺는다는 걸 알게 되었다. 계절의 질서 따위는 무시하고, 그저 비만 좋아했다.

어느 날 문득 짐이 물었다. "그 열매를 잼으로 만들면 무슨 맛일까?" 아침에 일어나 토스트에 딸기잼을 발라 먹는 걸 좋아하는 그였는데, 에디가 그의 말을 듣고 만들어본 잼을 맛본 뒤로는 몇 주 동안 토스트를 입에 대지도 못했다. 이어서 그들은 파이와 젤리, 케이크, 쿠키 등 온갖 것을 다 시도해보다가 결국 포기했고, 정원 끄트머리의 나무는 그냥 정원 끄트머리의 나무로 남았다. 예쁘지만 쓸모는 없는 나무, 이비 말고는 모두의 비위를 상하게 하는 열매를 맺는 나무였다.

"저 나무가 폭풍우가 온 뒤에만 열매를 맺는 게 이상하지 않아요?" 어느 날 저녁 오거스트가 비 오는 창밖을 내다보면서 손가락으로 창틀을 톡톡 두드리며 말했다. 바로 옆에 짐이 서 있었고, 둘은 집 안에서도 보이는 가장 높은 고동색 나뭇가지에서 주황색 점들이 나타나는 광경을 나란히 지켜봤다. 점들은 차례로 빗물을 흠뻑 빨아들이다가 열매를 톡 터뜨렸다. 두 사람이 서 있는 데까지 그 톡 소리가 들렸고, 오거스트는 열매가 하나씩 생명을 틔울 때마다 키득키득 웃었다. 하지만 짐은 그 나무에 보이는 것 이상의 무언가가 있다는 걸 알았다. 물론 보이는 모습부터 범상치 않았지만.

그 나무에 숨은 이야기가 있다는 걸 짐은 직감했다.

"최악의 상황에서 최선의 결과를 만들어낼 줄 아는 나무라서 그래." 짐은 난롯가 안락의자에 앉아 책을 읽는 척하는 아내를 바라보며 대답했고, 이비는 비죽 나온 웃음을 숨기지 못했다.

"어떻게 생각해, 이비?" 짐이 의미심장하게 물었다.

"그런 것 같네." 그녀는 책에서 고개를 들지 않고 여전히 입꼬리를 올린 채 대꾸했다.

"오거스트, 이제 잘 시간이다." 오거스트가 계단 쪽으로 막 달려가려는데 짐이 뒤에서 아들의 잠옷 셔츠 깃을 붙잡아 당기며 아이를 감싸안았다. "잘 자라, 말썽꾼."

"사랑해요, 아빠." 오거스트가 속삭였다.

"나도 사랑한다."

아들이 자기 방으로 잽싸게 달려올라간 후 짐은 아내의 맞은편 안락의자에 앉았다. "저 나무 말이야." 그가 운을 뗐다.

"음?" 이비는 책장을 넘겼다.

"어쩐지 좀…… 친숙하게 느껴지는데." 짐은 아내의 표정을 더 자세히 살피려고 몸을 숙이고 무릎에 팔꿈치를 괴었다.

"음." 이비는 미소를 띠었다.

"이비?" 짐이 걱정어린 투로 부르자 이비는 고개를 들어 그를 쳐다봤다. "저거 어떻게 길러낸 거야?"

자신에게 말 그대로 심장이 없다는 사실과 그 심장을 땅에 묻은 이유를 어떻게 설명해야 좋을까 고민하느라 이비의 얼굴에서 장난기가 다소 옅어졌다. 하지만 짐에게는 말해야 했다. 둘은 서로에게 비밀을 두지 않는 사이였다. 이비가 마침내 사정을 설명하자 짐은 고개를 끄덕이며 잠자코 듣기만 했다.

"그럼 저 나무가 그렇게 당신을 닮은 건…… 그러니까, 저 나무가 곧 당신이라서 그런 거네." 짐이 웃으며 말했다. 그러더니 한 손가락을 들어올렸다. "그런데 열매는 왜 그렇게 맛없는 거야?" 그는 역한 맛이 느껴지는 것처럼 혓바닥을 내밀었다. 그 맛을 떠올리기만 해도 혀가 마비되는 것 같았다.

"그건 나도 대답해줄 수 없어." 이비가 인상을 찌푸렸다.

"당신도 몰라?"

"나도 몰라." 이비가 재차 말했다.

"하나만 더 물어볼게."

이비는 마음에 담아뒀던 걸 털어놓는 기분이 썩 마음에 들어 흔쾌히 고개를 끄덕였다.

"이것 말고 숨겨둔 비밀이 더 있어? 당신 옛날 아파트라든가…… 아니면 이 집에?" 짐의 눈동자는 방안을 이리저리 두리번거리며 이전까지는 알아차리지 못했던 특이한 물건은 없는지, 말 못한 진실을, 놓여 있던 자리를 벗어나면 흰개미떼처럼 쏟아져나올 진실을 감추고 있는 물건은 없는지 찾으려 했다.

"하나도 없어." 이비가 단호하게 대답했다.

"하나도?" 짐이 확실히 하려고 한번 더 물었다.

"하나도. 이제 당신이 모르는 건 없어."

13
인생 최고의 모험

에스컬레이터는 모든 것을 집어삼키는 새카만 어둠을 향해 덜그덕거리며 올라갔다. 급기야 이비는 자신에게 의식이 있는 것인지, 아니면 모르는 사이에 잠이 든 것인지 궁금해졌다. 계단이 평평해지자 그녀는 앞으로 한 발 내디뎠지만 구두 뒤축이 어딘가 걸리는 바람에 휘청거렸다. 멀리서 열차가 짧게 한 번 경적을 울리고 이어서 한번 더 울렸는데 두번째에는 어둠에 묻혀 있는 이비에게 훨씬 가깝게 들렸다. 다음 순간 기관사가 경적을 너무 크고 너무 길게 울려서 이비는 자신이 분명 열차에 납작하게 깔릴 거라 생각했다. 그녀는 꽉 쥔 두 주먹으로 눈을 가리며, 이내 틀림없이 끔찍한 고통이 닥쳐오리라 생각하고 몸에 잔뜩 힘을 줬지만, 경적소리는 그녀의 곁을 지나쳐갔다. 스쳐지나가는 열차가 만들어낸 강풍에 이비는 몸의 균형을 잃었고, 넘어지지 않으려고 눈을 가렸던 두 팔을 양옆으로 펼친 순간, 그녀는 자신이 〈텔러〉에 다닐 때 퇴근길에 이용했던 환승 플랫폼에 와 있음을 깨달았다. 그것도 그 시절 빈센트가 버스킹하던 자리의 맞은편에 서 있었다. 이제 그 자리에서는 웬 노인이 연주를 하고 있었다. 바이올린은 빈센트가 쓰던 것과 똑같은 까만색이었지만 이 남자는 딱 봐도 여든 살은 넘어 보였다. 그는 캔버스 재질의 초록색 접이의자에 앉아 연주하고 있었는데, 아마도 그의 다리로는 원하는 만큼 오랫동안 서서 연주할 수 없기 때문인 것 같았다. 바이올린 케이스에 모인 동전으로 보아 꽤 오랫동안 연주하고 있었던 듯했다.

이비가 플랫폼 입구로 다가가는데 바이올리니스트의 어떤 면이 그녀의 눈길을 붙잡았다. 뭔가 안 어울리는 듯하면서도 너무나 친숙한 것이었다. 그는 눈을 지그시 감은 채 감미로운 멜로디를 연주했고, 그의 발치에는 개별 포장된 하드캔디로 가득찬 조그만 은색 사발이 놓여 있었다. 정확히는 주황색 캔디였다. 사발 옆에 세워놓은 마분지에는 손글씨로 이렇게 쓰여 있었다.

굉장한 모험도 사소한 것에서 시작될 수 있어요.

캔디처럼 사소한 것에서요.

모험 한 알 집어가세요.

이비는 바이올리니스트의 연주가 끝날 때까지 그 문구를 읽고 또 읽었다. 그녀가 고개를 들었을 때 그는 무릎에 바이올린을 올려놓고 있었다. 비록 짧은 머리는 회색으로 셌고, 피부는 거칠고 누리끼리한데다 주름진 손이 미세하게 떨리는 등 완전히 다른 사람처럼 보였어도, 초록색 눈만은 조금도 변함없이 예전 그대로였다.

*

"빈센트."

빈센트 윈터스는 바이올린과 캔디를 챙기고 의자도 접은 뒤 천천히 역에서 빠져나와 집으로 걸어가기 시작했다. 날은 춥지 않았지만 아까 내린 비로 아스팔트 바닥이 젖어 있어서, 미끄러지지 않으려고 한 걸음 한 걸음 확실히 내딛느라 집에 가는 데 한참 걸렸다. 이비도 그와 같이 걸었는데, 빈센트는 그녀가 거기 있다는 걸 전혀 눈치채지 못했지만 그가 혼자가 아니라는 사실이 그녀는 다행스러웠다.

두 사람은 함께 다리를 하나 건넜고 고풍스러운 동네로 들어섰다. 저마다 다른 파스텔색으로 현관문을 칠한 집들이 깔끔하게 줄을 맞춰 모여 있었다. 빈센트는 한 손으로 난간을 꽉 붙잡고, 다른 손으로는 바이올린을 든 채 한쪽 겨드랑이에 의자를 끼고서 비척대며 계단을 올라갔다. 이비는 원기를 회복한 믿음직한 스물일곱 살의 몸으로 그를 부축해주고 싶었지만 그럴 수 없었고, 그저 그가 넘어지지 않기를 기도하면서 무력하게 지켜볼 뿐이었다.

집은 크지 않았으나 이비가 알던 시절의 빈센트가 감당할 수 있었던 것보다는 확실히 비싼 곳으로 보였다. 이비는 그가 자랑스러웠다. 결국 꽤나 성공한 모양이었다. 이비는 검은색 현관문이 닫히기 전에 재빨리 집안으로 들어갔고, 그가 외투를 벗어 현관의 스탠드 옷걸이에 거는 것을 지켜보았다. 검은색 외투 자락이 벌어지면서 보라색 실크 안감이 보였고, 이비는 미소를 지었다.

빈센트는 터덜터덜 응접실로 들어갔고, 이비는 그 틈을 타 잠시 주위를 둘러보았다.

현관 벽은 온통 액자에 끼운 사진으로 장식돼 있었는데, 대부분 젊은 시절의 빈센트와 이비가 모르는 어떤 여자가 함께 있는 사진이었다. 몸집이 작고 행복한 표정의 그 여자는 모양이 딱 들어맞는 직소 퍼즐 조각처럼 빈센트의 옆자리에 완벽하게 맞아떨어졌다. 질투가 날카롭게 이비의 뱃속을 관통했지만, 그녀는 빈센트가 이루어지지 못한 그들의 사랑에 매몰되어 살아오지 않았다는 것이 다행스러웠다. 그녀 역시 얼마든지 그렇게 될 수도 있었을 것이다. 빈센트는 과거를 뒤로하고 그를 행복하게 해주는 사람을 만난 것 같았다. 사진들은 전부 이국적 장소를 배경으로 이색적인 모험을 즐기는 두 사람을 담고 있었다. 어떤 사진에서는 두 사람이 사자의 양쪽에 서서 그 숱 많은 갈기에 두 팔을 두르고 있고 사자는 입맛을 다시고 있었다. 또다른 사진에서는 땅에서 수천 피트 높이의 비행기 날개 위에 둘이 중심을 잡고 서 있었다. 산 정상에서 무릎까지 눈에 파묻힌 채 서 있는 사진도 있었다. 수백 명의 관중을 앞에 두고 밧줄 위에 손을 잡고 서 있는 사진도 있었다. 바늘 침대 위에서 평온한 표정으로 가부좌를 틀고 앉아 있는 사진도.

사진 한 장 한 장이 이비의 명치를 날카롭게 찔렀다. 이비 자신이 누렸으면 했던 삶이었다. 그녀가 자신과 남동생의 안정된 생활을 위해 포기한 삶이었다. 그녀는 영영 알지 못할 삶이었다.

이비는 이 행복한 집이 또 어떤 이야기를 보여줄지 불안한 마음이었지만, 그래도 사진에서 등을 돌리고 빈센트를 따라 응접실로 들어갔다. 그는 커다란 안락의자에 앉아 있었다. 그 방에는 책으로 꽉 찬 책장이 많았고 소설이 대부분이었지만, 빈센트가 앉은 의자

바로 옆 책장에는 악보와 그가 우러러보는 위대한 음악가들의 평전이 꽂혀 있었다. 길을 향해 난 창문 앞에는 은색 보면대가 서 있었다. 빈센트가 안락의자에 앉았을 때의 앉은키에 맞춰 조정된 높이였다. 이비는 자신이 칠십대가 됐을 때 한 번에 몇 분 이상 서 있으면 등이 쑤셨던 것이 떠올랐고, 그의 통증을 덜어주기 위해 뭐든 할 수 있으면 얼마나 좋을까 싶었다.

이비는 저녁 내내 응접실 바닥에 앉아 빈센트가 책을 읽고 하품을 하고, 바이올린을 켜고 하품을 하고, 포트와인을 조금 따라 홀짝이다가 하품을 하고, 그러다 마침내 단념하고 자러 가는 것을 지켜보았다. 너무나 쓸쓸하고 적적해 보였고, 그녀가 보면서 느끼는 만큼 그 자신도 그렇게 느낄지 궁금했다. 이비는 나이가 들어서도 너무 오랫동안 가만히 있으면 좀이 쑤셨고 뭐든 정신을 쏟을 거리를 찾아냈다. 뜨개질과 코바늘뜨기를 배워 겨울이면 가족들을 따뜻하게 해줄 머플러를 잇달아 떴고 여름에는 코바늘로 쿠션 커버와 티 코지*를 떴다. 짐과 결혼한 뒤 살았던 조그만 동네에 계속 살고 있는 친구들에게 편지와 엽서를 써 보내거나 몇 시간이고 부엌에서 베이킹을 하기도 했다. 이비는 늘 바쁘고 부산스러웠고, 노쇠한 몸뚱이가 항의를 해도 여전히 그랬다. 그런데 지금 보니 빈센트는 가만히 앉아 아무것도 안 해도 차분하고 만족스러운 듯했다. 하지만 떠올려보면 그는 늘 그랬다. 그녀가 정신없이 그림을 그리고 저녁식사를 준비하고 차를 끓이는 동안 그는 책 한 권을 들고 소파에 가만히 앉아 있곤 했다. 한곳에 그를 두고 나가면 돌아올 때에

* 차가 식지 않게 씌워놓는 덮개.

도 그가 여전히 그 자리에 그대로 있으리라는 걸 이비는 알았다.

빈센트는 계단 한 칸에 차례로 두 발을 올리고 나서 다음 칸으로 이동하는 식으로 조심조심 위층으로 올라갔지만, 이비는 그대로 복도에서 꾸물거렸다. 사진 속 여자가 아직 살아 있을지, 둘이 아직도 커플일지 궁금했다. 집안의 정적은 빈센트가 혼자 살고 있다는 것을 암시했지만 사진들을 보면 늘 이렇지는 않았음을, 한때는 이 집에서 둘이 함께 살았음을 알 수 있었다. 순간 어떤 생각이 머릿속을 스쳤다. 이비는 다시 사진을 들여다보며 사진 속에는 전부 그들 두 사람뿐임을 눈치챘다. 빈센트는 아이를 낳지 않은 것이다.

다음 순간 유일하게 빈센트나 그 여자가 아닌 다른 사람의 사진이 눈에 들어왔다. 아는 얼굴이었다. 이비는 서니 샤인이 자기 얼굴이 찌그러질 정도로 빈센트의 볼에 얼굴을 갖다붙이고 힘껏 입맞추는 사진을 보며 웃음을 터뜨렸다. 서니에게 질렸다는 표정을 지으면서도 미소를 띤 빈센트는 이비가 알던 바로 그 빈센트였다. 머리카락이 흘러내려 왼쪽 눈을 가렸는데도 눈부신 초록색 눈동자가 카메라 플래시를 받아 짙은 색 머리칼 사이로 반짝였다. 그는 모델이나 그리스의 신, 아니면 여자의 상상 속에 그려진 소설 주인공처럼 여성들이 반할 만한 외모는 아니었다. 코는 둥그스름하고 휘었고 치아는 십대 시절 내내 담배를 피우고 차를 너무 많이 마신 탓에 누렇게 착색된데다 머리카락과 수염은 언제나 덥수룩하고 엉클어져 있었지만…… 그래도 그는 빈센트였다. 이비는 세상이 보편적으로 아름답다 할 만한 부분만이 아니라 그의 모든 면을 사랑했다. 그의 남다른 면들이 그를 더 돋보이게 했다. 이비는 그가 그녀의 통통한 배에 손을 올리고 잠을 자던 것, 그녀의 화장기 없는 얼굴을 보고 아름답다고 하던 것, 너무 넓적해서 눈까지 이상해 보인다고 이비가 늘 불평하던 그녀의 콧잔등에 입을 맞추곤 했던 것을 기억했다. 따로 있으면 두 사람은 세상 모든 사람이 그렇듯 흠이 많은 인간이었지만 함께 있으면 스스로 없어졌으면 하는 부분들까지 상대가 포용했기 때문에 완벽했다. 이비는 갑자기 빈센트가 너무 그리워져서 손가락으로 사진 속 그의 코를 쓰다듬었다. 위층에 있는 빈센트는 그녀가 아는 빈센트가 아니었다. 지금의 그를 빚어낸 그 세월 동안 그녀는 부재했으니까.

발끝으로 살금살금 올라가 닫힌 방문 두 개 너머로 머리를 디밀어본 뒤에야 그녀는 복도 제일 끝에 있는 빈센트의 방을 찾아냈다. 방문은 검은 고양이 모양의 도어 스톱으로 받쳐놓은 채로 열려 있었다. 빈센트는 벌써 침대에 들어가 조용히 코를 골고 있었다. 방안은 어두웠지만 달빛 덕분에 꽃무늬 이불보가 보였는데, 빈센트의 솜씨라고 보기에는 방의 장식과 너무 잘 어울렸다. 방 한쪽 구석에 그의 지갑과 회중시계가 놓인 책상이 있고 벽에 딱 붙여놓은 옷장 하나가 있었는데, 이런 기본적인 것들을 제외하면 그의 방은 차갑고 텅 비어 보였다. 한때 이비가 알던 빈센트가 가지고 있었던 특색들은 이 집 어느 구석에서도 찾아볼 수 없었다. 문득 사진 속 여자가 그의 삶에서 떠난 지 얼마나 됐을지 궁금해졌다. 아무래도 한참 된 것 같았다.

빈센트의 얼굴을 더 잘 들여다보려고 침대를 빙 돌아 다가간 이비는 그의 잠든 얼굴이 그녀가 알던 모습과 더 닮았다는 것을 알아차렸다. 그가 짊어진 짐들이 고스란히 얼굴에 드러났다가 잠이 들자 비로소 긴장이 풀리면서 이비가 아는 얼굴이 되었다. 처음 만났을 때 그는 비교적 해맑고 근심 없는 사람이었는데, 아까 역에서 본, 이제 노인이 된 그의 걱정에 찌든 얼굴은 마치 그 이면을 들여다볼 수 없는 두꺼운 가면처럼 느껴졌었다. 그런데 이제 잠이 든 그에게서 이비는 조금 주름이 졌을 뿐 자신이 사랑에 빠졌던 그 빈센트를 보았다.

"빈센트?" 이비는 속삭였고, 그의 이름이 왠지 혀끝에서 낯설게 느껴졌다. 제 이름을 들은 강아지의 귀가 쫑긋하듯 그의 눈썹이 살짝 올라갔다. "빈센트. 나…… 나 이비야." 뭐라고 꼭 짚어 말할 수는 없었지만 그의 얼굴에 변화가 생겼고, 표정이 한없이 슬퍼 보였다. 그녀의 목소리가 꿈에 영향을 준 모양이었다. 이비는 그가 꿈에서 뭘 봤기에 저렇게 속상해하는 건지 궁금했다. 그의 얼굴을 쓰다듬으면서 눈썹 주위에 생긴 근심의 계곡을 펴주고 싶은 강렬한 충동이 일었다. "빈센트. 할말이 너무 많아. 오랫동안 당신한테 하고 싶은 얘기가 참 많았어. 먼저, 에디는 내가 늘 바라던 사람이 되었다는 걸 당신이 알아줬으면 해. 자기를 아낌없이 사랑해주는 파트너를 만나 행복하게 살고 있어. 우리가 헤어진 게 아무 의미 없지는 않았던 거야. 그렇지만 우리가 모두를 등지고 모든 것을 버렸다면 어떻게 되었을지 하루도 궁금하지 않은 날이 없었어. 우리가 펼치지 못한 이야기의 결말은 어떤 것이었을까 늘 궁금했지. 우리가 안겨준 안정된 삶 없이도 에디가 행복을 찾았을지 궁금하고, 우리 둘의 인생도 지금보다 나았을지 아니면 더 나빴을지 궁금해.

나는 결국 행복을 찾긴 찾았어. 내가 낳은 두 아이한테서. 그 아이들이 내 세상의 전부가 됐고, 과거의 무엇을 하나라도 바꿔서 그 아이들을 못 만나게 된다면 난 절대 어떤 것도 바꾸지 않을 거야.

왜냐하면 오거스트와 아일라가 없는 세상은 나한테 훨씬 어두운 세상일 테니까. 그래도 매일매일을 당신이 내 옆에 있었더라면 하고 바라며 보냈어. 당신은 어디 있을까, 당신도 나를 그리워할까 궁금해하면서. 이랬더라면 저랬더라면, 하는 가정에 매달려 사는 것도 참 힘든 노릇인데 한 가지 결정적인 가정에 집착해 평생을 사는 건 몇 배로 못할 짓이더라고. 그게 내 심장을 너무 무겁게 짓눌러서 나는…… 음, 결혼식 날 심장을 꺼내서 정원에 묻어버렸어."

빈센트의 얼굴이 일그러지더니 한줄기 눈물이 그의 콧잔등을 타고 흘러내려 베개를 적셨다.

"내 심장에서 나무 한 그루가 자라났어. 반경 몇 마일 안의 모든 집을 굽어볼 정도로 어마어마하게 큰 나무야. 그리고 아주 이상한 열매를 맺는데, 나만 빼고 다들 맛이 없다고 질색을 해…… 하지만 당신 입맛에는 맞을지 모르지, 어쩌면." 이건 방금 막 떠오른 생각이었다. "한번 가봐줄래? 직접 보면 당신도 이해할 것 같아서. 내가 매일같이 당신을 얼마나 그리워했는지 당장에 알 수 있을 거야. 당신을 사랑하지 않은 순간이 없었다는 것도. 단 한순간도."

갑자기 빈센트가 앓는 소리를 내면서 몸을 틀어 똑바로 누웠고, 얼굴 양쪽으로 흐른 눈물이 회색 머리카락 속으로 스며들었다. 그가 뭐라고 웅얼거렸고, 이비는 그가 자기 이름을 부른 것 같다고 생각했지만 확신하지는 못했다. 그러더니 빈센트는 잠결에 코를 한 번 훌쩍이며 마음을 가라앉히는 것 같았고, 이비는 그의 꿈에 자신이 나온 걸까 궁금해졌다.

"이비……"

이번엔 발음이 더 또렷했다. 그녀가 옆에 있는 걸 빈센트가 안다고 이비는 확신했다. 아, 그가 깨어나서 그녀를 본다면, 잠시만이라도 대화를 나누고 옛일을 회상하며 함께 있을 수 있다면 얼마나 좋을까. 하지만 이비는 목덜미에서 자신을 잡아당기는 익숙한 기운을 느꼈다. 길 잃은 영혼들의 세계가 다시 한번 그녀를 부르고 있었다. 해야 할 말을 남김없이 한 기분은 들지 않았지만 그에게 하고 싶은 말이 너무나 많아서 계속 말했다가는 돌아가지 못할 것 같았다.

이비는 눈을 감았다. 그리고 리프 박사가 있는 곳으로 자신을 잡아당기는 손길에 몸을 맡기려는 찰나 빈센트가 "이비" 하고 속삭이는 것을 들었다. 그녀는 눈을 뜨고 이렇게 말하는 그를 보았다.

"당신은 내 인생 최고의 모험이었어."

*

열차의 굉음이 이비의 머릿속을 뚫고 지나갔고 열차가 지나는 철로처럼 그녀의 흉곽을 뒤흔들었다. 이비는 단번에 훅! 벽을 통과했지만 갑자기 공중에 뜬 채로 멈췄고, 마치 투명한 에스컬레이터를 탄 것처럼 서서히 바닥으로 내려왔다.

"지난번보다 훨씬 쾌적한 여행이었어!" 이비가 벽에게 이렇게 말하자 벽은 표면을 꿀렁거려 대꾸했다.

"어땠어?" 리프는 이비가 외투 벗는 걸 도와주고 그녀가 곧장 주저앉을 수 있게 의자를 끌어다 무릎 뒤에 대주며 물었다.

"그게…… 그냥 다녀왔어요. 제가 지금 어떤 기분인지는 잘 모르겠는데 이런저런 감정이 들기는 하네요."

고개를 끄덕인 리프는 방에서 나가더니 몇 초 안 지난 것 같은데 금방 우려낸 차 두 잔을 가지고 돌아왔다.

"말하기 싫으면 안 해도 돼. 하지만 언제든 얘기하고 싶으면 내가 여기 있다는 걸 잊지 마." 차를 건넨 리프는 김이 나는 머그잔을 들고 어정쩡하게 서서 물었다. "잠시 혼자 있고 싶어?"

"아뇨." 이비는 바로 고개를 저었다. "같이 있어주시면 좋겠어요. 어쨌거나 이제 우리가 할일은 기다리는 것밖에 없잖아요."

14
아침식사 전에 떠오른 터무니없는 생각

다음날 아침 빈센트는 눈물 웅덩이에서 잠이 깼다. 베개는 푹 젖어 있고 머리카락도 축축했다. 수많은 밤 그랬던 것처럼 이비 꿈을 꿨는데, 이번엔 꿈속의 그녀가 너무 선명하고 목소리도 명료했다. 그는 침대에서 조심스럽게 몸을 일으켜 곧바로 슬리퍼에 두 발을 꿰었다. 아침식사를 준비하러 아래층으로 내려가는 길에 복도에 있는 서랍장을 열고 봉투 하나를 꺼내 부엌으로 가져갔다. 그러고는 오트밀 죽을 먹으면서 이비의 장례식, 아니 거기 적힌 표현대로라면 '이비의 생을 기리는 파티' 초대장을 읽어내려갔다.

이비의 사망 소식은 상상하지 못한 방식으로 빈센트에게 충격을 안겼다. 오래전 그렇게 헤어지고 나서 빈센트는 사 년 동안 혼자 지내면서, 함께 있지 않으면 죽을 것 같았던 여자를 잃은 상실감을 달랬다. 학업과 음악에 모든 것을 쏟아부어 최고의 성적으로 학교를 졸업했고, 삼 년 일정으로 세계 투어가 예정된 발레단의 오케스트라에 합류해달라는 초청을 받았다. 바로 그 투어에서 발레리나 신시아 페탈이 이 멋진 바이올리니스트에게 푹 빠져버렸다. 사실 모든 발레리나가 그와 사랑에 빠졌지만 빈센트가 마음을 준 상대는 신시아였다. 그녀가 이비와 달라도 너무 달랐기 때문이었다.

신시아는 물론 마음씨가 곱고 빈센트의 애정을 받기에 부족함이 없었지만, 몸집이 조그맣고 각진 골격에 웃음소리는 유리창도 깰 정도로 날카로웠다. 빈센트는 여자가 자신에게 관심을 보일 때마다 그녀에게서 이비 스노와 닮은 점을 보았다. 상대방이 치아를 훤히 드러내며 웃을 때면 이비가 겹쳐 보였다. 살이 찌면 '안 될' 곳에 살이 붙은 여자를 볼 때마다 이비를 보는 것 같았고, 사방을 따스하게 밝히는 웃음소리를 들을 때마다 이비의 웃음소리를 들었다. 그는 신시아 페탈을 제외한 모든 여자에게서 이비를 보았다. 십 초마다 심장이 부서지는 기분을 느끼지 않으면서 함께 있을 수 있는 여자는 신시아밖에 없었기에, 빈센트는 그녀 곁에 머물렀고 그녀도 그를 받아주었다.

빈센트와 신시아는 투어 도중에 공연단이 들르는 모든 곳, 모든 새로운 나라에서 모험을 찾아다녔다. 그게 너무 재미있어서 투어가 끝났을 때 그들은 모험도 같이 끝낼 이유가 없다고 생각했고, 그래서 발레단에서 춤을 추고 연주하면서 모은 돈으로 여행을 계속했다. 그러다 라스베이거스에 들러 드라이브인 예식장을 지나쳐 갈 때 결혼 얘기가 나왔다. 이비 소식을 못 들은 지 구 년째였고 앞으로도 듣지 못할 걸 알고 있었다. 그리고 신시아와 함께한 지난 사 년은 진정 행복에 겨운 시간이었다. 여생을 그녀와 함께 보내지 못할 이유가 없어 보였다. 그는 오래전 이비를 사랑한 것과 굉장히 다른 식으로 신시아를 사랑했지만, 신시아를 사랑하는 것은 틀림없었고 그녀가 자신을 사랑한다는 것 역시 의심의 여지가 없었다. 그녀의 눈에 늘 애정이 담겨 있었으니까. 그래서 빈센트는 자동차 핸들을 획 꺾어 아주 새로운 종류의 모험을 위해 '드라이브스루 간편 웨딩'으로 들어갔다.

빈센트와 신시아는 한동안 춤추고 연주해서 돈을 모은 다음 그 돈을 항공료와 숙박비로 탕진하면서 보냈다. 그러다 집에 돌아와 잠시 지내는 동안에야 비로소 자신들이 여행을 한 게 아니라 도망쳐 다녔다는 걸 깨달았다. 그들은 아기를 가질 수 없다는 피할 수 없는 진실에서 도망치고 있었던 것이다. 오랫동안 아이를 가지려고 노력해왔지만 아주 희미한 희망 한줄기도 비친 적이 없었다. 그래서 그들은 정신을 딴 데 팔기 위해 이곳저곳을 전전하며 자신들이 아직 젊은 것처럼, 아직 시간이 충분히 남아 있는 것처럼 굴었고, 그들이 처한 현실을 부인하다가 급기야 너무 늦어버렸다. 이제 그들은 앞으로 아이가 태어날 일은 없을 거라는 사실을 받아들이고 마침내 두 사람이 처음 만났던 고향 마을에 정착했다.

두 사람 다 시내 바로 외곽에 있는 공연예술학교에서 교수직을 제안받았다. 빈센트는 바이올린을 가르치고 신시아는 발레를 가르쳤다. 비록 둘 사이에 자식은 없었지만 서로가 있었기에 그거면 충분했다. 어쨌든 빈센트는 그렇게 믿었다. 신시아가 마흔여섯 살에 임신 징후를 보이기 전까지는. 빈센트는 새벽에 신시아가 토하는 소리에 깨어 그녀가 좋은 소식을 전해주길 바라며 욕실로 달려가곤 했지만, 매번 신시아는 뭘 잘못 먹어서 그렇다는 말만 되풀이할 뿐이었다. 아침에 토하는 그녀의 머리카락을 잡아주기를 육 주간 거의 매일 반복한 끝에 빈센트는 제발 병원에 가서 검사를 받아보라고 했다. 그제야 신시아는 울음을 터뜨리면서 임신 사실을 인정했다. 빈센트는 뛸듯이 기뻐하며 그녀에게 키스하려고 했지만 신시아는 눈물을 뚝뚝 흘리며 고개를 돌렸고 이내 사실대로 털어놓았다.

빈센트와 아이를 가질 수 없다는 것을 마침내 깨달았을 때 신시아는 다른 데에서 위안을 찾았다. 몇 년 동안 그녀에게 뜨거운 눈길을 보냈지만 줄곧 거부해왔던 어느 남자 댄서가 퍼붓는 애정을 즐기게 되었던 것이다. 그러다 마음이 약해진 순간에 그 댄서에게 완전히 넘어가고 말았고, 그후로도 그런 나약한 순간들이 자주 찾아와서 불륜은 계속되었다. 신시아는 자신이 불임이라고 확신했기 때문에 빈센트에게 절대 들키지 않을 거라 믿었는데, 알고 보니 불임인 것은 신시아 쪽이 아니었다. 신시아는 앙투안 블랑과 외도를 시작하고 몇 주 지나지 않아 몸에 이상을 느꼈고, 몇 주 동안 구토가 계속되는데다 유방 주위가 민감해지고 월경 소식도 없자 아이가 생겼고 그 아이는 남편의 아이가 아니라는 사실을 더는 부인할 수 없게 되었다.

빈센트는 심한 충격을 받았다. 신시아는 잔인한 자기 보호 본능이 발동해, 빈센트 때문에 더 젊을 때 아이를 낳지 못했던 거라고 비난을 퍼부었다. 빈센트는 그저 그 말에 동의하고 사과했다. 신시아가 당분간 엄마와 지내겠다며 집을 나가자 혼자 남은 빈센트는 싸구려 위스키 몇 병을 들이켜며 정신을 놓고 지냈다. 옛친구가 문 앞에 나타날 때까지.

서니 샤인은, 늘 그렇듯 취한 상태에서, 바이얼릿 윈터스에게 빈센트의 새 주소를 알아냈고, 현관문을 연 빈센트는 옛 룸메이트가 문에 노크를 한답시고 몸 전체를 내던졌다가 문 앞 계단에 널브러져 있는 걸 발견하고 정신이 번쩍 들었다. 이어진 대화를 통해 빈센트는 그들이 얼굴을 못 보고 지낸 수년 동안 서니의 삶이 조금도 변하지 않았음을 알게 되었다. 그래서 서니가 허리춤에 차고 다니는 플라스크 술통을 내밀며 한 모금 권했을 때 빈센트는 사양했다. 그는 자신이 서니에게서 보는 모습을 사람들이 자신에게서 발견하지 않기를 바랐다.

바로 이튿날 그는 신시아에게 전화해 집에 돌아오기만 하면 아이를 자기 핏줄처럼 기르고 돌보겠다고 했다. 두 사람의 삶은 예전으로 돌아갈 거라고. 신시아의 대답은 수화기 잡음에 섞여 들려온 흐느낌이었다. 아이를 잃었다고 했다. 의사들 말에 따르면 애초에 임신한 것 자체가 기적이었고 임신을 유지하는 것은 처음부터 불가능했다.

신시아는 죄책감에 가득찬 채 돌아와 앙투안과는 끝이 났다고 맹세했고, 너그러운 빈센트는 진심으로 그녀를 용서해주었다. 신시아는 이비와 헤어진 후 유일하게 어떤 식으로든 그를 행복하게 해준 여자였고, 그래서 그는 도저히 그녀와 헤어질 수 없었다. 두 사람의 생활은 다시 이어졌지만 대신 그 둘을 아는 사람이라면 누구든 감지할 수 있는 어떤 아슬아슬함이 감돌았다. 그들 둘은 각자 바위 같은 사람이었으나 함께 있으면 유리 같았고, 가족과 친구들은 행여나 겨우 찾은 평화에 잔물결을 일으킬까봐 그들 근처에서는 발레하듯 발끝으로 살금살금 걸었다. 빈센트와 신시아는 행복하게, 그러나 조용히 지냈고 함께 즐기는 모험은 점점 뜸해지다 어느새 완전히 멎었다. 신시아는 일흔여섯에 세상을 떴고 빈센트의 곁에는 둘이 함께한 모험을 담은 사진만 남았다.

빈센트 윈터스는 초대장에 필기체로 쓰인 문구를 읽고 또 읽었다. 이비의 장례식에 참석해 제대로 조의를 표했더라면, 하고 후회했지만, 차마 그럴 용기가 없었고 이비도 자신이 오지 않기를 바랐을 거라고 스스로를 설득했다. 짐이 초대장을 보냈으니 그의 반응이 걱정돼서 못 간 건 아니었다. 그보다는 이비의 자녀들이 그때까지 한 번도 본 적 없고 들은 적도 없는, 엄마의 과거로부터 온 이상한 노인네에 대해 질문을 퍼붓기 시작하는 걸 이비가 원치 않을 거라는 확신 때문이었다. 빈센트 자신의 심장도 견디지 못할 거라 생각했다. 하루도 이비 생각을 하지 않고 지나는 날이 없었지만, 그녀에 대한 생각을 마음속 가장 구석진 곳에 묻어놓는 데 이골이 나 있었다. 그러나 이비를 꼭 닮고 그녀처럼 말을 하며, 하는 행동마다 이비의 일부가 엿보일 것이 분명한 그녀의 자식들을 만나면 아무래도 이비를 또 한번 잃는 기분이 들 것 같았다.

그래서 초대장을 받자마자 가지 않기로 결심했던 것이고, 장례식은 이미 몇 주 전에 치러졌는데, 지금 그는 그 결심을 재고하고 있었다. 자신이 왜 그러는지 도통 알 수가 없었다. 이비가 나오는 꿈을 꾼 뒤로 어떤 터무니없는, 묘한 희망이 그의 안에 가득 차올랐다. 오래전 이비에게 같이 도망치자고 했을 때와 똑같은 희망과 활력이었다. 도망치는 건 불가능하고 명백하게 어리석은 생각이었는데도 그는 둘이서 그걸 해낼 수 있다고 진심으로 믿었었다. 그가 지금 품은 것이 바로 그것과 똑같은 믿음이었다.

빈센트는 초대장을 뒤집어 뒷면에 적힌 서머가 주소를 읽었다.

지금까지는 그런 생각을 해본 적이 없었는데 이제 그는, 아침식사로 오트밀 죽을 먹으면서, 그것이 불가능하고 명백하게 어리석은 생각일지라도, 어쩐지 이비 스노를 언젠가 다시 보게 될 거라는 믿음이 생겼다.

15
안녕, 그리고 안녕히

빈센트는 장엄한 서머가 저택 계단의 맨 아래 칸에 서서 파란 문을 올려다보았다. 지팡이를 자갈길에 톡톡 초조하게 두드리면서 그 소리를 멍하니 듣고 있다가, 돌아서서 점점 더 멀어져가는 택시를 바라봤다. 마음이 바뀔지 모르니 그냥 기다리라고 할걸, 후회가 되었다. 잘됐지 뭐, 그는 생각했다. 이제 물러설 수 없게 됐으니까. 이내 담대하게 앞으로 나아가 계단을 오른 그는 주먹의 마디 관절로 힘차게 문을 두드렸다. 이어지는 몇 초 동안 뱃속이 요동쳤다. 이비의 자녀들 중 하나가 문을 열고 웬 미친 노인네를 쫓아낼까봐 긴장됐지만, 그를 맞이한 건 그가 아주 잘 알지는 못해도 최소한 아는 이의 얼굴이었다.

"제임스 서머 씨?" 목소리가 갈라져서 빈센트는 곧바로 헛기침을 해 목을 가다듬었다.

"예, 맞습니다만." 짐은 한 발 앞으로 걸어나와 등뒤로 현관문을 거의 닫았다. 짐은 이 남자를 어디선가 분명 본 적이 있었다. 얼굴과 이름을 맞춰보기 위해 재빨리 머릿속에 저장된 지인의 명단을 훑었다.

"짐……" 과거로부터 갑자기 튀어나온 인물을 기억해내려 애쓰는 짐을 지켜보던 빈센트가 침묵을 깨고 조용히 말했다. 짐의 얼굴에 나타난 깨달음의 표정은 사진으로 남기고 싶을 정도로 드라마틱했다.

"빈센트 윈터스 씨." 짐이 나직이 말한 뒤, 빈센트가 도로 계단을 내려가 이 바보 같은 일을 전부 없었던 일로 만들어버리기 전에 비척비척 내려와 그를 껴안았다. "이렇게 다시 만나다니 말로 다 할 수 없이 반갑습니다." 그는 목구멍에 말이 걸려 목멘 소리로 간신히 이야기했다.

빈센트의 등이 긴장으로 굳었다. 마지막으로 누군가 이렇게 그를 안아줬던 건 그의 어머니였고 이십 년 전 임종하시던 날 밤이었다. "저도 만나서 반갑습니다." 빈센트는 이렇게 말하며 같이 포옹했고 긴장을 풀면서 타인과의 교류에서 오는 기쁨을 즐겼다. 최근 몇 년간 좀처럼 맛볼 수 없었던 것이었다.

"건강해요? 건강해 보이네요." 짐은 신이 난 기색을 숨기지 못했다. 빈센트가 어떻게 지낼지, 잘 극복했을지, 그후 어떻게 살았을지 너무나 오랫동안 궁금했었다. 아내의 바람을 존중하느라 감히 알아볼 생각을 못했는데 지금 본인이 제 발로 문 앞에 나타났고, 이렇게 된 이상 짐은 빈센트에게 그동안 묻고 싶었던 걸 다 물어보고 늘 내밀고 싶었던 우정의 손길을 내미는 게 도리라고 생각했다.

"네, 건강합니다. 적어도 제 생각에는요. 지난 몇 주간 좀 이상한 일이 있었지만……" 빈센트가 대꾸했다. 둘 다 나이가 들면서 키가 쪼그라들었지만 여전히 빈센트가 짐보다 반 피트는 더 컸고, 지팡이에 기대 웅크리고 섰는데도 짐을 내려다봤다.

"이비가 죽은 뒤에 말이죠?" 짐이 묻자 빈센트가 멋쩍은 표정으로 고개를 끄덕였다. "우리 모두 그랬어요. 들어오실래요? 저희 가족도 만나보시고요."

그새 바람에 현관문이 조금 열렸고 빈센트는 집안에서 서로의 말이 채 끝나기도 전에 자기 할말을 쏟아내는 목소리들, 웃는 소리, 혀를 차는 소리, 저 안쪽 어딘가에서 요란하게 우당탕거리는 소리 따위를 들을 수 있었다. 빈센트의 심장이 소리가 나는 곳으로 어서 들어가라고 재촉하듯 가슴속에서 앞으로 쏠렸지만 그는 뒤꿈치에 힘을 주고 그 자리에서 버텼다.

"자녀분들이 이것저것 궁금해하지 않을까요?" 빈센트가 물었다.

짐은 고개를 끄덕였다. "아마도 그러겠죠. 지난 몇 주 사이 애들이 벌써 당신에 대해 알아낸 게 많아요. 하지만 그것과 상관없이, 제가 보기엔 아이들이 전부 알아야 할 때가 온 것 같아요…… 안 그래요?" 그러면서 짐은 빈센트의 어깨에 팔을 둘렀고 두 사람은 나란히 집안으로 들어갔다. "다들 지난 몇 주간 이 집에 머물면서 이비의 유품을 정리했어요. 그런데 지금은 나를 돌보려고 머물고 있는 것 같네요."

"어떻게 지냈어요? 그러니까 이비가……" 빈센트는 다른 사람과 대화하는 법을 잊어버린 기분이었다.

짐은 한숨을 쉬면서 현관의 콘솔 서랍장에 몸을 기댔다. "이비를 잃는 게 어떤 기분인지 잘 알잖아요."

익숙한 통증이 빈센트의 온몸을 전기처럼 훑고 지나갔다.

"지금은 좀…… 나아졌어요. 고마워요." 짐은 입으로는 미소를 지었지만 눈은 웃고 있지 않았다. 빈센트는 어떤 심정인지 이해하고도 남았다.

"아빠?" 여자 목소리가 안에서 불렀다.

"딱 좋은 타이밍에 오셨군요, 빈센트." 발소리가 점점 크게 들려오자 짐이 얼른 말했다. "아일라가 점심을 준비중이에요. 보통은 나를 보조로 데려다 쓰지만 매번 동작이 굼뜨다고 타박하거든요." 그러면서 짐은 따스한 애정이 묻어나는 표정으로 눈알을 굴렸다.

"제 덕분에 주방 의무가 면제된 거예요?" 빈센트가 재미있다는 듯 웃었다.

"아뇨, 당신이 내 대타로 투입될 겁니다!" 짐이 껄껄 웃는데 헐렁한 운동복 바지와 밝은 분홍색 티셔츠 차림에, 밀가루 범벅이 된 빨간색 프릴 앞치마를 두른 중년 여자가 복도 저편에서 나타났다.

"거기 계셨네요! 저 안 도와주시고 왜…… 오. 이분은 누구세요?"

빈센트는 동그스름한 그녀의 얼굴에서 눈을 뗄 수 없었다. 교통사고 현장에서 눈을 돌릴 수 없는 것과 같은 심리였다. 사실 그녀는 짐을 더 닮았지만 말할 때의 입술 움직임이 이비와 똑같았고 비록 살짝 희끗해졌지만 머리카락도 똑같은 색조의 금발이었다.

"내 딸 아일라입니다."

아일라가 밀가루 묻은 손을 내밀며 다가왔다. 빈센트는 그 손을 잡고 악수하면서 부디 자기 손바닥이 얼마나 축축한지 아일라가 눈치채지 못하기를 바랐다. 그는 자신이 느끼는 이 어색함과 위화감이 끔찍이 싫었다.

"아일라, 이분은 빈센트 씨야."

아일라는 악수하던 것을 갑자기 멈추고 그대로 손을 잡은 채 입을 약간 벌리고 멍하니 쳐다봤다. "아저씨가…… 빈센트 씨라고요? 빈센트 윈터스 씨요?"

빈센트는 숨을 크게 들이쉬었다. "맞아요."

아일라의 표정에 변화가 없어서 빈센트도 짐도 아일라의 머릿속에 어떤 생각이 오가는지 짐작할 수 없었지만, 이어진 그녀의 반응은 두 사람 다 예상하지 못한 것이었으니……

"오오오거어어어어스트!!!!" 아일라가 소리치자 두 남자가 놀라서 펄쩍 뛰었다. "아이고 맙소사! 정말 죄송해요, 하지만…… 아저씨가 여기 계시다니! 정말로 그분이라니! 아저씨가 그분이고, 그분이 정말 여기 나타나시다니요!" 오거스트와 대프니 그리고 꼬마가 힘을 합쳐 재건한 연애편지 노트를 읽고 또 읽은 아일라는 마치 자기가 제일 좋아하는 소설의 등장인물이 실제로 살아나 자기 집 현관에 서 있는 기분이었다.

오거스트가 아일라의 앞치마만큼 옷에 밀가루를 뒤집어쓴 채로 나무 주걱을 휘두르며 부엌에서 뛰쳐나왔다. "무슨 일인데!" 오거스트는 소리를 지르다가 그만 러그 위에서 양말 신은 발이 쭉 미끄러져 초고속으로 벽에 부딪혔고 그 와중에도 주걱은 절대 놓지 않았다.

오거스트가 이비의 유전자를 거의 다 물려받은 것을 빈센트는 한눈에 알 수 있었다. 눈이 이비처럼 고동색에 눈망울이 커다랬고 얼굴은 둥그스름했으며 두 뺨은 꼬집고 싶을 만큼 통통했다. 콧날이 약간 넓적했지만 이비의 눈이 코의 생김새 때문에 이상해 보이지 않았던 것처럼 오거스트의 눈도 전혀 이상해 보이지 않았다. 그의 눈은 그저 커다랗고 초롱초롱하고 행복감과 장난기로 가득했다.

"괜찮아, 괜찮아! 오빠가 만나봐야 할 분이 오셔서 부른 거야!" 아일라가 잔뜩 신이 나서 말했다. "아빠……" 그러더니 짐에게 어서 소개하라고 손짓했다.

"너란 애는 정말 못 말리겠구나." 짐은 그런 딸을 보고 웃으면서도 빈센트가 감당하기에 너무 벅찬 상황일 수 있겠다 싶어 걱정이 됐다. 하지만 그때 빈센트의 입가에 미소가 번지는 것을 보았다.

"아빠아아아." 아일라가 십대로 돌아간 양 어리광을 부렸다. "오거스트." 그녀는 침입자를 한 대 내리쳐야 할지 점심을 대접해야 할지 여전히 결정하지 못한 채로 주걱을 쓸데없이 높이 쳐들고 있는 오빠를 향해 돌아섰다. "이분은 빈센트 윈터스 씨야!" 아일라가 새된 소리로 말했다.

"뭐라고?" 오거스트는 양팔을 크게 휘두르며 아래로 떨어뜨렸고 그 바람에 주걱 끝에 묻어 있던 소스가 러그에 튀었다. "빈센트 씨라고요? 그 빈센트 씨요?"

"아…… 마도요." 아까보다 자신감을 회복한 빈센트가 손을 내밀었고 오거스트는 반갑게 악수했다.

"이런 날이 올 줄이야. 믿을 수가 없어요! 어서 들어오세요, 어서요!" 아일라와 오거스트는 서로의 발에 걸려 비틀거리면서 허둥지둥 부엌으로 갔다. 빈센트는 짐과 함께 뒤따라가면서 그에게 한 번 눈길을 던졌다.

"속에 뭐가 들어앉아서 저러는지 모르겠습니다." 짐이 말했다.

"늘 있던 거겠죠, 분명히," 빈센트가 대꾸했다. "저들의 엄마요."

*

오거스트와 아일라가 점심을 준비하는 동안 짐과 빈센트는 식탁을 차린 다음 앉아서 이야기를 나누었다.

"내가 누군지 어떻게들 아는 거죠?" 식탁 맞은편에 앉은 짐을 향해 몸을 숙인 빈센트는 학교 식당에서 키득거리는 아이들처럼 자꾸만 자신을 흘끔거리며 쑥덕대는 남매를 고갯짓으로 가리키면서 물었다.

"시간이 얼마나 있으신데요?" 짐은 긴 이야기를 암시하며 던진 말이었지만 빈센트는 정말로 손목시계를 확인하더니 이렇게 대답했다. "아마 일이 년밖에 안 남은 것 같지만 그래도 얘기해주세요. 재밌는 이야기를 들은 지가 꽤 됐거든요."

오거스트가 공책 한 권을 들고 나타나더니 방금 두 사람의 대화를 엿듣고 있지 않았던 척하며 그것을 빈센트 앞 식탁에 슬며시 내려놓았다. 빈센트가 공책을 펼치자 바로 자신의 필체가 나타났다. 최근 몇 년 사이의 필체보다 훨씬 안정감 있고 깔끔했지만 그래도 자신의 글씨가 맞았다.

"이걸 어디서 구했죠?" 공책을 덮은 빈센트는 한 번도 본 적 없는 공책임을 확신하면서 이리저리 뒤집어보았다.

"꼬마한테서요." 짐이 대답했다.

"꼬마라." 이렇게 되뇌던 빈센트는 검은색이 아니었던 검은 새를 번쩍 떠올리고 웃음을 터뜨렸다.

"아들 녀석 말로는 꿈에 그 새가 나왔는데 바로 그날 밤 꼬마가 그 집 정원에 나타났답니다." 짐이 설명했다. "꿈에서 새의 날개를 씻기고 의무에서 해방시켜주라고 부탁하는 엄마 목소리를 들었대요. 그래서 새를 씻겨주는데 두 사람이 주고받은 편지가 드러났고요. 며느리 대프니가 그걸 공책에 전부 옮기자는 기막힌 아이디어를 떠올렸지요."

빈센트는 다시는 이렇게 자세히 보게 될 줄 몰랐던 과거의 기록을 한 장씩 차근차근 넘겨보았다. 그러고는 눈물이 떨어져 낱장을 적시기 전에 공책을 덮고 식탁 위에 내려놓았다.

"빌려가도 되겠습니까?" 빈센트가 물었다.

"오 빈센트, 그건 당신의 추억이에요. 공책은 당신 겁니다." 짐이 공책을 빈센트 쪽으로 밀자 빈센트는 자신이 무슨 행동을 하는지 의식하지 못한 채 그걸 집어들어 품에 꽉 안았다.

"그다음엔 아일라도 꿈을 꿨어요. 요약하자면, 이비랑 제가 예전에 이비가 그린 그림을 전부 구두 상자에 넣어서 이비의 옛 아파트 마룻널 밑에 숨겨놨었는데 그걸 아일라가 찾아냈어요."

"제가 좀 봐도 될까요?" 빈센트가 물었다.

"물론이지요. 근데 기억하시는 것하고는 조금 다를 겁니다." 짐은 선캐처를 가지러 위층에 올라가려고 자리에서 엉거주춤 일어서다가 아일라가 두 손으로 그것을 소중하게 들고 멋쩍은 표정으로 문간에 서 있는 것을 발견했다.

"말씀 나누시다보면 빈센트 아저씨가 결국 이것도 보고 싶어하실 것 같아서요." 아일라가 선캐처를 식탁에 내려놓으며 해명했다.

그러고는 부엌으로 돌아가기 전에 돌아서서 이렇게 말했다. "엿들은 거 아니에요……" 짐은 짐짓 꾸짖는 표정을 지었지만 곧 장난스럽게 딸을 쫓아냈다.

"아일라의 꿈속에서 이비가 구두 상자를 찾으라고 했답니다. 딸아이가 결국 찾아냈고 그걸로 이걸 만들었어요." 짐은 선캐처를 집어들고 식탁 위에 고정돼 있는 조명에 매달았다. 구름 뒤에 숨어 있던 해가 나오면 창문을 통해 들어오는 빛을 곧장 받을 수 있는 자리였다. "자, 마음 단단히 먹어요. 이제 조금만 있으면…… 봐요!"

창문으로 들어온 태양빛이 선캐처 유리에 닿자 그림들이 살아났다. 화들짝 놀란 빈센트는 공책을 더 꼭 껴안았지만 자기를 연못에 빠뜨렸던 거위를 알아보자마자 집안이 쩌렁쩌렁 울릴 정도로 웃어젖혔다. 이비와 둘이 우산 하나를 쓰고 웅크리고 있는 그림도 알아봤다. 그림 속 빈센트가 진짜 빈센트에게 손을 흔들었고, 그림 속 이비는 그에게 할말이 있는 듯 팬터마임을 했다. 그녀는 검지로 빈센트를 가리키더니 다시 자기 입술을 가리켰고 두 손으로 자기 입에서 소리가 나오는 시늉을 해 보였다. 그러더니 두 손바닥을 마주보게 딱 붙여 머리 아래 갖다대고 자는 시늉을 했다.

"뭐하는 걸까요?" 짐이 물었다.

빈센트는 그림 속 이비가 짐한테 당신 꿈 얘기를 해줘, 라고 말하는 것임을 잘 알아들었지만 고개를 저었다. 이 나이에 기이한 일을 감당할 수 있을지 자신이 없었다. 이 가족과 한자리에 있는 것만으로도 이미 쓰러질 것 같았고, 그의 노쇠한 심장은 그를 지탱해주느라 무리하고 있었다. 짐에게 이비가 나온 꿈 얘기를 하면 어떤 기묘한 일이 뒤따를지 모르는데 빈센트는 그런 일에 휘둘리기엔 너무 지쳐 있었다. 이비가 죽었다는 사실은 변하지 않았고 중요한 것은 그것뿐이었다. 아무리 기묘한 일들이 일어나 이비가 살아 있는 듯한 느낌을 준다고 해도 그 어떤 것도 실제로 이비를 되살려내지는 못했다.

"저는 이제 가봐야겠습니다." 빈센트는 아직도 손짓을 하는 그림 이비의 눈을 피하며 말했다. 그가 가려고 돌아서자 만화 이비가 햇살에 뛰어들었고, 허리에 두 손을 짚은 채 답답해서 콧잔등을 잔뜩 찡그린 얼굴로 문 옆의 벽에 나타났다.

"빈센트……" 짐은 걱정이 됐지만 빈센트가 왜 이렇게 초조하게 구는지 짐작할 수 있었다. "당신도 꿈을 꿨군요, 그렇죠?"

빈센트는 벽에 나타난 이비를 빤히 쳐다보고 있었다. 그것이 이비가 생각하는 본인의 모습이었다. 통통한 볼과 이상하게 생긴 눈, 거기다가 허리는 생전 어느 때보다도 굵은 모습이었지만 그와 상관없이 빈센트는 더이상 못 본 체할 수 없었다. 그는 짐을 돌아보며 고개를 끄덕였다.

*

구운 고기를 주메뉴로 한 점심을 먹으면서 빈센트는 자신의 꿈 이야기를 해주었다. 이비가 얼마나 진짜처럼 느껴졌는지, 이비가 뭐라고 했는지, 그런 꿈을 꾼 이유가 뭐라고 생각하는지까지.

"엄마는 왜 아저씨가 그 나무를 보길 원한 걸까요?" 아일라가 웃으며 말했다. "그냥 평범한 나무인데." 그 말에 빈센트는 여기까지 왔는데 굉장한 것을 못 보고 돌아가는 건가 해서 조금 실망했지만, 짐이 황급히 자식들에게서 눈을 돌려 자기 몫의 그레이비소스를 내려다보는 걸 보았다.

"흠, 어쨌거나 빈센트 씨는 그 나무를 꼭 봐야 할 것 같은데." 짐이 여전히 고개를 숙이고 고기를 필요 이상으로 정교하게 썰며 말했다.

"우리가 꾼 꿈들을 생각하면 말이에요." 오거스트가 운을 뗐다. "우리가 죽고 나서 실제로 어떻게 되는지 궁금해져요."

"진짜로 엄마가 그러는 거라고 생각해?" 아일라가 도전적인 말투로 물었다. "무덤에서 되돌아와서!" 그녀는 놀리듯이 오거스트를 향해 손가락을 꼼지락거렸다.

"너도 그림들이 막 춤을 추면서 날아다녔을 때는 주저 없이 믿었으면서!" 오거스트가 발끈하지 않으려고 애쓰며 받아쳤다.

"그건 그냥 빛의 장난이었을 뿐이야." 아일라가 자신 없는 목소리로 말했다.

"아니야!" 오거스트가 포크를 힘주어 내려놓으며 말했다.

"맞아!" 아일라도 똑같이 포크를 내려놓았다. 그레이비소스가 식탁보와 빈센트의 소매에까지 튀었다.

"그만해, 너희 둘. 그 정도면 됐어." 짐이 남매에게 엄한 어조로 말하면서 빈센트에게 냅킨을 건넸다. "왜 그런 꿈을 꿨느냐는 중요하지 않아. 중요한 건 그 꿈이 너희들에게 어떤 영향을 미쳤느냐야. 너희 엄마에 대해 많은 걸 알게 됐잖니. 덕분에 엄마가 죽고 난 뒤에도 더 가까워진 기분이 들었고. 중요한 건 그거니까 앞으로 잊지 마라."

"죄송해요, 빈센트 아저씨." 아일라가 미안한 표정으로 빈센트의 팔을 살짝 건드렸다.

"저도 죄송해요." 오거스트도 멋쩍은 얼굴로 말했다. "우리가 왜 그랬는지 모르겠어요. 그런데 이상하긴 해요. 우리 셋 다 엄마 꿈을 꿨고 그 꿈 때문에 엄마가 평생 감춰온 걸 알게 됐다는 게."

"만약 이비가 내가 알던 이비로 계속 살아갔다면," 빈센트가 짐을 불편하게 만들고 싶지 않아서 조용히 말을 꺼냈다. "저세상에 가서 우리와 대화할 방법을 찾아낸 게 놀랄 일은 아닌 것 같은데." 그러고는 웃음을 터뜨렸다.

"맞아요." 짐도 거들었다. "너랑 비슷하게 말이다, 아일라, 네 엄마는 늘 불가능과 맞서 싸웠고 열에 아홉은 그 싸움에서 승리했어."

짐과 빈센트는 둘만 아는 눈빛을 주고받았다. 전혀 불가능한 일이라는 것을 알면서도 이비와 관련된 일이라면 두 사람 모두 초자연적 현상의 가능성을 완전히 배제할 수 없다고 믿었다. 다만 짐은 상상력 풍부한 아들을 겁먹게 하거나 현실적인 딸과 논쟁하지 않는 편이 낫겠다고 판단했다.

"자, 그럼," 짐이 입을 닦은 다음 냅킨을 접시 옆에 내려놓고 빈센트를 쳐다봤다. "이제 나무를 보실 때가 된 것 같습니다."

어둑어둑해지는 하늘을 배경으로 서머가 사람 셋과 윈터스가 사람 한 명은 손전등을 들고 천천히 숲을 가로질렀다. 아일라가 미리 전화를 해둔 덕에 그들이 도착했을 때쯤 에디와 올리버가 포치에 나와 있었다. 빈센트는 에디를 만난 적이 없었지만 한동안 이비와 헤어진 것이 에디 탓이라고 원망했었다. 그러나 시간이 흘러 이성을 되찾은 뒤 빈센트가 깨달은 것은, 에디는 누나가 자신을 위해 얼마나 대단한 일을 해줬는지, 또 얼마나 많은 것을 포기했는지 전혀 모르고 있었다는 사실이었다. 그렇다 해도 막상 에디를 만나면 어떤 기분이 들지 확신이 서지 않았다.

발코니에서 잠든 이비를 두고 짐을 챙겨서 나온 날 이후로 긴 세월이 흘렀다는 것을 알면서도, 빈센트는 어쩐지 이비가 늘 이야기했던 에디를, 눈이 총기로 빛나고 겨우 술을 마실 수 있는 나이가 된 소년을 만나게 될 거라 상상했었다. 그러나 실제로 그를 맞이한 건 칠십대 정도의 나이에 비슷한 또래의 다른 노인과 팔짱을 끼고 나란히 서 있는 남자였다. 두 사람 다 빈센트가 길에서 우연히 마주쳤으면 자기 또래라고 여겼을 법했다. 나이가 들수록 나이 차는 점점 의미가 없어지고 나중에는 몇십 살 차이도 아스팔트의 갈라진 틈처럼 아무것도 아닌 게 되어버린다. 빈센트와 짐, 에디와 올리버는 그냥 전부 나이든 남자였다. 그건 죽음이 그리 바짝 다가와 있지만 않다면 세 사람 모두 죽을 때까지 부인할 사실이었다.

"빈센트 씨." 에디는 미소 띤 얼굴로 인사를 건넸지만 불안한 듯 올리버를 꽉 붙잡고 있었다. "만나뵙게 돼서 정말로 반갑습니다."

"마찬가지입니다, 에디. 한때 얘기는 굉장히 많이 들었었는데, 그게 오십 년도 더 전이네요." 빈센트가 말했다.

"달라진 것도 별로 없을걸요." 아일라가 손가락으로 에디 삼촌을 꾹 찌르며 말했다.

서머가 저택은 한때 아이들이 뛰어놀았던 가정다운 가정이었기에 여전히 방마다 향수가 가득 어려 있었다. 반면에 스노가 저택은 에디와 올리버가 오랫동안 살았고 지금은 오거스트와 대프니까지 들어와 사는데도 빈센트는 그곳에서 설명할 수 없는 냉기를 느꼈다. 분명 이비의 어머니가 남기고 간 거겠지, 빈센트는 생각했다.

“앞장서게, 에디.” 짐이 빈센트에게 저택 뒷문을 통해 정원으로 나가는 에디를 따라가라고 손짓했다.

어두운 회색 하늘을 뒤로하고 서 있는 웅장한 나무 한 그루는 거의 까만색으로 보였다. 빈센트는 이렇게 높은 나무가 있다는 게 믿기지 않았다. 그의 뻣뻣한 목으로는 고개를 젖혀 나무를 한눈에 담을 수가 없었다.

“와아……” 웃음이 터져나왔다. “무슨 비료를 줬기에 저래요?”

바람이 가지를 흔들면서 그들 주위로 몰아치자 빈센트는 분명히 뭔가 이상한 소리를 들은 것 같았지만, 청력이 예전 같지 않으니 잘못 들은 것일지도 몰랐다. 그래도 갑자기 옷깃 안쪽으로 후끈 열이 올랐고 그래서 지팡이에 조금 더 체중을 실었다.

“괜찮으세요?” 빈센트가 쓰러지면 얼른 붙잡을 태세로 아일라가 그의 팔에 손을 얹으며 물었다.

“괜찮아요, 괜찮아. 조금 더워서 그런 것뿐이에요.” 하늘에서 천둥이 우르릉거리더니 시커먼 구름이 일행의 머리 바로 위로 몰려왔다.

“비가 한차례 내리면 습한 게 가실 거예요.” 올리버가 이마에 비가 한두 방울 떨어지는 것을 느끼며 말했다.

“빈센트, 조금만 더 있다가 갈래요? 아무래도 폭풍우가 닥쳤을 때 이 집에 있는 게 좋을 것 같아서요.” 짐이 웃으며 말했고, 뭔가를 아는 듯한 묘한 그 미소를 본 빈센트는 피곤하고 가슴이 먹먹한데도 차마 거부할 수가 없었다.

“물론이지요. 혹시 나무가 쇼도 합니까? 노래를 부른다든가? 춤을 춘다든가?” 빈센트가 농담을 던졌다.

"더 좋은 거예요." 에디가 대꾸하고 일행을 집안으로 안내했다.

짐은 잠시 빈센트와 둘만 있겠다는 뜻으로 나머지에게 안으로 들어가라고 손짓했다. 두 남자는 벽난로 옆 안락의자에 앉았다. 둘 다 아주 천천히 몸을 낮췄고 그러다 마침내 끙차! 소리를 내며 앉은 뒤 같이 웃음을 터뜨렸다.

"우리 서로 솔직하게 터놓는 편이 낫겠습니다…… 안 그래요?" 짐이 마음을 진정시키려 애쓰며 말했다. 밖에서는 빗방울이 창문을 타고 흘러내리고 지붕 위에서는 천둥이 우르릉거렸다. 빈센트는 검은 재킷을 벗었는데도 땀이 났다. "물론이죠." 그는 셔츠 제일 윗단추를 풀면서 대답했다.

짐은 크게 한 번 숨을 들이쉬더니 입을 열었다. "이비는…… 아주 특별한 여자였어요. 때로는 머리가 지끈거릴 정도였지요." 빈센트도 동조의 뜻으로 고개를 끄덕였다. "하지만 특별한 여자였던 건 사실이고 생전에 이해할 수 없는 일을 많이 벌였죠. 대개는 좋은 일이었고 나쁜 짓도 있었지만 어떤 건 아무도 이해할 수 없는 종류의 행동이었어요. 그중 가장 특별한 일 중 하나가 바로 저 나무를 심은 거였고요." 짐은 누가 엿듣나 보려고 앉은 자리에서 몸을 틀었지만 보아하니 빈센트의 예기치 않은 방문에 대해 입방아를 찧으려고 부엌에서 저희들끼리 다들 모인 모양이었다.

"아주 인상적인 나무네요." 빈센트는 달리 무슨 말을 해야 하나 싶어서 어깨를 으쓱했다. 솔직히 말하자면 그는 여기까지 온 노고가 아깝지 않을 만큼 대단한 것을 발견하지 못해 약간 실망한 상태였다.

"생각하시는 것보다 더 인상적인 나무일 겁니다. 제가 이야기

하나 해드려도 될까요?" 짐은 이비의 이야기를 다른 사람에게 전할 기회가 와서 신이 났다. 빈센트는 눈을 천천히 끔벅거리며 고개를 끄덕였다. "이비와 저의 결혼식 날, 예식장 통로를 걸어들어와 결혼서약을 주고받기 전에 말입니다. 이비는 하얀 웨딩드레스를 입은 채 이 집으로 뛰어와서 저 정원 끝 진흙땅에 쭈그리고 앉았다고 하더군요. 자기 심장을 결코 당신에게 줄 수 없다는 걸 깨달았는데 그렇다고 나한테 주고 싶지도 않아서 아예 아무한테도 안 주기로 결심했다는 거지요. 그래서 당장 그 자리에서 자기 심장을 꺼내 땅에 묻었답니다."

빈센트는 갑자기 정신이 확 들어서 의자에서 허리를 세우고 앉았고, 이비를 몰랐더라면 허황된 판타지로 들렸을 이야기에 흥미와 약간 재밌어하는 기색을 보이며 짐을 바라봤다.

짐은 이야기를 이어갔다. "십 년 후 우리가 이 집에 돌아왔을 때 저 나무가 자라나 있었어요. 이비가 자기 심장을 묻은 바로 그 자리에요." 그는 아득하지만 아주 익숙한 펑펑 소리가 집안에 울려퍼지자 기분이 좋았다. "우리 모두 그 나무가 굉장히 친숙하게 느껴졌지만 그 이유는 아무도 몰랐어요. 만져보면 따뜻한 나무, 바람이 딱 적당히 가지를 건드리면 위로의 말을 속삭여주는 나무, 천둥이 친 다음에만 열매를 맺는 나무. 왜냐하면 최악의 상황에서도……"

"……최선의 결과를 만들어내야 하니까." 두 사람은 동시에 말하더니 씩 웃었다.

"저 소리 들려요?" 짐이 물었다.

빈센트는 변변치 않은 귀를 쫑긋 기울였고 그러자 옥수수알이 프라이팬 위에서 터지는 것 같은 소리가 간신히 들렸다. "저게 대체 뭡니까?" 그가 물었다.

"이쯤에서 나무를 한번 더 보시는 게 좋을 것 같아요."

두 사람은 나란히 의자에서 몸을 일으켜 뒷문으로 갔다. 빈센트는 나뭇가지에 달린 주황색 열매를 보고 크게 웃음을 터뜨렸다. 어떤 것은 너무 열심히 열매를 부풀린 나머지 열리자마자 땅에 쿵 떨어졌다.

"비가 올 때마다 과일 바구니를 하나씩 안겨주는 유일한 나무로군요." 빈센트는 이곳에 와서 느꼈던 초조함이 전부 상쇄된 것 같아 만족하며 말했다.

"먹을 수 있었다면 더 좋았겠죠." 짐이 말했다.

"독성이 있나요?" 빈센트가 물었다.

"그건 아니고요. 그냥 맛이 더럽게 없어요. 원하시면 드셔봐도 됩니다."

"그냥 충고에 따르겠습니다……" 빈센트가 이렇게 대꾸하는데 머릿속에서 이비의 목소리가 들려왔다. 반경 몇 마일 안의 모든 집을 굽어볼 정도로 어마어마하게 큰 나무야. 그리고 아주 이상한 열매를 맺는데, 나만 빼고 다들 맛이 없다고 질색을 해…… 하지만 당신 입맛에는 맞을지 모르지, 어쩌면. "아니, 생각이 바뀌었어요……"

빈센트는 빗속으로 뚜벅뚜벅 걸어나갔다. 날숨이 김처럼 모락모락 피어올랐고 걸음마다 지팡이가 진흙땅을 푹푹 파고들었다. 마음속 깊은 곳의 무언가가 이렇게 하면 이비에게 더 가까이 갈 수 있다고 속삭였다. 이것이 이비를 다시 볼 수 있는 기회라고, 그는 확신했다.

"우산이라도 가져가요!" 짐이 뒤에서 소리쳤지만 빈센트는 온통 그 나무로 가야 한다는 생각뿐이었다. 가까이 다가가자 나무에서 온기가 느껴졌다. 떨어지는 빗방울도 그 열기에 데워졌고 빈센트의 날숨도 더이상 입김을 만들어내지 않았다. 그는 구두코로 떨어진 열매 하나를 툭 차보았다. 열매 표면은 깨물면 팰 정도로 연해 보였지만, 생기자마자 떨어진 열매가 익었으면 얼마나 익었을까 싶었다. 바람이 나뭇가지들을 건드리며 지나갔고, 그 순간 빈센트는 지난 오십 년 넘게 못 들었던 목소리가 자신의 이름을 부르는 것을 분명히 들은 것 같았다.

빈센트, 이비가 불렀다. 빈센트.

"이비?" 빈센트가 속삭였다. 저택을 향해 돌아서자 어느 틈에 오거스트와 아일라가 짐의 곁에 와 있었다. 빈센트는 민망함에 두 뺨이 달아올랐다.

빈센트.

아니, 그것은 이비의 목소리가 분명했다.

"이비!" 그는 요란한 빗소리와 천둥소리를 뚫고 소리쳤다.

"빈센트 씨! 들어오세요! 그러다 감기 심하게 들어요!" 이제 에디마저 뒷문 포치에 나와 있었고 올리버는 창가에서 내다보고 있었다. 아일라는 꼬마가 날아와 나무의 가장 높은 가지 중 하나에 내려앉는 것을 목격했다.

전기 오르는 소리가 들릴 정도로 번개가 아주 가까이에서 내리쳤다. 번개는 걱정에 찬 이비의 가족들 얼굴을 번쩍 비추었다. 빈센트가 고개를 들고 하늘을 보는데 가지에서 또 열매 하나가 팡 열리더니 빈센트의 손바닥으로 곧장 떨어졌다. 그는 아무 생각 없이, 그저 직감을 믿고 열매를 한입 베어 물었다. 익숙한 토피애플*맛과 당밀맛, 크림맛이 닿으면서 미뢰의 감각이 요동쳤다. 입안에 따스하게 퍼진 열매의 달콤한 즙이 턱까지 흘러내리자 그는 눈을 감았다. 즙을 삼키는 순간 그의 입술이 마치 방금 차를 한 모금 마신 사람에게 키스를 받은 것처럼 찌릿거렸다.

"이비……" 그가 나직이 불렀다.

폭풍이 잦아들었고 비도 이제는 부슬부슬 내리고 천둥소리는 아득해졌다. 빈센트는 살갗에 느껴지는 온기가 사그라들기를 기다렸지만 그럴 기미가 없었다. 오히려 몸 전체로 퍼져 손가락 끝까지 닿았다. 활활 타오르는 장작불에 지나치게 가까이 있는 느낌이었다. 지팡이를 진창에 떨어뜨렸지만 그는 넘어지지 않았다. 아주 오랜만에 몸이 건장해진 기분이었다.

"빈센트 아저씨! 들리세요?" 아일라가 그에게 오려고 포치에서 한 발을 내디뎠으나 짐이 딸의 어깨를 붙잡으며 고개를 저었다.

"우리가 필요하면 그렇다고 얘기할 거야. 분명히." 짐이 이렇게 말하자 아일라도 고개를 끄덕였다. 하지만 아무도 집안으로 들어가지 않았다. 지금 이 상황은 단순히 한 노인이 옛 연인을 그리워하는 것이 아님을 모두가 느꼈다. 뭔가 다른, 특별한 일이 벌어지고 있었다.

빈센트의 몸을 덥힌 열기는 그의 혈관에서 춤을 추며 소용돌이치다가 마침내 그의 심장을 살살 쓰다듬고 가장자리를 간질였다. 바람이 완전히 멈추고 비도 멎자 모든 것이 죽은듯 고요해졌다. 한순간 눈을 뜬 빈센트는 에디와 올리버, 아일라와 오거스트, 그리고

* 사과를 꼬챙이에 꽂아 토피 시럽을 바른 것.

짐이 추위에 옹기종기 붙어 서서 숨을 죽이며 걱정스러운 눈길로 그를 보고 있는 것을 발견했다. 뭔가 멋진 일이 일어날 것을 직감한 그는 이것이 마지막임을 확신하며 지그시 눈을 감았다.

"잘 있어요." 그가 이렇게 속삭이는 순간 몸안의 불꽃이 그의 심장을 완전히 집어삼켰고, 돌연 빈센트는 이비의 사랑으로 불이 붙었다.

거대한 한줄기 번개가 나무에 내리꽂히면서 비가 다시 한바탕 퍼부었고 천둥이 우르릉거리며 웃어댔다. 이비가 지난 오십오 년 동안 느꼈던 모든 아픔, 빈센트를 그리워하며 보낸 모든 순간, 그에 대한 추억에 여전히 푹 빠져 보낸 모든 나날을 빈센트는 전부, 일시에 고스란히 느꼈고 그것은 여든세 살의 육신이 감당하기 힘든 것이었다. 그가 할 수 있는 건 이비의 심장이 담고 있었던 사랑의 힘에 굴복하는 일뿐이었다. 그의 무릎이 꺾이면서 진흙땅에 철퍽 내리꽂혔고, 빈센트가 쓰러지자 나무도 잔가지에 꼬마의 생기 없는 몸이 뒤얽힌 채 같이 무너졌다.

지켜보던 가족들은 헉하고 숨을 들이켜며 소리를 질렀고, 짐이 노쇠한 몸이 허락하는 한 있는 힘껏 달려갔지만 너무 늦고 말았다. 빈센트의 생명은 마치 연기처럼 몸에서 빠져나가 공기 중으로 스멀스멀 올라갔고 그가 너무나도 오랫동안 꿈꿨던 곳으로 가버렸다.

16
마침내 찾아온 순간

이비와 리프는 편안한 침묵 속에 앉아 있었다. 이비는 차를 조금씩 마셨고 리프는 가볍게 눈을 감고 생각에 잠겨 시간을 보냈다. 이비는 빈센트를 만나고 와서 드는 이 기분이 어떤 것인지 통 알 수가 없었다. 평생 그에 대한 생각을 억누르며 살았지만 그건 이비가 아는 그에 대한 생각이었다. 그런데 벽을 건너가 만난 빈센트는 전혀 다른 사람이었다. 그냥 나이가 들어서가 아니라 그가 이비 없는 삶을 살아왔기 때문이었고, 그 삶은 빈센트를 곁에 사랑을 쏟을 가족이 없는 외로운 남자로 빚어놓았다. 이비가 만나고 온 빈센트는 그녀가 전혀 모르는 사람이었고 그 점에서 이비는 말로 다 할 수 없는 슬픔을 느꼈다. 그와 같이 도망갔어야 했나? 그랬으면 둘 다 좀더 행복했을까? 남동생을 도와주고 짐과 결혼해서 그녀는 결국 행복해졌지만, 바로 그랬기에 빈센트는 평생 마음 아파하며 살아야 하지 않았는가…… 그렇다 해도 그가 이비보다, 적어도 이비만큼 사랑할 사람을 평생 찾지 못할 줄 그녀가 어떻게 알았겠나? 이비는 다녀온 후로 계속하고 있는 '그랬더라면' 놀이가 지겨워 고개를 흔들었다.

"리프." 이비가 갈라진 목소리로 말했고, 리프는 슬며시 눈을 떴다. 하지만 이비는 그를 쳐다보지 않았다. 볼 수가 없었다. "제가 옳은 일을 한 게 맞아요? 비밀로 묻어둔 거 말이에요." 그녀는 물었다.

"이비가 느끼기엔 옳은 일을 한 것 같아?" 리프가 대꾸하면서 다시 눈을 감았고 그래준 게 이비는 다행스러웠다. 그가 쳐다보지 않으니 평가받는 느낌이 덜했다.

이비는 저도 모르게 고개를 끄덕였다. "네. 그랬어요. 그때는요. 어쨌든 저한테는 옳은 결정이었어요."

"과거를 숨겨서 아이들한테 상처를 줬어?" 리프가 여전히 눈을 감은 채 낮은 목소리로 말했다.

"아이들이 저를 더 잘 알 수도 있었을 텐데 그러지는 못했지요." 이비가 대꾸했다.

"그래서 애들한테 상처를 줬어? 이비가 한 행동 때문에 누가 해를 입었어?"

"아뇨." 이비는 고개를 저었다.

"그럼 뭐." 리프는 단정짓듯 대꾸했다.

"그렇지만 아이들과 더 단단한 유대를 맺을 수도 있었잖아요." 이비는 자신 없는 목소리로, 그 말이 진실인지 아닌지도 확신하지 못한 채 말했다.

그러자 리프가 눈을 완전히 떴다. "그럴지도 모르지." 예상치 못한 그의 무심한 솔직함에 이비는 충격을 받았다.

"아이들이 저를 더 잘 알았더라면 자라면서 저한테 좀더 터놓고 얘기했을지도 몰라요." 이비는 아이들의 성장 과정을 머릿속으로 되새겨보며 말했다.

"그렇지." 리프가 동조했다.

"저를 더 신뢰했을 테고요."

"그애들이 진짜 이비를 알았더라면 이비를 더 깊이 사랑했을지도 몰라." 리프가 말했다.

"글쎄요, 제 생각엔……" 이비가 입을 열었지만 리프가 말을 끊었다.

"엄밀히 말해서 이비가 아이들한테 상처를 주거나 거짓말을 한 건 아니지만, 진실을 있는 그대로 말해준 것도 결코 아니잖아. 어쩌면 그게 자식들과의 관계에 이비의 생각보다 훨씬 큰 영향을 미쳤을지도 모르지." 이렇게 말하더니 그는 의자 등받이에 기대고 다시 눈을 감았다.

이비는 방금 들은 말을 잠시 곱씹었다. "아뇨," 그녀가 이렇게 말하자 리프가 한쪽 눈을 떴다. "아뇨. 그건 사실이 아니에요." 그녀는 찻잔을 바닥의 자기 발 옆에 내려놓았다. "우리 애들은 자기들 아빠와 결혼하기 전까지의 삶을 통해 빚어진 저를 충분히 알았고, 그거면 된 거예요. 어두운 이야기에서도 좋은 사람이 만들어질 수 있어요. 저는 아이들을 그 어두운 이야기로부터 보호해주고 싶었어요. 제가 그 사람이 되기 위해 어떤 일을 감내해야 했는지 걱정할 필요 없이 오직 그 이야기가 만들어낸 좋은 사람만 알고 살아갈 수 있게요. 저는 꼭 그래야만 했기 때문에 비밀을 간직한 채로 살아간 거고, 그리고…… 자신의 행복을 위해 때로 그런 결정을 내리는 것도 괜찮아요."

이비는 벌떡 일어나 방안을 서성대기 시작했다. "중요한 건 제가 아이들에게 부족하지 않은 엄마였다는 거고 제가 그런 엄마가 될 수 있었던 건 그애들이 태어나기 전의 인생이 존재했기 때문이에요. 제 어머니는 어떤 부모가 되지 말아야 할지를 똑똑히 가르쳐주었고, 그래서 저는 아이들이 제가 누리지 못했던 모든 것을 누리게 해줬어요. 짐은 사정이 어떻든 상대방을 무조건적으로 사랑하는 법을 저한테 가르쳐줬고, 빈센트는 제가 다른 사람을 얼마나 많이 사랑할 수 있는지 가르쳐줬어요. 그러니 저는 제 아이들에게 상처를 입힌 게 아니에요. 그 아이들이 행복한 건 저와 짐 덕분이고 우리 둘이 만들어준 삶 덕분이라고요." 이비는 갑자기 호흡이 달려서 말을 멈췄다.

리프가 무릎에 팔꿈치를 대고 몸을 숙였다. "그럼 답이 나왔네." 그는 음흉하게 미소를 지었다.

"옳은 결정을 내린 거죠?" 이비가 말했다.

"옳은 결정을 내린 거지." 리프가 고개를 끄덕이며 대답했다.

바로 그때 벽이 웅웅 소리를 내기 시작했고 이비는 팔과 목덜미의 털이 쭈뼛 서고 몸이 벽 쪽으로 당겨지는 묘한 기분을 느꼈다. 그 당기는 힘에 몸을 맡기자 어느새 그녀는 방 한가운데에 서 있었다. 곧 누런 벽면이 소용돌이처럼 돌기 시작하더니 중앙에 구멍이 하나 생겼다. 처음엔 점 하나에 불과했는데 소용돌이가 점점 거세지면서 볼링공만한 구멍으로 커졌다. 이어서 미풍이 방안을 채우고 이비의 머리카락을 사방으로 흩날려 앞을 보기 힘들게 만들었다.

이비는 자기 몸속에서 철컥거리는 소리가 나는 걸 들었고, 그녀가 무슨 일이 일어나고 있는 건지 알아차리기도 전에 흉곽 문이 열리기 시작했다. 당황한 그녀는 그 위에 양손을 갖다댔지만 이미 그녀가 손쓸 수 있는 상태가 아니었고, 흉곽이 그녀의 손을 밀어냈다.

"저항하지 마, 이비. 여기서는 그 무엇도 이비를 해칠 수 없어. 이게 무슨 일이건 간에 최선의 결과를 가져다줄 거야." 리프가 그녀를 안심시키려고 바람소리를 뚫고 목청껏 외쳤다. "여기 있으면 안전해."

이비는 마음을 진정시키려고 최대한 여러 번 심호흡을 했다. 검은 구멍은 여전히 빙글빙글 돌고 있었고 이제는 그 암흑 속에서 어떤 소리까지 들려왔다. 마음을 편안하게 해주고 입가에 안도의 미소를 띠게 하는 소리였다.

쿠-쿵. 쿠-쿵. 쿠-쿵.

벽의 구멍을 통해 검은색과 금색으로 얼룩진 그녀의 심장이, 반세기 동안 보지 못했던 제 주인을 위해 공연하듯 빙글빙글 돌고 반짝반짝 빛을 발하면서 둥실 떠서 다가왔다. 이비는 저항을 멈추고 두 손을 양옆에 늘어뜨렸다. 그녀의 심장이 바람을 타고 다가오더니 일말의 주저함도 없이 원래 있어야 할 자리인 흉강에 들어가 앉았다. 흉곽 문이 최후의 묵직한 철커덕 소리와 함께 닫혔고, 이비가 가슴께를 만져보자 마침내 살과 뼈 밑에서 고동치는 자신의 심장이 느껴졌다. 그녀는 미간을 찌푸렸다.

"뭐 문제 있어?" 리프가 의자를 굴려 그녀에게 급히 다가오며 물었다.

"아뇨, 문제는 없어요. 그냥…… 심장을 되찾았는데 무거운 느낌이 안 들어서요. 오히려 더 가벼워졌어요. 예전보다 훨씬." 이비는 희망어린 표정으로 리프를 바라봤다.

"그게 의미하는 건 하나뿐이지."

그들이 아홉 층 아래 내려와 있는데도 이비는 82호 아파트의 잠금장치가 풀리는 소리를 들었다. 드디어 열린 것이었다.

이비는 참을 수 없었다. 그녀가 환희에 찬 웃음을 너무 우렁차게 터뜨려서 리프는 그만 뒤로 주저앉을 뻔했다. 너무 신이 나고 시원스럽게 웃어젖히는 바람에 그녀의 몸이 둥실 떠올랐고 천장에 머리를 거의 부딪힐 뻔했다.

"어서 가요!" 이비는 행복하게 웃으면서 리프에게 말했다.

그녀는 두 손으로 천장을 짚으며 이동해 방밖으로 나갔다. 지극한 행복감과 새로이 얻은 가벼움에 말 그대로 발이 공중을 떠다녔다. 이비는 계단 위에 둥둥 떠서 위층으로 올라갔고 리프가 그녀의 발치에서 바짝 따라갔다. 리프는 이비가 건물 꼭대기까지 올라가버리기 전에 그녀의 발목을 붙잡아 8층으로 이끌었고, 8층에 다다르자 두 발을 바닥에 딛도록 그녀를 밑으로 잡아당겨주었다. 이비는 한번 더 행복에 겨운 큰 한숨을 내쉬고 두 볼에서 눈물을 훔쳤다.

"괜찮아?" 리프가 껄껄 웃으며 물었다.

"네," 이비가 신나서 대답했다. "괜찮아요. 아니, 괜찮은 것 이상이에요."

"잘됐군. 나도 기분이 좋네. 자 그럼, 이비." 그는 이비의 양팔 위쪽을 한 번 꽉 쥐었다 놓았다. "나는 여기서 작별해야겠어."

"다시 볼 수 있는 거죠?" 이비가 갑자기 심장이 철렁해서 물었다.

"원한다면 언제든! 저 문 너머는 이비의 천국이야. 차 마시러 오라고 초대하면 언제든지 그리로 갈게. 하지만 이번에는 이비 혼자 가야 해."

"물론이죠. 약속해요. 언제든 환영이에요." 이비는 리프를 힘껏 껴안았다. "지금까지 고마웠어요, 리프. 제 곁에 안 계셨더라면 저 혼자 여기까지 못 왔을 거예요."

"오 이비. 내가 이비를 얼마나 잘 아는데. 혼자서도 얼마든지 해냈을 거야."

"그랬을지도 모르지만 아마 두 배로 오래 걸렸을걸요."

"그래," 리프가 말했다. "진심으로 즐거웠어." 그는 이비를 더 힘껏 포옹했다.

한참을 그러고 있다가 이비가 마침내 물러나며 말했다. "갈 때가 됐어요."

리프는 응원의 뜻으로 마지막으로 한번 더 웃어주었고 이비는 돌아서서 단호한 걸음으로 복도를 따라 걸어갔다.

그러나 82호 아파트 앞에 서자 방금 전까지의 흥분은 사라지고 이번에도 열쇠가 돌아가지 않으면 어떡하나 하는 두려움이 그 자리를 채웠다. 이비는 문으로 바짝 다가가 거기 이마를 대고서 부디 빼먹은 것이 없기를, 다시 가서 고쳐놔야 하는 일이 없기를 빌었다. 바로 그때 안쪽에서 무슨 소리가 났다. 그녀는 귀를 나무문에 갖다댔다. 분명 도자기 식기가 달각거리고 물이 보글보글 끓는 소리였다. 호기심이 막판에 밀려든 걱정을 덮어버렸고, 이비는 황급히 주머니에서 열쇠를 꺼냈다. 당황해서 손이 떨리는 바람에 몇 번이나 열쇠를 구멍에 넣지 못해 나무문을 긁었고, 그러다 마침내 구멍에 쏙 집어넣었다. 실로 오랜만에 심장이 가슴 안쪽에서 쿵쿵 뛰는 것을 느낄 수 있었다.

하나, 이비는 머릿속으로 수를 셌다. 둘……셋…… 그러고는 엄지에 힘을 주어 열쇠를 오른쪽으로 돌렸다.

열쇠가 돌아갔다.

숨이 목구멍에서 턱 걸렸다. 문고리를 돌리자 아주 부드럽게 돌아갔다. 조심스레 밀어보니 문이 아주 수월하게 열렸다. 처음엔 아주 살며시 열었다가—그 정도도 간신히 연 거였다—잠시 후 크게 숨을 들이쉰 다음 끝까지 활짝 열어젖혔다.

집안은 그녀가 거기 살았을 때 항상 그랬던 것처럼 따스하게 조명이 밝혀져 있었다. 초록색 안락의자가 아주 편안해 보이면서도 살짝 낡은 모습 그대로 현관문 옆에 놓여 있었다. 러그도 늘 있던 그 자리에 있고 소파도 제자리에, 모든 것이 있어야 할 자리에 있었다. 집에 돌아온 게 마냥 신난 이비는 주머니에 열쇠를 넣으며 문을 닫으려고 돌아서다가 뒤에서 무슨 소리를 들었다. 틀림없이 새의 날갯짓소리였다.

그녀는 현관문을 등지고 천천히 돌아서서 발코니로 통하는 문을 내다봤다. 석양을 배경으로 난간에 걸터앉은 꼬마의 실루엣이 보였다.

꼬마는 혼자가 아니었다.

이비는 숨을 쉴 수가 없었다. 후줄근한 차림새…… 부스스한 머리칼…… 초록색 눈동자…… 이 아파트에 빠져 있던 단 하나. 너무 오랫동안 그녀의 인생에서 빠져 있었던 한 사람.

"빈센트?"

발코니에 있던 남자가 집안으로 들어왔다. 살짝 자란 수염이 텁수록한 그의 얼굴은 상기되어 있었고 둥그스름한 코 밑으로 입꼬리를 한쪽만 올리며 다정한 미소를 짓고 있었지만 이비의 심장을 천 개의 얼룩진 조각으로 산산이 터져버리게 만든 것은 그의 눈, 새카만 머리카락 사이로 빛나는 그 초록색 눈이었다.

"이비?" 이름을 부르는 그의 목소리가 갈라졌다.

이비는 활짝 벌린 그의 두 팔로 뛰어들었다. 몸에 닿는 그의 느낌이 너무 진짜 같았다. 그는 거칠한 두 손으로 그녀의 얼굴을 감싸쥐고는 꿈이 아니라고, 이비가 진짜이며 분명 자기 앞에 있다고 스스로에게 확인시키려는 듯 자기 코를 그녀의 코에 비볐다. 이비가 그의 가슴팍에 두 손을 갖다대자 피부 바로 밑에서 쿵쿵 뛰는 그의 심장이 느껴졌고, 그녀도 똑같은 것을 확인하려는 듯 손가락으로 그의 머리카락을 쓸었다.

빈센트가 그녀의 입술 위로 자기 입술을 가져갔고 그가 키스하기 직전에 이비가 속삭였다. "마침내 이 순간이 왔네."

감사의 말

제일 먼저 이 책이 세상에 물리적으로 존재할 수 있도록 도와주신 모든 분들께 감사드립니다. 내 에이전트 해나 퍼거슨, 당신이 없었다면, 또 당신이 나를 그렇게 믿어주지 않았다면 내 아이디어와 이야기들은 영영 아무도 보지 못할 내 공책에만 남아 있었을 거예요. 한결같이 지지해줘서 고마워요! 담당 편집자 맨프리드 그레이월. 당신은 굉장한 참을성을 보여주었고 나의 터무니없는 아이디어들을 놀랍도록 잘 받아주었죠. 고양이 호러스가 주인공을 꿀꺽 삼키고 이비와 빈센트가 새를 연애편지 노트로 사용하는 설정을 읽고도 비명을 지르며 도망가지 않아줘서 정말 고마워요! 그리고 수없이 많은 행사를 기획하고 그 행사 때마다 내 책을 펼쳐주고 행사에 와준 분들과 일일이 사진을 찍어준 스테퍼니 멜로즈. 당신의 노고에 내가 얼마나 고마워하는지 모를 거예요. 늘 산만하고 마감도 항상 못 지키는 나를 한결같이 참을성 있게 대해준 리애넌.

이 책의 표지를 만들어준 디자이너 베키 가야트와 화가 헬렌 크로퍼드-화이트, 정말이지 멋진 표지예요. 이보다 더 예쁜 표지는 상상도 할 수 없을 거예요. 해나 보스넬, 지난번 책만큼 이번에도 출간을 같이 기뻐해준 당신! 그리고 모든 일이 순조롭게 진행되도록 애써주고 이 책을 묵묵히 지지해주며 내가 찾아갈 때마다 차와 간식을 대접해준 세라 탤벗과 레이철 윌키와 마리 흐린차크!

두번째로 이 이야기가 태어날 수 있게 도와준 모든 분들께 감사드립니다. 이비는 저도 닮고자 하는 여성인데, 끝내주게 강인하고 똑똑하고 약간은 제정신이 아닌 친구들이 없었다면 이비를 지금의 반만큼도 멋지게 창조해내지 못했을 거예요. 네덜란드에서 온 인어 셀린더 스훈마커르! 우리가 더는 분장실을 함께 쓰지 않지만 당신은 언제나 거기 있으리라는 것을 알아요. 저도 언제나 당신을 사랑할 거예요. 익 하우 판 야우.* 루이즈 존스, 내가 양배추라면 당신은 배추벌레죠. 우리가 함께 얼마나 힘든 시기를 지났는지! 하지만 우리는 지금 이렇게 전보다 더 강한 사람이 되어, 펜과 배짱만으로 세상과 대적할 준비가 되어 있죠…… 둘이 함께 말이에요. 케이티 세콤, 당신처럼 끝내주는 사람을 만나 함께 일할 기회는 지금까지 없었어요! 당신이 들려준 모든 이야기와 내게 보여준 마법에 감사해요. 당신을 내 친구라 부를 수 있다니 큰 영광이에요. 조 도어노, 이렇게 정신없이 휙휙 돌아가는 무서운 세상에 당신이 베푸는 다정함과 참을성, 평화와 사랑은 참 희귀한 보물이고 그런 당신의 기운에 둘러싸여 시간을 보낼 수 있었던 나는 참 행운아예요. 당신과

* '사랑합니다'라는 뜻의 네덜란드어.

의 우정이 아름답게 오래도록 이어지기를! 에마 킹스턴, 내가 더 무슨 말을 할 수 있겠어요? 그저 당신이 정말 멋진 사람이라는 말밖에! 당신은 엄청나게 성공할 자격이 있어요. 당신이 출연하는 대인기 브로드웨이 쇼 프로그램북에서 당신 이름을 가리키면서 우리가 같이 일한 적 있다고 소리쳐서 공연장에 모인 사람들을 화들짝 놀래줄 날만 기다려요. (그래도 공연중에 사진은 안 찍을게요. 약속해요! :P) 한 명 한 명 언급하고 싶은 분들이 너무 많아요. 헤이즐 헤이스, 도디 클라크, 에마 블래커리, 라셸 앤 고, 여러분 모두 설명하기 어려울 만큼 내게 크나큰 영감을 줬어요. 고마워요!!!

셋째로, 『세상 저편으로 가는 문』의 남자 등장인물들이 탄생하는 데 영감을 준 친구들에게 넘치는 애정을 느낍니다. 앨릭스 뱅크스, 너와의 우정은 이 세상 어디에도 없는 우정이야. 너는 모든 면에서 우습도록 멋지고, 한 번도 나를 웃기는 데 실패한 적이 없지. 개리 C, 너는 내 별이야. 언제나 그 자리에서 반짝반짝 빛나니까. 너를 너무너무 사랑해. 잭 하워드…… 나는 네가 너무나 자랑스러워, 재커루. 그냥 네가 그런 남자라는 것 자체가. 너는 뭘 하든 나를 감탄하게 해. 너는 이 책에 지대한 영감을 줬고, 내가 너를 얼마나 대단하게 생각하는지 네가 알았으면 해. 신나게 살자. 언제나. 피트 버크널. 나의 커다란 나무. 너는 누구보다 나를 잘 이해해줬고 내가 힘들 때 언제나 기댈 수 있는 존재였지. 심지어 내가 완전히 미친 짓을 하고 있다는 걸 우리 둘 다 알고 있을 때도. 많이 많이 사랑해.

넷째로, 내 가족! 엄마 아빠, 세상에서 가장 다정하고 든든하고 기상천외한 분들, 나를 위해 너무 많은 것을 해주었고 지금도 그렇게 해주고 계셔서 얼마나 고마운지 몰라요. 할머니 할아버지, 지난 세월 저를 그렇게 응원해주시지 않았더라면 저는 못 버텼을 거예요. 결혼과 인간관계가 이 책의 큰 부분을 차지하고 있는데, 두 분이 결혼생활이란 이래야 한다는 것을 보여주지 않으셨다면 저는 이 책을 쓰지 못했을 거예요. 고맙습니다! 톰과 지, 언제나 지혜로운 조언과 실없는 농담을 제공해준 두 분이 최선을 다해 일하면서 또 개인적인 삶까지 잘 챙기는 모습을 지켜보는 건 엄청난 영감이 되었어요. 어떻게 그러실 수 있는지 모르겠어요. 두 분은 슈퍼히어로예요! 버즈와 버디, 너희는 아직 너무 어려서 이 책을 읽을 수 없고, 내가 너희에게 이렇게 감사의 말을 전하는 것도 알지 못하겠지만 너희의 예쁜 얼굴을 들여다보노라면 내가 더 훌륭한 사람이 되어 앞으로 자라난 너희가 더 좋은 세상에서 살게 해줘야겠다는 다짐을 하게 돼. 너희가 언제든 내 도움이 필요할 때 나는 늘 여기 있을 거야.

다섯째, 지난 세월 나를 응원해주고 도와주고 믿어준 모든 분들께 이루 말로 다할 수 없는 큰 감사를 드립니다. 마크 새뮤얼슨, 나를 믿어줘서 고마워요. 당신이 없었으면 나는 이렇게 빨리 여기까지 못 왔을 거예요. 그러니 아무리 감사해도 모자라네요. 레이 램, 제가 꼬맹이였을 때 노래를 지도해주신 선생님. 선생님께서는 자신감의 진정한 의미를 가르쳐주셨고, 그건 정말로 귀중한 가르침이었어요. 선생님께는 롤로 캔디 백만 개를 선물해도 부족해요! 중학교 영문학 교사셨던 데이비드 브라운 선생님. 소설을 쓴답시고 과도한 열정을 불태우던 십대의 저를 묵묵히 다 받아주셔서 고맙습니다. 그 당시 첨삭해달라고 선생님 책상에 던져놓곤 했던 원고

보다는 지금 이 책의 수준이 그나마 조금 낫지요? 그때 성가시게 해서 죄송하고 언제나 격려해주셔서 감사해요. 그건 정말 앞으로 영원히 못 잊을 거예요. 중학교 음악 교사셨던 이언 로시 박사님. 제게는 그냥 선생님이 아니라 친구이기도 하셨죠. 언제나 최선을 다하도록 저를 조금 더 떠미셨고요. 제게 가장 중요한 과목에 집중할 수 있도록 물리와 수학 수업에서 빼내주셔서 감사해요. 그리고 노스우드 칼리지에 다니는 동안 저를 가르치고 지지해주신 모든 분들께, 제게 주신 지식과 자신감과 격려를 언제나 잘 활용하도록 하겠습니다. 따뜻하고 정답게 나를 무리에 받아들여준 헬렌과 사이먼, 닉, 조노 그리고 앙에게. 당신들이 내게 얼마나 큰 존재인지 알지요? ♡

여섯째, 커티스 브라운 에이전시의 모든 분들께. 늘 지지해주시고 처음부터 끝까지 모든 단계마다 도와주시고, 저조차 저를 믿지 않을 때에도 믿음을 주신 것에 대해 아무리 감사해도 지나치지 않을 겁니다. 여러분이 새로운 것을 시도하도록 용기를 준 덕분에 저는 배우로서뿐 아니라 가수로서, 나아가 한 인간으로서 발전할 수 있었어요. 프랜과 제스, 에마, 플로, 앨러스터, 헬렌, 모두 고맙습니다. 당신들을 만난 나는 정말로 행운아예요.

마지막으로, 그동안 멀리서 나를 응원해준 모든 분들께 감사드립니다. 제가 출연한 영상을 보고 제 책을 읽고 공연을 보러 와주고 또 트위터로 따뜻한 한마디를 보내준 모든 분들께도요. 제가 진심으로 고마워하고 있고, 개별적으로 응답하지 못할지라도 전부 보고 있으며 여러분이 보내는 사랑과 응원에 종종 감동으로 벅차오른다고 전하고 싶어요. 고마워요! ♡

옮긴이 **허형은**
숙명여자대학교를 졸업하고 현재 전문 번역가로 활동중이다. 옮긴 책으로 『광기와 치유의 책』 『디어 가브리엘』 『미친 사랑의 서』 『모르타라 납치사건』 『토베 얀손, 일과 사랑』 『삶의 끝에서』 『두렵고 황홀한 역사』 『모리스의 월요일』 『빅스톤갭의 작은 책방』 『생추어리 농장』 『범죄의 해부학』 『세상에서 가장 자유로운 도시, 암스테르담』 등이 있다.

문학동네 세계문학
세상 저편으로 가는 문

초판 인쇄 2021년 2월 15일 | 초판 발행 2021년 2월 23일

지은이 캐리 호프 플레처 | 옮긴이 허형은

책임편집 이봄이랑 | 편집 윤정민 홍유진 오동규
디자인 최윤미 이원경 | 저작권 한문숙 김지영 이영은
마케팅 정민호 정진아 김혜연 정유선
홍보 김희숙 김상만 이소정 이미희 함유지 김현지 박지원
제작 강신은 김동욱 임현식 | 제작처 영신사

펴낸곳 (주)문학동네 | 펴낸이 염현숙
출판등록 1993년 10월 22일 제406-2003-000045호
주소 10881 경기도 파주시 회동길 210
전자우편 editor@munhak.com | 대표전화 031) 955-8888 | 팩스 031) 955-8855
문의전화 031) 955-8896(마케팅) 031) 955-1929(편집)
문학동네카페 http://cafe.naver.com/mhdn | 트위터 @munhakdongne
북클럽문학동네 http://bookclubmunhak.com

ISBN 978-89-546-7721-9 03840

잘못된 책은 구입하신 서점에서 교환해드립니다.
기타 교환 문의 031) 955-2661, 3580

www.munhak.com